KB041515

금
병
매
7

금병매 金瓶梅 7

초판 1쇄 발행 2022년 9월 30일

지 은 이 소소생(笑笑生)
옮 긴 이 강태권
펴 낸 이 한승수
펴 낸 곳 문예춘추사

편   집 이상실
마 케 팅 박건원, 김지윤
디 자 인 박소윤

등록번호 제300-1994-16
등록일자 1994년 1월 24일
주   소 서울특별시 마포구 동교로 27길 53, 309호
전   화 02 338 0084
팩   스 02 338 0087
메   일 moonchusa@naver.com

I S B N 978-89-7604-537-9 04820
         978-89-7604-530-0 (세트)

천하제일기서

金瓶梅

소소생笑笑生 지음 / 강태권 옮김

완역

금병매

7

문예춘추사

차례

서문경의 여인들

오월랑 첫째 부인. 청하좌위 오천호의 딸로 서문경의 전처가 죽자 정실로 들어온다. 서문경 집안의 큰마님으로 행세하며 집안 여인들 간의 질서를 유지하고자 노력하고, 서문경이 죽은 후에는 유복자 아들을 잘 키워보고자 노력하나, 결국 인생이 한바탕 꿈에 불과함을 깨닫는다.

이교아 둘째 부인. 노래 부르는 기생이었으나 서문경의 눈에 들어 부인이 된다. 서문경이 죽자 재물을 훔쳐 기원으로 돌아간다.

맹옥루 셋째 부인. 포목상의 정처였으나 남편이 죽자 설씨의 주선으로 서문경과 혼인한다. 나름 행실을 바르게 하며 산 덕분에 쉽게 맞이할 수도 있는 불운을 피해 간다.

손설아 넷째 부인. 서문경 전처의 몸종이었다가 서문경의 눈에 들어 그의 부인이 된다. 집안 하인과 눈이 맞아 도망가는 등, 삶의 신세가 바람에 나부끼는 깃발처럼 이리 움직였다 저리 움직였다 한다.

반금련 다섯째 부인. 무대의 부인이었으나 서문경과 눈이 맞아 무대를 독살하고 서문경에게 시집온다. 영리하고 시기심 많은 성격에 서문경을 독차지하려고 애쓰지만, 끝내 원수의 칼날을 피하지 못한다. 삶의 영고성쇠가 무상함을 증명하듯 실로 파란만장한 삶을 산다.

이병아 여섯째 부인. 화자허의 부인이었으나 화자허가 화병으로 죽자 서문경의 부인이 된다. 천성이 착하지만 죽은 화자허의 좋지 않은 기운이 그녀의 삶을 지치게 한다.

춘매 반금련의 몸종으로 서문경의 총애를 받는다. 사람 일은 알 수 없음을 증명하는 인물로서, 쇠락해지는 듯하다 다시 최고의 영예를 누리는 삶을 산다.

이계저	이교아의 조카로 기원의 기생. 행사 때마다 서문경의 집안에 불려온다.
송혜련	서문경 집안의 하인인 내왕의 부인. 자신의 미색 때문에 남편이 쫓겨나게 된다.
임부인	서문경을 의붓아버지로 섬기는 왕삼관의 어머니. 아들을 핑계삼아 서문경과 관계를 맺는다.
여의아	서문경의 아들 관가의 유모. 이병아가 죽은 뒤 서문경의 눈에 들어 관계를 맺는다. 서문경이 그녀를 죽은 이병아를 대하듯 한다.
왕륙아	한도국의 부인. 딸의 혼사를 매개로 서문경의 눈에 들어 은밀한 만남을 갖는다. 남편의 암묵적 승인 하에 자신의 몸을 팔아 생계를 이어간다.

반금련의 남자들

무대	금련이 독살한 전남편. 동생 무송에게 자신의 억울한 죽음을 알리고 복수를 부탁한다.
서문경	금련이 재가한 남편. 천하의 난봉꾼으로, 집안의 여러 부인을 거느리고도 틈만 나면 새로운 여인에게 눈을 돌린다.
진경제	서문경의 사위. 일찌감치 장인 집에서 기거하며 서문경이 다른 여자를 탐하는 사이에 금련과 정을 통한다. 수려한 외모로 어린 나이부터 정욕에 이끌리는 삶을 산다.
금동	서문경의 하인.
왕조아	왕노파의 아들.

일러두기

* 이 책은 『신각금병매사화(新刻金瓶梅詞話)』와 『신각수상비평금병매(新刻繡像批評金瓶梅)』의 합본을 저본삼아 이를 완역한 것이다.
** 본문 삽화는 『신각수상비평금병매』에서 가져온 것이다.
*** 본문 중 괄호 안의 글은 옮긴이의 주이다.
**** 각 이야기의 소제목은 편집부에서 새로 만든 것이다.

부유한 집에는 찾아오는 사람도 많네

옥소는 엎드려 반금련에게 애걸하고,
벼슬아치들이 모여 부잣집 마님 제사를 지내다

님에 대한 생각이 아직도 남아 있어
남겨놓은 수건을 자세히 보네.
누에는 죽어야 실이 되고
초는 타서 재가 돼야 눈물이 마르네.
사랑스럽던 난봉[鸞鳳]은 바람 불어 헤어지고
미인은 다른 세상으로 떠나갔다네.
서시의 풍류를 다 말하기도 전에
닭이 우는 오경의 새벽달은 차갑구나.
着人情恩覺初闌 手把鮫綃仔細看
到老春蠶絲乃盡 成灰蠟燭淚初乾
鸞交鳳友驚風散 軟玉嬌香異世間
西子風流誇未了 雞鳴殘月五更寒

　사람들이 모두 흩어져 돌아갈 때는 이미 닭이 울 무렵이었다.
　서문경도 안채로 쉬러 들어갔다. 대안은 술 한 동이와 남은 안주
몇 접시를 가지고 앞채의 가게로 가서 부지배인과 진경제와 함께 먹

으려 했다. 나가 보니 부지배인은 나이도 든 데다 밤새 뜬눈으로 지새웠기에 술을 마시는 데 별반 흥취가 없었다. 그래서 온돌 위에 자리를 깔고 먼저 잠자리에 들었다. 그러면서 대안에게,

"평안이랑 둘이 마시게나. 진서방도 아마 오지 않을 게야."

했다. 이에 대안은 선반 위에 촛불을 켜놓고 평안을 불러 서로 주거니 받거니 하며 다 마셨다. 그런 후에 그릇들을 한쪽으로 밀쳐두고 평안은 문간방으로 들어가 잤다. 대안은 가게 문을 닫고 온돌 위로 올라와 부지배인과 서로 엇비스듬히 드러누워 잠을 자려고 했다. 부지배인은 이때까지 안 자고 있다가 심심풀이로 대안에게 말했다.

"여섯째 마님이야 돌아가셨지만, 이렇게 좋은 관재와 제사에 염불까지 하며 장례를 치르니 마님도 만족하실 게야!"

"다 마님의 복이죠. 단지 장수[長壽]하지 못해 뭐하지만… 우리 나리께서 많은 돈을 썼다고 하지만 사실 나리 돈은 한 푼도 안 썼어요. 아저씨도 잘 아시겠지만 마님께서 나리께 시집오실 적에 얼마나 많은 돈을 가지고 오셨어요? 다른 사람은 몰라도 저는 잘 알아요. 은자는 말할 필요도 없고 금은보화에 옥띠에 머리 장식 등 값비싼 보석이 얼마나 되는지 몰라요. 나리께서 마님을 왜 그토록 사랑했는지 아세요? 사람을 사랑한 게 아니라 돈을 사랑한 거예요. 게다가 돌아가신 여섯째 마님의 성격이야말로 온순하고 착한 게 이 집안에 그만한 분이 없잖아요. 겸손하고 또 온화하셔서 사람을 대할 때마다 늘상 미소로 대해주셨잖아요. 우리 같은 하인에게도 한 번도 꾸짖거나 '노비 놈들'이라고 욕하지도 않으셨고 저주하신 적도 없어요. 그리고 물건을 사오게 할 때면 늘 손에 잡히는 대로 주셨어요. 그래서 '마님, 저울로 달아 주세요. 그래야 저희들이 쓰기가 좋아요' 하고 말씀드리면

그저 웃으시며 '가지고 가거라. 달긴 뭘 달아? 이렇게 해서도 남는 게 없으면 어디서 남겨 쓸려고 그래? 대신 물건이나 잘 사와'라고 하셨지요. 또 집안사람들 중 여섯째 마님께 돈을 꾸어 쓰지 않은 사람이 어디 있겠어요? 꾼다고 하지만 그 누구도 갚지 않았어요. 갚아도 그만이고, 안 갚아도 그만이었잖아요. 큰마님과 셋째 마님의 돈 씀씀이는 그런대로 괜찮지만, 다섯째 마님과 둘째 마님은 좀 인색해요. 만약 그분들이 집안 살림을 맡아 하신다면 우리 종아리는 심한 병에 걸린 것처럼 가늘어지고 말 거예요! 물건을 사오게 할 적에도 절대로 넉넉하게 주지 않아요. 은자 한 전을 줘야 할 적에도 단지 아홉 푼 반을 달아 주거나 아홉 푼만 주니, 우리가 보태야 하잖아요!"

"그래도 큰마님은 좀 후한 편이잖아."

"큰마님은 좋기는 한데 성격이 좀 괴팍하고 급해요. 기분이 좋으면 다른 마님들과 친절하고 상냥하게 말씀을 잘 나누시지만, 일단 화가 나면 누구를 막론하고 욕을 해대지요. 아무래도 여섯째 마님 같은 분은 없어요. 만 사람이면 만 사람 그 누구 하나 원망하는 사람이 없거든요. 또 여섯째 마님은 나리 앞에서 항상 우리 편에 서서 말씀해주셨어요. 아무리 큰 일이 있더라도 여섯째 마님께 가서 나리께 잘 말씀드려달라고 부탁하면 안 되는 일이 없지요. 그런데 다섯째 마님은 결코 그렇게 관대하지 못해요. 말로는 '내 나리께 잘 말씀드려주지'라고 하지만 그건 말뿐이에요. 되레 나리께 일러바치잖아요. 또 다섯째 마님을 모시는 춘매도 어찌나 남과 싸움을 잘하는지, 다섯째 마님과 함께 있으면서 배우는 것 같아요!"

"다섯째 마님이 여기 온 지 몇 해가 되었지?"

"아저씨도 다섯째 마님을 잘 알잖아요. 다섯째 마님이 이 집에 처음 올 때를 생각해보세요. 하나밖에 없는 친어머니도 제대로 대접하지 않아서 올 적마다 울면서 돌아가잖아요. 이제 여섯째 마님이 돌아가셨으니 바깥채는 모두 다섯째 마님 세상이 되었어요. 화원 뜰을 누가 청소하건 깨끗하지 않다고 할 텐데, 이른 아침부터 욕을 바가지로 먹게 될 거예요."

이렇게 얘기를 나누는데 부지배인이 침상 위에서 쿨쿨 코를 골면서 잠이 들자, 대안도 술을 한 잔 마셨는지라 두 눈을 붙이고 하늘 높고 땅 넓은 줄 모르고 붉은 해가 중천에 떠오르도록 일어나지 않았다.

원래 서문경은 매일 영전에서 잠을 잤고 이른 아침에 옥소가 나와 이부자리를 개면 서문경은 안채로 머리를 빗고 세수를 하러 들어갔다. 그러는 사이에 서동이 잠자리에서 일어나 머리도 빗지 않고 나와 옥소와 둘이 영전에서 입씨름을 하거나 서로 장난을 치며 놀다가 안채로 들어가곤 했다. 그런데 이날 서문경은 생각지도 않게 안채의 안방으로 자러 들어갔다. 이에 옥소는 다른 사람들이 아직 일어나지 않았을 적에 몰래 들어가 서동에게 눈짓을 보내 화원에 있는 서재에서 함께 재미를 보며 놀았다. 그런데 뜻밖에 반금련이 일찍 일어나 대청으로 나와 보니 영전에 등불도 꺼져 있고, 큰 천막 안에는 여기저기 의자와 탁자들이 지저분하게 흩어져 있고 한 사람도 보이지 않았다. 화동이 바닥을 쓸고 있을 뿐이었다. 이를 보고 금련이 물었다.

"요놈아, 어째 너 혼자 바닥을 쓸고 나머지는 다 어딜 간 게야?"

"모두들 아직 안 일어났어요."

"잠시 빗자루를 내려놓고 앞채로 나가 진서방님께 흰 비단이 있으면 한 필 달라고 하거라. 우리 친정어머니가 상복 치마가 없으시다는구나. 또 오늘 집으로 돌아가신다고 하니 머리에 매는 띠랑 허리에 두르는 띠도 하나씩 가져오너라."

"서방님께서 아직 주무시고 계실지 모르지만 가서 여쭤볼게요."

화동은 한참 지나 돌아와서는 말했다.

"서방님께서 말씀하시기를 상복에 대한 일은 서동과 최본 아저씨가 맡아보신대요. 그러니 서동에게 달라고 하시면 된답니다."

"그놈의 자식이 어디로 갔는지 알 수가 있나? 네가 가서 좀 찾아보거라."

화동이 사랑채를 찾아보고 나서 말했다.

"방금 여기 있었는데… 화원 서재로 머리를 빗으러 간 것 같아요."

"그럼 너는 여기나 쓸고 있거라. 내 직접 그놈의 자식을 찾아보지."

이렇게 말하고 치마 끝을 잡고는 사뿐사뿐 화원 서재로 들어갔다. 가까이 가니 안에서 사람의 웃음소리가 들리기에 문을 밀치고 들어가 보니 서동과 옥소가 침상 위에서 한참 그 짓거리를 하고 있었다. 이를 보고 금련은,

"요 싸가지 없는 것들이! 여기서 그런 짓을 하다니!"

하니 깜짝 놀란 둘은 옷도 제대로 걸치지 못하고 허둥지둥 일어나 땅바닥에 엎드려 잘못을 빌었다. 금련은,

"요놈의 자식아! 가서 상복을 만들 흰 비단 한 필과 베 한 포를 가져오너라. 어머니께서 집으로 가신다 하니 들려 보내야겠다."

해서 분부한 대로 서동이 급히 가지고 오니, 금련은 받아들고 곧장 방으로 돌아왔다. 이에 옥소는 방까지 따라와 땅바닥에 꿇어앉아 연신 머리를 조아리며 애원했다.

"다섯째 마님, 제발 나리께 말씀드리지 마세요."

"개만도 못한 것 같으니라구! 솔직히 말하거라. 지금까지 그놈과

몇 번이나 그 짓을 했느냐? 한마디라도 거짓말을 했다가는 다 끝나는 줄 알아!"

이에 옥소는 서동과 놀아난 일을 숨김없이 털어놓았다.

"그렇게 말을 하니 내 너를 용서해주마. 그 대신 조건이 세 가지가 있다."

"마님께서 용서만 해주신다면 몇 가지라도 마님이 시키는 대로 할게요."

"첫째로 큰마님 방에서 일어나는 크고 작은 모든 일을 나에게 알려줘야 한다. 네가 말하지 않은 이야기를 내가 남한테서 듣게 된다면 내 절대 용서치 않을 테다. 둘째로 내가 너에게 무엇이 필요하다고 하면 바로 가져와야 한다. 셋째로 큰마님께서 여태 임신을 못했는데 이번에 어떻게 해서 아이를 갖게 되었는지 아는 대로 말해보거라."

"솔직히 말씀드리자면, 큰마님께서는 설비구니가 만들어온 갓난애의 태로 만든 약을 먹고 애를 갖게 된 거예요."

금련은 이 말을 마음속에 잘 기억해두고, 서문경에게는 이 일에 대해서 이르지 않았다.

한편 서동은 반금련이 싸늘한 미소를 지으며 옥소를 방으로 끌고 가자 뭔가 일이 크게 잘못될 것 같은 생각이 들어 서재 장롱에서 많은 손수건과 빗, 단추, 이쑤시개와 들어온 선물과 자기가 모은 은자 열 냥에 또 부지배인에게 상복을 만들 천을 더 사야 된다고 속여 은자 스무 냥을 받아 곧장 성 밖으로 나가 말을 구해 타고 항구로 가서는 고향 소주로 돌아갔다.

바로, 구슬 새장이 부서지니 봉황이 날아가고, 금 자물쇠가 열리니 교룡이 나가는 격이었다.

이날 이계저와 오은아, 정애월도 모두 집으로 돌아갔다.

설내상과 유내상은 아침 일찍 사람을 시켜 돼지, 양, 소 등의 제사 음식과 제사에 쓸 지전을 보내왔다. 그리고 각자 은자 한 냥을 보내고 밤을 같이 지새우며 도정[道情](도사들이 부르는 악곡으로 세상 사람들에게 속세에 빠지지 말고 경계하라는 내용이다)을 부를 줄 아는 사람 둘을 불러 낮에 서문경과 함께하겠다고 했다. 이에 서문경은 두 내상에게 상복을 보내주려고 서동더러 열쇠를 가져오게 하려 했으나 아무리 찾아도 보이지 않았다. 부지배인이,

"서동이 아침 일찍 와서 상복을 만들 천을 더 산다면서 은자 스무 냥을 더 달라고 했습니다. 나리께서 부족하니 더 사오라고 하셨다는데, 성 밖으로 보내지 않으셨어요?"

하니 서문경은,

"그런 말 한 적 없는데… 왜 자네한테 은자를 달라고 했을까?"

그러면서 사람을 시켜 성 밖에 있는 천 가게로 가서 찾아보게 했으나 배를 타고 떠난 서동을 어디에서 찾을 수 있겠는가? 월랑은 서문경에게 말했다.

"제 생각에 그놈이 뭔가를 꾸미는 것 같아요. 아마도 엉뚱한 짓을 벌여놓고 은자를 훔쳐 도망갔는지 모르겠군요. 서재를 잘 찾아보세요. 싸가지가 없는 자식이니 뭔가 더 훔쳐서 도망쳤을 거예요."

이 말을 듣고 서문경은 안으로 들어가 서재 두 개를 살펴보니 창고 열쇠는 벽에 그대로 걸려 있으나, 벽장에 있던 손수건이며 선물 받은 은전, 이쑤시개, 단추 등이 보이지 않았다. 이에 서문경은 대단히 화가 나 즉시 관아의 포졸들을 불러서,

"골목마다 다 뒤져서 잡아오너라!"

제64화 부유한 집에는 찾아오는 사람도 많네

하고 분부했다. 그렇지만 서동을 어디 가서 찾을 수 있으리오?

집으로 돌아가는 길을 매우 서두르나 오호[五湖]의 물안개는 망망하기만 할 뿐.

이렇게 한참 법석을 떨었는데 오후 무렵 설내상이 가마를 타고 왔다. 서문경은 오대구, 응백작, 온수재를 시켜 먼저 영전으로 인도해 분향을 하게 한 다음에 서로 인사를 나누었다. 설내상이 말했다.

"얼마나 상심하셨습니까! 그래 부인께서는 무슨 병으로 돌아가셨습니까?"

"불행히도 하혈이 심한 병에 걸려 수차 치료해보았으나 그만 세상을 등지고 말았습니다. 상공께 심려를 끼쳐 죄송합니다."

"얼마 되지 않지만, 제 성의입니다."

그러면서 걸려 있는 영정을 보고는,

"정말로 아름다운 부인이셨군요. 한창 젊은 나이에 복을 누릴 수 있었을 텐데 이렇게 일찍 세상을 뜨다니!"

하니 온수재가 곁에서,

"대저 물건이란 그 나름의 특색이 있고, 인간의 부귀영화와 수명은 다 하늘의 이치에 달린 것이라서 이는 성인도 억지로 할 수 없는 것이지요."

했다. 설내상이 고개를 돌려 하얀 상복을 입고 있는 온수재를 보자,

"이분은 어느 학당에서 공부하시는 분인가요?"

하고 물으니 온수재는 허리를 굽히며,

"소생은 재주가 없어 향교에 이름을 두고 있습니다."

하고 대답했다. 설내상이,

"부인의 관을 좀 볼 수 있을까요?"

하니, 서문경은 즉시 좌우에 명해 휘장을 걷어 올리니 설내상이 안으로 들어가 자세히 살펴보고는 극구 칭찬을 했다.

"정말로 좋은 관이군요. 얼마를 주고 사셨나요?"

"아는 사람이 가지고 있던 것을 제가 사왔습니다."

응백작이,

"어디 산[産]이며 이름이 무엇인지 공공께서 한번 맞혀보시지요."

하자, 이에 설내상은 다시 한 번 관목을 보고 나서 말했다.

"건창[建昌]이 아니면 진원[鎭遠]산이겠군요."

"진원산은 값이 그리 나가지 않아요."

"양선[楊宣]의 느릅나무가 최고죠."

"양선의 느릅나무는 두께가 얇고 길이가 짧아 이것과는 비교할 수가 없지요. 양선 것보다도 더 좋은 게 있는데 바로 도화동[桃花洞]으로 호광의 무릉천에서 납니다. 옛날 당나라 때 어부가 무릉천에서 진[秦]나라 때의 여인이 전쟁을 피해 들어와 있는 걸 봤다는 곳으로 참으로 인적이 드문 곳이지요. 이 판은 길이가 일곱 척에 두께가 네 치, 너비가 두 척 오 부로 그분이 나리와 친척인 관계로 은자 삼백칠십 냥을 받고 파신 거랍니다. 상공께서는 보지 못하셨지만 톱으로 나무를 켤 때 그 향기가 집 밖으로 진동했고 안팎으로 모두 무늬가 있었지요."

"부인께서 큰 복이 있어 이런 좋은 관을 쓰시는 게지요. 우리 같은 환관[宦官]들이야 내일 죽는다 한들 어디 이렇게 좋은 관을 쓸 수 있겠어요?"

오대구가 말했다.

"별말씀을 다 하십니다. 상공께서는 조정에서 높은 봉록을 받고 계신데 어찌 저희와 같은 지방 관리들과 비교할 수 있겠습니까? 상공께선 폐하를 지척에서 모시고 여러 문무 대신들께 황제의 조서를 전달하지 않으십니까? 오늘 동[童]나리(동관[童慣])에게는 왕[王]의 벼슬을 내리시어 자손들이 모두 좋은 옷에 옥띠를 두른다 하니 부러울 게 뭐가 있겠습니까?"

"이분은 말을 꽤 잘하시는군요. 성함이 어떻게 되시는지?"

이에 서문경이 말했다.

"이분은 집사람의 오라버니인 오대구로 본 현의 위천호직에 있습니다."

설내상이 다시 물었다.

"돌아가신 부인의 오라버니 되십니까?"

"아닙니다. 큰부인의 오라버니입니다."

이 말을 듣고 설내상은 다시 인사를 했다.

"오대인, 실례가 많았습니다."

잠시 뒤에 서문경은 대청으로 안내해 정면에 큰 의자를 하나 놓고 설내상에게 앉으라 권하고는 차를 대접했다. 설내상이,

"유내상이 어째 여태 안 오는 게지? 내 하인더러 한번 나가보라 해야겠군."

그러자 검은 옷을 입은 하인 하나가 앞으로 나와 꿇어앉으면서 말했다.

"대감님께서 떠나실 때 소인더러 유상공을 모셔오라고 보내셨었습니다. 제가 갔을 때 가마도 이미 대령하고 있었으니 바로 도착하실 겁니다."

"도정을 부르는 가수 둘은 왔습니까?"

이에 서문경이 답했다.

"아침 일찍 왔습니다. 이리 부르죠."

잠시 뒤에 가수들이 와서 머리를 조아리고 절을 하니 설내상이 물었다.

"식사들은 했느냐?"

"했습니다."

설내상이,

"식사를 했다면 오늘 열심히들 하거라. 내 톡톡히 상을 내릴 터이니."

하니 이 말을 듣고 서문경도 말했다.

"대감님, 저도 대감님을 위해 연극을 준비해두었는데 한번 들려드리겠습니다."

"어떤 극단인데요?"

"해염 극단입니다."

"남방의 야만인 소리를 지껄여대니 무엇을 노래하는지 누가 제대로 알아듣겠어요! 그 지방의 독서인들은 초라한 집에서 삼 년을 고생해 공부한 다음에 구 년 동안 세상을 돌아다니다가 거문고, 칼, 책 등을 걸머지고 서울에 올라와 과거를 보지요. 벼슬아치가 되고도 곁에 마누라가 없으니 이런 거나 좋아하는 게 아니겠습니까? 당신과 나는 모두 내관인데 어찌 이런 연극을 좋아하겠습니까?"

온수재가 곁에서 웃으며 말했다.

"대감님의 말씀이 좀 지나치신 것 같습니다. 제나라에 거하면 제나라의 노래를 듣고, 초나라에 거하면 초나라의 노래를 듣는다 했습니다. 대감님께선 화려한 고대광실에 계시지만 한번 들어보시면 감동하실 겁니다."

이 말을 듣고 설내상은 박수를 치고 웃으며 말했다.

"내 온선생이 있는 것을 잊고 있었군. 온선생은 외직에 있으니 외직 편을 드는 게지."

온수재가,

"비록 사대부라 할지라도 모두 수재를 거쳤지요. 대감께서는 가지 하나를 자르려다 주위의 수백 가지를 훼손했으니, 토끼의 죽음을 여우가 슬퍼하듯 다 끼리끼리 동정하는 법이지요."

하니 이에 설내상이 말했다.

"그렇지 않아요. 같은 지방 사람이라 하더라도 현명한 사람이 있고 아둔한 사람이 있지요."

이때 하인이 들어와 유상공이 가마에서 내리고 있다고 전갈했다. 오대구 등이 밖으로 나가 영접하여 안으로 모시니, 유상공이 영전에 절을 했다. 서로 인사가 끝나자 설내상이 물었다.

"유대감께서는 어째서 이제서야 오시는 게요?"

"곁에 있는 서동[徐同]이 찾아왔기에 잠시 같이 앉아 있다가 이제서야 오는 길입니다."

하며 나누어 자리에 앉자 하인들이 차를 내왔다. 하인에게,

"그래 제사상은 다 차렸느냐?"

하고 묻자 하인이,

"다 차려놓았습니다."

했다. 유내상이,

"가서 지전이나 사르지요."

하니 서문경이 말했다.

"대감께서 공연히 그러실 필요 없습니다. 방금 전에 절을 올리지 않았습니까?"

"우리가 왜 왔습니까? 마땅히 제사를 올려야지요."

좌우에서 향을 가져오자 두 내상은 받아 향을 사르고 술 석 잔을 따라 올리고 절을 했다. 이를 보고 서문경이,

"어서 일어나십시오."

하니 두 번 절을 하고 일어났다. 서문경도 두 내상에게 맞절로 답례하고 다시 대청으로 안내해 자리에 앉았다. 그런 다음에 자리를 정리하고 술을 내왔다. 두 내상이 좌우에 앉고 오대구, 온수재, 응백작이 다음에, 서문경은 주인 자리에 앉았다. 연극배우들이 북을 치고 운판을 두들기며 공연 목록을 올렸다. 두 내상은 한번 살펴본 후에 유지원의 「홍포기[紅袍記]」를 골랐다. 노래가 채 끝나기도 전에 별반 재미가 없는지 도정을 부르는 사람들을 올라오게 해 재미있게 노래를 부르라고 했다. 이에 가수들은 물고기 모양의 북을 치며 둘이 어깨를 나란히 하고 위를 향해 높은 목소리로 한문공의 「설옹남관[雪擁藍關]」(한유가 남관에서 폭설을 만나 고생할 적에 조카인 한상자의 도움으로 위기를 벗어난다는 얘기)을 부르기 시작했다. 얼마 뒤에 요리사가 들어와 절을 하니 두 내상은 요리사에게 상을 하사했다. 서문경이 따로 술과 고기를 준비해 두 내상을 따라온 시종들도 접대했다.

설내상과 유내상은 술좌석에서 서로 얘기를 나누기 시작했다. 설내상이,

"지난 팔월 열흘경 서울에 비가 쏟아붓듯이 내리고 뇌성 번개가 내려쳐 응신전[凝神殿] 안에 있는 치미구[鴟尾裘]가 다 깨지고, 많은

궁인들이 놀라 죽었다 합니다. 조정에서 크게 놀라 관리와 각 성에 잘 건수하라 명을 내리고 매일 상청궁에서 제사를 올리고 열흘간 살육을 금하고, 법 집행도 금하고 백관들의 상주도 금하셨다 합니다. 지난번 금나라에서 사신을 보내 태원[太元], 중산[中山], 하간[河間] 세 곳을 떼어달라고 했는데, 그 늙은 도적 채경의 말을 듣고 허락하고 말았습니다. 동관의 군대를 철수하고 도어사[都御使]인 담적[譚積]과 황안[黃安] 등 십대사[十大使]에게 이곳의 군사를 통제케 했는데 그들이 돌아오려고 하지 않아 조정에서는 해결책을 논의중이랍니다. 이번 입동에 폐하께서 종묘에 가시어 제사를 올리셨습니다. 그날 태상시[太常寺](종묘의 제사를 관장하는 부서)의 방진[方軫]이라는 박사[博士]가 아침 일찍 청소를 하다가 태묘의 벽돌 틈으로 피가 흘러내리고 대궐의 동북쪽 한편이 무너져내린 것을 발견하고 황상께 표를 올려 알려드렸답니다. 과도관[科道官]이 상소를 올려 '이 같은 일은 환관인 동관을 왕에 봉하지 말아야 하는데 동관을 높이 중용하여 일어난 일이다'라고 했답니다. 그래서 지금 바로 관원을 보내 황제의 칙명을 받은 금패[金牌]를 가지고 과도관을 잡아 서울로 가는 중이랍니다."

하니 유내상이,

"나나 당신은 지금 외관으로 있어 조정에서 무슨 일이 벌어지고 있는지 전혀 모르지요. 속담에도 하루가 지나면 하루를 살은 게고, 하늘이 무너진다 해도 금강대한 넷이 떠받친다 하잖아요. 언젠가 이 대명의 강산도 그런 멍청한 자들 손에 다 망하고 말 것입니다. 그런 것은 신경쓰지 말고 술이나 드십시다!"

그러면서 노래하는 도정들을 불러서,

"이태백이 술을 탐한다는 것을 한번 불러보거라."

하고 분부하니, 이들은 바로 좌석 옆에 서서 물고기 모양의 북을 치며 노래를 불렀다. 이렇게 저녁 늦게까지 먹고 놀다가 하인들에게 돌아갈 가마를 준비하라 했다. 서문경이 좀 더 놀다 가시라고 아무리 만류해도 결국 자리에서 일어서기에 대문까지 따라가 전송했다.

두 환관을 전송하고 안으로 들어와 촛불을 켜게 한 뒤에 술상을 치우지 말고 주방의 요리사에게 일러 술안주와 음식을 다시 내오게 하고는 오대구, 응백작, 온수재를 붙잡아 자리에 앉혔다. 또 하인을 시켜 부지배인, 감지배인, 한도국, 분지전, 최본과 진경제를 부른 뒤 다시 연극배우들에게,

"어제 했던「옥환기」를 다시 해보거라."

하고 분부하며 백작을 향해 말했다.

"환관들이 어디 이 남곡의 오묘한 맛을 제대로 알겠어? 잘 모를 것 같아서 더 붙잡지 않았지."

"형님의 호의를 저버렸군요. 환관들과 일반 사람들의 취향은 많이 달라요. 환관들은 단지「남관기」같은 그렇고 그런 유행가나 좋아하지 어디 사랑이라든가 만남의 기쁨이라든가 이별의 슬픔을 노래한 걸 이해하겠어요?"

아래에서는 북을 치고 운판을 치며 어제 부르다 만「옥환기」를 하나하나 끝까지 다 연출했다. 서문경은 다시 하인들에게 계속 손님들의 잔에 술을 따르게 했으니, 백작은 서문경과 같은 좌석에 앉아 있기에 물어보았다.

"계집애들이 집에 아직 돌아가지 않았을 텐데 왜 술을 따르게 하지 않는 게지요?"

"자네는 아직도 꿈을 꾸고 있구만. 그 애들이 언제 돌아갔는데!"

"여기 이삼 일 머물렀잖아요."

"오은아는 며칠 있었지."

이날 사람들은 삼경 무렵까지 앉아 있다가 연극이 끝나자 비로소 몸을 일으켜 각자 흩어졌다. 서문경은 오대구에게 내일 아침 일찍 와서 문상 오는 관원들을 접대해달라고 부탁했다. 그러고는 은자 넉 냥을 주어 배우들을 돌려보냈다.

다음 날 주수비, 형도감, 장단련, 하제형이 많은 관원들과 함께 돈을 얼마씩 내어 돼지와 양을 잡아 제사상을 준비해 와서는 제사를 올리고 또 예생[禮生](제사를 주관하는 사람)이 있어 제문을 읽겠노라 했다. 서문경은 일찌감치 술좌석을 준비하고 이명 등 배우 셋에게 술시중을 들게 했다. 오후가 되자 북소리가 들리며 제사를 지낼 사람들이 도착했다. 오대구, 응백작, 온수재가 문 앞까지 나가 영접했다. 관원들은 앞뒤로 많은 사람들이 소리를 내며 호위한 가운데 도착해 말에서 내려 앞 대청에서 옷을 갈아입었다. 얼마간 시간이 흐른 다음에 제사상이 다 차려졌다. 여러 관원이 일제히 영전으로 나아가 절을 하니 서문경과 진경제도 맞절을 하며 인사를 했다. 예생이 절을 세 번 올리게 해 절을 올리자, 그 곁에 무릎을 꿇고 앉아 제문을 읽었다.

유세차 정화 칠년 정유년 구월 경신 삭, 스무닷새가 지난 갑신일 인시에 인시생[寅侍生](지위가 비슷한 동료 간의 자칭[自稱]) 주수[周秀], 형충[荊忠], 하연령[夏延令], 장관[張關], 문신[文臣], 범훈[范勳], 오개[吳鎧], 서봉상[徐鳳翔], 반기[潘磯]는 삼가 짐승과 고기를 바치고 예의를 갖추어 제사를 올립니다.

금의 서문부인 이씨의 영전에 고하노니,

성품이 빼어났으며 현숙한 여인의 표상이었어라. 그 품덕은 금옥에 비길 만하고 용모는 가히 난초의 향기에 비할 만했습니다. 집안일에도 법도가 있고 알뜰했습니다. 또 학문을 즐기고 여러 부인들과도 화목하게 지내며 남편을 하늘같이 떠받들고 존경했습니다. 사람들은 장수하기를 바라나 인간의 생명이란 햇볕에 마르는 이슬과 같은 것. 금슬이 좋아 마땅히 백 년을 해로할 사람을 하늘이 재촉하였네. 오호라 슬프구나! 생명에는 길고 짧음이 있으나 이 모든 것은 하늘의 뜻! 하늘이 착한 이를 싫어하는구나! 주옥은 물에 잠기고 벽옥은 산산이 부서지는구나. 구름도 참담하고 바람도 구슬프구나. 묘지 문을 두들기나 열리지 않는구나. 인생은 풀잎 위의 이슬 같은 것이로구나!

수[秀] 등은 같은 동료로서 그 정분과 교류가 매우 깊었습니다. 접시에 고기를 담고 잔에 술을 따라 올리니 내려와 즐기소서. 이 제문을 읽어 애도를 표하는 바입니다.

오호라! 삼가 잔을 올립니다!

제사가 끝나자 서문경은 일어나 고맙다고 인사를 했다. 오대구 등은 관원들을 대청 안으로 안내해 상복을 벗고 편히 자리를 잡게 하고 차를 대접했다. 배우들이 노래를 부르는 가운데 자리를 정하고 앉았다. 따라온 시종들은 따로 자리를 마련해 대접했다. 요리사들이 올라와 음식을 내왔는데 장만한 음식이 이틀 전보다 더욱 풍성했다. 좌석에 따라 서로 인사를 했다. 서문경과 오대구, 응백작, 온수재도 자리에 앉아 접대했다. 술잔이 서로 오가며 은근하게 술을 권했다. 이명 등 배우 셋도 은쟁과 상아 운판을 치면서 노래를 부르며 분위기를 띄웠다. 밖에서는 지배인들이 따라온 사람들에게 음식을 들라 하고는 적당히 은자를 주어 돌려보냈다. 여러 관원들은 오후 늦게까지 앉아 있다가 몸을 일으켰다. 서문경이 만류하고 오대구와 응백작이 큰 잔을 들어 권하며 좀 더 자리에 앉아 있으라고 했다. 이명 등을 시켜 악기를 타고 노래를 불러 분위기를 새롭게 해보라고 일러 해가 질 무렵에서야 비로소 흩어져 돌아갔다.

사람들이 돌아간 뒤에도 서문경은 오대구와 여러 사람들을 더 남아 있으라고 붙잡자 오대구가,

"많은 사람들이 연일 시끄럽게 해서 매부께서도 매우 피곤하실 겁니다. 그러니 다들 돌아가 좀 쉽시다."

라며 작별을 하고 집으로 돌아갔다.

하늘 위에서는 푸른 복숭아를 이슬과 함께 심고
해 주변에는 붉은 살구가 구름에 기대어 자란다.
집이 부유하니 찾아오는 사람도 많네
손 안에 많은 것이 있을 적엔 재물을 따지지 마라.
天上碧桃和露種 日邊紅杏倚雲栽
家中巨富人趨附 手內多時莫論財

인생에서 가장 괴로운 것은 이별이니

오도관은 영구를 맞아 영정을 보여주고,
송어사는 서문경에게 육황(六黄)을 대접케 하다

부부 금슬이 좋아 서로 보면 기쁘고 화목했는데
누가 삼상[參商]*이 되어 헤어질 줄 알았으리.
새벽 달 구름 가에 깨진 거울 걸어놓고
흐르는 시간은 베틀 위 실북처럼 빠르네.
근심은 풀빛 따라 봄에도 깊어만 가고
한밤에 몇 번이나 가슴이 쓰렸던가.
흘린 눈물 얼마나 되었나 묻노니
단풍 숲에 가을이 깊구나.
齊眉相見喜柔和　誰料參商發結歌
殘月雲邊懸破鏡　流光機上擲飛梭
愁隨草色春深謝　苦入蓮心夜幾何
試問流乾多少淚　楓林秋色一般多

　구월 스무여드렛날은 이병아가 죽은 지 이칠[二七](열나흘째)일로

---

* 삼성[參星]과 상성[商星] 두 별 이름으로, 서로 다른 때 하늘에 출현. 옛사람들은 이것으로 가까운 사람이
멀리 떨어지거나 만나지 못함을 비유했음

옥황묘의 오도관이 제사를 올리기 위해 도사 열여섯 명을 데리고 집으로 왔다. 도사들은 깃발을 세우고 고난을 구제하기 위해 이칠제 제단을 설치했다. 한참 공사를 하고 있을 적에 관원 안랑중[安郞中]이 편지를 보내왔다. 서문경은 편지를 가져온 심부름꾼을 잘 대접해 돌려보냈다. 오도관은 묘중에서 소, 돼지, 양 등의 고기와 국, 밥, 떡, 야채로만 만든 음식, 향, 지전과 베 한 필을 부조금으로 내놓았다. 도사들은 관을 둘러싸고 염불을 하고 오도관은 영전에 다가가 절을 했다. 서문경과 진경제도 답례하며 감사를 표했다.

"스님께서는 어쩌자고 이렇게 많은 돈을 쓰십니까?"

"소관은 실로 부끄럽기 짝이 없습니다. 당연히 한 사람을 따로 보내 경을 읽어 마님의 극락장생을 도와야 하거늘, 힘이 미치지 못해 이렇게 조잡한 음식을 약간 준비해 마음을 표시할 뿐입니다. 그러니 비웃지 마시고 받아주시기 바랍니다."

서문경은 제사를 끝내고는 바로 물건을 거두어들이고 물건을 메고 온 사람들은 돌려보냈다. 이날은 아침부터 경을 읽고 또 생신장[生神章]을 강연하고, 지옥의 재앙을 제거하고 죽은 사람의 영혼을 불러내 죽은 자를 고생에서 구해달라는 붉은 글의 표를 올리고 여러 신들에게 부명[符命]을 바치며 법사[法事]를 하였다.

그다음 날 성 밖에 사는 한씨 이모와 이모부가 와서 제사를 올렸다. 이때 맹옥루에게는 남동생이 하나 있는데 외지로 장사하러 나가 오륙 년 동안 집에 돌아오지 않았다. 그러던 동생이 어제 돌아와 누이와 대면했다. 동생은 서문경 집에 상사[喪事]가 있다는 말을 듣고 한이모부를 따라와 함께 분향을 하고, 상복을 얻어 입고 많은 부의금을 내놓았다. 서문경은 인사를 건네고 옥루 방에 들어가 쉬게 했다.

안에 들어가 보니 여자 손님이 십여 명 있었는데, 서문경은 이곳에도 좌석을 마련해 접대했다.

이날 오후에 본현의 지현[知縣] 이공극[李拱極]과 현승[顯丞] 전사성[錢斯成], 주부[主簿] 임양귀[任良貴], 전리[典吏] 하공기[夏恭基], 그리고 양곡현[陽谷縣] 지현[知顯] 적사후[狄斯朽]가 모두 부조금을 내고 상복을 입고 지전을 사르며 문상을 했다. 서문경은 천막에 자리를 마련해 접대하며 오대구와 온수재 등에게 관리들을 잘 모시라 이르고 이명 등 배우 셋에게 노래를 부르게 했다. 같이 온 시종들도 부조금을 내니 자리를 마련해 음식을 대접했다. 이렇게 한참 먹고 마시며 떠들썩하게 놀고 있는데 하인이 벽돌 공장의 장으로 있는 공부[工部]의 황대감이 문상을 왔다고 전갈했다. 이에 서문경은 다급히 상복으로 갈아입고 영전에서 문상객 맞을 채비를 하고 기다렸다. 온수재는 바로 대문 밖까지 나가 영접해 대청으로 모신 다음에 옷을 갈아입기를 권하고 안으로 모셨다. 집안의 하인들이 향과 지전, 베, 금띠 등을 들고 영전에 이르러 붉은 칠을 한 쟁반 위에 향을 받쳐 올리고 무릎들을 꿇었다. 그런 뒤에 황주사가 향을 사르고 영전에 절을 했다. 서문경은 진경제와 함께 맞절로 답례했다. 황주사가 말했다.

"부인이 돌아가신 줄을 몰랐기에 조문이 늦었습니다. 용서해주시기 바랍니다!"

"소생이 도리어 죄송할 뿐입니다. 대감께서 직접 문상을 오신 데다 이렇게 많은 물건을 가져오시니 참으로 감사하기 그지없습니다."

서로 인사를 나누고 대청으로 안내해 자리를 권하고 서문경과 온수재가 그 곁에 자리를 잡으니 하인이 차를 내와 대접했다. 차를 마시면서 황주사가,

"어제 송송원[宋松原] 선생이 안부를 전해왔습니다. 송선생도 부인께서 돌아가신 소식을 듣고 몸소 조문을 하려고 했습니다. 헌데 해야 할 일이 워낙 많아 지금은 제주[濟州]에 계십니다. 조정에서는 지금 간악[艮嶽](송 휘종 연간 동경 변량 경룡산 부근에 세운 토산으로 산이 도성의 동북방 즉 간방[艮方]에 있어 '간악'이라 함)을 세우고 있는데 태위[太尉] 주면[朱勔]에게 성지를 내려 강남과 호상에서 화석강[花石綱]을 채취해 운하를 통해 서울까지 직접 운반하라 했습니다. 첫 배는 회상[淮上]에 머물러 있습니다. 흠차대신으로 전전육황태위[殿前六黃太尉]를 보내 경운만태기봉[卿雲萬態奇峯]이란 돌을 인수했는데, 길이가 두 장에 폭이 수척이나 된다는데 모두 누런 담요로 덮고 누런 깃발을 세워 몇 척에 나누어 싣고 산동에서 운하를 따라 온답니다. 그런데 운하에 물이 없어 여덟 도읍에서 사람들을 징발해 배를 끌게 했습니다. 그러다 보니 관원도 관원이지만 특히 백성들의 원성이 자자합니다. 송도장께서는 여러 주[州]와 현[縣]을 다스리고 일마다 모두 친히 살펴야 하니 문서는 산처럼 쌓여 있고 밤낮으로 수고를 하니 도무지 틈을 낼 수가 없다 합니다. 더욱이 황태위께서 머지않아 서울을 떠나 이곳에 오신다니, 송도장께서는 필히 삼사의 관원을 이끌고 황태위를 영접하셔야 합니다. 그런데 이곳은 잘 아는 데도 없고 해서 저한테 부탁하기를, 번거롭고 귀찮으시겠지만 선생이 주인이 되어 육황태위를 초청해 식사 대접을 한번 하는 게 어떻겠냐고 하시는데 선생의 뜻이 어떠하신지요?"

그러면서 좌우에게,

"송대감이 보낸 사자를 들라 하거라!"

하니, 잠시 뒤에 검은 옷을 입은 관리 둘이 들어와 무릎을 꿇으며 보

따리를 풀러 금박 비단 한 필, 향목 한 뿌리, 흰 초 두 개, 화산지 한 묶음을 꺼내 올렸다. 그러면서,

"이것은 송대감께서 보낸 부[府]의 물건입니다. 그리고 이 봉지 두 개는 양사(포정[布政]과 안찰[按察])와 팔부의 관원들이 육황태위의 접대비로 모은 돈입니다. 양사의 관원은 열두 명으로 각기 석 냥을, 부의 관원은 여덟 명으로 각기 닷 냥씩 모두 스물두 사람 몫으로 도합 백여섯 냥입니다."

하니 황주사는 이를 받아 서문경에게 건네주면서,

"수고스럽겠지만 한번 준비해주시는 게 어떻겠습니까?"

했다. 서문경은 재삼 사양하면서,

"소생은 상중인데 어떻게 할 수가 있겠습니까!"

그러면서,

"한다면 언제쯤 하게 되는지요?"

하고 물었다. 황주사는,

"아직 멀었어요. 다음 달 중순쯤이 될 것 같은데 황태위께서는 서울에서 아직 출발하지도 않으셨어요."

하니 이 말을 듣고 서문경은,

"시월 열이틀에 발인을 합니다. 하지만 송대감과 대감님이 이렇게 분부하시는데 제가 어찌 거절할 수 있겠습니까!"

그러면서 말했다.

"보내주신 부의 물건은 받겠으나, 태위님 접대비 조로 보내주신 돈은 결코 받을 수가 없습니다. 좌석 몇 개가 필요하다고 분부만 하신다면 제가 다 알아서 준비하겠습니다."

"사천선생이 잘못 알고 계시는군요. 송원이 나한테 부탁해 말씀을

드렸지만, 이것은 산동성 각 관원의 공적인 접대로 결코 송원이 개인적으로 내는 게 아닌데 어찌 사양하십니까? 만약 받지 않으신다면 내 돌아가 송원에게 사실대로 얘기하고 다시는 어려운 부탁을 드리지 않겠습니다."

서문경은 이 말을 듣고 하는 수 없이,

"그렇다면 잠시 받아두지요."

하며 대안과 왕경을 불러 받아두고 나서 물어보았다.

"좌석은 몇 개나 준비해야 하는지요?"

"황태위께는 큰 탁자를 준비하고, 송공과 양사의 장관들에게는 보통 탁자 정도면 될 것입니다. 나머지 관원들은 다 같이 앉으면 될 겝니다. 접대할 악사들은 저희가 사람을 보내 준비할 터이니 따로 부르실 필요는 없습니다."

황주사는 말을 마치고 차를 두어 차례 더 마신 뒤에 일어나 돌아가려고 했다. 서문경이 좀 더 머물다 가시라고 붙잡자 황주사가 말했다.

"저는 또 상류당[尚柳塘] 선생 댁으로 인사를 하러 가야 됩니다. 일전에 제가 있던 곳에 현령[縣令]으로 계시다가 성도부의 추관으로 전근을 가셨습니다. 그분의 자제인 양천[兩泉]과 저는 향시의 동기생입니다."

"선생께서 양천과 그렇게 교분이 두터운 줄은 몰랐습니다. 양천과 저도 아주 친하게 지내고 있습니다."

황주사가 자리에서 일어나자 서문경이 말했다.

"번거로우시겠지만 송장관께 감사의 뜻과 안부를 전해주십시오, 때가 되면 집에서 준비하며 기다리겠습니다."

"때가 되어 송원이 통보하면 바로 알려드리겠습니다. 그렇지만 너무 사치스럽게 하지는 마십시오."

　서문경은,

　"잘 알겠습니다."

하며 대문까지 배웅하니 황주사는 말을 타고 떠나갔다.

　조문을 왔던 현의 관원들은 황주사가 순안 어사의 사람을 데리고 왔다는 말을 듣고서 다들 놀라서 산모퉁이에 있는 작은 정자로 피해서 술을 마셨다. 그러면서 하인들에게 명해 타고 온 가마와 말을 한쪽으로 감추게 했다. 서문경이 황주사를 배웅하고 천막으로 다시 와서는 여러 관원들에게 송순안이 양사팔부[兩司八府]의 사람들을 데리고 와서 다음 달 즈음에 오는 육황태위의 접대를 부탁한 일을 자세히 알려주었다. 이 말을 듣고 여러 관원들은 한결같이,

　"그것 때문에 주현의 모든 관원들이 걱정하고 있습니다. 흠차대신께서 오시면 영접하는 데 드는 비용 일체를 주현에서 부담해야 하니, 결국 그 비용은 백성에게서 나오는 게 아닙니까. 공사[公私]가 모두 어렵지만 이런 접대는 더욱 힘들게 됩니다. 사천선생께서 윗분들에게 잘 말씀드려주신다면 더할 나위 없이 좋지요."

　말을 마치고 모두들 오래 앉아 있지 않고 자리에서 일어나 작별 인사를 하고 말을 타고 돌아갔다.

　이병아가 죽은 지 삼칠[三七](스무하루 되는 날)에 성 밖에 있는 영복사의 도견[道堅] 장로가 상당승[上堂僧](불사[佛寺]에서 지위가 비교적 높은 승인[僧人]) 열여섯 명을 데리고 와서 경을 읽었다. 모두들 구름 같은 비단 가사를 걸치고 곤로모[昆盧帽](중들이 쓰는 승모[僧帽])를 쓰고 큰 발[鈸]과 큰 북을 들고 있었다. 아침에는 일찌감치 물을 떠다 다섯 방위에 뿌리고 삼보[三寶]를 청해 불상을 목욕시켰다. 오

후에는 지옥문을 열고 죽은 자의 영혼을 불러내 「양황참[梁皇懺]」을 예불하고, 「불모대공작 명왕경[佛母大孔雀明王經]」을 담론했는데 모든 것이 잘 갖추어져 있었다. 저녁에는 교대호 부인과 여러 지배인의 부인이 월랑을 벗해서 영전에서 꼭두각시 연극을 보았다. 서문경과 응백작, 오대구, 온수재는 장막 안 동쪽 모퉁이에 따로 병풍을 쳐놓고 술을 마셨다.

시월 초여드레는 사칠[四七](죽은 지 스무여드레가 되는 날)로 이날 서문경은 성 밖에 있는 보경사의 조라마[趙喇嘛]와 라마승 열여섯 명을 청해 경을 읽고 귀신을 쫓은 경문을 외었다. 제단을 쌓고 쌀과 모래를 뿌리며 향을 피우고 경문을 읊조리는데, 우유와 낙농 제품들을 제물로 썼다. 구추천마변상을 걸어놓았는데, 유리로 된 노리개를 하고 목에 해골을 걸고 있었다. 그리고 갓난애를 물고 도깨비를 깔고 앉았는데 뱀과 용이 허리를 감고 있었다. 머리가 넷이고 팔이 여덟 개인데 창을 잡고 있고, 붉은 머리칼과 푸른 얼굴로 추하고 사납기 그지없었다. 점심 제사를 마치고 술과 고기를 먹었다.

서문경은 이날 집에 있지 않고 음양사 서선생과 함께 성 밖 묘지터로 가서 묏자리를 파기 시작하다가 오후 늦게서야 집으로 돌아와 밤늦게 라마승들을 돌려보냈다. 다음 날 묘지터로 술과 쌀 등 제사에 필요한 물건 등을 챙겨 보냈다. 또 지배인들을 시켜 묘지터 앞뒤로 천막을 대여섯 개 세우고, 술을 마실 수 있게 주방과 식탁을 준비하고, 여자 조문객들이 쉴 수 있게 임시 움집도 서너 개 정도 지었다. 그리고 이웃 사람들을 청해 술과 고기를 배부르게 대접했다. 한참 뒤에 손님들은 서로 어깨를 나란히 하고 비틀거리며 집으로 돌아갔다.

열하룻날 날이 밝자 먼저 만가[輓歌]를 부르는 가랑[歌郎]들이 와서는 북을 치며 영전에서 조문을 하는데, 「다섯 귀신이 재판을 시끄럽게 하다[五鬼鬧判]」 「장천사가 귀신에 홀리다[張天師着鬼迷]」 「종규가 작은 귀신을 희롱하다[鍾道戲小鬼]」 「노자가 함곡관을 지나가다[老子過函谷]」 「색[色], 성[聲], 향[香], 미[味], 촉[觸], 법[法]이 미륵을 놀리다[六賊鬧彌勒]」 「눈 속의 매화(설리매[雪裡梅])」 「장자가 꿈에 나비가 되다[莊周夢蝴蝶]」 「천왕이 땅에 물, 불, 바람을 내리다[天王降地火水風]」 「동빈이 검으로 황룡을 참하다[洞賓飛劍斬黃龍]」 「조태조가 천 리 밖까지 형랑을 배웅하다[趙太祖千里送荊娘]」 등 갖가지 연극을 하였다. 이윽고 참배가 끝나자 영구가 떠나갔다. 이때 비로소 친척들은 모두 모여 영구와 작별을 고하고 지전을 불사르며 큰소리로 곡을 했다.

다음 날 드디어 발인 날이 되었다. 이른 아침에 영정과 각종 깃발 등을 밖에 내다놓았다. 또 승려, 도사, 북 치는 사람, 악사와 일꾼들이 모두 대령하고 있었다. 서문경은 일찌감치 주수비에게 부탁해 군졸 쉰 명 정도가 활을 메고 말을 타고 호위하게 했다. 그중 십여 명은 집에 남아 집을 지키게 하고 나머지 사십여 명은 두 줄로 나누어 상여 앞뒤를 호위케 했다. 아문에서도 스무 명 정도를 보내 길을 정리케 하고 제사 그릇 등을 살피게 했다. 묘지에도 따로 스무 명 정도가 나뉘어서 제사 일을 도왔다. 이날 관원과 친척, 친구들이 영구를 따랐는데, 수레와 말소리가 온 거리에 진동하고 사람들로 거리와 골목이 다 미어질 지경이었다. 서문경의 집안사람들과 친척들이 탄 가마만 하더라도 백여 채가 넘고 삼원[三院](기원[妓院], 가루[歌樓], 희반[戲班])의 포주 할멈과 기생들이 타고 온 가마도 수십 채가 되었다. 음양사 서선생은 진시에 영구를 출발하기로 시간을 정해놓았다. 서문경

은 손설아와 비구니 둘에게 남아서 집을 지키라 하고 평안과 군졸 둘
은 대문을 지키게 했다.

아들 노릇을 하는 사위 진경제가 영구 앞에 꿇어앉아 그릇을 땅바
닥에 집어던졌다. 이를 신호로 예순네 명이 멜빵을 고르고 검시관 한
명이 틀 위에서 박판을 두들기자 상여꾼들이 어깨 위로 상여를 맸다.
먼저 보은사의 중이 만가[輓歌]를 부르며 큰거리를 지나서 남쪽으로
가니 양편에서 이를 보려는 사람들로 인산인해를 이루었다. 이날은
마침 날씨도 맑고 화창해 그야말로 좋은 장례 행렬이었다. 그 모습을
보자니,

화창한 바람이 길을 열고 보슬비 먼지를 머금어 빛난다.
동쪽에서 해가 뜨니 북녘의 구름이 자취를 감추네.
둥둥 북소리 쟁쟁 징 소리 끊임없이 들리며
딩동딩동 조종 소리도 밤새 울린다.
명정이 바람에 나부끼는데 큰 글자 아홉 척의 붉은 비단
불이 일어 높은 하늘까지 중간에 안개를 쫓아버리네.
험상궂은 개로신[開路神]*은 금도끼를 비스듬히 메고
의기양양한 험도신[險道神]**은 은 창을 들고 있다네.
소요하는 팔동선[八洞仙] 주위에는 거북과 학이 따르고
아리따운 미인 넷과 호랑이와 사슴이 서로 따른다.
지조귀[地弔鬼]***는 바라를 치고

---

* 종이로 만든 작은 귀신 형상. 장례 대열에서 맨 앞에 세워 길을 열게 함
** 출빈대오[出殯隊伍] 앞의 개로신
*** 조상[弔喪] 잡극 중 작은 귀신으로 분한 형상

불꽃놀이 대에서는 수천 불꽃이 터진다.

요란스럽게 채련선[採蓮船]*을 우습게 공연한다.

크고 훤칠한 사람들은 모두 갑옷에 투구

빼어난 도동[道童] 열여섯은 도복에 도사의 머리

곤정[坤庭]**의 금을 두들기며 옥으로 만든 악기 연주하니

실로 온 세상을 움직이는 신선의 음이로다.

뚱뚱한 화상 스물네 명 모두 가사를 걸치고

목탁을 치고 북을 두들기며 오방[五方]의 법사를 본다.

열두 채의 큰 비단 가마, 가마마다 푸르고 붉은 비단이 나부끼고

스물넉 채의 작은 가마, 가마마다 진주와 비취로 둘렀네.

왼편에는 종이로 만든 제물이, 오른편에는 금은이 가득하네.

부엌에는 온갖 산해진미가

향촉정[香燭亭]에는 여러 가지 제물이 갖추어져 있네.

백화정 여섯 채는 비단이 드리워져 있고

인혼교[引魂轎] 한 채에는 여러 번 묶은 누런 실이 달려 있다.

이쪽에서는 종이꽃과 눈버들이 서로 빛을 발하고

저쪽에서는 꽃가마와 은기치가 무리를 짓는다.

금으로 쓴 기, 은으로 쓴 기가 상여를 보호하고

흰 비단, 녹색 비단으로 상여 틀을 동여맸네.

도끼 모양 깃발이 구름같이 많고

한쪽에 세 개는 색이 선명하네.

항아리와 수건을 들고 하녀 둘이 시립하고

---

* 여자가 연꽃을 따며 생활한다는 민간 가무
** 서남방의 선경[仙境]. 옛날에는 망혼[亡靈]이 가는 곳이라 여겼음

머리 빗고 화장한 것이 살아 있는 듯하구나.
운구를 이끄는 흰 비단은 바람에 나부끼고
친척들의 울음소리 서글퍼라.
여섯이 앞에서 만가[輓歌]를 부르며
검은 옷에 흰 모자를 쓴 상여꾼들 예순네 명
다섯 마리 학 모양 뚜껑을 덮고
여러 모양 띠를 사방에 두르고
크고 붉은 비단으로 그 위를 덮었네.
그 밑에는 크고 훌륭한 비단 수관이 놓여 있네.
양편에는 두 줄로 군졸들이 길을 여는데
모두 머리에 굴건을 쓰고, 검은 저고리를 입고
허리에는 베 띠를, 다리에는 흰 각반을 두르고
손에는 작대기 들고 앞뒤에서 소리를 지른다.
양편 말 위에서 재주를 부리는 사람들도
머리에 만자 띠를 두르고 금고리를 뒤에 달았네.
두세 겹의 겉저고리에 자색 허리띠를 두르고
매발톱이 그려진 누런 신을 신고
다섯 색상의 물새 모양 무릎 보호대를 했네.
길거리 무예가는 매와 같고
말 위의 재주꾼은 원숭이 같구나.
창 하나를 거머쥐고 있는데 붉은 대에 푸른 깃발
물구나무서고 말 위에서 활을 쏴 동전을 맞히고
말 위에서 외다리로 서고, 신선이 다리를 걷는 모습
말안장 밑에 몸을 감추는 묘기 보이네.

사람들이 박수를 치며 너 나 할 것 없이 칭찬한다.
어깨를 밀고 당기며 서로 앞다투니
잘나고 못난 이를 구별키 어렵고
서로 보며 아우성치고 야단들이니
누가 귀한 자인지 천한 자인지 구분하지 못하겠구나.
멍청한 뚱뚱이는 숨을 헐떡대고
키 작은 사람은 발꿈치를 들고 야단법석
백발노인은 지팡이 짚고 수염을 쓰다듬고
아름다운 부인네는 아이 데리고 장례를 구경한다.

和風開綺陌 細雨潤芳塵 東方曉日初升 北陸殘煙乍斂

鏖鏖曨曨 花喪鼓不住聲喧 叮叮噹噹 地吊鑼連霄振作

名旌招颭 大書九尺紅羅 起火軒天 中散半空黃霧

猙猙獰獰 開路鬼斜擔金斧 忽忽洋洋 險道神端秉銀戈

逍逍遙遙八洞仙 龜鶴繞定 窈窈窕窕四毛女 虎鹿相隨

地吊鬼晃一片鑼篩 煙火架迸千枝花炮

熱熱鬧鬧採蓮船 撒科打諢 長長大大高橋漢 員甲頂盔

清清秀秀小道童十六衆 衆衆都是霞衣道髻

繫坤庭之金 奏八瑯之璈 動一派之仙

肥肥胖胖大和尙二十四個 個個都是雲錦袈裟

排大鈸 敲大鼓 轉五方之法事

一十二座大絹亭 亭亭皆綠舞紅飛

二十四座小絹亭 座座盡珠舊翠繞

左勢下 天倉與地庫相連 右勢下 金山與銀山作隊

掌醢廚 列入珍之罐 香燭亭 供三獻之儀

六座百花亭 現千團錦繡 一乘引魂橋 札百結黃絲

這邊把花與雪柳爭輝 那邊寶盖與銀幢作隊

金字旛 銀字旛 緊護棺輿 白絹纖 綠絹纖 同圍增架

斧符雲氣 一邊三把 皆彩畫鮮明

執罐捧巾 兩下侍妾 盡梳粧如活

功布招颭 孝眷聲哀 簇捧定五出頭六歌郎 仰覆運須彌座

六十四名靑衣白帽 穩穩抬定五老雲鶴華蓋頂 四垂頭流蘇帶

大紅銷金寶像花棺罩 裡面安着巍巍不動錦繡棺輿

只見那兩邊打路排軍 個個都頭戴孝巾 身穿靑袖襖

腰繫孝帶 脚靫腿綳簡鞋 手執攬杵 前呼後擁

兩邊走解的 頭戴芝麻羅萬字頭巾

撲匾金環飛於腦後 穿的是兩三領綻絲衲襖

腰繫紫纏帶 足穿鷹爪四縫乾黃靴

襯着五彩翻身搶水獸納紗襪口

賣解猶如鷹鶴 走巧好似猿猴

執着一杆明槍 顯硃紅杆令字藍旗

豎肩椿 打斤斗 隔肚穿錢 金雞獨立 仙人打過橋 鐙裡藏身

人人喝采 個個爭誇 扶肩擠背 紛紛不辨賢愚

挨覩扞觀 攘攘那分貴賤 張三蠢胖 只把氣吁

李四矮矬 頻將脚躧麗 白頭老叟 盡將拐棒拄髭鬚

綠鬢佳人 也帶兒童來看殯

북과 징 소리 들리고 길에 먼지 이니
화려한 상여를 수많은 사람이 메네.

슬픈 울음 속에 상여가 지나가니
이런 장례는 실로 서울에서도 드물리.
鑼鼓鼕鼕露路塵 花攢錦簇萬人瞻
哀聲隱隱棺輿過 此殯誠然壓帝京

집에서 온 가마만도 십여 채로 오월랑은 큰 가마에 앉아 맨 앞에
자리 잡고 이교아 등이 일렬로 그 뒤를 따랐다. 서문경은 상복을 입
고 여러 친척들과 함께 상여 뒤를 따랐고 진경제는 상여 끈을 붙잡고
따라갔다. 동쪽 거리를 빠져나가자 서문경은 옥황묘의 오도관을 불
러 죽은 사람의 영정을 걸게 했다. 이때 오도관은 붉고 큰 바탕에 학
스물네 마리를 수놓은 옷을 입고 구양옥환뢰건[九陽玉環雷巾]을 쓰
고, 붉은 신을 신고 상아로 만든 홀[笏]을 들고 있었다. 오도관은 네
사람이 멘 가마 위에 앉아 있다가 이병아의 전신 영정을 손으로 받아
들고 진경제가 그 앞으로 가 꿇어앉으니 상여 행렬은 멈추었다. 이어
서 오도관이 큰소리로 염불을 시작했다.

토끼 가고 까마귀가 서에서 동쪽으로
백 년의 광경이 바람과 촛불을 벗했네.
사람들은 생[生]의 이치를 깨닫지 못하다가
이제서야 색즉시공임을 아는구나.
免走鳥飛西復東 百年光景侶風燈
時人不悟無生理 到此方知色是空

계속해,

유세차

금의 서문부인 이씨의 영전에 아룁니다.

향년 스물일곱으로 생을 다했도다.

신미년 정월 십오 일 오시에 태어나, 정화 칠년 구월 십칠 일 축시에 세상을 떠났네. 삼가 영전에 엎드려 살펴보니 돌아가신 분은 명가의 빼어난 후손에 좋은 집안의 귀여운 딸이었네. 아름다운 용모에 난초와 같은 기운을 지녔어라. 온화한 품성에 덕을 지니고 천성이 고왔다네. 서문씨에게 시집을 와서 그 배필로 손색이 없었어라. 집안에서는 현숙하고 금슬이 좋아 화목했다네. 오래오래 살 줄 알았건만 이렇게 일찍 죽고 말다니! 이제 갓 스물일곱이었다네. 오호라, 애달파라! 밝은 해는 쉽게 기울고 좋은 물건은 보전키 어려워라. 착한 이는 오래가지 못하고 인간의 수명은 다 정해진 바가 있어 오늘 이렇게 상여에 실려 길을 나서니, 붉은 기가 바람에 나부끼고 남편은 영구 앞에서 애통해하며 친솔들은 거리에서 슬퍼하누나. 정이란 깊은 것이기에 실로 끊기가 어렵고 그 목소리와 모습은 날이 갈수록 잊기 어려워라. 우리들이 모여 의관을 갖추고 부끄럽게도 도교를 배웠습니다. 신원평[新垣平](한문제[漢文帝] 때의 술사[術士])의 신술이 없음을 부끄러워하나, 현원시[玄元始](도교의 시조 노자)의 유풍을 따를 뿐입니다. 최휘[崔徽](당대의 기녀)가 용모를 드러내 보이나 장자 꿈속의 나비는 돌아오기 어려워라. 감로수를 마시며 경장[瓊漿]을 축여서 선계를 넘어 자부[紫府](선인의 거처)에 오르소서. 도포를 걸치고 깨끗한 용모로 어두운 길에서 깨끗한 곳으로 혼백이 인도되기를. 마음에 거리낄 것이 없으면 모든 것이 헛된 것이라네. 공[空]은 고통이고 기가 청풍으로 변하고 흙으로 돌아간다네. 영혼은 떠나 돌아오지 마소서! 언젠가는 얼굴과 모습을 바꾸어 수없이 다시 태어나리니. 사람들아, 마지막으로 이 말을 들어주소서. 영혼은 어디로 가는지 알 수 없기에 이 그림을 남겨 후인들에게 전하노라!

오도관은 다 읽고 단정히 가마에 앉아 조용히 물러갔다. 이때 다시 북소리가 하늘에 진동하고 슬픈 울음소리가 땅에 울려 퍼졌다. 상여는 다시 남문 쪽으로 빠져나갔다. 여러 친척들과 친구들도 서문경과 함께 남문까지 가서 말에 올랐다. 진경제만 영구를 부여잡고 산자락에 있는 오리원[五里原]에 도착했다. 원래 좌영 장단련이 이백여 명의 사병을 데리고 유내상, 설내상과 함께 일찌감치 묘 앞 높은 곳에 움막을 쳐놓고 악기를 불고 북과 징을 치며 운구 대열을 맞이했다. 제기와 종이를 태우니 불길이 하늘로 치솟았다. 묘지 안쪽 십여 군데에서 제사를 지내고 있었는데 모두 양원의 기녀들이 늘어서 있었다. 여자 손님들은 모두 장막 안으로 들어갔다.
상여가 도착하고 먼저 멘 짐을 내려놓고, 서선생이 사람들을 지휘해 일을 시작하고 나침판으로 방향을 정했다. 사시[巳時]가 되자 토지신에게 제사를 지내고 방위를 정한 후에 비로소 관을 내리고 흙을 덮었다. 서문경도 상복을 길복[吉服]으로 갈아입고 장례식 절차에 따라 주수비에게 위패에 한 점을 찍어주기를 부탁했다(일반적으로 사람이 죽은 지 사흘째, 사람을 시켜 위패에 죽은 자의 '명함[名銜](직함)'을 적고 위에 '제주[題主]'라 쓰는데 이때 '주[主]'자에 한 점이 없는 '왕[王]'자로 해놓았다가 운구를 내리고 흙을 덮은 후에 한 점을 찍어 '주[主]'자가 되게 하는 것).
관아의 관원들과 일가친척, 친구들이 다투어서 서문경에게 제를 올릴 잔을 권했다. 음악 소리가 하늘을 진동하고 연기가 땅을 감쌌다. 제사를 주관하는 사람이 있고 모두 제각기 맡은 바 일을 다 하니 조금도 혼란하지 않았다. 이날 손님들을 대여섯 군데에서 접대했다. 여자 손님들은 뒤편 움막에서 따로 사람을 보내 접대했다. 시끌벅적하고 접대가 융숭했음은 두말할 나위가 없다. 그런 후에 손님들을 점장원[占庄院]으로 초대해 다시 술자리를 벌여 술과 음식을 차렸는데 서문경도 적잖이 술을 받아 마셨고 또 수고비도 후하게 내려주었다.

오후가 되어 집으로 돌아올 적에 오월랑이 이병아의 신주를 모셨던 가마를 타고, 진경제가 영패를 안았다. 모든 사람이 검은색 옷을 입고 작은 가마에도 주렴을 드리우고 전신 초상화와 큰 비단 가마, 작은 가마, 향초를 실은 가마가 줄을 이었다. 음악이 은은히 연주되는 가운데 어린 도사 열여섯이 양편에서 피리를 불고 북을 쳤다. 오대구와 교대호, 오이구, 화대구, 심이모부, 맹이구, 응백작, 사희대, 온수재와 여러 지배인들은 서문경을 모시고 함께 성안으로 들어왔다. 여자 조문객의 가마는 그 뒤를 따랐다. 집 앞에 이르러 불을 질러 잡귀를 쫓은 다음 안으로 들어갔다. 이병아의 방에 위패를 안치하자 음양사 서선생은 대청 앞에서 여러 신께 제사를 지내고 바닥에 술을 뿌리며 각 문지방 위에 사악함과 재앙을 피하는 누런 부적을 붙였다.

서문경은 서선생을 잘 접대하고 비단 한 필과 은자 닷 냥을 주어 문밖까지 나가 배웅해주었다. 일꾼들도 수고비를 주고 다 돌려보냈다. 또 동전 스물다섯 꾸러미를 가져와 포졸들에게 다섯 꾸러미, 관아의 포졸들에게 다섯 꾸러미 그리고 영내에서 말을 몰던 사람들에게 열 꾸러미를 주었다. 또 주수비, 장단련, 하제형 등에게 명첩을 가지고 가서 감사의 인사를 하였다.

서문경은 다시 좌우에 명해 술상을 차리고 교대호와 오대구에게 더 남아 있기를 권했으나 모두 사양하고 자리에서 일어났다. 이때 내보가 들어와,

　"천막을 친 사람들이 내일 와서 천막을 거두겠답니다."

하자 서문경은,

　"천막은 잠시 그대로 두거라. 송영감이 부탁한 연회를 치르고 나서 걷어도 될 게다."

하니 이 말을 듣고 천막을 치는 일꾼들도 돌아갔다. 후원에서는 화씨 부인과 교대호 부인 등 여러 부인네들이 위패가 다 안치되기를 기다려 곡을 한차례 한 후에 집으로 돌아갔다. 서문경은 이병아가 이렇게 갑자기 자기 곁을 떠나버린 것을 참지 못하고 저녁에 다시 이병아 방으로 건너가 위패를 벗해 잠을 잤다. 위패는 정면에 모셔져 있고 전신 초상화는 그 옆에 걸려 있었다. 위패 아래쪽에는 반신상의 초상화가 놓여 있고 그 아래에 이부자리와 옷가지 몇 개와 화장 도구들이 있었다. 그 옆에 이병아가 평소에 즐겨 신던 작은 신 한 켤레가 있고, 공양 탁자 위에는 향과 꽃, 금 접시와 잔 등 제기가 있었다. 이를 보고 서문경은 복받치는 슬픔을 참지 못해 대성통곡했다. 그러다가 영춘을 시켜 맞은편 온돌 위에 자리를 펴게 했다. 밤이 깊어 외로운 등불을 마주하자 창밖으로 비스듬히 달이 비치니 더욱 잠을 이루지 못했다. 몸을 뒤척이고 길게 한숨을 내쉬며 죽은 사람을 생각했다.

　시가 있어 이를 밝히나니,

　창문을 바라보며 길게 한숨짓네.
　난새의 춤이 외로이 비추니 마음이 아프네.

난꽃이 지니 초나라 땅에 가을비 내리고
낙엽이 지니 오강[吳江]에 서리가 오네.
전생에서 부부가 되기를 원했으나
이생에서 반혼향[返魂香]*을 구하기 어렵구나.
구천에 영혼이 있다면
지하와 인간 사이에서 애간장을 끓이누나.

短嘆長吁對瑣窗 舞鸞孤影寸心傷
蘭枯楚畹三秋雨 楓落吳江一夜霜
夙世已逢連理願 此生難滅返魂香
九泉果有精靈在 地下人間兩斷腸

낮에 공양할 때도 서문경은 친히 하인들이 차리는 걸 지켜보고 위패 앞에 탁자를 놓고 마주 보며 식사를 했다. 젓가락을 들면서,

"자, 당신도 이 음식을 들어보구려?"

하는 것이 마치 살아 있는 사람에게 대하는 듯했다. 이러한 모습을 보는 하인 애들과 유모는 흐르는 눈물을 참지 못하고 울음을 터뜨렸다.

유모 여의아는 사람들이 없을 적에 늘상 찻물을 떠다주거나 팔다리를 주물러주면서 서문경의 말벗이 되어주었다. 이렇게 며칠이 지났을 적에 서문경이 손님을 상대로 술을 취하게 마시고 안으로 들어오자 영춘은 이부자리를 깔았다. 취해 자던 서문경이 자다가 갈증을 느껴 물을 마시려고 영춘을 불렀으나 대답이 없었다. 자고 있던 여의아가 일어나 찻물을 가지고 안으로 들어왔다가 이불이 온돌 아래로 흘러내린 걸 보고 찻잔을 바치고 손으로 이불을 걷어 올렸다. 서문경

---

* 죽은 자를 능히 부활시킬 수 있다는 묘약

은 이러한 여의아의 행동을 보고 갑자기 흥분이 되어 목을 끌어안고 입을 맞추면서 자기 혀를 여의아의 입 안으로 밀어 넣었다. 여의아도 서문경의 입술을 빨면서 아무런 소리도 내지 않았다. 서문경은 여의아에게 옷을 벗고 온돌 위로 올라오라 하고는 이불 속에서 껴안고 즐겁게 운우의 정을 나누었다.

여의아가 말했다.

"나리께서 저를 이렇게 아껴주시니 마님이 돌아가셨어도 저는 정말로 나리 댁에서 나가기 싫어요. 그러니 나리께서 저를 거두어주세요."

"귀여운 것아, 네가 내 시중을 잘만 들어준다면 살아가는 데 걱정은 없게 해주마."

이 말을 듣고 여의아는 침상 위에서 온갖 재주를 펼쳐 보이며 아양을 떨고 비위를 맞추어 서문경이 하자는 대로 하니 서문경은 그저 좋아할 따름이었다. 다음 날 여의아는 아침 일찍 일어나 서문경에게 신을 가져다주고 이불을 개는 등, 영춘을 시키지 않고 지극히 정성스럽고 은근하게 스스로 시중을 들었다. 서문경은 옷장 문을 열고 이병아가 쓰던 비녀 네 개를 찾아내어 여의아에게 주었다. 여의아는 비녀를 받고 고개를 숙여 절을 하며 고마워했다. 영춘은 이미 여의아도 서문경의 사람이 된 것을 알아채고 여의아와 한편이 되었다. 여의아는 이렇게 주인어른의 사랑을 받고 머물 곳에 대한 걱정이 없어지자 더는 다른 사람들에게 애걸복걸하지 않았다.

서문경은 많은 남자 손님과 여자 손님을 초청하고 또 기원의 이계저, 오은아, 정애월과 이명, 오혜, 정봉, 정춘을 불러 무덤에 가서 난묘[暖墓](장례를 치르고 사흘 뒤에 다시 가서 제사를 올리는 것)를 하고

집으로 돌아왔다. 여의아는 옛날과 달리 예쁘게 치장하고 다른 하인 애들과 떠들기도 하였다. 이러한 여의아의 행동을 보고 반금련은 일 찌감치 눈치를 채었다.

어느 날 아침 일찍 서문경이 응백작과 자리를 함께해 앉아 있는데 송어사가 황태위에게 선물할 물건을 보냈다는 전갈이 왔다. 그 물건 들은 금은으로 만든 술잔, 그릇 한 벌, 금 주전자 두 개, 금 잔 두 개, 금 촛대 두 개, 작은 은 잔 열 개, 은 식기 두 벌, 은 잔 네 개, 붉은색 명주 두 필, 비단 두 벌, 술 열 동이, 양 두 마리였다. 그러면서 전하기를,

"태위의 배가 이미 동창[東昌] 지방에 도착했으니, 번거로우시겠 지만 이곳에 술좌석을 준비하시어 열여드렛날에 초청하셨으면 합니 다."

했다. 서문경은 보내온 물품을 잘 확인해 받아 넣고 심부름 온 사람 에게 은자 한 냥을 주고 답장을 써주어서 돌려보냈다. 그러고는 즉시 분사와 내홍을 불러 은을 달아주고는 탁자를 준비하고 과일과 쓸 물 건들을 사오라고 분부했다. 그러고 나서 응백작에게 말했다.

"그 사람이 몸져누운 이래로 지금까지 하루도 한가로울 틈이 없었 지. 좀 전에야 장례를 마쳤는데 다시 이런 일이 생겨 정신없게 만드 는구먼."

"이건 형님이 불평할 게 못 돼요. 형님이 자청한 것도 아니고 그분 들이 찾아와 사정한 거잖아요. 술자리를 준비하시느라 그들을 대신 해 은자 몇 푼을 쓰시기는 하겠지만 조정의 흠차대신이나 전전대태 위[殿前大太尉]와 산동 일대의 내로라하는 관원들과 순무어사, 순안 어사 등이 찾아오니 이 집이 얼마나 빛이 나며 얼마나 그럴듯해 보이 겠습니까?"

"내 말뜻은 그게 아니야. 나는 스무날 이후에 올 줄 알았는데 열여드렛날에 영접해야 한다니 너무 경황이 없다는 게지. 열엿새는 죽은 사람의 오칠[五七](죽은 지 삼십오 일 되는 날)이 되는 날로, 내 일전에 오도관에게 소문[疏文]을 써달라고 부탁했는데 지금 와서 어떻게 바꿀 수 있겠나? 그렇지 않으면 두 가지 일을 한꺼번에 치러야 하는데 그러면 정신이 없잖아!"

"별거 아니에요. 제가 계산해보니 형수님이 구월 열이렛날 돌아가셨으니 이달 스무하루가 바로 오칠이에요. 그러니 형님께서 열여드렛날에 술좌석을 여신 후에 스무날에 형수님을 위해 경을 읽어드려도 늦지 않아요."

"자네 말이 맞군. 지금 바로 하인 애를 오도관한테 보내 날짜를 바꾸지."

"제게 좋은 생각이 한 가지 더 있어요. 서울에서 온 황진인이 마침 묘안에 머무르는데, 조정에서 황진인에게 명을 내려 태안주[泰安州]에서 황제를 대신해 하늘에 제와 향을 올리고 칠일 밤낮을 북두칠성께 제를 드리라고 했지요. 마침 황진인이 아직 떠나지 않았으니 오도관에게 황진인을 청해 법사를 주재케 한다면 황진인의 명성을 보나 무엇을 보나 더욱 보기 좋잖아요."

"황진인은 그야말로 법력이 뛰어난 분이니 좋은 일이고, 그날 또 도사 스물네 명을 불러 밤새 제사를 올리면 되지. 그런데 오도관은 많은 제물을 차려와 제사도 지내주었고 또 출관하던 날에는 몸소 경문을 읽어주고 오도관의 제자들이 수고해주지 않았나. 그때 제대로 대접을 못해서 이번에 경문을 읽어달라고 하면서 감사의 뜻을 좀 표하려고 하네. 그런데 오늘 황진인을 모셔 제사를 주재케 한다면 오도관이 곤란하지 않을까?"

"제사는 그대로 오도관이 주관하게 하세요. 단지 오도관한테 황진인을 모셔와 무게만 잡고 앉아 있게 하세요. 형님은 단지 은자 몇 푼을 더 쓰시는 셈인데 다 형수님을 위한 것이지 다른 사람을 위한 게 아니잖아요."

서문경은 진경제더러 편지를 쓰라 해서 은자 닷 냥과 함께 봉해 오도관에게 경문을 써달라고 부탁하는 한편 황진인도 초청하고 날짜도 스무날로 변경했다. 또 도사 스물네 명에게 수화련도[水火煉度](도교에서 죽은 자의 망령을 잘 가게 해달라고 비는 법사)를 하룻밤 해달라고 했다. 이에 대안은 말을 타고 즉시 출발했다. 서문경은 응백작을 바래다주고 안으로 들어가자 월랑이 서문경을 보고 말했다.

"분사의 큰딸이 시집을 가게 되었다며 분사의 부인이 선물 두 상자를 가지고 인사하러 왔어요."

"뉘 집으로 가는데?"

월랑의 곁에는 분사의 부인이 남색 저고리에 흰 비단 치마를 입고 검은 비단 겉옷을 걸치고 있었다. 딸애는 붉은색 저고리에 황색 치마, 머리에 꽃 비녀를 꽂고 있었는데 서문경을 보고 날아갈 듯이 네 번 절을 올렸다. 월랑이 곁에서,

"우리도 몰랐어요. 원래 이 애는 하대인의 후실로 가는데 어제야 결정을 본 모양이에요. 스무나흗날에 시집을 가는데 하대인한테서 서른 냥만 받았대요. 애가 열다섯밖에 되지 않았는데도 몸집이 좋아서 그런지 열예닐곱은 되어 보여요. 오랫동안 보지 못했더니 정말 많이 커서 어른이 다 됐어요!"

하니 서문경이,

"하대인이 일전에 술좌석에서 계집애 둘을 거두어 노래와 악기 타는 것을 배우게 하겠다고 했지. 이 애가 하대인한테 갈 줄은 몰랐네." 하면서 월랑에게 방으로 데리고 들어가 차를 대접하라고 일렀다. 잠시 뒤에 이교아, 맹옥루, 반금련, 손설아와 큰딸이 건너와 인사를 하고 함께 자리했다. 모녀가 떠날 즈음에 서문경과 월랑은 비단옷 한 벌과 은자 한 냥을 주고, 이교아를 비롯한 여러 여인들도 머리장식이나 손수건, 화장품 등을 축하 선물로 주었다.

저녁에 대안이 돌아와,

"오도관께서 은자를 받으시고 잘 아시겠답니다. 황도인께서도 마침 묘안에 계시는데 스무날이 지나서야 서울로 돌아가신답니다. 그래서 열아흐렛날 일찍 오셔서 제단을 준비하시겠답니다." 하고 아뢰었다. 서문경은 이날 집에서 요리사들에게 음식을 준비하라 이르고 좌석을 마련케 하는 등 만반의 준비를 했다. 또 대문 위에는 일곱 색깔 환영 아치를 만들고 대청 앞에는 다섯 색깔 환영 아치를 설치했다.

열이렛날 송어사가 현 관리 둘을 보내 연회석 준비 상황을 살펴보았다. 대청 정면에는 공작이 그려진 병풍이 펼쳐 있고, 바닥에는 융단이 깔려 있었다. 모든 식탁 위에는 화려한 식탁보가 덮여 있고 의자에도 꽃무늬 덮개가 씌워져 있었다. 황태위의 자리에는 큰 접시와 그릇에 과일과 각양각색의 과자 등이 수북이 쌓여 있는데, 자리에 앉아 음식도 들고 연극도 관람할 수 있게 꾸며놓았다. 그 옆에는 작은 탁자 두 개가 놓여 있는데 바로 순무와 순안 어사가 앉을 자리였다. 양편에는 포안삼사[布按三司](포정사[布政司], 안찰사[按察司], 도사[都司])의 자리가 있었다. 기타 팔부관원의 자리는 모두 대청 밖 천막에 안배했는데 과일 다섯 가지와 요리 다섯 가지를 준비한 일반적인 상차림이었다. 다 살펴본 뒤에 서문경이 대접하는 차를 마시고 바로 몸을 일으켜 돌아가 보고했다.

　다음 날 순무어사와 순안어사가 여러 관원을 거느리고 황태위를 맞이하기 위해 일찌감치 배 위로 올라갔다. '흠차[欽差]'라는 두 글자를 쓴 누런 깃발을 앞세우고 성안으로 들어왔다. 지방의 통제사, 수어사, 도감[都監], 단련[團練] 등의 모든 무관은 갑옷에 투구를 쓰고 자기 수하의 말들을 이끌고 그 뒤를 따랐다. 남색 깃발에 술을 단 창을 들고 삼엄하게 예식 행렬을 갖추어 그 뒤를 몇 리나 따랐다. 황태위는 붉은색에 화려한 수를 놓은 큰 망의를 입고 여덟 명이 메는 은덮개를 한 가마를 타고 있었는데 큰 양산도 펼쳐져 있었다. 그 뒤를 많은 군인들과 시종들이 말을 타고 따랐으며 또 그 뒤를 많은 관원들이 포효하는 말을 타고 따랐는데 마치 화려한 꽃들이 나부끼듯 세운 깃발도 바람에 나부끼고 길을 따라 북을 치며 앞으로 행진했다. 길에는 누런 흙이 깔려 있고 닭이나 개도 짖지 않고 모두 자취를 감추었다. 사람과 말들이 동평부를 지나 청하현으로 들어서자 청하현 관리들이 길을 빽빽이 메우고 길에 꿇어앉아 영접을 하니, 좌우의 시종이 물러나라고 외쳤다. 이렇게 가면서 소식을 전하고는 곧바로 서문경의 대문 앞에 도착했다. 음악 소리가 하늘과 땅에 진동했다. 양편의 집사들과 인부들이 모두 검은 옷을 입고 납작하게 엎드려 갈매기가 날아가는 듯한 행렬을 이루었다. 서문경은 검은 옷에 의관을 갖추고 맞이할 준비를 했다. 한참 뒤에 인마가 다 지나간 뒤에 비로소 황태위가 가마에서 내려 안으로 들어왔다. 그 뒤를 순무와 순안 어사가 대소 관원들을 거느리고 들어와 안으로 들어서니 대청 안에서는 다시 쟁과 비파 등의 악기를 가지고 은은하게 연주를 하였다.

황태위가 자리를 잡고 앉자 먼저 산동순무이며 도어사[都御使]인 후몽[侯濛]과 순안 감찰사인 송교년이 참배하고 이에 황태위가 답례를 했다. 그런 후에 산동 좌포정 공공[龔共], 좌참정사 하기고[何其高], 우포정 진사잠[陳四箴], 우참정 계간[季侃], 좌참의 풍정곡[馮廷鵠], 우참의 왕백언[汪伯彦], 염방사 조눌[趙訥], 채방사 한문광[韓文光], 제학부사 진정휘[陳正彙], 병비부사[兵備副使] 뇌계원[雷啓元] 등 양사의 관원들이 인사를 하자 황태위도 답례를 해주었다. 다시 이어서 동창부의 서송[徐松], 동평부 호사문[胡師文], 연주부 능운익[凌雲翼], 서주부 한방기[韓邦奇], 제남부 장숙야[張叔夜], 청주부 왕사기[王士奇], 등주부 황갑[黃甲], 내주부 섭천[葉遷] 등 팔부의 관원들이 인사를 하니 황태위는 손을 길게 뻗어 인사를 했다. 다시 통제, 수비, 제치[制置], 도감, 단련의 관원들이 인사를 올리자 태위는 앉아서 절을 받았다. 각 관청의 관원들은 인사를 올린 후에 모든 사람들은 밖으로 나가 기다렸다. 그런 다음에 서문경과 하제형이 위로 올라가 배알한 뒤 차를 올리고 후순무와 송순안에게도 차를 올렸다. 이때 아래에서는 악기를 타며 태위께 금 잔과 옥 뿔로 만든 잔을 올렸다. 이렇게 술로써 인사를 한 후에 태위가 자리에 앉고 순안과 순무도 그 아래에 차례대로 자리를 잡자 서문경과 그 밖의 사람들도 자리에 앉았다. 그런 후에 교방의 악관[樂官]들에게 명해 연주할 곡목집을 올리게 해 곡을 선택하니 연주나 노래 그 무엇 하나 탓할 수 없이 절도 있고 빼어나게 아름다운 음색이었다. 이날 연회석에서는 「배진공환대기[裵晉公還帶記]」를 연주했는데, 한 절만 부르게 했다. 요리사는 여러 가지 돼지고기 요리와 진귀한 재료를 넣어 끓인 국과 밥을 올렸

다. 또 악관 넷은 쟁, 비파, 생, 공후를 가지고 올라와 작은 목소리로
「남려일지화[南呂一枝花]」를 불렀다.

> 높은 벼슬이 있으니 그 봉록은 천종[千鍾]에 가깝네.
> 공덕은 백세까지 남아 있고 명성은 만 대까지 전하네.
> 약한 자를 구하고 어려움을 물리쳐 평안케 하며
> 오직 나라를 안정되게 다스리네.
> 재상께서 천하를 다스리심에 의절과 충정을 지니니
> 이 모든 것이 황제의 은혜에 보답키 위한 것.
> 어질고 정직함도 다 백성을 교화시키기 위한 것.
> 官居八輔臣 祿享千鍾近
> 功存遺百世 名播萬年春
> 拯溺亨迍 惟治國安邦論
> 調和鼎鼐 持義節率忠貞 都則待報主施恩
> 乘賢烈秉正直 也只晃淸懲化民

국이 아직 두 번도 올라오지 않았지만 음악은 이미 셋째 절을 연
주하고 있었다. 송어사는 양주의 관리들을 파견해 태위를 따라온 집
사와 관리들을 서문경이 설치한 천막으로 안내해 자리를 잡게 하고
접대했다. 서문경은 수비, 도감 등의 관원들을 앞채 좌석으로 모셔
접대했다. 식사를 마친 황태위는 좌우 하인에게 명해 은자 열 냥을
가져오게 해 각기 일꾼들에게 수고비로 하사하고 바로 가마를 타고
떠나려고 했다. 여러 관원들이 극구 만류했으나 결국 떠나려고 해 모
두 문 앞까지 나가 배웅했다. 북을 치고 피리를 불며 전송하니 양쪽

거리에서 이를 구경하려는 사람들이 인산인해를 이루어 시끄러운 소리가 온 거리에 진동했다. 하인이 소리를 질러 길을 열게 하고 사람과 말들이 삼엄하게 대열을 이루었다. 관원들이 모두 말에 올라 멀리까지 배웅하려 했으나 황태위는 그러지 말라고 명한 후에 손을 저어 보이고 가마를 타고 떠났다. 송어사, 후순무가 도감 이하의 관리들에게 직접 배까지 가서 전송하고 돌아와 보고하라고 분부했다. 탁자 위에 차려놓은 금은 그릇과 준비한 술과 음식은 그 품목을 정확히 적어서 동평부 지부 호사문과 수어[守禦] 주수에게 친히 배까지 가서 똑똑히 전하라고 일렀다. 그러고 다시 대청으로 돌아와 서문경에게 고맙다고 인사를 하면서,

"오늘 이렇게 큰 신세를 지지 말아야 하는데 어쩔 수 없이 폐를 끼쳤습니다. 정말로 감사합니다! 돈을 많이 쓰셨을 터이니 조금 보태드리지요."

했다. 이에 서문경은 황급히 허리를 굽혀 인사를 하며 말했다.

"소인은 평소에 많은 은혜를 입고 있습니다. 일전에는 죽은 사람을 위해 그렇게 많은 부조도 해주셨구요. 어디 이런 하잘것없는 일과 비교할 수 있겠습니까? 이렇게 누추한 곳에 왕림해주신 것만 해도 영광입니다. 혹시 접대에 소홀한 점이 있다 하더라도 널리 용서해주시기 바랍니다!"

이에 송어사는 고맙다고 인사한 뒤에 즉시 좌우에게 가마를 준비하라고 명해 후순무와 함께 자리에서 일어났다. 그러자 양사팔부의 관원들도 모두 고맙다고 인사를 하고 돌아갔다. 뒤를 이어 일을 하던 인부들도 인사들을 하고 모두 떠났다. 서문경은 대청으로 돌아와 악관과 가수들에게 술과 음식을 먹으라 한 뒤에 모두 돌려보냈다. 단지

가수 넷만 남아 시중을 들게 했다. 대청 안팎의 술좌석은 관원들을 따라온 사람들이 있어 알아서 먹게 내버려두었다.

서문경은 날이 아직 이른 것을 보고 그릇을 대강 정리하고 새로 상 네 개에 음식을 푸짐하게 차리게 했다. 그리고 사람을 시켜 오대구, 응백작, 사희대, 온수재, 부일신, 감출신, 한도국, 분사, 최본과 사위 진경제를 불러 아침 새벽부터 일어나 준비하느라 고생을 했기에 같이 술이나 한잔 더 할 셈이었다. 잠시 뒤에 사람들이 도착하니 오대구와 온수재, 응백작, 사희대는 상석에 앉고, 서문경은 주인 자리에 앉고 여러 지배인들은 양쪽에 나누어 앉아 좌우에 술좌석을 마련하고 술을 내오게 했다. 백작이,

"형님, 오늘 바쁘시기는 했지만 황태위께서 잠시라도 앉았다 가시니 기분이 어떠세요?"

하니 한도국도,

"황태위께서는 오늘 술좌석이 푸짐하게 준비된 것을 보시고 여간 좋아하지 않으셨어요. 순안과 순무도 감격하셔서 거듭 고맙다고 하셨지요."

했다. 백작은,

"만약 다른 집이라면 하지도 못했을 거예요. 이 댁처럼 크지도 않고, 또 이만한 일꾼들도 없잖아요. 오늘 적게 잡아도 거의 천여 명이 왔을 텐데 모두 푸짐하게 접대해서 보냈잖아요. 형님께서 오늘 돈을 좀 쓰시기는 했지만 우리 산동성 일대에 그 이름을 떨치게 되었어요."

하니 온수재도 말했다.

"저의 스승이신 제학[提學] 진노선생도 오늘 오셨더군요."

이 말을 듣고 서문경이 그런 일이 있었냐고 묻자 온수재가 답했다.

"이름은 진정휘[陳正彙]라 하며 간원[諫垣] 진료옹[陳了翁]의 자제분이십니다. 본관이 하남성 견성현[鄄城縣] 사람으로 열여덟에 과거에 응시해 임진년에 진사가 되었습니다. 산동의 제학부사로 계신데 학문이 대단하십니다."

"그렇다면 금년에 스물네 살이시겠군."

이때 국과 밥이 들어와 사람들은 일제히 식사를 시작했다. 서문경은 배우 넷을 위로 불러,

"너희 넷은 이름이 무어냐?"

하고 물으니,

"소인들은 주채[周采], 양탁[梁鐸], 마진[馬眞], 한필[韓畢]이라 합니다."

했다. 백작이,

"한필은 한금천을 아느냐?"

하자 한필은 꿇어앉으며,

"금천과 옥천은 저의 누이동생입니다."

하니 서문경은,

"그래 술과 밥들은 먹었느냐?"

하고 묻자 주채가,

"방금 먹었습니다."

했다. 서문경은 갑자기 이병아만 오늘 연회에 없다는 생각이 들었다. 그래서 이병아를 생각하며 배우에게,

"악기들을 가지고 와서 「낙양화 양원월[洛陽花梁園月]」을 부를 줄 안다면 불러보거라."

하니 한필이 꿇어앉으며,

"소인과 주채가 할 줄 압니다."
하면서 쟁을 켜고 운판을 치며 「보천악[普天樂]」을 부르기 시작했다.

낙양에 꽃 양원[梁園]*에 달

좋은 꽃은 살 수도 있고 밝은 달은 빌릴 수도 있네.

난간에 기대어 꽃을 보니 만발하네.

술을 들어 달에게 묻노니 언제부터 둥글었는지

달은 찼다가 기울고 꽃은 피었다가 지는데

인생에서 가장 괴로운 것은 이별이라네.

꽃은 져도 봄은 다시 오고

달은 기울어져도 가을은 오지만

사람은 한번 가면 언제 다시 오려나!

洛陽花 梁園月 好花須買 皓月須賒

花倚欄杆看爛熳開 月曾把酒問團圓夜

月有盈虧 花有開謝 想人生最苦離別

花謝了 三春近也 月缺了 中秋到也

人去了 何日來也

노래를 마치자 응백작은 서문경의 눈가에 눈물이 글썽이는 걸 보고는,

"형님, 다른 사람은 몰라도 저는 형님의 마음을 알아요. 형님이 이 노래를 시킨 것도 다 생각이 있는 게 아닌가요? 돌아가신 형수님을 생각하셨죠? 두 분은 살아 계실 적에는 연리지[連理枝], 비목어[比目

---

* 한[漢]대의 정원 이름.

魚]와 같으셨는데 지금은 서로 영영 떨어져 있으니 마음속에 어찌 그리운 생각이 일지 않겠어요!"

이렇게 말하고 있을 적에 서문경은 안채에서 접시에 과일을 담아 내오는 것을 보고서,

"자네는 내가 거짓말을 한다고 하겠지만, 여섯째가 살아 있을 적에는 손수 과일을 내왔잖아. 여섯째가 죽고 없자 이제는 하인 애들이 내오고 있어. 자네도 먹어보게, 맛과 모양이 제대로 나는지. 내 입에 맞는 음식은 별로 없어."

하니 이 말을 듣고 온수재가,

"이렇게 맛이 있는데 뭘 그러세요. 다른 마님들 중에서도 솜씨가 좋은 분들이 계시잖아요."

했다. 백작도,

"형님, 그런 말씀 하지 마세요. 물론 형님께서야 그분을 그리는 마음에 이런 말씀을 하시지만 다른 마님들이 들으면 얼마나 서운하시겠어요."

이렇게 술좌석에서 얘기를 나누는데 뜻밖에도 반금련이 벽 뒤에서 노래를 듣고 있다가 서문경의 이 말을 듣고 바로 안채로 들어가 하나부터 열까지 모두 월랑에게 일러바쳤다. 이를 듣고 월랑은,

"지껄이게 내버려둬요. 그렇다고 어찌하겠어? 여섯째가 살아 있을 적에 수춘을 다른 방으로 보내 시중을 들게 하기로 했는데, 그 말을 했더니 눈을 크게 부릅뜨고 소리를 지르며 죽은 지 얼마 되지도 않았는데 하인 애들을 사방으로 흩어 보낸다고 야단을 치잖아. 그래서 나도 한마디도 못하고 있어. 요 며칠 동안 유모와 하인 애들이 잔뜩 기가 살아 있잖아! 그러니 입을 잘못 놀렸다가는 공연히 날벼락

이 떨어질 거야."

하니 금련은,

"마님, 제가 보기에도 유모한테 이삼 일 동안에 무슨 일이 있었던 것 같아요. 염치도 모르는 날도둑 같은 양반이 온종일 그 방에 틀어박혀 있으면서 그 마누라와 무슨 짓을 했는지 알 게 뭐예요. 제가 듣기에 전날에 비녀 두 쌍을 유모한테 주었다더군요. 여의아가 비녀를 머리에 꽂고 여기저기 다니며 자랑을 한답니다."

했다. 이 말을 듣고 월랑이 말했다.

"그 사람의 비정상적인 일을 어떻게 입에 담을 수 있겠어!"

사람들이 모두 뒤에서 손가락질했으니, 흔적을 남기면 사람 눈에 띄고 연지를 사지 않고 목단을 그리는 격이었다.

시가 있어 이를 밝히나니,

양왕의 누대 밑에 물은 유유히 흐르고
같은 그리움에 근심은 둘이라네.
달은 사람들의 일이 바뀐 것을 모르고
밤에 여전히 담장 안을 비추고 있네.
襄王臺下水悠悠 一種相思兩地愁
月色不知人事改 夜深還照粉牆頭

한(恨)이 길어 정을 잊지 못하는구나

적집사는 편지와 부조금을 보내고,
황진인은 기도하여 망령을 구하다

사방의 창을 차례로 열고
치장하고 요대[瑤臺] 밑을 구경한다.
집 안에 춘색이 완연, 버들도 새로워라.
산마루에는 매화가 벼랑에 달려 있네.
밝은 달에 매화 그림자 살며시 움직이고
바람 부는 대나무 길로 옛 친구 찾아오네.
여인이 남겨놓은 비단 천
봄의 여신께 부탁해 세밀히 재단케 한다.
八面明窗次第開 忙看環珮下瑤臺
閨門春色連新柳 山嶺寒梅帶早崖
影動梅梢明月上 風敲竹徑故人來
佳人留下鴛鴦錦 都付東君仔細裁

서문경은 이날 오대구, 응백작 등과 술을 마시다가 갑자기 한도국
에게 말했다.
"행상들의 짐배가 언제쯤 떠나는가? 우리도 짐을 싸야 하잖아."

"어제 사람들이 모였는데, 스무나흗날 배가 떠난답니다."

"스무나흗날 제를 올린 다음에 짐을 꾸리면 되겠군."

백작이 물었다.

"이번 길에는 두 사람이 가나요?"

"세 사람이 갈 거야. 내년에 먼저 최본을 시켜 항주의 짐을 가져오게 하고 최본과 내보를 다시 송강부 등 다섯 군데에 보내어 포목 등 천을 사와 팔게 할 셈이네. 집에 아직 비단과 명주는 남아 있거든."

"형님 말씀이 아주 지당하십니다. 속담에도 '물건이 다 갖추어져야 제대로 장사를 할 수 있다'고 하잖아요."

말을 마치고 나니 이미 초경이 되었다. 오대구가 일어나며,

"매형, 연일 피곤하실 테고 저희도 술을 많이 마셔 그만 돌아가겠으니 좀 쉬세요."

그러나 서문경은 듣지 않고 좀 더 앉아 있다 가라고 만류하며 배우들에게 술을 따라 올리고 노래를 부르게 해서 석 잔씩 더 마신 후에 비로소 자리에서 일어났다. 서문경은 배우 넷에게 은자 여섯 전을 수고비로 주었다. 그러나 배우들은 거듭 거절하면서,

"송어사님께서 명하시어 소인들을 부른 것으로 관가에 매인 몸인데 어찌 나리님이 주시는 돈을 받을 수 있겠습니까?"

하니 서문경은,

"비록 관가에서 불렀다고 하나 이것은 내가 주는 것인데 무엇을 두려워하는 게냐!"

하자, 이 말을 듣고 네 명은 고개를 숙여 절을 하고 받아 넣었다.

그런 다음에 서문경은 안채로 들어와 휴식을 취하고 다음 날 아침 일찍 관청으로 나갔다. 일찍이 옥황묘의 오도관이 제자 하나와 포

배[鋪排](혼상가취[婚喪嫁聚] 등의 행사 준비를 전적으로 하는 사람) 둘에
게 대청 위에 제단을 진설케 했다. 위에는 삼청사어[三淸四御](삼청
[三淸]: 도가의 삼신으로 옥청[玉淸]=원시천존[元始天尊], 상청[上淸]=영보
도군[靈寶道君], 태청[太淸]=태상노군[太上老君])를 두고, 중간에 태을구
고천존[太乙救苦天尊]과 양편에 동악풍도[東嶽酆都]를 설치하고 아래
에는 십왕구유[十王九幽], 명조유양[冥曹幽壤], 그리고 감단[監壇], 신
호[神虎] 이대원수[二大元帥], 환[桓], 유[劉], 오[吳], 노[魯] 사대천군
[四大天君], 태음신후[太陰神后], 칠진옥녀[七眞玉女], 도진현사[倒眞
懸司], 제혼섭백[提魂攝魄], 신장[神將] 열일곱이었다. 안팎으로 설치
한 제단이 모든 완전무결하게 꾸며졌다. 향과 초도 잘 배열되어 휘
황찬란하게 빛나고 있었다. 향로에는 여러 가지 좋은 향이 타고, 주
위에는 조기가 높게 걸리고 경연대 위에는 비단을 드리웠다. 법고[法
鼓]도 높게 매여 있는데 구름과 학의 모양이 아로새겨져 있었다. 서
문경은 집에 돌아와 이러한 광경을 둘러보고 매우 흡족해했다. 오도
관의 제자와 진설을 한 일꾼 둘을 야채 음식으로 잘 대접하고 묘중
으로 돌려보냈다. 그러고는 즉시 온수재에게 청첩을 쓰게 해 교대호,
오대구, 오이구, 화대구, 심이부, 맹이구, 응백작, 사희대, 상시절, 오
순신 등의 많은 친지, 친구와 함께 여자 손님들에게도 내일 염불을
한다고 알려주라고 했다. 또 주방에 채소로만 음식을 준비하라고 일
렀다.

　다음 날 오경쯤 성문이 열리기를 기다렸다가 여러 도사들이 성안
으로 들어와 서문경의 집에 도착했다. 문을 열게 하여 안으로 들어와
바로 경을 읽는 연단으로 가서 촛불을 켜고 손을 씻은 뒤 향을 사르
고 은근한 음악을 연주하며 여러 경전과 생신옥장[生神玉章]들을 강

연했다. 또 제단 설치를 맡은 사람들은 대문 앞에 긴 깃발과 방문을
걸고 양편에 누런 종이에 쓴 대구를 붙였으니 쓰여 있기를,

동극[東極](도가의 신)이 자비를 베풀어
신선의 식견을 가지고 자부[紫府]에 오르네.
남단[南丹](도가의 신)이 죄를 사해주어
깨끗한 혼백이 단련을 통해 곧장 주릉[朱陵]*에 오르네.
東極垂慈 仙識乘晨而超登紫府
南丹赦罪 淨魄受煉而逕上朱陵

그리고 방문[榜文]에 쓰여 있기를,

대 송국 산동 동평부 청하현에 살며,
도를 믿고 닦는 효부[孝夫]로 믿음직스러운 서문경과 그의 모든 가족은
오늘 정성스러운 경건한 마음으로 하늘께 간절히 올리나이다.
다름이 아니라 부인 이씨가 향년 스물일곱 살로 죽었는데 신미년
정월 십오 일 오시에 태어났다가 정화 칠년 구월 십칠 일 축시에 세
상을 등졌습니다. 부부간의 정이 깊었는데 먼저 짝을 잃게 되었나
이다. 창가에 비친 달이 차가우니 부부가 사별[死別]했음을 한탄하
노이다. 그 슬픔을 어찌 다 표현하오리까? 죽은 이의 음성과 모습을
그려봅니다. 죽은 지 벌써 오칠이 되어 유혼을 구원코자 경건한 마
음으로 제단을 차렸습니다. 시월 이십 일까지 상을 지키고 여러 신
들을 모신 제단을 설치하고 경전을 읽어 죽은 이의 영생을 비나이다.

---

* 도교 36 동천[洞天]의 하나

구전생신보범[九轉生神寶範]을 강연하고 낭함[琅函](도교의 서[書])을 바치나이다. 천제신군이 타신 가마가 빛을 발하며 금등이 어둠을 깨고 용의 깃발을 내리시어 죄를 감하고 다시는 고통받지 않기를 바라나이다. 밤이 깊어지면 비단 다리를 내리시어 옥패를 울려주시고, 밤이슬을 주시어 하늘에 올라 금진[金眞](도교의 신)을 알현케 해주소서.

엎드려 원컨대 옥폐께서 자비를 내리시고 청궁께서 어지심을 내리시기를… 측은한 마음을 넓게 베푸시고 어려움을 헤쳐나갈 힘을 주소서. 죽은 자의 혼이 일찌감치 소요[逍遙]의 경지에 이르게 하고, 고독한 영혼에서 벗어나 극락의 하늘로 오르게 하소서. 남아 있거나 죽은 모든 친척들이 다 잘되게 하소서. 그리하여 모두들 함께 도[道]의 해안에 오르게 해주소서. 간절히 바라옵고 바라노니 천지의 조화 모든 복을 내려주시옵소서. 이에 방[榜]을 고하나이다.

정화 연월일에 알리나이다.

상청대동경록[上淸大洞經籙], 구천금궐대부[九天金闕大夫], 신소옥부상필판[神霄玉府上筆判], 뇌정제사부원사[雷霆諸司府院事]께 겸허하게 도를 밝히고 현묘한 이치를 따르며 도사들을 숭상하고, 태을궁제점[太乙弓提點]을 거느리고 황단을 설치해 종을 쳐 알리고 천하 도교의 일을 관장하는 법력이 높은 황원[黃元]이 봉행하도다.

큰 대청에 경단을 설치하고 그 옆에 큰 글자로,

청현구고 반부고간 오칠전경 화수련도 천양재단
靑玄救苦 頒符告簡 五七轉經 火水煉度 薦揚齋壇

이라고 스무 자를 적어서 걸어놓았다.

　이날 황진인은 크고 붉은 옷에 상아로 만든 가마를 타고 금띠를 두르고 좌우를 거느리고 하인들이 길을 열라 소리치며 해가 중천에 떠올랐을 때 비로소 도착했다. 오도관은 여러 도사들을 거느리고 단이 있는 곳으로 모시어 서로 인사를 했다. 그런 후에 서문경이 흰 옷에 베 두건을 두르고 인사했다. 차를 마시고 탁자 옆에 자리를 정하고 경연할 자리를 위해 붉은 탁자에 금색 무늬 보를 깔고 꽃무늬가 있는 의자를 마련했다. 두 도동이 그 옆에 시립해 서 있었다. 황진인은 그 모습이 늠름하고 고아했으니, 왕관을 쓰고 오사모를 드러내 보이며 붉은 소가 그려진 옷에 까만 신을 신고 있었다. 문서를 꺼낼 때 서문경은 금비단 한 필을 준비해 올렸다. 금자 등단에 오를 적에는 모자를 구양뢰건으로 바꾸어 쓰고 붉은색 바탕에, 누런 구름 위에 흰 학이 노니는 법의로 갈아입었다. 소매를 들어 수염을 닦고 흰 비단 버선에 붉은빛 구름이 이는 신을 신고 밖에 세워진 천지정[天地亭](천지에 제사를 지낼 때 향이나 초 등을 진설하는 정자로 일반적으로 종이나 비단 등으로 오려서 만듦)을 향해 절을 하고 금빛 우산 두 개를 펼쳐놓았다. 동자들이 향을 피우고 동녀들이 꽃을 뿌리며 기를 흔드니 감단신장, 삼계부사[三界符使](천계[天界], 지계[地界], 수계[水界]를 오가며 부적[符籍]을 전하는 부관[符官]), 사직공조[四直功曹](연월일시를 맡아보는 네 신), 토지신 및 온갖 작은 신에 이르기까지 진설되지 않은 것이 없었다. 황진인이 향을 피운 상 위에는 오식천황[五式天皇]과 호령소뢰조두[號令召雷皂蠹], 천봉옥척[天蓬玉尺], 칠성보검[七星寶劍]과 깨끗한 물을 담은 용기가 진설되어 있었다. 먼저 제사를 올리는 뜻을 말하고 제를 주관하는 사람이 손을 씻고 향을 피우고 사참

[詞懺](제사 중 통사배참[通詞拜懺]을 맡는 도사[道士])과 함께 향로를 들고 밖을 향해 세 번 절한 후에 시작하기를 청했다.

그런 후에 황진인이 분향을 하라고 영을 내리고 오물을 없애고 제단을 깨끗하게 하라고 했다. 그러고는 부적을 날리며 여러 신장들을 부르며 모든 문서와 부적들을 뜯으며 천지신명과 지옥의 명주[冥主]께 아뢰었다. 세 번의 아룀이 끝나자 음악이 연주되고 지전을 불사르고 향을 살랐다. 서문경과 진경제는 손에 향로를 들고 그 뒤를 따랐고 군졸들이 길을 열라 소리치고, 앞뒤로 양산 네 개가 펼쳐지고 진귀한 주옥으로 만든 깃발 세 쌍이 드리워졌다. 일가친척들은 대문 앞에 열을 지어 있고 죽은 혼을 모시는 움막을 거리에 세웠다. 국과 밥을 정갈하게 차려서 올리고 군졸 넷에게 잘 지키라 이른 후에 향을 피우고 집으로 돌아왔다. 그리고 나선 제단을 잘 살피라고 분부했다. 이날 친척과 친구, 이웃사람들과 지배인들이 차를 보내왔는데 그 행렬이 끊이지 않았다. 서문경은 대안과 왕경을 시켜 잘 받아두게 하고 심부름 온 사람들에게 수고비를 주어 돌려보냈다. 아침 일찍부터 독경을 시작해 삼보증맹[三寶證盟]을 부르고 부적과 글을 올려 지옥을 깨우고 영혼을 불러냈다. 또 음악을 울리며 이병아의 영전으로 가서 죽은 혼을 불러내 옥황상제를 향해 인사케 하고 그 옆에 경연석을 마련해 경을 들으며 깨닫게 했다.

황진인은 높은 단 위에 앉아 「구천생신경[九天生神經]」을 강연하고 태을동악풍도십왕[太乙東嶽酆都十王]을 태우고 관을 쓰고 신선들이 타는 가마에 올랐다. 오후에 황진인은 관과 의상을 갖추고 별자리를 밟으며 표를 올리고는 곧바로 동극청궁[東極靑宮]까지 갔다가 신장을 보내고 나풍[羅酆](풍도대제[酆都大帝]가 머무는 나풍산)으로 내려왔다. 황진인은 서른 살 정도로 위풍당당한 모습이었으니, 의관을 갖추고 점심에 표를 올릴 때의 의연한 모습은 마치 살아 있는 신선 같았다. 황진인의 모습이 어떠했는가를 살펴볼 것 같으면,

모자는 옥엽으로 장식하고
새털로 만든 겉옷에는 금실로 노을을 수놓았네.
정신은 장강의 밝은 달처럼 맑고
용모는 화산의 소나무처럼 고고하다.
붉은 신에 북두칠성 행보로 하늘을 거닐고
낭랑하게 도교의 경전을 낭독하니 상서로운 기운이 돈다.
긴 수염 넓은 이마, 번뇌가 없는 경지까지 수행하고
흰 이, 맑은 눈, 녹[籙]을 차고 오뢰지령[五雷之令]을 관장한다.
본성을 찾아 삼도십주[三島十州]*에서 동천복지[洞天福地]까지
정신은 높은 곳을 거닐고
이슬 먹고 수양해 신선이 되려 하네.
삼경에 달에 오르니 새소리 멀어지고
만 리 길 구름 타고 오르니 학의 등이 높기만 하네.
마치도 도선태사[都仙太史]**가 속세에 내려온 듯
광혜진인[廣惠眞人]***이 강림한 듯하네.
星冠攢玉葉 鶴氅縷金霞
神清似長江皓月 貌古如太華喬松

---

* 전설상 신선이 머무는 곳
** 모든 신선을 관장하는 신선
*** 도교의 신선

踏罡朱履步丹霄 步虛瑯函浮瑞氣

長髥廣頰 修行到無漏之天

皓齒明眸 佩籙掌五雷之令

三島十洲 存性到洞天福地

出神游高 餐沉瀣靜裡朝元

三更步月鸞聲遠 萬里乘雲鶴背高

就是都仙太史臨凡世 廣惠眞人降下方

　표문을 다 읽자, 오도관이 단 앞으로 나아가「생천보록[生天寶籙]」
(도교의 부록[符籙])과「신호옥차[神虎玉箚]」(신호[神虎]를 부르는 영부
[令符])를 받았다. 오후에 향을 다 올리고 다시 안으로 들어와 제사
음식으로 식사를 했다. 황진인 앞에는 큰 탁자가 놓였고 오도관은 그
보다 조금 작은 탁자에 앉고 나머지는 흩어져 모두 일반 탁자에 앉았
다. 황진인과 오도관에게는 비단 한 필과 명주 네 필을, 그리고 나머
지에게는 포 한 필씩을 주었다. 제사상 위에 차려진 음식을 모두 묘
로 가지고 가서 나누어 먹게 하니 제자들에게 일러 상자 안에 거두어
넣었다. 이렇게 젯밥을 먹은 후에 서문경에게 인사를 하고는 모두들
화원에 나가 이곳저곳을 돌아보며 구경들을 한 후에 돌아갔다. 그러
자 서문경은 그릇을 치우고 다시 제사음식으로 상을 차리라고 이르
고 오대구 등의 친척과 친구, 지배인들을 불러 음식을 들었다. 한창
음식을 먹고 있을 적에 동경의 적집사가 사람을 보내 안부를 알려왔
다. 서문경은 즉시 대청으로 나가 심부름 온 사람을 안으로 들라 일
렀다. 심부름 온 사람을 보니 적집사의 집에서 일을 보는 사람으로
꼭 끼는 검은 옷에 만자[卍字] 두건을 두르고 누런 신을 신고 활과 화

살을 지닌 채 앞으로 나와 인사를 했다. 서문경이 답례를 하자, 심부름꾼은 품에서 편지를 꺼내 올렸는데 그 안에 부조금으로 은자 열 냥이 들어 있었다. 심부름 온 사람에게 성을 묻자 답했다.

"소인은 성이 왕[王]이고 이름이 옥[玉]으로 이번에 편지를 가져오게 되었습니다. 나리 댁에서 상사[喪事]가 있는 줄 모르고 계셨다가 안나리의 편지가 동경에 도달한 뒤에야 비로소 아셨습니다."

"안대감의 편지가 언제 도착했느냐?"

"시월경에 도착했습니다. 황목을 관장하는 관리로 파견되셨다가 거의 임기가 만료되었는데 이번에 도수사랑중[都水司郎中]으로 승진하셨습니다. 지금 다시 하도[河道]를 다스리라는 명을 받으셨기에 그 공사를 다 마쳐야 서울로 돌아오실 수 있습니다."

서문경은 다시 이것저것 물은 뒤에 내보더러 사랑채로 안내해 식사 대접을 하라 이르고 심부름꾼한테는 다음 날 와서 답장을 받아가라고 했다. 그러자,

"한지배인은 어디 있는지요? 그 집 편지도 있습니다. 그리고 소인은 동평부로 편지를 전하러 가야 합니다."

하니, 이 말을 듣고 서문경은 즉시 한도국을 불러 만나보라 하자, 둘은 식사를 하고는 함께 집으로 돌아갔다.

심부름꾼이 돌아가자 서문경은 매우 기뻐하며 천막 안으로 가서 온수재에게 편지를 보여주고는,

"이 편지를 잘 보고 답장을 쓰게. 모시와 비단 손수건을 열 개씩 하고, 금 이쑤시개 열 개, 금 술잔 열 개를 고마움의 표시로 같이 보내게. 내일 와서 답장을 가져갈 걸세."

했다. 온수재가 편지를 받아 읽어보니 쓰여 있기를,

동경에 사는 적겸이 고개 숙여 글을 올립니다.

대금당[大錦堂](형옥[刑獄]을 담당하는 관원) 서문 사천 친척께 드립니다. 일전에 서울에서 손을 잡으며 말을 나누고 헤어진 이래 계속 만나뵙지 못해 마음속에 아쉬움이 가득합니다. 부탁하신 일은 제가 태사님께 자세히 아뢰었습니다.

최근에 안봉산의 편지를 읽고서야 친척께서 부인을 잃은 슬픔에 빠진 것을 알았습니다만, 직접 찾아가 조문을 할 수 없으니 어찌하겠습니까? 엎드려 바라옵건대 예의로써 그 슬픔을 표할까 합니다. 더불어 약소하나마 부의로 마음을 전하는 바이니 받아주시기 바랍니다. 또 친가께서 그곳에서 덕정을 베푸시어 오고지가[五袴之歌](지방관리가 덕정을 베풂을 칭송하는 가요)가 퍼져 있고 경내에는 삼류지예[三留之譽](임기를 마치고 떠나는 지방관을 세 번 만류하며 더 있어 달라고 하는 것)가 있다 합니다. 이로 보아 금년에 관리의 성적을 매길 때 필히 승진할 것입니다. 어제 화강석을 운반하는 일이 끝났다고 두 차례나 공부에서 상소를 했기에 제가 태사님께 친가의 이름도 써달라고 말씀드렸습니다. 그래 공사가 끝나 논공을 할 적에 필히 은전이 있을 것이며 친가께서는 승진의 기쁨이 있을 것입니다. 하대인은 연말께 서울로 승진해 열함[列銜](금 위군의 총칭)을 지휘하게 될 것입니다. 이 일은 미리 알려드리는 바이니 그리 알고 계십시오.

첨부하는 말

이 편지는 혼자만 보시고 다른 사람에게 알리지 마십시오. 부디 비밀을 지켜주시기를 바랍니다.

또 양대감께서는 지난달 스무아흐레에 감옥에서 돌아가셨습니다. 겨울 상순경에 삼가 올립니다.

온수재가 편지를 다 읽고 소매에 넣으려고 하는데 응백작이 편지를 빼앗아 한번 훑어보고는 다시 온수재에게 돌려주면서 말했다.

"선생께서는 신경을 쓰셔서 답장을 잘 써야 될 거예요. 적집사 집에는 인재가 많으니 공연히 웃음거리가 되지 않도록 말이에요."

"담비 가죽이 부족하면 개 꼬리라도 이어야지요. 소생의 미천한 재주로 어찌 그들의 재주와 겨루어볼 수 있단 말입니까? 단지 최선을 다할 뿐이지요."

이 말을 듣고 서문경은,

"선생께서 다 생각이 있으신데 자네가 무엇을 안다고 그래?"

그러고는 점심 식사를 마친 후에 서문경은 내흥한테 친척과 이웃에게 제사 음식을 나누어주라고 분부했다.

대안은 기원의 이계저, 오은아, 정애월, 한금천, 홍사아, 제향아가 부조를 했기에 그 답례로 각각 사람마다 베 한 필, 은자 한 냥씩을 가져다주었다. 오후에는 이명, 오혜, 정봉을 불러 대령시켜놓았다. 잠시 뒤에 도사들이 일제히 단 위로 올라가 제를 지내고 등불을 밝히고 하늘에 제를 드리니 이미 날이 저물었다. 다시 일경쯤에 제를 올리기로 했다.

성 밖에 사는 오대구는 서문경이 만류해 남아 있기로 했다. 교대호, 심이부와 맹이구는 너무 늦겠다며 인사를 하고 집으로 돌아갔다. 단지 오대구, 이구, 응백작, 사희대, 온수재, 상시절과 지배인들이 남아서 저녁 늦게 하는 수화련도[水火煉度]를 구경하고 또 대청 앞 높은 곳에 오색 다리와 물과 불 저수지를 만들고 여러 가지 음식을 차려놓았다. 이병아의 영전에는 따로 휘장을 쳐놓고 갖은 제물을 차려놓았으며, 그 옆에는 혼기와 붉은 기, 황기를 세워놓고 '제마보거 수련남궁[制魔保擧受煉南宮]'이라고 써놓았다. 먼저 도사들이 음악을 연주하며 양옆에 앉고 도동 넷이 칼을 빼어들고 양옆에 시립해 있었다. 황진인이 황금으로 만든 항마관[降魔冠]을 쓰고 구름을 수놓은 옷을 입고 높은 자리에 앉아 염불을 외웠다. 음악이 멈추자 두 사람이 손으로 향로를 잡고 외치기를,

자비롭고 존귀한 태을[太乙]이 강림하시니
각종 어려움이 차례로 문을 여누나.
동자들이 쌍쌍이 길을 인도하니
죽은 혼이 수련을 통해 구름 계단에 오르네.
太乙慈尊降駕臨 夜壑幽關次第開
童子雙雙前引導 死魂受煉步雲階

황진인이 물을 뿌리고 향을 피우며 염불을 하기를,

엎드려 바라옵건대 현황[玄皇](노자[老子] 혹은 북방진신[北方眞神])께서는 가르침을 내리시고 명도[冥途]를 크게 열어주시옵소서.
올바른 법지[法旨]를 내리시어 형체를 단련해 승화하게 하소서. 은혜는 유령[幽靈]을 적시고 은총은 굶주린 아귀에게도 베풀어지네. 삼가 향을 사르고 지성 어린 마음으로 하늘께 비나이다. 동쪽 끝 궁중 위 대자대비한 태을구고천존[太乙救苦天尊], 청현구양상제[靑玄

九陽上帝], 십방의 여러 진인[眞人], 천선[天仙], 지선[地仙], 삼계관속[三界官屬], 오악십왕[五嶽十王], 수부라풍성[水府羅酆聖] 등 여러 진인께서는 향을 보시고 이 법회에 임하소서. 엎드려 바라노니 사좌[獅座]가 떠오르고 빈 곳에서 용기[龍旂]가 빛을 발하네. 대낮 공청[空靑](공작석[孔雀石]의 일종)가지는 술로 그 뜨거움을 씻어주고, 단 이슬을 먹으며 외로운 혼을 달래나이다.

오늘 제사를 지내며 부명[符命]을 알리니, 지옥에서는 죄를 없애주고 심문과 형벌하는 것을 멈추어주소서. 인간은 속세에 거하며 날로 세속의 일로 얽매여 있습니다. 그러다 보니 죽음을 모르고 오로지 생만 탐합니다. 착하게 뿌리를 내리는 자는 드물고 많은 자들이 더럽고 나쁜 것만을 따릅니다. 혼미해 깨닫지를 못하고 오로지 탐욕과 성만 냅니다. 그러면서 자신만 오래 살려고 하니 어찌 무상[無常]함을 쉽게 알겠나이까? 하루아침에 모든 것이 다 가버리니 만사가 다 헛된 것이라네. 몸에 업보가 있어 저승에서 고통받을 것을….

지금 제가 죽은 이씨의 영전에 엎드려 보니 속세의 인연을 다 끊어버리고 기나긴 밤의 세계로 갔습니다. 죄악의 늪에서 구하지 않는다면 필히 저승에서 현세의 죗값을 혹독하게 치르는 고통을 벗어나기 힘들 것입니다. 천존께서는 여러 신들께 명하시어 어지신 마음으로 고통에서 구해주소서. 감로를 여러 사물들에게 뿌려주시고, 상서로운 기운으로 혼탁한 세상을 밝혀주시옵소서.

삼관[三官](천관사복[天官賜福], 지관사죄[地官赦罪], 수관해액[水官解厄])께 명을 해 공과를 잘 심사케 하시고, 십전[十殿](인간의 선악을 시험하는 십전염왕[十殿閻王]을 불러 정확하게 하게 하소서. 가둔 것을 열고 금한 것을 풀어 잘못을 용서하고 억울함에서 벗어나게 해주소서. 그리하여 부사[符使]를 따라 지옥을 나올 수 있게 해주소서. 모두가 화지[火池]의 연못에 오르고 모두가 속세의 형체를 다 떨쳐버리게 하소서. 그리하여 새롭게 생을 얻어 도의 피안으로 돌아가게 해주소서.

황진인이 「오주경[五廚經]」과 「변식신주[變食神呪]」를 다 읽고 나서 젯밥을 뿌리면서 다시 말하기를,

하늘에 떠 있는 구기[九炁](구천진기[九天眞氣]의 준말. 도교에서 말하는 사람의 원기[元氣])는 들으소서. 구기는 태공[太空]보다도 먼저 생겼고, 땅은 구유가 응고된 것이며 구유는 지하의 여러 것들이 굳어진 것입니다. 구기가 제자리에 있어 만물을 다 만드니 천지의 근원이 되고 모든 것이 구기에서 태어나고 삼광을 받아 양육되나이다. 인간이 죽어 다 형체가 없어지고 신[神]을 보전하고 못하고, 기를 귀하게 다루지 못하는 것은 뿌리가 견고치 못해 본래의 모습에서 벗어났기 때문입니다. 만약에 다시 태어나려고 한다면 필히 태음[太陰](월[月], 월신[月神])에서 속세의 형체를 씻어버리고, 태양[太陽]에서 단련해 다시 구기가 합쳐져 응결되고 삼원[三元](천[天], 지[地], 수[水])이 모여 세포를 이루어야만 비로소 그 형체를 만들 수 있는 것입니다. 태상[太上]의 금과[金科]와 현원[玄元]의 비지[秘旨]를 엎드려 얻지 못한다면, 어찌 떠도는 혼을 새롭게 이끌고 형체를 이룰 수 있겠습니까? 상서로운 구름을 타고 원성진선[元聖眞仙]을 배알하며 여러 악마들을 제거케 해주소서. 영험한 보배 진부[眞符]를 태우며 삼가 아룁니다.

태미[太微]는 황기를 두르고
무영은 영기에 명한다.
장야부[長夜府]에서 불러내
개도해 생혼[生魂]을 준다.
太微廻黃旗 無英命靈旛
攝召長夜府 開度受生魂

도사들은 먼저 혼기를 물구덩이에 넣고 결영부[結靈府](도교의 경전)를 태운 후에 홍기로 바꾸었다. 그런 다음에 불구덩이에 넣고 울의부[鬱儀府]를 태운 후 다시 황기로 바꾸었다. 황진인이 읊기를,

"하늘은 첫 번째로 물을 만들고, 땅은 두 번째로 불을 만들었네. 물과 불이 서로 단련되어 비로소 형체를 이루었다네."

이렇게 연도를 마친 후에 위패에 관을 씌우고 옷을 입히고 천상에 오르는 다리를 건너 옥황상제께 배알하고 삼보에 귀의시켰다. 또 옥청께 인사를 올리게 하고 여러 도사들이 오공양[五供養]을 올리니,

도중존옥청[道中尊玉靑]은 천지가 형성되기 전의 어둡고 혼탁함과 삼라만상의 모든 현상을 주관하네. 망혼은 연도를 받아 선계에 이르소서.

상청[上靑]께 오공양을 올리기를,

경중존상청[經中尊上靑]은 붉고 밝고 환한 것을 주관하며 원강[元綱]을 밝혀내고 깊고 아득함을 흘려보내시나니, 망혼은 연도를 받아

선계에 이르소서.

태청[太淸]께 오공양을 올리기를,

　　사중존태청[師中尊太淸]은 도교의 천지를 현원[玄元]에서 시작해 겁
　　[劫]을 지나 헤매는 혼을 구원하시나니, 망혼은 연도를 받아 선계에
　　이르소서.

황진인이 이르기를,
삼귀[三歸](불[佛], 법[法], 승[僧])를 받았으니 마땅히 구계[九戒](아
홉 가지 해야 할 것)를 알아야 한다.
　첫 번째 계는 공경하고 겸양해 부모를 효로써 섬길 것.
　두 번째 계는 최선을 다해 임금께 충성을 할 것.
　세 번째 계는 살생하지 말고 자비로 중생을 구제할 것.
　네 번째 계는 방탕하지 말고 몸을 바르게 해 사물을 대할 것.
　다섯 번째 계는 도둑질하지 말고 의를 믿어 자신이 손해를 볼 것.
　여섯 번째 계는 화를 내지 말고 사람을 업신여기지 말 것.
　일곱 번째 계는 거짓말하지 말고 도적에게 아첨해 선함을 해치지
말 것.
　여덟 번째 계는 교만하지 말고 참되며 오만하지 말 것.
　아홉 번째 계는 이 모든 계를 전심으로 받들 것.
　너희들은 잘 들어 받들지어다! 잘 들어 받들지어다!
　第一戒者 敬讓 孝養父母
　第二戒者 克勤 忠於君王

第三戒者 不投 慈救中生
第四戒者 不淫 正身處物
第五戒者 不盜 推義損己
第六戒者 不嗔 兇怒凌人
第七戒者 不詐 諂賊害善
第八戒者 不驕 傲忽至眞
第九戒者 不二 奉戒尊一
汝富諦聽 戒之 戒之

이렇게 구계를 다 마친 후에 여러 도사들은 음악을 연주하고 부명을 읽고 또 여러 종류의 고혼[孤魂]들에게 「괘금색[挂金索]」을 염불해주니,

대자대비하고 어질며 고통을 구해주시는 청현제[青玄帝]시여
사좌[獅座]가 빈 곳에 뜨고 묘화가 신력이 된다네.
먹을 것을 깨끗이 하니 초면귀[焦面鬼](전설 중의 염왕[閻王], 귀왕
[鬼王])가 나타나셨네.
저승의 고독한 혼이여, 오셔서 감로수를 맛보소서!
大慈仁者 救苦青玄帝 獅座浮空 妙化成神力
清淨斛食 示現焦面鬼 注界孤魂 來受甘露味

북쪽에서 싸우고 남쪽을 정벌하며 투구 쓰고 갑옷 입은 전사들
죽음을 택하고 삶을 잊으며 국가에 충성을 하네.
포성이 한 번 일자 모래사막에 나뒹군다.

전쟁터의 외로운 넋이여, 오셔서 감로수를 맛보소서!
北戰南征 貫甲披袍士 拾死忘生 報效於國家
砲響一聲 身臥沙場裡 陣忘孤魂 來受甘露味

좋은 아이가 여자 노비가 되었네.
아침에 매 맞고 저녁에 꾸지람 듣고, 몸에 걸칠 옷도 없구나.
문 밖으로 쫓겨나 거리에 나뒹군다.
굶어 죽은 외로운 넋이여, 오셔서 감로수를 맛보소서!
好兒好女 與人爲奴婢 暮打朝喝 衣不遮身體
逐趕出門 纏臥長街內 餓死孤魂 來受甘露味

앉아서 장사를 하고, 스님과 도사들은 주유를 하네.
몇 년 동안 밖으로 떠돌며 옷과 먹을 것을 구한다.
마침내 병이 들어 여관에 들었으되 의지할 곳이 없구나.
객사[客死]한 외로운 넋이여, 오셔서 감로수를 맛보소서!
坐賈行商 僧道雲遊士 動歲經年 在外尋衣食
病疾臨身 旅店無依倚 客死孤魂 來受甘露味

악과 겨루고 강함과 다투다 쇠고랑 차고 옥에 갇히니
능지처참당해 길거리에 버려지는구나.
법에는 조문이 있는데 왕법을 범했구나.
형벌을 받아 죽은 외로운 넋이여, 오셔서 감로수를 맛보소서!
鬪惡爭强 枷鎖囹圄閉 斬絞凌遲 身喪長街裡
律有明條 犯了王法罪 刑死孤魂 來受甘露味

전생의 원수가 이승에서 만났네.
암암리에 음모를 꾸며 독살하였네.
아홉 구멍에서 연기가 나며 형체를 잃어버렸구나.
독살당한 외로운 넋이여, 오셔서 감로수를 맛보소서!
宿世冤仇 今世來相會 暗計陰謀 毒藥攪腸胃
九竅生煙 喪了身和體 藥死孤魂 來受甘露味

젖을 먹고 자란 지 삼 년, 부모의 은혜 잊기 어렵네.
열 달 동안 잉태하고 해산을 하였다네.
생명이 짧아 모자가 모두 저승으로 갔네.
해산 시 죽은 외로운 넋이여, 오셔서 감로수를 맛보소서!
乳哺三年 父母恩難極 十月懷胎 坐草臨盆際
性命懸絲 子母歸陰世 産死孤魂 來受甘露味

어려운 일을 마주하니 참고 피하기 어렵구나.
개인 빚, 관가의 빚, 재촉이 심하구나.
스스로 서까래에 목을 매어 숨을 끊었네.
억울하게 죽은 외로운 넋이여, 오셔서 감로수를 맛보소서!
急難顚危 受忍難廻避 私債官錢 逐日來催逼
自刎懸梁 斷了三寸氣 屈死孤魂 來受甘露味

오랫동안 여러 가지 옴, 종기, 부스럼 등의 병마에 시달렸다네.
몸의 일부가 썩고 고름이 나고 비린내가 나네.
간병해줄 사람도 없고 온갖 약을 먹어도 소용이 없구나.

병으로 죽은 외로운 넋이여, 오셔서 감로수를 맛보소서!

久病淹纏 氣蠱癱瘓類 疥癬痋瘡 遍體膿腥氣

菽水無親 醫藥無調治 病死孤魂 來受甘露味

거친 파도 풍랑은 하늘까지 뻗쳐 있네.

닻이 끊어져 배가 침몰하고 몸은 장강 속에서 장사지냈네.

고향에 소식을 전해줄 사람도 없구나.

물에 빠져 죽은 외로운 넋이여, 오셔서 감로수를 맛보소서!

巨浪風濤 洪水滔天至 纜斷舟沉 身喪長江裡

回首家鄉 無人稍書寄 溺死孤魂 來受甘露味

바람에 불길이 이니 일시에 피하기 힘들구나.

맹렬한 불길은 무정해 육신을 불태우누나.

얼굴과 머리도 타니 죽어서 연기 귀신이 되었구나.

불에 타 죽은 외로운 넋이여, 오셔서 감로수를 맛보소서!

回祿風煙 一時難迴避 猛火無情 燒燬身和體

爛額焦頭 死作煙薰鬼 焚死孤魂 來受甘露味

나무에 붙어 있는 임자 없는 도깨비들

물고기들이 날쌔게 잠수를 하나 살 뜻은 모두 있구나.

태상이 자비로워 널리 은혜를 베푸셨도다.

열 종류의 외로운 넋이여, 오셔서 감로수를 맛보소서!

附木精邪 無主魍魎輩 鱗介飛潛 莫不回生意

太上慈悲 魔垂方便澤 十類孤魂 來受甘露味

이렇게 연도를 마치고 황진인은 단 위에서 밑으로 내려왔다. 여러 도사들은 음악을 연주하며 황진인을 모시고 문밖까지 나가 지전을 불사르고 종이로 만든 상자들을 태우고 다시 들어오니 이로써 제를 올리는 것이 원만하게 끝났다. 도사들이 모두 옷을 갈아입고 진설된 물건과 불상들을 거두어들였다. 서문경은 일찌감치 대청 안에 등불을 밝게 밝히고 술좌석을 마련해놓았다. 배우 셋이 노래를 부르고 여러 친척과 친구들이 모두 대청 안으로 왔다. 서문경은 먼저 황진인에게 잔을 건네니 좌우의 하인에게 명해 푸른 하늘에 구름이 노니는 비단 한 필과 명주 한 필, 은자 열 냥을 내와 올리게 한 후 고개를 숙여 감사하다고 하며 말했다.

"죽은 집사람은 오늘 도사님의 은공에 힘입어 저승에서 벗어나 좋은 세상으로 갔습니다. 그래서 변변치 않은 물건으로 제 고마움을 표시할까 합니다!"

"저는 도관의 옷을 입고 함부로 도교를 펼칠 뿐인데 어찌 감히 덕으로써 좋은 세계로 인도했다 할 수 있겠습니까? 이 모든 것이 나리의 지성과 덕으로 부인께서 상서로운 구름을 타고 하늘의 좋은 곳으로 가신 것입니다. 소인이 이런 물건을 받게 된다면 실로 낯이 뜨거워질 뿐입니다!"

"너무나 보잘것없는 물건들이라 도인의 체면을 깎겠지만 그래도 웃으며 받아주시기 바랍니다."

이에 황진인은 도동을 시켜 받아두게 했다. 서문경은 황진인에게 잔을 올린 후에 다시 오도관에게 잔을 올리며 비단 한 필과 백은 닷 냥과 은자 열 냥을 제사용품대로 주었다. 오도관은 단지 제사용품대만 받고 다른 것은 사양하면서 말했다.

"소생이 마땅히 해야 할 일로, 경을 읽어 죽은 분을 선인의 세계로 인도할 수 있다면 지극히 좋은 일이지요. 쓰인 경비를 받는 것도 타당치 않은데 어찌 이런 후한 물건을 받을 수 있겠습니까?"

"그 말씀은 틀리셨어요. 진인께서는 오로지 제단에서 제를 올리는 일에만 전념해주셨고, 나머지 모든 것은 도인께서 신경을 써서 하신 겁니다. 그러므로 사부께 수고한 예의로써 드리는 것인데 왜 옳지 않다 하십니까?"

오도관도 재차 거절하다 결국 인사를 하고서 받았다. 서문경과 여러 도관들에게 술을 돌린 후에 오대구, 응백작 등이 위로 올라가 서문경에게 복을 누리라며 술을 올렸다. 오대구는 잔을 들고 응백작은 주전자를 들고 사희대는 안주를 집어들고 일제히 무릎을 꿇으면서 백작이,

"형님께서 형수님을 위해 오늘 좋은 일을 하셨습니다. 황진인도 청하시고 또 오도관도 수고를 하시어 제사를 올렸습니다. 형수님께서 비로소 머리에 봉황 관을 쓰시고 흰 옷을 입으시고 새털로 만든 부채를 들고 흰 학을 타고 구름을 헤치며 하늘로 올라가셨습니다. 모두 황진인의 높은 도력과 형님의 경건한 정성, 형수님의 복이시니 저 또한 여간 기쁜 것이 아닙니다!"

라고 말하고는 술을 한 잔 가득 따라 서문경에게 주었다. 서문경은,

"여러분이 요 며칠 동안 정말 수고들 많이 하셨습니다. 감사의 말을 다 할 수 없으니 어찌하여 이 고마움에 보답할 수 있을는지요?"

그러고는 단숨에 술을 들이켰다. 백작은 다시 한 잔을 따르며,

"형님, 술은 짝수로 마시는 것이지 홀수로 마시는 게 아닙니다."

하니, 사희대는 급히 안주를 한 젓가락 집어 서문경에게 주었다. 서

문경은 돌아가며 여러 사람에게 고맙다고 인사를 한 뒤에 자리에 앉았다. 배우들이 노래를 부르고 요리사들이 부엌에서 음식을 내오기 시작했다. 이날 밤은 술좌석에서 악기도 타며 놀다가 거의 이경까지 술을 마셔댔다. 그러다 서문경이 많이 취하자 사람들은 비로소 작별을 하고 자리에서 일어나 돌아갔다. 서문경은 배우들에게 은자 석 전씩을 수고비로 주고 안채로 들어갔다.

인생에 술이 있으니 취하는 게 당연하고, 한 방울인들 어찌 저승까지 가지고 갈 수 있으랴.

시가 있어 이를 밝히나니,

백년해로하고자 하늘에 맹세했거늘
하루 사이에 헛된 것으로 변했네.
봉황 비녀 땅에 떨어지고
난세의 거울이 두 조각 나네.
죽었다고 스스로 기뻐하나
한[恨]이 길어 정[情]을 잊지 못하네.
술을 들어 자꾸 마시며
가슴의 애수를 잠시나마 달래보네.
百年方誓日 一夕竟爲雲
飛鳳金銅落 翔鸞寶鏡分
超生空自喜 長恨不勝情
盃物頻頻飮 愁懷且暫淸

제67화 내생에서 다시 인연을 맺을거나

서문경은 서재에서 눈을 감상하고,
이병아는 꿈속에서 그윽한 정을 끊다

종일 그대를 생각하나 그대는 보이지 않고
차가운 밤 나팔 소리 차마 들을 수 없네.
문갑 속의 깨진 거울 새벽달을 거두고
옷상자 속에 넘친 옷이 조각구름 거두네.
외로운 새는 가지 위에서 머물지 못하고
날던 기러기 무리에서 떨어져 탄식한다.
옥비녀 두들겨 부러뜨려도 마음은 깨기 어려워
생각건대 상심을 이제야 알겠구나.
終日思卿不見卿 數聲寒角未堪聞
匣中破鏡收殘月 筐裡餘衣斂斷雲
寒雀疏枝棲不定 征鴻斷字嘆離群
玉釵敲斷心難碎 想像傷心記未眞

　서문경은 며칠 동안 하도 피곤했던지라 안채로 들어와 그다음 날
해가 중천에 떠올라도 일어나지 않았다. 내흥이 들어와서,
　"목수들이 가건물을 헐어버릴지 여쭤보러 와서 지금 기다리고 있

습니다."

하니, 이 말을 듣고 서문경은 화를 버럭 냈다.

"허물어버리라고 하면 될 것을 뭘 물어보고 야단이냐?"

이에 목수와 일꾼들은 손발을 바삐 움직여 천막과 가건물을 철거해 맞은편 가게 창고에 쌓아두었다.

한편 옥소가 방 안에 들어오면서,

"날씨가 매우 흐려요!"

하자, 서문경은 옥소한테 온돌 위에 있는 옷을 가져오게 해 입고 일어나려고 했다. 이에 월랑이 말했다.

"어제 하루 종일 너무 고생하셨고 날씨도 이렇게 흐리니 잠이나 한숨 더 주무세요. 아침나절부터 황급히 일어나 뭘 하려고 그러세요? 오늘은 관아에도 나가지 마세요."

"관아에 등청하지는 않더라도 적집사 집에서 온 심부름꾼에게는 답장을 써주어야 돼."

"정히 그러하시다면 일어나세요. 애들을 시켜 죽을 좀 쒀다 드릴게요."

서문경은 머리도 빗지 않고 세수도 하지 않은 채 머리를 흐트린 채로 털 겉옷을 걸치고 털모자를 쓰고 곧장 화원 안에 있는 장춘각 서재로 갔다. 서동이 떠난 뒤에 서문경은 바로 왕경에게 화원과 양쪽 서재 열쇠를 주어 관리를 맡기고 춘홍은 대청 앞 서재를 맡아 보게 했다. 겨울이 되자 서문경은 장춘각에 있는 서재에만 있었다. 서재 바닥에는 온불을 때고 또 청동화로를 놓아두고, 매화에 달이 걸린 비단 발을 드리웠다. 햇볕이 드는 난간 쪽으로는 협죽도[夾竹桃]와 갖가지 색의 국화, 푸르디푸른 가는 대나무와 그윽한 난초가 있었다.

또 안쪽으로는 붓과 벼루와 꽃병에 꽂은 매화, 거문고와 책들이 깔끔하게 정리되어 있었다. 침대와 온돌 위에는 붉은 요와 비단 이불, 원앙금침과 비단 휘장이 드리워져 있었다. 서문경이 침상 위에 걸터앉자 왕경이 탁자 위에 있는 상아 상자에서 용연[龍涎]향을 꺼내 소전[小篆]이 새겨진 금향로에 태웠다. 서문경이 왕경에게 일렀다.

"내안더러 응씨 아저씨를 모셔오라고 해라."

왕경이 이 말을 내안에게 전하니 바로 떠났다. 이때 평안이 들어와 왕경에게,

"소주아가 밖에서 기다리고 있어"

하자 왕경이 서문경에게 아뢰니 서문경은 안으로 들라 일렀다. 소주아가 들어와 절을 하니 이르기를,

"마침 잘 왔다. 머리 손질 좀 해주고 몸도 두들겨주렴."

그러면서 물었다.

"그런데 그동안 왜 오지 않았지?"

"여섯째 마님께서 세상을 떠나신 뒤에 나리께서 바쁘실 것 같아서 오지 않았어요."

서문경은 긴 안락의자에 앉고 소주아는 머리를 손질하기 시작했다. 이때 내안이 들어와 응백작이 왔다고 전했다. 응백작은 털모자에 녹색 털옷을 입고 낡은 신을 신고 있었다. 발을 걷고 안으로 들어오며 인사를 하니, 서문경은 머리 손질을 받다가,

"쓸데없는 인사는 그만두고 잠시만 앉아 있게."

하자 백작은 의자를 끌어다 화롯가에 앉았다.

"오늘 그게 무슨 차림인가?"

"지금 눈이 내리는 걸 모르세요? 대단히 추워요! 어제 늦게 집으

로 돌아가는데 새벽닭이 울더군요. 어제 형님께서 사람을 붙잡고 통
놓아주지를 않아 저희들이 돌아갈 수가 없었어요. 저는 날이 어두워
지는 걸 보고 등불 하나를 겨우 얻어 들고 오대구와 함께 집으로 돌
아갔지요. 늦게 잠을 자다 보니 아침 늦게까지도 일어나지 않았어요.
형님께서 내안을 시켜 부르지 않았다면 아마도 계속 자고 있었을 거
예요. 형님, 이렇게 일찍 일어나시다니 아주 대단하십니다! 저 같으
면 어림도 없어요!"

"자네도 보다시피 여섯째의 장례를 마치고 또 정신없이 황태위를
초대해 접대하고 다시 제를 올리면서 지금까지 버텨왔는데 마음이
어디 한가할 수 있겠는가? 오늘도 집사람이 '많이 피곤하실 텐데 좀
푹 쉬세요'라고 권했지. 그렇지만 생각해보니 적집사 집에 답장도 써
야 하고 제사 때 임시로 지은 가건물 철거 일도 감독해야 되고, 또 스
무나흗날에는 한지배인과 일꾼들이 떠나니 짐이랑 서류도 꾸며야
한다네. 게다가 장사를 치르면서 많은 사람들에게 신세를 겼는데 일
가친척들은 그만두더라도 사대부들이나 관원들에게 일일이 찾아가
조문해주셔서 고맙다고 인사해야 되지 않겠는가?"

"저도 바로 그걸 걱정하고 있었어요. 인사를 안 할 수는 없으니 꼭
해야 할 몇 집을 골라서 적당히 해버리세요. 웬만큼 아는 나머지는
만났을 때 고마웠다고 하시면 될 거예요. 형님이 바쁘신 걸 누가 모
르겠어요. 그러니 피차 마음으로 알고 있으면 되잖아요."

이렇게 말하고 있는데 왕경이 발을 걷고 화동이 채색한 네모진 찬
합과, 조각한 은 찻잔에 우유와 설탕을 넣은 차를 두 잔 내왔다. 백작
이 손을 뻗어 한 잔을 받아들고 보니 거위 기름 같은 하얀 것이 잔 위
에 떠 있는 것을 보고,

"맛있는데! 아주 따스하군."

그러면서 입에 대고는 차의 향기와 맛을 음미했다. 그러고는 몇 모금에 다 마셔버렸다. 서문경은 머리 손질이 다 끝나자 소주아에게 귓밥도 좀 파달라고 하고 우유를 탁자 위에 두라 하고 마시지 않았다. 이에 백작이 말했다.

"형님, 지금 마시지 않으면 아깝게 식어버려요. 이른 아침 따스할 적에 드시면 몸에도 좋아요."

"나는 안 먹을 테니 자네가 먹게나. 나는 잠시 뒤에 죽이나 먹을 테니!"

백작은 이 말을 기다렸다는 듯이 손에 받아들고는 단숨에 마셔버렸다. 응백작이 다 마시기를 기다렸다가 화동이 잔을 들고 나갔다. 서문경은 귀를 다 후비자 소주아한테 목침으로 온몸을 안마해달라고 하니, 백작이 이를 보고 물어보았다.

"형님, 목침으로 두들기면 몸이 좀 풀리세요?"

"솔직히 말해 밤마다 온몸이 찌뿌듯하고 쑤시고 허리도 뻐근하게 아파. 이렇게 안마라도 하지 않으면 시원하지가 않아."

"형님은 살도 찐 데다 매일 맛있는 음식을 드시니 어찌 비만에 따른 질병이 생기지 않겠어요?"

"어제 임후계(임의원)가, 내가 겉으로 보기에는 몸이 실해 보이나 속은 다 비어 있다고 하더군. 그래서 나한테 백보연령단[百補延齡丹]을 한 통 보내주었지. 그러면서 이 약은 임진인이 황제께 진상하는 것으로 나더러 이른 아침에 사람의 젖에다 타 먹으라고 하더군. 그런데 요 며칠 마음이 어수선하고 바빠서 제대로 먹지 못했지. 자네도 알다시피 내 주위에 사람들이 많으니 하루 종일 이런 일이 끊이질 않

잖아. 더구나 여섯째가 세상을 뜬 후에 무슨 정신이 있어 건강에 신
경을 쓰겠나!"

이렇게 말하고 있는데 한도국이 들어와 절을 하고 자리에 앉으며,

"방금 사람들이 모이고 배도 이미 준비해놓아 스무나흗날 떠나기
로 했답니다."

하니, 서문경은 이 말을 듣고 감지배인을 불러 장부를 점검케 하고
은자를 주어 짐들을 꾸리게 했다. 그러면서,

"두 가게는 어느 정도나 팔고 있나?"

하고 물으니 한도국이 답했다.

"양쪽 모두 합해 육천 냥 정도 돼요."

"그럼 그중에서 한 이천 냥 정도를 최본에게 주어 호주로 가서 비
단을 사오라 하게. 그리고 나머지 사천 냥으로는 자네가 내보와 함께
송강으로 가서 베를 산 후에 새해 첫 배로 돌아오게나. 각자 닷 냥씩
을 가지고 길 떠날 채비를 하게나."

"한 가지 말씀드릴 게 있는데 저는 운왕부에 속해 있어 조만간 당
직을 서야 하는데 관전[官錢](사역 대신에 내는 돈)을 내지 않았으니
어떻게 할까요?"

"어째 관전을 내지 않았나? 내보도 자네와 마찬가지로 운왕부에
서 일을 보는데 매월 은자 석 전을 내고 있잖아."

"내보는 채태사 어른께서 문서상으로 발령하신 것이라 누구도 감
히 허튼소리를 못하지요. 저는 조상 대대로 내려온 것이라 어쩔 수가
없어요."

"그렇다면 자네가 탄원서를 한 장 쓰게나. 내가 임후계에게 부탁
해 관아에 가서 왕봉승[王奉承]에게 말을 잘해 관역[官役]에 올라 있

는 자네 이름을 지워버리고 대신 관전이나 내면 되지. 그렇게 하면 자네는 집의 하인을 시켜 적당히 때우면 되잖아."

이 말을 듣고 한도국은 절을 하며 고맙다고 하자 백작이 말했다.

"형님께서 일을 처리해주셔야 한씨가 안심하고서 일을 보지요."

잠시 뒤에 소주아가 안마를 마치자 서문경은 안채로 머리를 감으러 들어가면서 소주아에게 음식을 가져다주라고 분부했다.

얼마 지나 서문경이 흰 비단으로 만든 충정관 모자를 쓰고 털외투를 걸치고서 소주아에게 은자 석 전을 수고비로 주었다. 또 왕경한테 분부했다.

"온사부 좀 오시라 하거라."

잠시 뒤에 온수재가 모자를 쓰고 허리띠를 두르고 안으로 들어왔다. 인사를 마치자 하인들이 탁자를 놓고 죽과 반찬 네 가지를 내왔는데 삶은 돼지 족발 한 접시, 녹두 나물과 노새 고기볶음, 닭튀김 한 접시, 삶은 어린 비둘기 찜 한 접시였다. 찹쌀 죽 네 그릇과 상아 젓가락 네 벌도 가져왔다. 백작과 온수재가 상석에, 서문경은 주인 자리에, 그리고 한도국은 맞은편에 앉았다. 서문경은 내안에게 죽 한 그릇과 젓가락 한 벌을 더 내오라 하면서 진서방도 나와서 같이 먹으라고 일렀다. 잠시 뒤에 진경제가 굴건 띠를 두르고 흰 무명 도포를 입고 흰 비단 버선에 포초로 만든 신을 신고 들어와서, 응백작 등에게 절을 하고 맞은편 자리에 앉았다. 잠시 뒤에 죽을 다 먹고 나자 하인이 그릇을 거두어 나가고 한도국도 자리에서 일어났다. 백작과 온수재만 서재에 남자 서문경이 온수재에게,

"그래, 답장은 다 썼는지요?"

하고 물으니 온수재가,

"대강 써서 나리께 보여드리려고 가지고 왔으니 한번 보시지요."
하면서 소맷자락에서 꺼내 서문경에게 보여주었다.

> 청하현의 서문경이 고상하고 덕망이 높은 운봉 친척께 삼가 편지
> 를 올립니다.
> 서울에서 만나 몇 마디 말을 나눈 뒤로 세월은 빨리 흘러 어느덧 반
> 년이 지났습니다. 소생은 불행히도 집사람이 일찍 세상을 떠났으나
> 특별히 친가의 부의와 가르침을 받게 되니 그 후의에 깊이 감사를
> 느낍니다. 이 감격스러운 마음은 종신토록 잊지 못할 것입니다.
> 제가 맡은 일을 제대로 수행치 못했는데 상부에 천거해주시니 그
> 저 황망할 뿐입니다. 또 태사님 안전에서 소생에 대해 좋은 말을 해
> 주시니 이 모든 은혜가 친가께서 힘써주신 덕분입니다.
> 금일 편지로나마 문안을 올리는 바이며 그 감사함은 이루 다 표현
> 할 수 없으니 헤아려주시기 바랍니다. 양주산 주름 비단 손수건 열
> 장과 색이 있는 비단 수건 열 장, 금 이쑤시개 스무 개, 금 술잔 열 개
> 를 보내드리오니 작은 성의로 여기시고 웃으며 거두어주시기를 간
> 망합니다.

서문경은 다 읽고 나서 진경제에게 서재에서 물건들을 내오라 한
뒤에 온수재와 함께 싸게 하고, 편지를 깨끗하게 정서하고 봉투를 봉
한 뒤 도장을 찍었다. 그리고 따로 백은 닷 냥을 봉해 편지를 가져온
왕옥에게 수고비로 주었다.
밖을 내다보니 큰눈이 내려 서문경은 온수재를 남겨두고 서재에
서 눈 오는 것을 구경했다. 그러면서 탁자를 닦고 술상을 내오라 했

다. 그런데 누군가 발 밖에서 머리를 내밀고 쳐다보는 것 같아서,

"게 누구냐?"

하니 왕경이 답했다.

"정춘입니다."

서문경은 정춘더러 들어오라 하니, 정춘은 금테를 두른 상자 두 개를 높이 쳐들고 서문경 앞에 무릎을 꿇었다. 서문경이,

"이게 무엇이냐?"

하니 정춘이,

"누이 정애월이 나리께서 어제 여섯째 마님의 제사를 올리느라 매우 피곤하신 것을 알고, 뭐 특별한 건 없고 이 차 과자 두 상자를 보내 맛을 좀 보시라고 했어요."

하면서 상자를 여니 한 상자는 속에 과일을 넣은 떡이고 또 다른 상자는 우유과자였다. 정춘이 말했다.

"나리께서 좋아하시는 걸 알고 누이가 직접 만들어 바치는 거예요."

"어제는 차를 보내주더니, 오늘 또 네 누이가 마음을 써서 이런 것을 만들어 보내주다니…."

백작이,

"좋지, 가져와봐라. 내 맛을 좀 보아야겠다. 죽은 내 딸이 이런 것을 잘 만들었는데, 오늘 다시 이런 것을 잘 만드는 딸이 생기다니…."

그러면서 하나를 집어 입 안에 넣고 다시 하나를 집어 온수재에게 건네주면서,

"선생도 맛을 좀 보시지요. 이가 빠진 늙은 서생이 이걸 먹으면 이빨도 새로 나고 환골탈태할 수 있으며 눈도 훤히 잘 보여 십 년은 더

젊게 살 수 있답니다."

하니, 온수재가 받아 입에 넣고 보니 과연 사르르 녹아 없어지자,

"이것은 서역에서 나는 것이지 인간 세상에 있는 게 아닙니다. 폐를 씻어주고 심장을 녹여주니 실로 하늘나라의 진귀한 음식입니다."

라고 했다. 서문경이 다시,

"이 작은 상자에 있는 건 무엇이냐?"

하고 묻자, 정춘은 천천히 서문경의 앞으로 다가와 상자의 뚜껑을 열면서 말했다.

"이것은 누이가 나리께 드리는 물건입니다."

서문경은 상자를 받아 무릎 위에 올려놓고 뚜껑을 열어 그 안을 보려 하는데 한옆에 있던 응백작이 한 손으로 상자를 낚아채 열어보았다. 상자 안에는 붉은 비단 손수건이 한 장 놓여 있는데 그 안에는 직접 까 넣은 과일 씨가 들어 있었다. 백작은 손수건은 서문경에게 돌려주고 과일 씨는 입 안에 털어 넣어 모두 먹어버렸다. 이를 보고 서문경이 급히 손을 뻗어 뺏으려 했으나 벌써 몇 알밖에 남아 있지 않자, 이에 서문경이 화를 내며 말했다.

"이런 개자식이! 뱃속에 식충이 들어 있나? 사람이라면 내가 먹을 것은 좀 남겨놓아야지!"

"내 딸이 보낸 것인데 내가 안 먹으면 누가 먹는단 말인가요? 형님은 평소에도 잘 드시잖아요!"

"온선생이 이곳에 계시니 욕은 하지 않겠네. 자네 같은 개자식은 정말로 처음 본다니까!"

그러면서 서문경은 손수건을 거두어 소맷자락에 집어넣고 왕경에게 그릇을 안채로 가지고 들어가라고 분부했다. 잠시 뒤에 탁자 위에

안주와 술을 준비했다. 한 순배 돌았을 적에 대안이 들어서며,

"황사가 은자를 받았다며 은자를 가지고 왔습니다."

하자 서문경이,

"그래 얼마를 가져왔던?"

하니 대안이 답했다.

"천 냥을 가져왔는데 나머지도 바로 가져오겠답니다."

백작이,

"형님, 좀 보세요. 이 때려죽일 놈의 자식들이! 나까지 속여 한마디도 하지 않았어요. 어제 형님께서 제사를 올릴 때도 오지 않았어요. 그런데 이제 보니 동평부로 은자를 받으러 갔었군요. 오늘 돈을 받으시면 다시는 돈을 꿔주지 마세요. 이 건달 놈 둘은 남한테 빚을 잔뜩 지고 있어 다시 꿔갔다가는 받지 못할 거예요. 어제 북쪽에 사시는 서내상도 화를 내시며 직접 동평부로 가서 은자를 받겠다고 하셨어요. 그 닳고 닳은 놈들이 달아나면 형님은 본전도 건지기 힘들잖아요."

하니 서문경은,

"나는 겁 안 나. 서내상이건 이내상이건 간에 상관없이, 일이 잘 안 되면 그놈들을 잡아다가 옥에 처넣으면 제놈들이 돈을 갚지 않고 배기겠어?"

그러면서 진경제에게,

"내 나가지 않을 테니 사위가 저울을 가지고 나가 잘 달아서 받아오게."

했다. 얼마가 흘러 진경제가 안으로 들어와서 말한다.

"은자 천 냥을 잘 달아서 안채 큰마님께 가져다드렸어요. 황사가

나리께 몇 말씀 올리겠답니다."

"내 손님과 함께 있으니 계약에 관한 일이라면 스무나흗날이 지나
다시 오라고 하게나."

"그 일이 아니라 다른 일로 꼭 어른을 뵙고 싶답니다. 그래서 어른
께서 나오시면 직접 말씀드리겠답니다."

"도대체 무슨 일인데 그러지? 나가봐야겠군."

그러고는 대청으로 나가니 황사가 절을 올리면서,

"은자 일천 냥은 진서방님에게 주었습니다. 나머지는 다음에 나리
께 드리겠습니다. 실은 소인에게 한 가지 일이 있어 나리님께 부탁을
드리려 합니다."

하더니 땅에 꿇어앉으며 눈물을 흘렸다. 서문경은 황사를 잡아 일으
키면서 물었다.

"도대체 무슨 일인가? 말을 해보게나."

"소인의 장인 손청[孫淸]이 풍이[馮二]라는 지배인과 함께 동평부
에서 목화를 팔고 있습니다. 풍이에게는 풍회[馮淮]라는 아들이 있
는데 이놈이 본분을 지키지 않고 문을 걸어잠그고는 기생집에서 보
내곤 했지요. 어느 날 면화 두 뭉텅이가 보이지 않자 소인의 장인이
두어 마디 듣기 싫은 소리를 하고 풍이가 자기 자식 놈을 두어 차례
때려주었어요. 그랬더니 그놈의 자식이 제 작은처남인 손문상[孫文
相]과 치고받아서 손문상은 이가 하나 부러졌고 그놈의 자식도 머리
에 약간 타박상을 입었는데 손님들이 중간에 겨우 뜯어말리고 화해
를 시킨 모양이에요. 그런데 뜻밖에도 풍회가 집에 돌아간 지 반달이
지나 파상풍[破傷風](급성 전염병)으로 죽었지요. 그놈의 장인은 하서
의 유명한 토호인 백오[白五]라는 자인데 별명이 백천금[白千金]으

로, 강도들과 통하며 장물아비 짓을 합니다. 백오가 풍이를 충동질해 순안어사께 고소장을 제출케 하니 뇌병비[雷兵備]에게 조사를 하라고 지시했습니다. 그런데 뇌병비께서는 황선의 일을 관장하느라 틈이 없어 이 사건을 본부[本府]의 동추관[童推官]에게 조사하라고 했습니다. 일이 이렇게 되자 백천금은 동추관에게 돈을 쓰고, 이웃사람들에게 소인의 장인이 옆에서 소리치며 사주를 하여 풍회가 죽었다는 고소장을 쓰게 했습니다. 그래서 동추관은 체포 영장을 가지고 와서 소인의 장인을 붙잡아 갔습니다. 제발 나리께서 불쌍히 여기시고 뇌나리께 편지를 보내시어 사정을 해주세요. 그러면 장인이 살아날 수도 있을 것입니다. 그들 두 사람의 싸움은 소인의 장인과 전혀 무관한 일입니다. 풍회는 싸우고 나서 바로 죽은 것이 아니라 시간이 어느 정도 경과한 뒤에 죽은 것입니다. 더구나 풍회의 애비가 먼저 풍회를 때렸는데 지금 손문상 한 사람에게만 덮어씌우고 있습니다."

이 말을 서문경은 다 듣고 나서 '동평부의 죄수 손청과 손문상을 잘 보아주시기 바랍니다'라고 쓰고 나서,

"뇌병비는 일전에 나와 술을 마시며 일면식을 한 적은 있지만 그다지 친하지가 않아. 그런데 어떻게 편지를 쓸 수 있겠는가?"

했다. 이 말을 듣고 황사는 엎드려 통곡하면서,

"나리께서 불쌍히 여겨주시지 않는다면 소인의 장인과 처남은 영락없이 죽게 됩니다. 손문상이야 어쩔 수 없다 하더라도 제 장인만은 꼭 좀 구해주십시오. 그러면 나리 은덕에 크게 감사드릴 것입니다. 소인의 장인은 금년에 예순이 되어 집에 돌봐줄 사람이 아무도 없습니다. 이 추운 겨울에 감옥에 있으면 틀림없이 죽을 것입니다!"

하니, 이에 서문경은 한참 생각한 뒤에,

"좋아, 정히 그렇다면 내가 세관의 전[錢]영감께 부탁을 해보지. 전영감과 같은 해 임진년에 진사가 되었으니 말일세."

했다. 이 말을 듣고 황사는 고개를 조아려 인사를 하고는 소맷자락에서 '백미 백 석'이라 쓴 목록을 꺼내 서문경에게 건네주었다. 그리고 다시 허리춤에서 은자 두 봉지를 풀어 바쳤다. 서문경은 받지 않고 말했다.

"내가 어디 이런 돈을 받을 성싶은가?"

"나리께서는 그렇다 치더라도 전나리께는 좀 드려야 하지 않을까요?"

"괜찮아, 일이 잘되면 그때 가서 인사하면 되네."

이렇게 말을 하고 있는데 백작이 쪽문에서 나오면서,

"형님, 황사 일을 봐주지 마세요. 그놈이 평소에는 알은체도 않다가 일이 터지고 나니까 이렇게 발바닥에 땀이 나도록 쫓아다니잖아요. 어제 형님께서 제사를 올리는데도 차는 고사하고 코빼기도 보이지 않다가 오늘 이렇게 찾아와 사정하고 있잖아요."

하니 황사는 급히 응백작에게 인사를 하면서,

"응씨 아저씨, 공연히 생사람을 잡는군요! 제가 이 일 때문에 거의 반달을 정신없이 보냈는데 어디 그럴 틈이 있겠어요? 어제는 동평부에서 돈을 받아 와서 오늘 나리님께 돈을 드렸잖아요. 아침부터 이지를 찾았으나 찾지 못하고 저 혼자 이렇게 와서 나리께 돈을 갚아드리고 이번 일을 말씀드리고 장인을 좀 구해주십사 통사정을 하는 거예요. 그런데 나리께서는 가지고 온 선물도 받지 않겠다고 하시고 소인들을 봐주시지 않겠답니다."

했다. 백작은 눈앞에 놓인 일백 냥의 전표를 보고는 말했다.

"형님, 어떻게 하실 거예요?"

"내가 뇌병비를 잘 알지 못하니까 세관에 있는 전영감께 부탁해볼까 하네. 나중에 내가 선물을 사서 고맙다고 인사하면 그만이지, 어찌 황사의 돈을 받을 수 있겠는가?"

"형님, 그렇지가 않아요. 어려운 사람의 부탁을 들어주면서 왜 형님이 대신 돈을 들여 선물을 주려고 하세요? 이것은 이치에 맞지가 않아요. 형님이 받지 않는다면 황사가 준 것이 작다고 여긴 게 되어 저 사람을 더욱 어렵게 하지요. 그러니 제 생각에는 이 물건을 받아두는 게 좋을 성싶네요. 형님이 쓰시지 않는다면 뒷날 물건을 사서 전나리께 선물하면 그게 그거잖아요."

이어서 백작은 황사를 바라보며 말했다.

"자네 장인과 처남이 운이 좋군. 형님께서 편지를 써주시면 두 사람은 아무 일 없이 풀려날 걸세. 나리께서 자네 돈을 받기 매우 껄끄러워하시니 기생집에다 한 상 잘 차려놓고 우리들을 한번 청해 놀면 될 걸세."

"응씨 아저씨께서 그렇게 마음을 써주셔서 정말 감사합니다. 소인이 술좌석만 마련하겠습니까? 장인어른께 나리를 찾아뵙고 감사의 절이라도 올리라고 말을 하지요. 솔직히 제가 이번에 장인 부자를 위해 밤낮으로 아래위로 아는 사람들을 찾아보려고 했으나 아직까지 제대로 길을 찾지 못하고 있었어요. 그런데 나리께서 불쌍히 여기시어 도와주지 않으신다면 어찌 되겠어요?"

"멍청하기는, 장인의 딸을 껴안고 있는데 자네가 힘을 쓰지 않는다면 누가 힘을 써주겠는가?"

"집사람은 단지 울고만 있어요. 장인이 감옥에 갇히게 된다면 집에는 밥을 날라다 줄 사람이 하나도 없어요."

서문경은 응백작의 말을 듣고 백미 백 석을 적은 목록만 거두고 예물은 다시 가지고 가라고 했다. 이에 황사는,

"별로 많은 것도 아닌데 신경을 너무 써주시는군요!"

하고는 그만 돌아가려고 했다. 응백작이,

"잠시 와보게. 그래, 편지는 언제쯤 가지고 가려고 하나?"

하니 황사는,

"목숨이 걸린 일인데 나리께서 오늘이라도 편지를 쓰셔서 하인 편에 보내주신다면 내일 아침 일찍 제 아이와 함께 가보게 하렵니다."

그러면서 거듭 부탁하기를,

"누구를 보내시렵니까? 제가 만나보겠습니다."

하자 서문경은,

"내 자네한테 바로 편지를 써주지."

그러면서 바로 대안을 불러,

"내일 황사의 아들과 함께 가보거라."

했다. 이에 황사는 대안을 만나보고 서문경에게 인사를 하고 문을 나섰다. 문 앞에 이르자 대안에게 은자를 담아온 포대를 달라고 했다. 대안이 안채로 들어가니 월랑의 방에는 옥소와 소옥이 옷을 깁고 있었다. 대안이 서서 포대를 달라고 하자 옥소가,

"손에 일거리가 있어서 지금 자루를 비워줄 수 없어요. 그러니 내일 가져가라고 하세요."

하니 대안은,

"황사는 내일 급한 일이 있어 동창부에 가야 해. 그러니 좀 가져다줘요!"

했다. 월랑이,

"사람 기다리게 하지 말고 어서 가져다주렴."

하자 옥소는,

"은자가 침상 위에 그대로 놓여 있는 데다 아직 털어내지도 않았어요."

그러고는 안으로 들어가 은자를 침상 한 모퉁이에 쏟아놓고 포대를 들고 나와,

"자, 가지고 가. 괴팍스럽기는, 누가 이런 포대 자루를 떼어먹기나한대. 별것도 아니면서 찰거머리처럼 달라붙어가지고는…."

하니 대안이,

"호사아가 달라고 하지 않으면 내가 왜 안채까지 가지러 왔겠어?"

라며 포대를 가지고 중문까지 가서 두어 차례 흔들어봤는데 석 냥짜리 은자가 하나 떨어져 나왔다. 옥소가 내던지는 통에 은자를 싼 종이가 뜯어지면서 은자 하나가 주머니 바닥에 떨어진 모양이다. 이에 대안은,

"횡재를 했군!"

하면서 소매 안으로 집어넣었다. 그러고는 앞채로 나가 포대 자루를 황사에게 돌려주며 다음 날 아침 일찍 떠나자고 약속했다.

한편 서문경은 서재로 돌아와 바로 온수재에게 편지를 쓰게 해 대안에게 주었다. 그러고는 밖에 내리는 눈을 구경하는데, 분분히 나풀거리며 내리는 눈이 바람에 날리는 버들가지 같기도 하고 어지러이 춤추는 배꽃 같기도 했다. 서문경은 마고주 한 병을 따서는 춘홍에게 천을 대고 걸러서 데워 오라고 했다. 정춘은 곁에서 쟁을 연주하며 나지막이 노래를 불렀다. 서문경은 정춘에게 「유저풍징[柳低風徵]」

을 한 곡 청했다. 한참 듣고 있노라니 금동이 들어와 말한다.

"한지배인이 이 편지를 나리게 보여드리래요."

서문경이 보고 나서,

"성 밖에 있는 임의관 집으로 가서 내일 부중의 봉승한테 말해 한지배인의 사역 일을 없애도록 말을 하거라."

하고 분부했다.

"오늘은 너무 늦었으니 내일 아침 일찍 갈게요."

"그래라."

잠시 뒤에 대안이 네모진 쟁반에 반찬 여덟 가지와 밥을 가지고 왔는데, 닭찜 한 그릇, 부추볶음 한 그릇, 고기 완자 한 그릇, 양 머리 삶은 것 한 그릇, 삶은 돼지고기 한 그릇, 선지국 한 그릇, 내장탕 한 그릇, 창자 볶음 한 그릇, 돼지 천엽 볶음 한 접시였다. 또 큰 그릇 두 개에 담긴 기름에 튀긴 국수와 튀김을 진경제 등 네 사람과 함께 먹었다. 서문경은 왕경한테도 접시를 가져오라 하여 음식 두어 가지와 과일과 술도 두 잔 주었다. 정춘이 무릎을 꿇고 아뢰기를,

"소인은 마실 줄 모릅니다."

하니 백작이 화를 내며 말했다.

"멍청한 놈! 날씨가 추운지라 나리께서 너를 특별히 생각하시어 내리는 술인데 마시지 않는다니, 그럼 너의 형은 어떻게 마실 줄을 아느냐?"

"형님은 마실 줄 알지만 저는 마실 줄 몰라요."

백작이,

"그럼 네가 한 잔을 마시고 나머지 다른 한 잔은 왕경더러 마시라고 하거라."

하니 왕경도,

"아저씨, 저도 마실 줄 몰라요."

하자 백작이,

"꼬마야, 너는 정춘 대신 마셔야 한다. 높은 분 앞에서 사양하는 것
도 당연하지만, 자고로 웃어른이 내리면 아랫사람은 사양치 말아야
하느니라."

하며 몸을 일으키면서,

"내 너에게 술 마시는 법을 가르쳐주겠다."

하니, 이에 왕경은 코를 쥐고 단숨에 들이마셨다. 서문경은,

"이런 개자식이, 나이가 어려 잘 마시지도 못하는데 어쩌자고 억
지로 술을 마시게 하는 게야!"

그러면서 남아 있는 술은 춘홍더러 마시라 하고 춘홍을 위로 올라
오게 해 손뼉을 치며 남곡을 부르게 했다. 서문경은,

"우리 온선생과 내기를 하는 게 어떨까? 그러고는 쟤더러 노래를
부르게 하면 더욱 좋잖아."

하며 왕경더러 골패를 가져오라 하여, 먼저 온선생부터 시작하라고
권했다. 온수재가,

"제가 어찌 먼저 할 수가 있겠습니까? 응씨 영감께서 먼저 하셔야
지요."

라면서,

"존호[尊號]가 어떻게 되시는지요?"

하고 물으니 백작이,

"남파[南坡]라 합니다."

했다. 이 말을 듣고 서문경이 놀리면서,

"온선생은 잘 모르실 겝니다. 응백작은 밤에는 요강에다 오줌을 싸는데 가까운 곳에 버리면 이웃 사람들이 욕을 할까봐 하인 애들을 시켜 남문 부근에 있는 현청의 쌀 창고 담장 밑에 내다버려 응백작의 별명을 '남발[南潑]'이라고 하지요."

하니 이 말을 듣고 온수재가 웃으며,

"이 파[坡]자는 그것이 아닙니다. '발[潑]'자는 삼수변[三水邊]에 발자이고, 선생의 '파[坡]'자는 흙토[土]변에 가죽피[皮]가 있는 것입니다."

했다. 서문경은,

"선생께서 잘 알아맞히셨습니다. 저 사람의 부인은 온종일 사내들한테 둘러싸여 있답니다."

하니 온수재가 웃으며,

"어찌 그런 일이!"

하자 백작이 말했다.

"온선생은 잘 모르시겠지만, 저 사람은 다른 사람을 골리는 악취미가 있지요."

온수재는,

"자고로 '야한 얘기가 아니면 웃지를 않는다'고 하지 않습니까?"

하니 서문경은,

"온선생, 그러지 마시고 우리 놀이나 계속 하십시다. 응백작과 말해 무슨 소용이 있겠어요? 사람이나 약 올려먹으려 하니 상관 마시고 잘 하세요."

하자 온수재가 말했다.

"몇 점이 나오건 시사가부[詩詞歌賦]에다 설[雪]자를 붙이기로 하

고, 제대로 나오면 작은 잔으로 돌리고 틀리면 큰 잔으로 마시도록
합시다.”

　　먼저 온수재가 던져 일 점이 나오니 온수재는,

　　“눈이 녹으니 원앙도 많구나.”

하고 다음으로 응백작이 던지니 오 점이 나왔다. 백작은 한참을 생각
해도 도무지 생각이 나지를 않았다. 이에 백작은,

　　“이거 나를 죽이는 것이구먼!”

　　그러고는 한참을 있다가 겨우,

　　“됐어!”

하면서,

　　“눈 속의 매화 눈 속에서 피었네, 어때요?”

하니 온수재가,

　　“틀리셨어요. 한 문장 안에 눈[雪]자가 두 개 들어가 있어요.”

했다. 백작은,

　　“처음에는 작은 눈이고 뒤에는 큰눈이 내린 겁니다.”

하니 서문경이,

　　“이런 개자식이! 허튼소리만 하고 있어.”

라며 왕경을 시켜 큰 잔에 술을 따라주었다. 춘홍은 손뼉을 치며 남
곡「주마청[駐馬廳]」을 불렀다.

　　추운 밤에 차가 없어 앞마을로 가 상점을 찾네.

　　눈은 가볍게 절 주위에 날리고

　　술집에는 수북하게 쌓이고

　　돌아가는 배는 제대로 돌아가지 못하네.

강변에선 흥에 겨워 매화를 찾고
정원에서는 촛불 밝히고 구경하누나.
둘러봐도 끝이 없네, 둘러봐도 끝이 없네.
패교[霸橋]의 버들처럼 눈이 하늘 가득 날리네.
寒夜無茶 走向前村覓店家
這雪輕飄僧舍 密灑歌樓 遙阻歸搓
江邊乘興探梅花 庭中歡賞燒銀蠟
一望無涯 一望無涯 有似霸橋柳絮滿天飛下

　백작이 잔을 들어 술을 마시려는데 내안이 안채에서 안주 몇 개와 과일을 내왔다. 과일로 속을 넣은 떡, 볶은 밤, 말린 대추, 사과, 귤잎으로 싼 것 등이었다. 백작은 하나를 집어들고 향기를 맡아보고 입에 집어넣으니 달고 새콤한 게 도대체 무엇인지 알지 못했다. 서문경이 말했다.
　"무엇인지 알아맞혀보게나."
　"개암에 설탕을 입힌 것 아니에요?"
　"어디 그런 맛이 나겠나?"
　"매소환[梅蘇丸]이라고 한다면 안에 씨가 있을 텐데, 도대체 뭐지요?"
　"내 말해줄 테니 허튼소리 하지 말고 이리 와봐! 꿈에도 알아내지 못할 걸세. 어제 우리 집 애들이 항주에서 배로 가져온 거야. '의매[衣梅]'라고 하는데 여러 가지 약재료를 꿀에 담근 후에 매실을 입힌 거라네. 박하와 귤잎으로 겉을 싸니 비로소 이와 같은 맛이 나는 게야. 매일 이른 아침에 한 알을 입에 넣으면 침이 생겨 폐도 좋아지고 악취도 제거된다네. 가래도 삭혀주고 술독도 풀고 소화에도 좋으니 실로 매소환보다 훨씬 좋지."

　백작이,

　"형님이 말씀해주시지 않으면 제가 그런 걸 어찌 알겠어요?"

　그러면서,

　"온선생님, 우리 맛이나 다시 보지요."

하고는 왕경에게,

　"종이를 좀 가져오거라. 내 두어 개 싸서 가서 집사람한테도 맛을 보여줘야겠다."

　그러고는 다시 우유 과자를 집어들고 정춘에게,

　"이 우유 과자는 정말로 네 누이가 직접 만든 게냐?"

하고 물었다. 이에 정춘은 무릎을 꿇고,

　"응씨 아저씨, 제가 어찌 거짓말을 하겠어요? 제 누이가 얼마나 힘들게 만들어서 나리께 바친 건 줄 몰라요."

하니 백작이 말했다.

　"고생깨나 했겠어. 위에는 무늬가 마치 골뱅이처럼 뱅글뱅글 돌고 붉은색이랑 흰색을 입혀놓았잖아요."

　"나도 이것을 보니 마음이 아프군. 죽은 여섯째만 이런 것을 만들 줄 알았는데… 여섯째가 죽고 나니 이제 집안에서 누가 그런 것을 만들 줄 아는 사람이 있나?"

　"제가 방금 말씀드렸잖아요. 제가 뭘 걱정하겠어요. 우유 과자를 빚을 줄 알던 딸년이 죽으니 또 다른 애가 빚을 줄 안다고 했잖아요! 형님도 그런 것을 찾을 줄 아는 것을 보면 형님도 보통 사람은 아닙니다."

서문경은 이 말을 듣고 웃음을 참지 못해 백작을 한 대 때리며,

"자식, 허튼소리는 잘해!"

하니 온수재가,

"두 분 관계가 아주 보기 좋습니다."

했다. 백작이,

"온선생은 모르시겠지만, 저분은 당신의 조카예요."

하니 서문경이,

"이십 년 전에 저자의 애비였지."

했다. 진경제는 두 사람이 서로 농담을 주고받는 것을 보고는 자리에서 일어나 밖으로 나갔다. 오직 온수재만 남아서 입을 가리며 웃기만 했다. 잠시 뒤에 백작이 벌주로 큰 잔으로 한 잔을 들이키고 다음 순서인 서문경이 던지니 칠 점이 나왔다. 한참을 생각하다가,

"내 「향라대[香羅帶]」 한 구절을 부르지. '봄이 가니 배꽃은 눈과 같구나[東君去意切梨花似雪]'"

하니 백작이,

"형님, 틀렸어요. 이 눈자가 어째서 맨 끝에 갔지요. 어서 벌주를 드세요."

하면서 무늬가 새겨진 잔에 술을 가득 따라 서문경 앞에 놓고는 춘홍에게,

"얘야, 너는 노래를 얼마나 알고 있느냐?"

하자, 이에 춘홍이 박수를 치며 노래를 부르니,

사방은 붉은 노을
고개를 돌려보니 강산이 홀로 서 있네.

눈은 가볍기가 버들 같고
가늘기가 거위털 같고
매화보다 더 하얗구나.
산 앞의 오솔길은 더욱 미끄럽고
마을에 술값만 올랐구나.
첩첩이 떨어지는 하늘의 꽃
첩첩이 떨어지는 하늘의 꽃
못도 메우고 도랑도 다 메우니
사람들이 놀라는구나.
四野彤霞 回首江山自占涯
這雪輕如柳絮 細似鵝毛 自勝梅花
山前曲徑更添滑 村中魯酒偏增價
疊墜天花 疊墜天花 濠平溝滿 令人驚訝

눈 내리는 풍경을 보며 저녁 늦게 촛불을 켤 무렵까지 술들을 마셨다. 서문경이 술을 마시자마자 백작이,

"진서방이 없으니, 온선생께서 마치셔야겠습니다."

해서 온수재가 골패를 잡고 던지니 한 점이 나왔다. 잠시 생각을 하다가 바라보니 서재의 벽에 한 폭의 병풍이 걸려 있는데 금박으로 '바람 불어 버드나무 흔들리는 평교의 밤, 눈이 내리니 매화 있는 작은 정원은 봄이구나'라고 쓰여 있었다. 병풍을 보고 읽는데 채 끝나기도 전에 백작이,

"안 돼요, 안 돼! 자기가 마음속으로 지어낸 것이 아니니 벌주를 마셔야 해요."

했다. 그러고는 춘홍을 시켜 큰 잔에 술을 따르니, 온수재는 술기운을 이기지 못해 의자에 앉아 잠시 졸다가 그만 인사를 하고 자리에서 일어나려고 했다. 백작이 만류했으나 더 잡지 못했다. 서문경이,

"그만두게. 온선생은 공부를 하는 사람이라 많이 마시지 못해."

라며 화동에게,

"그만 쉬시게, 온선생을 잘 모시고 가거라."

하니 온수재는 아무 말도 하지 않고 작별을 고하고 돌아갔다. 이에 백작이,

"오늘 온선생이 술이 받지 않는 모양인데요. 별로 마시지도 않았는데 취한 걸 보면…."

그러고 나서 둘은 한참을 더 마셨다. 그런 후에 백작이,

"날도 어두워졌고 저도 꽤 마셨어요."

그러면서,

"형님, 내일 아침 일찍 대안을 시켜 편지를 보내주세요."

하니 서문경은,

"내가 편지를 대안에게 주는 것을 보지 않았는가. 아침 일찍 보낼 거야."

했다. 백작이 발을 걷어 올리고 보니 날이 어둡고 길이 미끄러울 성싶어 등불을 하나 달래서 정춘과 함께 돌아가려 했다. 이에 서문경은 다시 정춘에게 은자 닷 전과 상자에 의매를 몇 개 넣어주며 누이인 정애월에게 가져다주라고 했다. 문을 나설 적에 서문경이 다시 백작을 놀리며,

"두 형제들아, 잘들 가게나."

하니 백작이,

"무슨 말씀을. 애비와 자식이 함께 산에 오르더라도 제각기 힘을 내야 하는 거예요. 여하튼 저는 지금 그 정애월을 혼내주러 가는 길이에요."

하자, 금동이 문 앞까지 배웅했다.

백작이 돌아가자 서문경은 그릇을 치우게 하고, 내안의 부축을 받으며 등불을 켜들고 중간문과 반금련의 문 앞을 지나가는데 쪽문이 닫혀 있었다. 그래서 살그머니 문 앞을 지나 이병아의 방문 앞에 가서 가볍게 문을 두들기니 수춘이 문을 열었다. 내안은 바로 돌려보냈다. 서문경이 위패를 모신 방으로 들어가 이병아의 초상을 바라보며,

"젯밥은 올렸느냐?"

하고 물으니 여의아가 나와서 바로,

"좀 전에 저와 영춘이 올렸어요."

하고 대답하니 서문경은 방 안으로 들어가 의자에 앉고 영춘이 차를 내왔다. 서문경은 여의아한테 옷과 띠를 벗기게 했다. 여의아는 서문경이 여기로 쉬러 온 걸 알고 재빨리 자리를 깔고 다리미로 따스하게 해놓은 이불을 폈다. 수춘도 바로 쪽문을 걸어 잠그고 위패를 모신 방에다 의자를 편 뒤에 그 위에 자리를 깔고 잠을 잤다. 잠자리에 든 뒤 얼마가 흘러 서문경이 차를 마시겠다고 부르는 소리를 듣고 영춘과 수춘은 바로 무엇인지 알아차리고 급히 유모를 떠밀어 넣었다. 여의아는 옷을 벗고 이불 안으로 기어 들어갔다. 서문경은 술기운이 올라 이미 약을 먹었고 물건 위에는 은탁자를 사용했다. 여의아를 온돌위에 엎드리게 해 다리를 벌리고 힘을 쓰고 엉덩이를 철썩 때리니 여의아는 혀끝이 차가워지며 밑으로는 음수[淫水]가 넘쳐흘렀다. 여의아는 더 참지 못하고 끊임없이 신음 소리를 내었다. 밤이 깊은 시각

이었기에 그 소리는 멀리까지 퍼져 나갔다. 서문경은 유모의 몸이 면화 씨앗처럼 하얗고 부드러운 걸 보고 한 손으로 여의아를 잡아끌어 가까이 꿇어앉게 하고는 이불 속에서 자기의 물건을 꺼내 빨게 하니 여의아는 몸을 굽혀 바로 빨았다. 서문경이 말했다.

"얘야, 네 몸은 어찌 이리도 죽은 네 주인처럼 하얗고 부드러운 게냐? 너를 안고 있노라니 마치 여섯째와 잠자리를 하는 것 같은 기분이 드는구나. 네가 열심히만 시중든다면 내 잘 돌봐주마."

"나리께서는 무슨 말씀을 그렇게 하시나요. 마님과 저를 비교하시다니, 이는 저를 죽이는 것으로 어찌 마님께 비교할 수 있겠어요? 저는 서방도 일찍 죽었으니, 추하다고 버리지만 마시고 눈길을 한 번이라도 주시면 그걸로 저는 만족해요."

"올해 몇 살이지?"

"토끼띠로 서른하나예요."

"나보다 한 살이 적군."

서문경은 여의아가 말도 재치 있게 하고 침상에서의 재주도 뛰어나 점차 더 좋아하게 되었다. 아침 일찍 일어나니 유모는 먼저 일어나 버선과 신도 가져오고 머리를 손질할 물도 가져오는 등 모든 것을 극진하게 시중드니, 영춘과 수춘은 단지 뒷전에 있을 뿐이었다. 그러면서 서문경에게 파뿌리 같은 흰 모시를 달라 하여 죽은 이병아를 위해 상복을 만들어 입겠다고 하니 서문경은 모두 허락했다. 하인을 시켜 가게에서 모시 세 필을 가져오게 하여 한 필씩 나누어주어 한 벌씩 지어 입게 했다. 이렇게 두세 차례 여의아와 잠자리를 한 뒤에 마음에 들어 월랑 몰래 은장식이나 옷 등 안 주는 게 없었다.

다음 날 금련은 이병아 방에서 서문경이 유모와 함께 잠자리를 했다고 전해 듣고는 바로 안채로 건너가 월랑에게 말했다.

"큰마님, 왜 영감님께 한 말씀 하지 않으세요? 어제 그 염치도 없는 양반이 몰래 그 방으로 들어가 유모와 잠자리를 했다더군요. 개눈에는 뭐만 보인다고 제 버릇 개 주겠어요! 그러다가 어느 날 애라도 밴다면 누구 애인지 어떻게 알겠어요? 내왕의 마누라처럼 나중에 말썽을 일으키거나 또 마누라 행세를 하면 그게 무슨 망신이에요!"

"자네는 항상 나를 부추겨 그런 못된 말만 하게 해 나쁜 여편네로 만드는군. 자네들은 다 좋은 사람이고 나만 멍청인 줄 아는가! 할말이 있으면 자네가 직접 하게나. 나는 그런 시시한 일에 상관치 않을 터이니!"

금련은 월랑이 이렇게 말하자 아무 말도 못하고 방으로 돌아갔다.

서문경은 아침 일찍 일어나 날씨가 쾌청한 것을 보고 대안을 불러 편지를 전영감 댁으로 보내라고 일렀다. 관청에 나갔다 돌아오니 평안이,

"적집사의 심부름꾼이 답장을 가지러 왔어요."

했다. 서문경은 심부름꾼을 불러 물어보았다.

"어제 어찌 오지 않았는가?"

"순무후 어사께 편지를 전하러 갔다가 이틀이 늦었습니다."

심부름꾼은 말을 마치고 편지를 받아서는 밖으로 나갔다.

서문경은 식사를 하고 맞은편 가게로 나가 은자를 받고, 포장을 하고 장부를 쓰는 것을 지켜보았다.

스무나흗날 지전을 태워 모든 일이 잘 이루어지게 해달라고 제를 올리고는 한지배인과 최본, 내보, 일꾼 영해와 호수 다섯 사람을 남쪽으로 보냈다. 그러고는 편지를 한 통 써서 묘소호에게 전해주며 거

듭 고맙다고 인사를 했다. 이십오륙 일이 지나니 서문경은 문상 온 사람들에게 인사를 거의 다 했다. 아침 일찍 일어나 월랑의 방에서 밥을 먹고 있는데 월랑이,

"다음 달 초하루는 교사돈 댁 큰딸 생일인데 적당한 선물이라도 보내줘야겠어요. 속담에도 '한번 맺은 사돈은 바꿀 수 없다'고 하는데, 우리 집 자식이 죽었다고 해서 선물을 안 보낼 수는 없잖아요!"

하니 서문경은,

"그야 당연하지, 왜 안 보내?"

그러고는 바로 내흥을 불러 구운 거위 고기 두 마리, 돼지 족발, 닭 네 마리, 구운 오리 고기 두 마리, 생일 국수 한 그릇, 무늬가 있는 비단옷 한 벌, 비단 수건 두 개, 비녀 한 개를 사오라 하고는 목록을 쓴 뒤에 왕경을 통해 보냈다. 서문경은 선물을 보내고는 바로 앞채의 화원 장춘각에 있는 서재에서 앉아 있었다. 이때 대안이 편지를 전하고 돌아와,

"전나리께서 편지를 보시고 즉석에서 편지를 써주시고, 저랑 서리 한 명과 황사의 아들과 함께 동창부에 가서 병비도하[兵備道下]와 뇌병비를 만나볼 수 있었어요. 뇌영감께서는 동추관에게 영을 내려 범인을 데려오게 해 다시 심문을 하셨습니다. 그런 후에 아들인 손문상까지 다 풀어주시고 단지 죽은 사람의 장례비 조로 은자 열 냥을 내게 하고 불응죄[不應罪](고의로 범죄를 저지른 것이 아님)로 곤장 일흔 대에 죄를 사하셨습니다. 돌아가서 세관의 전나리께 말씀을 드렸더니 편지를 써주시길래 받아왔습니다."

하니 서문경은 대안이 일을 제대로 처리한 걸 보고 대단히 흡족해했다. 답장을 꺼내 읽어보니 뇌병비가 전주사에게 보내는 답장도 함께

들어 있었다. 쓰여 있기를,

> 부탁하신 일을 다 처리했습니다. 풍이는 자기 자식과 함께 먼저 가
> 있었는데 손문상이 화를 돋우는 바람에 서로 싸움을 했고 그 뒤에
> 자식이 죽었는데 풍이보고 기간이 지났다고 말을 했기에 사건을
> 처리하는 데 어려움이 있었습니다. 그래서 장례비 조로 은자 열 냥
> 을 풍이에게 주게 하였습니다. 이렇게 처리하고 알려드립니다.
> 시생[侍生] 뇌기원[雷起元]이 엎드려 올립니다.

서문경은 다 읽고 매우 흡족해하며,
"그래, 황사의 장인과 자식은 어디에 있느냐?"
하고 물으니 대안이,
"모두 집으로 돌아갔어요. 내일 황사와 함께 나리를 찾아뵙고 인
사를 드리겠답니다. 황사의 장인이 소인에게 은자 한 냥을 줬어요."
하니, 서문경은 두었다가 신이라도 사 신으라고 했다. 대안이 고맙다
고 인사를 올린 뒤에 밖으로 나가자 서문경은 온돌 위 침대에 비스듬
히 기대어 잠을 잤다. 왕경은 탁자 위 향로에 향을 피워놓고 살그머
니 나갔다.
　얼마나 지났는지 갑자기 누군가가 발을 들어올리는 소리가 나더
니 이병아가 홀연히 안으로 들어오는 것이었다. 자주색 적삼에 흰 비
단 치마를 입었는데 구름 같은 까만 머리는 풀어헤치고 얼굴은 누렇
게 떠서 침대 앞으로 다가와서는 말을 걸었다.
　"여보, 여기서 주무시고 계셨군요! 당신을 한번 보려고 왔어요. 저
는 화자허가 고소를 하여 옥에 갇혀 온몸이 피투성이가 되어 온갖 더

러운 것들과 함께 고초와 수모를 당하고 있어요. 어제 당신이 하늘에 부탁을 하며 제를 지내주셨기에 저의 죄가 삼등이 감해졌어요. 그런데도 그 사람은 아직도 분이 다 안 풀려 독이 올라서는 당신까지도 잡아가겠다고 야단이에요. 제가 이렇게라도 와서 알려드리지 않으면 당신도 조만간 화자허의 독수에 걸려들지 몰라요. 저는 이제 좋은 곳을 찾아가니 부디 조심하세요! 특별한 일이 아니면 밖에서 술을 적게 드세요. 어디를 가든 일찍 돌아오세요. 절대로 제 말을 잊지 말고 잘 새겨두세요!"

말을 마치고 둘은 서로 머리를 싸안고 통곡을 했다. 서문경이,

"여보, 어디로 가는 게요? 나한테 말해주구려."

하자, 이병아가 손을 뿌리쳤다. 깨어보니 모든 것이 꿈이었다. 서문경은 꿈에서 통곡을 하다가 깨어나니 발[簾]의 그림자가 서재에 비추고 때는 어느덧 정오였다. 돌이켜 생각해보니 더욱 가슴이 메어지는 듯했다.

꽃이 땅에 떨어져 묻히면 향도 사라지고, 거울에 난새 그림자 사라지니 꿈에서 깨는구나.

시가 있어 이를 밝히나니,

잔설이 종이 창에 비치고
화롯불은 꺼지고 침상도 차갑네.
뜻밖에도 꿈속에서 만나는데
바람 부니 매화 향이 장막 안에 그득하네.
殘雪初晴照紙窗 地爐灰燼冷侵床
個中邂逅相思夢 風撲梅花斗帳香

이날 아침 교씨 집에 선물을 보내니 교대호의 부인이 교통[喬通]을 시켜 청첩장을 보내 월랑과 여러 부인을 초대했다. 하인이 영감께서 서재에서 자고 있다고 하니 누구도 서문경에게 교씨 집에 가도 좋은지 묻지를 못했다. 월랑이 안채에서 교통을 대접하고 있는데 반금련이,

"청첩장을 가져오세요. 제가 가서 물어볼게요."

그러고는 곧장 서재로 들어갔다. 이때 금련은 위에는 흑청색에 무늬가 있는 비단 저고리에 금테를 두른 마고자를 입고, 밑에는 양피로 테를 두른 비단 치마를 입고 있었다. 쪽머리를 얹고 옥같이 화장을 하고 귀에는 청보석으로 만든 귀고리를 달고 있었다. 문을 밀고 서재로 들어가니 서문경이 의자에 비스듬히 앉아 있는 것을 보고 금련도 엉덩이를 의자 한 모서리에 걸치면서,

"귀여운 내 아기야, 혼자 중얼거리며 여기서 뭐하고 있는 게야? 보이지 않는다 했더니 여기서 자고 있었구나!"

이렇게 말을 하면서 계속 과일 씨를 까먹었다. 그러면서 다시,

"눈자위가 왜 벌겋지요?"

하고 물으니 서문경이 답했다.

"머리를 처박고 잠을 자서 그런 모양이지."

"운 것 같은데…."

"싱거운 소리 하지 마, 내가 왜 울어?"

"아마도 죽어버린 그 사람이 생각난 게지요."

"허튼소린 그만둬. 무슨 그 사람이고 이 사람이 있어!"

"죽은 이병아가 그 사람이고, 살아 있는 유모가 이 사람이잖아요. 우리들은 다 남이라서 사람 축에 들지도 못하잖아요."

"이 음탕한 계집이 또 무슨 허튼소리를 하는 게야!"

그러면서,

"내 한 가지 묻겠는데 전에 이병아를 염할 때 무슨 옷을 입혀주었지?"

하고 물으니 금련이 말했다.

"그건 왜 물으세요?"

"그냥 물어보는 게야."

"무슨 까닭이 있군요. 위에 겉옷으로는 비단 저고리에 안에는 흰 비단 저고리를 받쳐 입었고, 누런 치마에 자색의 작은 저고리에 흰 비단 치마, 붉은 소의였어요."

이 말을 듣고 서문경은 고개를 끄떡였다. 이에 금련이 말했다.

"제가 수의사 노릇을 이십여 년이나 했는데 나귀의 뱃속을 모를 리 있겠어요. 당신이 여섯째를 생각하지 않는다면 왜 그런 걸 묻겠어요?"

"방금 꿈속에서 병아를 보았어."

"평소에 생각하기 때문에 꿈을 꾸는 것이며, 코가 가려우니 기침을 하는 거예요. 여섯째가 죽었는데도 아직까지 생각하고 있군요. 저같이 당신의 사랑을 받지 못하는 사람은 훗날 죽으면 생각해주지도 않겠군요. 설사 생각을 한다 해도 여섯째처럼 생각해주겠어요!"

이 말을 듣고 서문경은 손을 뻗어 금련의 목덜미를 안고 입을 맞추며,

"어쩜 이렇게 입만 살아 있지!"

하니 금련도,

"얘야, 이 어미가 네 속셈을 모를 줄 아느냐!"

하면서 깐 과일 씨를 입에 가득 넣어서 서문경의 입 안에 밀어 넣어 주었다. 둘이 서로의 입술을 빠노라니 저절로 달콤한 침이 흘러나오고 마음도 녹으니 얼굴에는 기름기가 흐르고 입술에 향기가 흘렀으며 몸에서는 난과 사향의 향이 흘러 사람을 홀렸다. 서문경은 음심이 동해 금련을 껴안고 침대 위에 앉았다. 서문경은 바로 경대에 몸을 기대고 자기 물건을 꺼내 금련더러 빨아달라고 하자, 금련은 고개를 숙여 입으로 물건을 빨았다가 내뱉으면서 연신 야릇한 신음 소리를 내었다. 서문경은 금련이 머리에 금적호[金赤虎]를 달고 또 향기가 나며 비취로 만든 매화 모양 장식과 구슬이 소리를 내며 출렁이는 걸 보자 더 흥분이 되었다. 그래서 한창 열을 올리고 있는데 갑자기 내안이 발 밖에서,

"응씨 아저씨가 오셨어요."

했다. 이에 서문경은,

"안으로 모시거라."

하니 다급해진 금련은 내안에게,

"요놈아, 잠시 있다 들어오시게 해라. 내 바로 나갈 테니…."

하자 내안이,

"들어오셔서 정원 안에 계세요."

했다. 금련은,

"가서 잠시 피하라고 전하지 않고 뭐하는 게야?"

하니 내안은 급히 밖으로 나가,

"아저씨, 잠시만 피해주세요. 안에 사람이 계세요."

하니, 이에 백작은 소나무 담장 쪽으로 가서 눈 덮인 대나무를 구경했다. 왕경이 발을 걷어 올리자 치맛자락을 끄는 소리가 들리며 금련

이 연기처럼 재빨리 안채로 들어갔다. 바로, 눈 속에 숨은 백로는 날아야 비로소 보이고, 버드나무에 숨은 앵무새는 울어야 알 수 있다는 격이었다.

백작이 들어와 서문경에게 인사를 하고 자리에 앉으니 서문경이 물어보았다.

"어째 요 며칠 오지 않은 겐가?"

"형님, 골치 아픈 일이 있어 올 수가 없었어요!"

"무슨 골치 아픈 일인데, 말을 좀 해보게나."

"드릴 말은 아니지만, 집에 돈도 없는데 어제 집사람이 애를 낳았잖아요! 훤한 대낮이라면 어떻게 둘러치기라도 할 터인데 한밤중 삼경에 온몸이 아프다고 야단이니 제가 일어나 기저귀를 거두고 요도 깔고는 산파를 부르려고 했지요. 그런데 큰자식 응보 놈도 집에 없었어요. 형님이 응보에게 마을에 가서 풀을 실어오라고 보냈거든요. 마땅히 보낼 사람이 없어 제가 등불을 가지고 거리 입구에 있는 등노파를 불러왔지요. 막 대문에 들어서는데 애를 낳더군요."

"무엇을 낳았나?"

"아들놈이에요."

"이런 날도둑이, 사내애를 낳고도 심통을 부리다니? 보아하니 춘화[春花]라는 계집종이 낳은 게지."

백작은 웃으며 말했다.

"예, 형님의 이모가 낳았어요."

"이런 개 사타구니에서 주워온 자식 같으니라구! 누가 그런 애하고 붙어먹으래? 자네 마누라가 좀 화를 내겠어?"

"돈이 있는 형님은 아마도 추운 겨울에 이런 일을 당한 가난한 사람의 심정을 모르실 거예요. 집에 돈도 있고 관직도 있는 사람이 애를 낳으면 그야말로 금상첨화로 얼마나 기쁘겠어요. 우리 같은 처지야 입만 하나 더 늘어, 입고 먹을 걱정만 더 생기게 되는 셈이지요. 이렇게 이삼 일 일을 처리하느라 정신이 없었어요! 큰애인 응보는 이제 겨우 철이 들어 제 앞가림을 하지만 집안일은 상관하지 않지요. 큰딸 애는 형님 덕분으로 그럭저럭 시집을 보냈잖아요. 그런데 둘째 년도 글쎄 내년이면 벌써 열세 살이 되는데 어제 매파 할멈이 사주를 적어달라기에 내가 아직 이르다고 말을 해 돌려보냈지요. 이렇게 밤낮없이 정신없이 보내고 있는데 또 한밤중에 원수 덩어리가 생겨났으니! 그 시꺼먼 밤에 어디 가서 돈을 구하겠어요? 집사람은 나를 볶아대다가 어쩔 수 없이 자기 은비녀를 산파에게 주어 돌려보냈지요. 내일이면 낳은 지 사흘이 되는데 사람들이 알게 될 테고 또 한 달 뒤에는 무슨 돈으로 일을 치를는지… 그때가 되면 저는 아예 절에 가서 며칠 있다가 나올 생각이에요."

서문경이,

"갈 테면 가라지. 그러면 중놈들이 와서 자네 마누라와 놀아나게 될걸. 그렇게 되면 자네만 손해가 아닌가!"

라며 웃어댔다. 이에 백작은 일부러 입을 쭉 내밀며 아무 말도 하지 않았다.

"아들아, 걱정할 필요 없다. 얼마가 필요한지 얘기하면 내 줄 테니…."

"얼마나요?"

"넉넉하게 말해봐, 부족하면 나중에 옷을 저당 잡히더라도 말이야."

"만약에 형님께서 주실 양이면 한 스무 냥이면 충분해요. 제가 차용증을 써 가지고는 왔지만 너무 형님께 폐를 끼치는 것 같아 차마 입을 열지 못하고 액수도 적지 않았으니 형님께서 알아서 하세요."

이 말을 듣고 서문경은 응백작이 가지고 온 차용서는 거들떠보지도 않고,

"쓸데없는 소리, 친구끼리 무슨 차용증인가?"

이렇게 말을 하고 있을 적에 내안이 차를 가지고 들어왔다. 서문경은 하인을 불러,

"찻잔을 내려놓고 왕경을 불러오거라."

하니 잠시 뒤에 왕경이 오자 서문경이 말했다.

"안채에 가서 큰마님께 내 침대 뒷모서리에 일전에 송어사가 술좌석을 준비해달라며 보낸 은 두 꾸러미가 있는데 한 꾸러미를 달래서 내오거라."

왕경이 대답을 하고 나간 지 얼마 되지 않아 은자를 가지고 나왔다. 서문경은 은자를 백작에게 건네주면서 말했다.

"이 안에 쉰 냥이 들어 있으니 가져다 쓰게. 내 다시 풀어보지 않을 테니. 원래 봉한 대로 있으니 자네가 풀어보게나."

"너무 많은데요."

"많아도 자네가 다 가져가게. 둘째 애가 아직 크진 않다지만 옷과 신발도 사주고 또 태어난 애가 한 달째가 되면 잘 차려주게나."

백작이,

"형님 말씀이 맞아요."

하며 꾸러미를 열어보니 양사의 관원들이 걷어서 보낸 석 냥짜리 은자들이 들어 있었다. 백작은 매우 좋아하며 서문경에게 거듭 고맙다

고 인사를 했다.

"형님, 정말 고맙습니다. 정말로 차용증을 받지 않으시렵니까?"

"어리석기는, 지금 누구하고 농담하나? 여하튼 내가 자네 부모 아닌가. 그렇지 않으면 자네가 일만 생기면 어찌 나한테 와서 도움을 청하겠나? 이 아이는 비단 자네의 아들일 뿐만 아니라 우리 두 사람이 기르는 게야. 솔직히 말해 한 달이 지난 다음에 춘화 그 계집애에게 잠시 내 시중을 들게 해야겠어. 이것은 이자 돈이지 공연히 그 애한테 눈독을 들이는 것은 아니야."

"형님의 춘화 이모는 요 이삼 일 동안 조금 말랐는데 꼭 형님 어머니와 닮았단 말이에요!"

한참 동안 둘은 서재에서 이렇게 농담을 주고받았다.

그러다 백작이,

"그래, 황사 장인의 일은 어떻게 되었습니까?"

하고 물으니 서문경은 대안이 갔다 와서 들려준 얘기를 해주었다.

"전용야의 편지를 받은 뇌병비가 바로 범인을 불러 새롭게 심문을 하고 손문상 부자를 모두 석방했어. 단지 장례비 조로 은자 열 냥을 내게 하고 벌로 곤장을 내리고는 아무 일도 없었어."

"참 운이 좋군요. 황사가 등불을 켜고 다닌다 해도 형님 같은 연줄을 찾을 수 있겠어요? 게다가 황사가 가져온 돈도 받지 않고, 여하튼 형님께서 받지는 않으셨지만 전영감께는 선물을 보내야 하잖아요. 그러니 그놈을 그대로 놔두면 안 돼요. 한 상 잘 차려서 우리한테 대접하게 해야 해요. 형님께서 말씀하지 않으시면 제가 말할게요. 그렇지 않으면 목숨을 구해줘도 별것 아니라고 여길 테니까요."

한편 월랑은 안방에서 왕경이 은자를 가지고 나가자 바로 맹옥루

가 방으로 들어와 동생 맹예[孟銳]가 한이모부 집에 있는데 머지않아 사천, 광동으로 잡화를 팔러 간다면서,

"가기 전에 나리께 인사를 드리겠다며 제 방에 있어요. 나리께서는 어디 계시지요? 마님께서 나리께 말씀 좀 전해주세요."

하자 월랑은,

"나리께서는 지금 화원 안에 있는 서재에 응씨와 함께 있어. 나리를 부르러 방금 다섯째가 나갔어! 교씨 댁에서 우리한테 초대장을 보내와서 나리의 대답을 기다리고 있어. 나리께서 허락을 해야 우리가 건너갈 수 있잖아. 그래서 내가 교통을 접대하며 기다리고 있었는데 대답이 없어 교통도 그냥 가버렸어. 한참이 지나 다섯째가 오길래 '그래, 나리께 말씀을 드려봤나?' 하고 물었더니 그 사람은 '나리께 말씀드린다는 것을 깜박 잊었군요. 말하려고 하는데 응씨가 오는 통에 그냥 나왔어요' 하잖아. 그토록 오래 있으면서 왜 말을 못했을까? 초청장을 소매 안에 넣고 무언가 딴짓을 했을 거야. 그러니 제대로 말하지 못하고 안에 들어와 나한테도 어물쩍 말을 하고 안으로 들어가는 게지."

했다. 잠시 뒤에 내안이 들어오자, 월랑은 내안더러 서문경에게 맹옥루의 동생이 왔다고 전하고 모셔오라 일렀다. 내안이 그대로 전하니 서문경이 몸을 일으키며 백작에게 잠시 더 앉아 있으라 하면서,

"가지 말고 있게, 내 바로 나올 테니."

하고는 안채로 들어가자 월랑은 먼저 교대호 집에서 초청장을 보내온 일을 얘기했다. 서문경은,

"당신 혼자만 가지 그래. 상중인데 온 집안 사람들이 가는 건 보기 안 좋잖아?"

하니 월랑은,

"맹이구가 떠난다고 인사하러 왔어요. 이삼 일 있다가 사천이나 광주로 장사하러 떠난다는데 지금 셋째 방에서 기다리고 있어요."

그러면서,

"방금 은자를 내가셨는데 누구한테 주셨어요?"

하고 물었다. 서문경은,

"응백작이 하인 애 춘화한테서 어젯밤에 아이를 얻었다면서 쓸 돈을 꾸러 왔더군. 그러면서 둘째 딸도 컸는데 걱정이 이만저만이 아니라고 해서 약간 꿔준 거야."

하면서 사실대로 얘기해주니 월랑이 말했다.

"정말 잘됐군요. 응씨도 나이가 많은데 이제 아들을 보았으니 아주머니가 얼마나 좋아하겠어요! 다음에 우리도 쌀이라도 보내 축하를 해주어야겠군요."

"말이라고 하나, 애 낳은 지 한 달째 되는 생일날에 절대로 그냥 가지 말고 잘 구슬려서 초대하게 하고, 당신네들은 응씨 집에 가서 춘화라는 계집애가 도대체 어떻게 생겼는지 잘 보게나."

월랑이,

"우리와 비슷하겠지, 뭐 특별히 다르겠어요!"

하며 웃었다. 그러면서 내안더러 맹이구를 모셔오라 했다. 잠시 뒤에 옥루가 동생과 함께 들어와 인사를 하니 서문경도 인사를 하고 몇 마디 말을 나눈 후에 같이 서재로 나와 백작과 인사를 시켰다. 그러고는 하인에게 안채로 들어가 음식들을 내오게 하고 탁자를 펴고 술자리를 보아 셋이 술을 마셨다. 서문경은 술잔과 젓가락을 더 내오게 하고 건너편에 있는 온사부한테도 같이 한잔 마시자고 권하러 하인

을 보냈다. 잠시 뒤에 내안이 와서,

"온사부께서는 안 계세요. 예사부를 만나러 가셨대요."

하자 서문경은,

"그럼 진서방을 모셔오거라."

하니 잠시 뒤에 진경제가 와서 맹이구와 인사를 하고 맞은편에 자리를 잡았다. 서문경이 물어보았다.

"그래, 처남은 언제 떠나나? 가서 얼마쯤 있나?"

"다음 달 초이튿날에는 떠나야 해요. 형주에 가서 종이를 사고 사천과 광주로 가서 향과 초를 팔려고 하는데 이 년은 족히 걸릴 것 같아요. 물건을 다 팔면 바로 돌아올 거예요. 이번에는 하남, 섬서, 한주를 거쳐 가고 올 적에는 수로를 따라 삼협과 형주의 길을 따라 올 것인데 왕복 한 칠팔천 리는 될 거예요."

백작이 묻는다.

"맹이구는 나이가 어떻게 되지요?"

"올해 스물여섯입니다."

"나이가 어린데도 강호의 많은 일을 알고 있군. 우리처럼 나이를 헛먹은 사람들은 집 안에나 틀어박혀 있어야지."

잠시 뒤에 차를 물리고 술과 안주가 새롭게 차려졌다. 맹이구는 저녁 늦게까지 마시다가 자리에서 일어났다. 서문경은 맹이구를 배웅하고 돌아와 백작과 더 술을 마셨다.

이때 하인이 옷상자 두 개를 사가지고 돌아오니, 서문경은 진경제한테 옷상자를 채우게 하고 월랑에게 물어 이병아가 입던 비단옷과 금은 약간과 종이돈을 달라고 해 그 안을 채웠다. 백작에게,

"오늘이 여섯째의 육칠(죽은 지 사십이 일이 되는 날)일인데 불경은

읽지 않고 그 사람이 입던 옷가지나 상자에 넣어 태우려고 해."

하니 백작이 말했다.

"참, 세월이 빠르군요. 장사를 지낸 지도 어느덧 반달이 더 흘렀으니…."

"다음 달 초닷새면 여섯째의 칠칠인데 그때는 염불이나 읽어줄까 해."

"이번에는 불경을 읽어주세요."

"큰부인이 말하기를, 여섯째가 살아 있을 적에 애를 낳아서 「혈분경참[血盆經懺]」을 읽었으면 했대. 그래서 가끔 집에 오는 여승 둘을 부르고 다른 중 몇을 불러 다른 경 몇 개와 함께 읽어주려고 해."

말을 하다 보니 어느덧 날이 어두워졌다.

백작은 자리에서 일어나며,

"저도 그만 가봐야겠어요. 형님은 형수님과 지전을 태워야 하잖아요."

그러면서 다시 깊이 허리를 숙여 인사했다.

"형님의 은혜는 죽어도 안 잊겠습니다!"

"잊고 안 잊고 간에 아들아, 다른 생각일랑 하지 말아라. 네 여러 어머님들께서 한 달이 되는 날 모두 선물을 들고 가보게 할 테니 말이다."

"선물은 무슨 선물입니까? 제가 어떻게 잘 해서 형수님들을 저희 집으로 모셔 한턱을 내야죠."

"그날 춘화 그 계집애나 잘 단장해 나한테 보여주게나."

"형님의 춘화 이모께서 아들이 생겼다며 형님 같은 조카는 필요 없다고 하던데요."

"허튼소리 그만 하고, 내 그것을 보면 직접 물어볼 테니….."

이에 백작은 크게 껄껄 웃으며 나갔다.

서문경은 하인들에게 그릇을 치우게 하고는 이병아 방으로 들어갔다. 들어가 보니 진경제와 대안이 이미 상자를 봉하고 다 준비해놓았다. 이날 옥황묘와 영복사, 보은사에서도 기도문과 제사에 쓰는 물건을 보내왔다. 도가들은 보숙소성진군[寶肅昭成眞君]의 그림을, 불가에서는 명부제육전변성대왕[冥府第六殿變成大王]의 그림을 보냈다. 성 밖 화대구 집에서도 음식 한 찬합과 열 두루마리를 보냈고 오대구의 집에서도 마찬가지였다. 서문경은 영춘이 국과 밥을 올려놓고 제사상을 차리고 초에 불을 붙이는 걸 보고 수춘더러 안채로 들어가 월랑 등 여러 마님을 모셔오라고 했다. 서문경은 이병아를 위해 지전을 불사른 뒤에 진경제에게 옷을 담은 상자를 대문가로 가지고 나가 불사르게 했다.

혼백이 재를 따라 사라지지 않는다면
내생에서 다시 인연을 맺을거나.
芳魂料不隨灰死
再結來生未了緣

도화원 가는 길을 어부에게 묻노니

정애월은 아양 떨며 비밀을 전해주고, 대안은 슬며시 문씨 아주머니를 찾아가다

눈 맞은 붉은 꽃이 하룻밤 새 지고 나니
날이 밝아와도 창 밖에는 바람만 이네.
가지 위의 푸른 잎들이 헛되이 서로를 짝하나
그윽하던 향을 이제는 맡을 수 없구나.
장락궁[長樂宮]* 꿈에서 만났으되 봄은 적적하고
무릉도원에 사람은 가고 물은 아득하구나.
장차 옥피리 불어 한을 전하려 하니
동풍이 불어 비단 휘장 펄럭이네.

雪壓殘紅一夜凋 曉來簾外正飄飄

數枝翠葉空相對 萬片香魂不可招

長樂夢回春寂寂 武陵人去水迢迢

欲將玉笛傳遺恨 若被東風透綺寮

　이날 서문경은 이병아를 위해 지전을 태우고 반금련의 방에서 하

---

* 장락은 한대[漢代]의 궁실[宮室] 이름. 한무제가 동방삭이 진상한 회몽초[懷夢草]를 먹고 꿈속에서 죽은
총비[寵妃] 이부인을 만났다는 고사

룻밤을 지냈다.

다음 날 응백작 집에서 득남을 기념해 축하 국수를 보내왔고, 뒤이어 황사가 처남인 손문상을 데리고 돼지 한 마리, 술 한 동이, 구운 거위 두 마리, 구운 닭 네 마리, 과자 두 상자를 가지고 와서 서문경에게 인사를 했다. 서문경이 가져온 물건을 받으려고 하지 않자 황사가 땅바닥에 털썩 꿇어앉으며,

"나리께서는 생명의 은인이십니다. 손문상을 구해주신 일은 온 집안 식구들이 모두 감사 인사를 올려도 부족할 지경입니다. 변변치 않은 것이니 거두어 아랫사람들에게 나누어주시기 바랍니다. 제발 받아주십시오."

이렇게 몇 번을 간청하자 서문경은 마지못해 돼지와 술을 받아두고는 말했다.

"나머지는 전영감께 보내드리면 다 마찬가지지."

"정히 그렇게 말씀하신다면 실로 송구스럽기 그지없습니다. 그럼 과자만 다시 가져가겠습니다. 참, 나리께서는 언제쯤 시간이 있으신지요? 제가 응씨 아저씨한테도 여쭈어보아 기원으로 한번 모시겠습니다."

"응백작의 허튼소리를 귀담아듣지 말게나. 공연히 낭비하지 말고 안 쓰는 게 좋아!"

이렇게 얘기를 나눈 뒤에 황사와 손문상은 수차례나 고맙다고 인사를 하고 대문을 나섰다. 서문경은 짐을 메고 온 사람들에게 수고비를 주어 돌려보냈다.

동짓달 초하루에 서문경은 관아에 나갔다가 집으로 돌아와 다시 이지현 집으로 술을 마시러 나갔다. 월랑은 혼자서 상복을 입고 가마

를 타고 교대호 집에 가서 큰딸의 생일을 축하해주었다. 그러느라 집을 비웠는데, 오후에 암자의 설비구니가 월랑이 이병아가 죽은 지 사십구 일째에 여승 여덟 명을 불러 집에서 「혈분경참」을 읽는다는 말을 전해 듣고는 왕비구니를 살그머니 속이고 예물 두 상자를 사가지고 월랑을 뵈러 왔다. 마침 월랑은 집에 없고 이교아, 맹옥루가 집에 있어 설비구니와 함께 차를 마셨다. 차를 마시며,

"큰마님께서는 교사돈 댁 큰딸 생일을 축하해주러 갔어요. 그러니 기다렸다가 뵙고 가세요. 아마도 하실 말씀이 있을 테고 또 돈도 주실 거구요."

하니 이 말을 듣고 설비구니는 눌러앉았다. 반금련은 월랑이 설비구니가 준 부적과 물약을 먹고 임신했다는 말이 생각났고 또 이병아가 죽은 뒤에 서문경이 이병아 방에 머물며 유모에게 손을 대고 있는데, 만약 유모가 애라도 낳게 되면 자기에 대한 사랑을 모두 빼앗길 것이라는 생각이 퍼뜩 머리를 스쳤다. 이에 반금련은 설비구니를 아무도 없는 자기 방으로 데리고 가서 몰래 은자 한 냥을 주며 아기를 가질 수 있는 부적과 약, 남자 아이의 태를 구해달라고 부탁했다.

저녁에 기다리던 월랑이 돌아와 설비구니를 하룻밤 묵게 했다. 다음 날 월랑은 서문경에게 은자 닷 냥을 받아 경전을 읽는 수고비로 주었다. 설비구니는 왕비구니와 큰스님을 속이고 아무 말도 하지 않았다. 그러고는 초닷새에 여승 여덟 명을 데리고 와 화원에 독경을 하는 도장을 세우고 각 문 위에 법사를 알리는 여러 가지 장식물을 붙이고 「화엄경」과 「금강경」을 독경한 후에 「혈분보참경」을 읽고 쌀을 뿌리며 「삼십오불명경[三十五佛明經]」을 돌아가며 읽었다. 그리고 밤에는 귀신들에게 음식을 올리는 제를 올렸다. 이날 오대구 부인,

화대구 부인과 오대구, 응백작, 온수재를 초청해 같이 젯밥을 먹었다. 여승들은 다른 법기는 쓰지 않고 목어[木魚]만 두들기고 손뼉을 치며 경을 읽었다. 이날 백작은 황사의 하인을 데리고 와서 청첩장을 올렸는데, 초이렛날 정애월 집에서 술좌석을 가질 테니 서문경보고 꼭 참석해주십사 하는 내용이었다. 서문경은 청첩장을 보고 웃으며,

"초이렛날엔 시간이 없어. 그날은 장서재[張西材]의 생일 축하주를 마시러 가야 해. 내일은 시간이 있는데…."

그러면서,

"나 말고 또 누가 가나?"

하고 물으니 백작이,

"더 없어요. 저와 이지만 불렀어요. 그리고 「서상기」를 부르게 기생 넷을 불렀고요."

라고 대답했다. 서문경은 황사의 심부름꾼에게도 젯밥을 대접한 뒤 돌려보내라고 분부했다. 백작이,

"그날 황사가 무슨 선물을 사가지고 와서 인사를 하던가요?"

하고 묻자 서문경은 여차여차했다고 말을 해주고는,

"내가 받지 않자, 거듭 받아달라고 애원하길래 돼지와 술만 받아두었지. 그리고 거기다 흰 모시 두 필, 비단 두 필, 은자 쉰 냥을 보태 전장관한테 보내 고맙다고 인사를 했지."

하니 백작이 말했다.

"형님, 돈을 받지 않은 것은 그렇다 해도 이건 형님이 손해를 본 거예요. 비단 네 필이면 적어도 은자 서른 냥인 데다 또 은자 스무 냥은 어디 가서 찾을 수 있단 말인가요? 이번에 확실하게 그들 부자를 구해주셨군요!"

백작은 이날 저녁 늦게까지 앉아 있다가 돌아가려고 했다. 서문경은 백작에게,

"내일도 오게나."

하자 백작은,

"알겠어요."

하고는 돌아갔다. 여승 여덟 명은 일경까지 법석을 떨다 도장을 거두고 제를 다 마친 뒤에 상자 등을 태웠다.

다음 날 서문경은 아침 일찍 관아로 나갔다. 왕비구니가 이런 소식을 전해 듣고 꼭두새벽에 서문경 집으로 와서는 설비구니가 독경을 하고 돈을 받아간 사실을 알았다. 월랑이 말했다.

"왜 어제 안 오셨지요? 설스님이 당신은 왕황친 집에 생일 축하해 주러 갔다고 하던데요."

"그것은 설비구니 그 음탕한 년의 농간이에요. 저한테 서문 나리 집에서 초엿새에 독경하기로 했다고 했지요. 그러더니 독경한 돈을 모두 가로채고는 조금도 남겨놓지 않았어요."

"독경료는 하기 전에 미리 다 주었어요. 내 스님께 드리려고 베포를 약간 남겨놓았어요."

그러고는 소옥한테 어제 제를 올리고 남은 젯밥을 차려다주라 하고 남색 베도 한 필 가져오라 일렀다.

왕비구니는 중얼대며 욕을 했다.

"그 음탕한 늙은 년이 혼자 처먹게 하나 두고 보라죠. 일전에 경전을 인쇄할 적에도 여섯째 마님한테서 돈을 뜯어먹었어요. 그때도 경전을 인쇄해서 둘이 나누기로 했는데 이번에도 혼자 다 처먹어버렸군요."

"설스님이, 왕스님도 여섯째가 「혈분경」을 읽어달라고 하면서 준 은자 닷 냥을 받았다고 하던데, 왜 스님은 여섯째를 위해 경을 읽지 않는 게지요?"

"여섯째 마님의 오칠 일에 집에 스님 네 분을 모셔다 반달 정도를 읽어드렸어요."

"스님이 읽었다면, 왜 한마디도 하지 않았어요? 나한테 얘기했더 라면 보시라도 약간 했을 텐데….."

이 말을 듣고 왕비구니는 아무 말도 하지 않고 우물쭈물하며 잠시 앉아 있다가 설비구니와 따지겠다며 돌아갔다.

여러분, 내 말 좀 들어보소. 이런 돌팔이 땡중은 가까이 하지 말아 야 한다오. 얼굴은 비록 출가한 비구니들이라 하나 마음은 음탕한 탕 부의 마음이렷다. 육근[六根](안[眼], 이[耳], 비[鼻], 설[舌], 신[身], 의 [意])이 아직 깨끗하지 못하고 본성이 밝지 않아 규율을 제대로 닦지 않고 염치란 없으니. 자비를 베푼다고 거짓으로 말하고 오로지 탐욕 에만 힘쓰누나. 지옥에 가는 것도 상관치 않고 눈앞의 쾌락에만 열중 한다. 규중의 아가씨들을 꼬드겨내고 부잣집의 현숙한 마나님들을 부추기네. 앞에서는 시주들을 맞이하지만 뒷전으로는 태란습화[胎 卵濕化](중생번식[衆生繁殖]의 사대유별[四大類別]: 태[胎]-생[胎生] 즉 인 축[人畜], 난[卵]-난생[卵生] 즉 조어[鳥魚], 습[濕]-습생[濕生] 즉 충갈[蟲 蝎], 화[化]-화생[化生] 즉 신마[神魔])—여기서는 사생아[私生兒]—를 버린다. 좋은 인연만을 갖고 밀회만 즐긴다네.

시가 있어 이를 밝히나니,

불가에서 승려와 비구니는 한집

불법은 돌고 돌아 용화[龍華]*에게 전해졌지만
단지 애 낳고 기르는 것을 좋아해
헛되이 금도[金刀]를 빌려 떨어지는 꽃을 자르네.
佛會僧尼是一家 法輪常轉度龍華
此物只好圖生育 枉使金刀剪洛花

서문경이 관아에서 돌아와 식사를 마치자 응백작이 일찌감치 찾
아왔는데, 새 비단 모자와 짙은 옷에 까만 신을 신고 서문경에게 인
사를 하며 말했다.

"벌써 점심때인데 우리도 빨리 가야죠. 황사가 벌써 몇 번씩이나
사람을 보내 빨리 오십사 하고 재촉하니 황사를 곤란하게 하면 안 되
죠."

서문경이,

"우리 온선생도 같이 데리고 가지."

하고는 왕경한테,

"맞은편에 가서 온선생을 모셔오너라."

하니 왕경이 갔다가 바로 와서는,

"온선생님께서는 집에 안 계세요. 친구를 만나러 가셨다는데 화동
이 모시러 갔어요."

하자 백작이 말했다.

"기다리지 못하겠군요. 온선생이 친구를 만나러 갔다면 필히 뭔가
요긴한 일이 있어서 갔을 텐데 언제 오겠어요? 온선생을 기다리다가

---

* 미륵이 용화수 아래에서 도를 깨닫고 불법을 선양했기에 나중에 불교도들을 '용화회중인[龍華會中人]'
이라 하고 간략하게 '용화[龍華]'라 함

는 공연히 우리 일까지 그르칠지 몰라요."

이 말을 듣고 서문경은 금동에게,

"누런 말을 준비해 응씨 아저씨가 타시게 하거라."

하고 분부하니 백작이 말했다.

"나는 안 타요. 형님도 시끌벅적하게 오지 마세요. 제가 먼저 갈 테니 형님께서는 가마를 타고 천천히 오세요."

"자네 말이 맞군. 먼저 가게나."

백작이 손을 흔들어 보이고는 먼저 떠났다. 서문경은 금동과 대안에게 분부해 군졸 넷에게 가마를 준비시켰다. 막 출발하려는데 평안이 황급히 안으로 들어오면서 명첩을 두 장 건네며 아뢰었다.

"공부[工部]의 안나리께서 인사를 오셨어요. 먼저 관리를 보내 명첩을 보내시고 뒤에 바로 도착하신답니다."

당황한 서문경은 주방에 빨리 음식을 준비하라고 이르고는 내흥에게는 야채와 과일을 사오라고 분부했다. 한참 되어서 안랑중이 왔는데 많은 시종이 뒤를 따랐다. 서문경은 의관을 갖추고 밖으로 나가 영접했다. 안랑중은 구름에 학이 노니는 관복을 입고 금띠를 두르고 있었다. 대청에 들어서며 인사를 나누고 자리를 잡고 앉으니 하인들이 차를 내왔다. 차를 마시면서 그동안의 회포를 풀었다. 서문경이 말했다.

"대감께서 영전하셨는데 죄송하게도 축하 인사도 제대로 드리지 못했습니다. 전일에 또 후한 선물까지 보내주셨는데 소인이 마침 상중이라 경황이 없어 찾아뵙고 인사도 드리지 못했습니다."

"무슨 말씀을, 오히려 제가 문상을 드리지 못하여 죄송하기 그지없습니다. 소생이 서울에 갔다가 운봉을 만났는데 소식이 있는지 모르겠습니다."

"적집사께서도 먼 데서 일부러 부의를 보내오셨어요."

"사천은 올해 반드시 승진하실 겁니다."

서문경이,

"소인은 재주도 없고 소임도 적습니다. 어찌 감히 승진을 바라겠습니까?"

그러면서 다시 말했다.

"나리께서 이렇게 영전하셨으니 그 웅대한 기지와 재략을 펼치실 수 있을 것입니다. 치수의 공적을 천하 사람들이 우러러볼 것입니다."

"사천의 과찬이십니다. 일개 가난한 서생이 과거에 급제해 벼슬을 하고 있습니다. 채태사님이 이끌어주시지 않았다면, 공부[工部]의 관원이 되어 수리 사업을 담당해 먼 지방인 호상[湖湘]까지 오갈 수 있었겠습니까? 일 년 동안 공사가 워낙 바빠서 편안히 쉴 틈이 없었지요. 그런데 오늘 또다시 운하를 정리하라는 명을 받았는데 지금은 백성들이 몹시 곤궁해 재원이 다 고갈되어 있습니다. 일전에 화석을 운반할 적에 갑문을 허물고 제방을 부수어 지나가는 현마다 관가와 백성이 다 곤욕스러운 지경입니다. 오늘날 과주[瓜州], 남왕[南旺], 호두[沽頭], 어대[魚臺], 서주[徐州], 패현[沛縣], 여량[呂梁], 안릉[安陵], 제녕[濟寧], 숙천[宿遷], 임청[臨淸], 신하[新河] 등 일대가 다 훼손되거나 붕괴되었으며, 남하 부근 과주에는 강이나 바닥에 토사가 쌓여물이 없습니다. 팔 부의 백성들이 모두 피곤하고 궁핍이 극에 달해 있습니다. 또 이런 상황에 도적까지 출몰해 백성들의 재산을 노략질하고 있지요. 그러니 아무리 신출귀몰하는 재주가 있다고 하더라도 쉽지가 않지요!"

서문경은,

"그렇지만 대감께서는 웅대한 지략과 포부가 있으시니 조만간 일을 원만히 처리하시고 벼슬이 다시 크게 오를 것입니다."

라면서,

"칙서에는 기한이 정해져 있습니까?"

하고 물으니 안랑중이 답했다.

"삼 년 기한입니다. 운하의 공사가 끝나면 황제까지 친히 관원을 파견해 제를 올리신답니다."

이렇게 말을 나누다가 서문경은 술상을 준비시켰다. 안랑중이 말했다.

"솔직히 말씀드려 저는 황태우[黃泰宇]도 찾아가 뵈어야 합니다."

"그러시더라도 잠시만 앉아 계시면서 따라온 사람들에게 식사나 하게 하시지요."

잠시 뒤에 술상이 차려졌고 풍성한 술안주로 단번에 다양한 요리 열여섯 가지가 올라왔는데, 닭다리, 거위 고기, 오리 고기, 생선, 양 머리, 창자, 간, 생선국 등이었다. 그리고 설탕, 잣, 과일 씨 등을 넣고 지은 햅쌀밥을 밥그릇에 담아서 내왔다. 또 작은 금 잔에 술을 데워 내오고, 하인들에게도 술과 고기를 그릇 가득히 내다주었다. 안랑중이 술 석 잔을 마시고 자리에서 일어나며,

"제가 다른 날 다시 찾아뵙겠습니다."

하자, 이에 서문경도 더는 만류하지 못하고 대문 앞까지 나가 배웅하니 안랑중은 가마를 타고 떠나갔다. 대청으로 돌아와 옷과 허리띠를 풀어놓고 일반 두건과 자색 바탕에 사자를 수놓은 옷으로 갈아입고 하인에게,

"온선생이 돌아오셨느냐?"

하고 물으니 대안이 답했다.

"아직 돌아오지 않으셨어요. 정춘과 황사의 집에서 온 하인이 나리를 모셔가려고 벌써 반나절이나 기다리고 있어요."

이 말을 듣고 서문경은 즉시 밖으로 나가 가마에 올라 하인을 거느리고 곧장 기원으로 향했다. 기원에 도착하니 문지기들은 다 몸을 감추고 단지 광대 우두머리들이 양옆에 시립해 있다가 맞이했다. 정춘과 내정이 먼저 안으로 들어가 도착을 알려주었다. 응백작은 마침 이지와 쌍륙을 하고 있다가 서문경이 왔다는 소식을 듣고는 황급히 걷어치웠다. 정애월과 애향도 모피 모자를 쓰고, 항주산 비취 비녀를 꽂고 화장을 하고 치장을 했는데 마치 꽃 속의 선녀인 성싶었다. 그런 차림으로 모두 문 앞까지 나와 서문경을 영접했다. 서문경은 가마에서 내려 객청으로 들어갔다. 서문경이 음악을 연주하지 말라고 이르자 음악 소리가 멈추었다. 먼저 이지와 황사가 인사를 올리고 다음에 정애월의 포주 할멈이 인사를 했다. 그런 후에 정애월의 자매 둘이 촛불같이 나풀거리며 날아갈 듯이 절을 했다. 서문경과 백작은 정면에 있는 등받이 긴 의자에 앉았다. 이지와 황사는 정씨 자매와 마주해 앉았다. 대안이 곁에 있다가,

"가마는 안에다 들여다놓을까요? 아니면 집에다 둘까요?"

하니 서문경은 가마와 가마꾼들은 집에 돌아가 있으라고 일렀다. 그러면서 다시 금동에게,

"집에 가서 온사부가 와 계시면 누런 말로 모셔오거라."

하고 분부했다. 금동이 대답을 하고 떠나갔다. 백작이,

"형님, 왜 이제야 오시는 거예요?"

하니, 이에 서문경이 안랑중이 찾아와서 잠시 접대를 한 이야기를 한 차례 해주는데 정춘이 차를 가지고 나왔다. 애향이 한 잔을 들어 백작에게 올리고, 애월이 서문경에게 한 잔을 올렸다. 이에 백작은 급히 손을 뻗어 애월이 올리는 잔을 받으려고 하면서 말했다.

"내가 잘못 받았군. 나는 네가 주는 줄 알았지…."

"제가 나리께 드려요? 나리께 그런 복이 있을라구요."

"요 음탕한 계집이! 제 남자만 챙기고 다른 사람은 아예 거들떠보지도 않는구나."

"오늘 나리는 손님 축에도 못 껴요. 또 다른 손님이 있어요."

두 사람이 차를 다 마시자 찻잔을 거두어 내갔다. 잠시 뒤에 노래하는 사람 네 명이 「서상기」를 부르기 위해 꽃가지처럼 날아갈 듯이 비단 띠를 펄럭이며 나와 서문경에게 절을 올리니, 서문경은 일일이 이름을 물어보았다. 그러고 황사에게,

"잠시 후에 노래를 부를 적에는 북만 두들기고 다른 악기는 타지 말게."

하자 황사는,

"잘 알겠습니다."

하는데 할멈이 올라와서 말했다.

"나리께서 추워하실 것 같아 정춘한테 발을 내리라 일렀어요."

화로에서는 불이 활활 타오르고 난과 사향도 타고 있었다. 이때 검은 옷을 입은 원사[圓社](돈 있는 사람들과 함께 공을 차주며 생계를 유지하는 사람들)들이 서문경이 정씨네서 술을 마신다는 소식을 듣고는 몰려와서 인사를 올리려고 고개를 내빼고 안의 동태를 살폈으나 감히 안으로 들어오지는 못했다. 그러다가 아는 사이인 대안을 보고

인사를 하며 나리께 잘 말씀드려 공놀이를 한 판 하자고 했다. 대안
이 살며시 안으로 들어와 이 얘기를 전했으나 도리어 서문경이 호통
을 치니 사람들은 놀라 모두 연기같이 사라졌다.

　잠시 뒤에 과자와 과일 등 안주를 내왔다. 정면에는 상이 두 개 놓
여 있는데, 서문경이 한 상을 차지해 앉고, 한 상은 백작과 온수재가
앉기로 했으나, 온수재가 아직 오지 않아 한편에 빈 채로 남겨놓았
다. 그 옆의 한 자리에 이지와 황사가 앉고, 그 옆에 정애월 두 자매
가 앉았다. 쟁반에는 진귀한 음식이 차려지고 꽃병에는 꽃이 꽂혀 있
었다. 정춘과 정봉은 곁에서 악기를 연주하며 노래를 불렀다. 자리를
잡고 앉아 막 술잔을 돌리려는데 온수재가 도착했다. 온수재는 선비
들이 쓰는 두건을 쓰고 녹색 바탕에 구름이 있는 저고리를 입고 비단
버선을 신고 안으로 들어와 인사를 했다. 이에 백작이 말했다.

　"왜 이리 늦으셨어요? 한참 기다렸어요."

　"죄송합니다. 나리께서 부르시는 걸 몰랐어요. 동창생들의 독서
모임에 갔다가 좀 늦었습니다."

　황사는 급히 잔과 젓가락을 가지고 와서 백작 옆에 자리를 마련했
다. 잠시 뒤에 국과 밥, 녹두 나물과 부추잡채, 여덟 가지 재료를 넣어
끓인 팔보탕[八寶湯]과 간장과 식초 접시가 들어왔다. 그리고 가수
둘이 노래를 부르고 물러났다. 술잔은 넘실대고 노래가 집 안에 가득
했다. 기녀 넷이 위로 올라와 「서상기」의 제2절인 '유예중원[游藝中
原]'을 불렀다. 이때 대안이 들어와,

　"뒤편에 있는 오은아가 나리가 이곳에 오신 것을 알고 오회[吳會]
와 납매[蠟梅]를 시켜 차를 보내왔습니다."

하고 아뢰었다. 원래 오은아 집은 정씨 자매 집 뒤편에 골목 하나를

두고 있었다. 때문에 오은아는 서문경이 여기서 술을 마신다는 소식을 듣고 차를 보내온 것이다. 서문경은 오회와 납매를 안으로 불러들이니 들어와 인사를 하면서,

"은아 아씨가 나리께 차를 가져다드리라고 했습니다."

하면서 상자를 열고는 과일 씨, 밤을 채썬 것, 절인 죽순, 깨, 장미 잎 등으로 만든 차를 꺼내 바쳤다. 서문경은,

"그래, 은아는 집에서 무엇을 하고 있느냐?"

하고 묻자 납매는,

"누님은 오늘 집에 계세요."

했다. 서문경은 차를 마시고 은자 석 냥을 수고비로 주었다. 그리고 대안과 오혜에게,

"가서 은아 아씨를 모셔오거라."

하자 정애월이 눈치가 빠르게 정춘에게,

"너도 같이 갔다 오거라. 어쨌든 꼭 데리고 와야 해. 만약 오지 않는다면 내가 다음부터는 아는 척도 하지 않을 거라고 전해!"

하니 이 말을 듣고 백작이,

"웃기고 있네, 네년들이 밑구멍도 같이 파는구나!"

하자 온수재가 말했다.

"응나리는 인정이라는 걸 잘 모르시는군요. 자고로 '소리가 같으면 서로 통하고, 마음이 같으면 서로 찾는다. 하늘에 근본이 있는 자는 위와 친하고, 땅에 근본이 있는 자는 아래와 친하다'고 하잖아요. 끼리끼리 논다고, 둘이 단짝이 되는 것은 당연한 일이지요."

애월이,

"응씨 거지 양반, 당신과 정춘도 같은 부류이니 노래를 함께 불러

야 해요. 그러니 같이 앉으세요."

하자 백작이,

　"멍청하기는! 나는 늙은 건달이야. 네 어미와 붙어먹었을 적에 너는 그때 뱃속에 있었어."

라고 말하고 웃음을 터뜨렸다. 그러는 중에 요리사가 돼지 발과 밥네 접시와 양 다리, 녹두 나물, 부추 볶음, 내장탕 등을 올렸다. 기녀들이 올라와 「만적병[萬賊兵]」 한 곡을 불렀다. 서문경은 앵앵[鶯鶯]역을 노래한 한씨라는 기생을 가까이 불러서,

　"너는 한씨와 무슨 관계이냐?"

하고 묻자 애향이,

　"얘는 한금천의 조카예요. 이름이 소수아[消愁兒]인데 올해 겨우 열세 살이에요."

하니 서문경이,

　"이 애는 훗날 좋은 부인이 되겠구나! 행동거지가 아주 영리하고 노래도 잘하는 것을 보니 말이다."

　이러면서 소수아를 위로 올라와 잔을 돌리게 했다. 황사는 국을 내온다 밥을 내온다 하며 매우 극진하게 접대했다. 얼마간 시간이 흘러 오은아가 도착했다. 머리에는 흰 비단 댕기를 두르고 구슬 장식과 비취 머리핀을 꽂고 귀고리를 하고 있었다. 위에는 흰 비단 저고리를 입고 녹색 명주 치마를 입었는데 양피 가죽으로 단을 댄 것이었다. 그리고 까만 바탕에 구름을 수놓은 신을 신고 있었다. 웃으면서 안으로 들어서서 서문경을 향해 절을 올린 뒤에 온수재와 다른 사람들에게도 인사를 했다. 백작이,

　"이것 참, 오자마자 나를 열받게 만드네! 우리들은 다 주워온 사람

이고 네 눈에는 나리만 보인단 말이냐? 나리께만 절을 올리고 우리에게는 고개만 까딱거려 인사를 하다니… 너희들 여춘원[麗春院]의 기생들은 이렇게 사람들을 괄시하는구나. 내가 벼슬아치라면 절대로 그냥 두지 않을 텐데!"

하니 애월이,

"응씨 아저씨는 정말로 뻔뻔스러우시군요! 아무것도 없으면서 도대체 무얼 믿고 그렇게 큰소리만 치시는 거예요?"

이렇게 말하며 자리를 정리해 오은아를 앉게 했다. 바로 서문경의 옆자리로 급히 잔과 젓가락을 가져다놓았다. 서문경은 오은아가 흰 머리띠를 하고 있는 것을 보고,

"누구의 상이 있느냐?"

하고 물으니 오은아가 답했다.

"나리께서는 아시면서 뭘 물어보세요. 여섯째 마님을 위해서 하고 있는 거예요."

서문경은 오은아가 이병아를 위해 그런 차림을 하고 있다는 것을 알고 매우 흡족해하면서 곁으로 조금 더 다가오라 하여 얘기를 더 나누었다.

잠시 뒤에 국과 밥이 나오고 애월이 자리에서 일어나 오은아에게 술을 권했다. 오은아도 자리에서 일어나,

"나는 아직 어머니께 인사도 못 드렸어."

하고는 할멈이 있는 방으로 건너가 인사를 하고 나왔다. 할멈이 오은아를 불러서는,

"애월아, 은아 아씨에게 조금 앉아 있으라 하거라. 날씨가 추우니 애들한테 화롯불이라도 피워 손이라도 좀 녹이게 하려무나."

하니 차를 한 모금 마시고 자리에 돌아와 음식을 약간 먹고 국을 두어 모금 마시고 젓가락을 내려놓고 서문경과 얘기를 나누었다. 잔을 들고서는,

"나리, 술이 식었으니 새로 따스한 술로 바꿔 드세요."

하자, 정춘이 위로 올라와 백작과 여러 사람에게 새로 술을 따라 돌렸다. 오은아가 물었다.

"마님의 사십구재 때 불경은 읽어드렸는지요?"

"오칠제 때 차를 보내주어 고맙다."

"뭘요, 저희들은 좋지도 않은 차를 보내드렸는데 나리께서 답례로 많은 물건을 보내주셔서 저희 어머니가 너무나 황송해하세요. 어제 여섯째 마님의 사십구재 때에는 저와 애월 누이, 계저 누이가 함께 차를 보내드리자고 했는데 경을 읽었는지 어떤지는 몰랐어요."

"사십구재 때는 여승 몇을 불러 집 안에서 경을 읽었지. 일가친척들한테도 공연히 와서 돈을 쓸까봐 알리지 않았어."

술을 마시다가 오은아가 다시,

"큰마님과 다른 마님들도 다 안녕하시지요?"

하고 묻자 서문경이 말했다.

"다들 잘 있어."

"나리, 마님께서 그렇게 갑자기 돌아가시니 집에 돌아가시면 적적하고 때때로 생각이 나시겠어요?"

"그야 말할 필요도 없지. 며칠 전에 서재에서 낮잠을 자다가 꿈속에서 그 사람을 보았어. 얼마나 울었는지 몰라."

"갑자기 돌아가셨으니 얼마나 생각이 나시겠어요."

이때 백작이 말했다.

"둘만 그렇게 다정하게 얘기를 나누니, 우리들은 다 꿔다 논 보릿 자루가 아닌가! 술도 권하지 않고 또 노래도 부르지 않으니, 차라리 일어나 돌아가는 게 낫겠군."

당황한 이지와 황사는 급히 애월과 애향을 위로 올라오게 해 술을 권하게 하고 악기를 연주하게 하니 오은아도 건너왔다. 기녀 셋이 화롯가에 쭈그리고 앉아 입을 모아 합창을 하니, 붉은 입술을 드러내고 흰 이를 내보이며 여인들의 입에서 「중려분접아삼농매화[中呂粉蝶兒三弄梅花]」라는 노래가 흘러나오는데 정말로 돌을 깨고 구름을 헤치며 나오는 소리 같았다. 노래가 끝나자 서문경은 백작을 향해,

"자네가 쟤들 셋을 귀찮게 해 노래를 시켰으니, 이제 자네가 내려가 술이라도 한 잔씩 따라줘야겠네."

하니 백작이,

"그야 별거 아니지요. 사람이 죽고 사는 문제도 아닌데… 내 고것들을 기대거나 바로 눕거나 옆으로 눕거나 금계독립[金鷄獨立]의 자세를 취해 실컷 재미를 보게 해줄 거예요. 또 그런 자세 외에도 야마채장[野馬踩場](야생마 걷기), 야호추사[野狐抽絲](들여우 실 뽑기), 원후헌과[猿猴獻果](원숭이 과일 바치기), 황구익료[黃狗溺尿](누런 개 오줌 누기), 선인지로[仙人指路](신선 길 가리키기), 고배장군주[靠背將軍柱](장군 기둥에 기대기), 야대목반가[夜對木伴歌](밤에 나무에 대고 노래 부르기) 등 쟤들보고 마음에 드는 자세를 고르게 하지요."

하자 이 말을 듣고 애향이 투덜댔다.

"하도 말 같지 않아서 욕도 못하겠군! 이 거지 발싸개는 맨날 허튼 소리만 한다니까!"

백작은 접시 위에 술 석 잔을 따라놓으며,

"귀여운 것들아, 너희들이 내 손에 있는 이 술들을 마시지 않으면 옷에다 뿌려버릴 테다."

라고 했다. 애향이,

"저는 오늘 술을 못해요."

하니 애월은,

"당신이 무릎을 꿇고 이 이모께 '나의 따귀를 한 대 때려주세요'라 고 하면 마실게요."

하자 백작이,

"은아 누이는 어떻게 할래?"

하니 오은아가,

"응씨 아저씨, 제가 오늘 속이 좋지 않으니 반 잔만 마실게요."

그러자 애월이 말했다.

"거지 양반이 무릎을 꿇고 애원하지 않는다면 나는 백 년이 가도 마시지 않을 거예요."

황사도 옆에서,

"응영감께서 무릎을 꿇지 않으면 재미가 없겠는데요. 꿇으면 따귀 를 때리지는 않겠지요."

하니 애월은,

"그건 안 돼요. 두 대를 때리고 나서 이 잔을 마실 거예요."

하자 백작이,

"온선생께서 이곳에 계시는데도 저 음탕한 계집이 개망신을 주는 구려!"

하면서 어쩌지 못하고 땅바닥에 무릎을 꿇었다. 애월은 비단 소매를 가볍게 걷어 올리고 하얀 피부를 드러내놓고 꾸짖어 말하기를,

"이 거지야, 다시 또 무례하게 이 애월 이모를 놀려대겠느냐? 다신 그러지 않겠다면 큰소리로 대답을 하고, 대답하지 않으면 나는 이 술을 마시지 않을 테다."

하자 백작은 하는 수 없이,

"다시는 애월 이모를 골리지 않겠어요."

하자, 애월은 연달아 따귀 두 대를 때리고는 비로소 술을 마셨다. 그제서야 백작은 땅바닥에서 일어나며,

"의리라곤 눈곱만큼도 없는 싸가지 없는 계집 같으니라구! 내가 마실 술 좀 남겨놓을 게지, 잔에 남아 있는 술을 다 마셔버리다니….."

하자 애월은,

"다시 꿇어앉으면 내 술 한 잔 따라 올릴게요."

하고 웃으면서 술 한 잔을 가득 따라 백작의 입에 대고 부어 넣으니, 백작이,

"이 음탕한 계집아, 네 입에다 술을 쏟아부어 어쩌려는 게냐. 나는 오직 이 옷 한 벌뿐인 데다 입은 지도 겨우 하루밖에 안 됐는데 더럽히고 있어. 네 서방한테 한 벌 해달래야겠다!"

이렇게 한바탕 소란을 떨고 자기 자리로 돌아갔다. 하늘이 어두워지자 촛불을 켜고 새로 안주를 내왔다.

한편 대안, 금동과 화동, 응보는 모두 할멈 방에서 술과 밥, 음식, 과자 등으로 한 상 푸짐하게 차려 먹었다.

안채에서는 각양각색의 음식이 올라오니 백작은 수재에게도 먹으라고 권하면서 쉴 새 없이 음식을 입 안에 쑤셔 넣으면서 소맷자락 안에도 몰래 집어넣었다. 이렇게 술을 마시다가 서문경은 골패를 가져오게 해 먼저 온수재부터 시작하도록 했다. 이에 온수재는,

"어찌 그럴 수가 있나요? 나리께서 먼저 시작하셔야지요."

하자, 서문경은 오은아와 함께 열두 숫자의 창홍[搶紅]을 시작했다. 아래쪽에서는 기녀들이 악기를 가져와 노래를 하고 술이 다시 한 순배 돌았다. 애향이 몸을 돌려 온수재와 백작과 내기를 했다. 그러고 애향은 다시 서문경 자리로 건너와 술을 권하고 내기를 하고는 자기 자리로 건너갔다. 애월은 다시 서문경 앞으로 가서 창홍 놀이를 했다. 그러는 사이 오은아는 자리에서 일어나 이지와 황사에게 잔을 권했다. 애월은 방으로 돌아가서 옷을 갈아입고 나왔는데, 위에는 연기가 휘돌아 올라가는 무늬가 있는 비단 저고리에 아황색 항주산 비단 치마를 입고 무릎 보호대를 두르고 코가 뾰족한 신을 신었다. 등불 아래에서 모피털에 하얗게 화장을 한 얼굴을 보니 그야말로 예쁘기 그지없었다.

> 그윽하게 아리땁고 고운 자태
> 눈은 가을 눈 같고 피부는 흰 눈 같구나.
> 가늘고 긴 눈은 호박을 감춘 듯
> 붉은 입술은 한 점 앵두 같구나.
> 드러난 흰 손은 섬섬옥수라네.
> 작은 발로 움직이니 걸음마다 애교가
> 백옥으로 만든 말하는 꽃이런가.
> 천금같이 좋은 이 밤 허비하기 아깝구나.
> 芳姿麗質更妖嬈 秋水精神瑞雪標
> 鳳目半彎藏琥珀 朱脣一顆點櫻桃
> 露來玉筝纖纖細 行步金蓮步步嬌

白玉生香花解語 千金良夜寔難消

서문경이 이러한 애월을 보자 너무나 사랑스러워 보였다. 그래서 애월을 상대로 술을 마시다 보니 술이 거나하게 올라왔다. 그런데 갑자기 꿈속에서 이병아가 서문경에게,

"밖에서 밤늦게까지 술을 드시지 마세요."

하던 말이 생각나서 몸을 일으켜 밖으로 나와 소변을 보았다. 술을 마시다 서문경이 갑자기 밖으로 나가자 할멈은 하인 애들을 시켜 등불을 들고 뒤채 변소로 안내하게 했다. 애월도 서문경을 따라 나가 대야에 손 씻을 물을 떠 가지고 대령하니, 서문경은 손을 씻고 애월의 손을 잡고는 바로 애월의 방으로 들어갔다. 방 안에는 일찌감치 휘장이 반쯤 드리워져 있고 은 촛대에 촛불이 은은히 타오르고, 불을 때어놓아 봄날처럼 따스하고 난초와 사향 향기 같은 것이 콧속을 간지럽게 하였다. 침대에는 휘장이 구름같이 드리워져 있었다. 먼저 윗저고리를 벗으니 그 밑에는 흰 비단 도포가 있는데 둘은 이에 개의치 않고 침대 위에서 서로 다리를 꼬고 껴안아 한 덩어리가 되었다. 먼저 애월이,

"나리, 오늘 집에 안 가실 거죠?"

하고 물으니 서문경이,

"가봐야 돼. 오늘은 오은아도 여기 있으니 있기도 뭐하잖아. 게다가 나는 공무원인데 금년도 관리들 근무 업적 평가가 있어 공연히 구설수에 오르면 안 좋아. 그래서 낮에 와서 너를 만나는 게야."

그러면서 다시 말했다.

"일전에 보내준 우유 과자는 잘 먹었어. 과자 때문에 반나절 정도

얼마나 마음이 아팠던지. 죽은 여섯째도 우유 과자를 만들 줄 알았거든. 그런데 여섯째가 죽고 나자 누가 그렇게 만들 줄 아나!"

"빚기는 어렵지 않아요. 얼마나 불 조절을 잘하느냐가 중요해요. 그날은 나리께서 잘 드신다는 걸 알고 정신없이 몇 개를 만들어 정춘을 시켜 보내드린 거예요. 또 그 과일 씨는 제가 입으로 하나하나 깐 것이고 손수건은 틈이 있을 때마다 손수 술을 단 거예요. 그런데 과일 씨를 그 응씨 거지 같은 양반이 낚아채 홀라당 먹어버렸다면서요?"

"네 말처럼 창피한 것도 모르는 그 거지 발싸개한테서 다시 뺏어보니 몇 알만 남아 있더군. 그래서 겨우 몇 개 맛만 보았어."

"그 거지 발싸개 같은 양반만 득을 보았군요."

그러면서 애월은 다시 말했다.

"나리께서 보내주신 의매는 잘 먹었어요. 할멈이 하나를 먹어보고는 어찌나 좋아하는지 몰라요. 할멈이 평소에 가래가 있어 밤에 기침을 하기 시작하면 거의 죽을 정도가 되거든요. 그래서 평소에도 입이 말라 고생하는데 의매를 입에 물고 있자 입 안에 침이 도는 거예요. 그래서 저와 누이는 몇 개 먹어보지 못하고 상자째 할멈이 방 안으로 가지고 들어가서 아침저녁으로 먹는데 누가 그걸 막겠어요?"

"그랬구나, 내 다음 날 하인 애들을 시켜 한 갑 보내주마."

"나리, 최근에 계저 누이가 왔었어요?"

"지난번 장례식 이후에 오지 않았지."

"여섯째 마님의 오칠일에 차라도 보내왔나요?"

"그 집에서 이명을 시켜 차를 보내왔더군."

"제가 드리는 말씀은 나리만 알고 계세요."

"무슨 말인데?"

애월은 한참을 생각하다가,

"말 안 할래요. 만약 말했다가 다른 사람들이 알게 되면 제가 뒤에서 험담하는 줄로 알 거예요."

하자, 서문경은 더욱 궁금해져서 애월의 목을 끌어당겨 껴안으며,

"요 귀여운 것아, 무슨 말인데 그리 뜸을 들이는 게냐? 말을 해주면 내 절대로 다른 사람한테 말하지 않으마."

이렇게 둘이 한참 얘기를 나누는데 갑자기 백작이 안으로 들어오면서 큰소리로,

"두 사람은 우리를 버려두고 여기서 둘이만 오붓하게 얘기를 나누고 계시는구면."

하자 애월이,

"아야, 깜짝 놀랐잖아요. 예의라고는 털끝만치도 없는 거지 양반 같으니라구! 갑자기 뛰어들어 이렇게 사람을 놀라게 만들다니!"

하니 서문경도,

"이런 개자식이, 썩 앞채로 나가지 못해. 온선생과 은아만 그곳에 남겨두고 모두 안채로 왔잖아."

하고 욕을 했다. 그러나 백작은 못 들은 체하고 침대 한 모서리에 엉덩이를 걸치면서,

"애야, 그 팔 좀 뻗어보거라. 내 한번 빨아보고 밖으로 나가마. 그런 다음에 둘이 이곳에서 방아를 찧든지 재미를 보든지 맘대로 하려무나."

하면서 다짜고짜 애월의 소매를 끌어당겨 눈처럼 하얀 손을 잡아 뺐는데 은팔찌를 하고 있으니 마치 아름다운 옥과 같고 뾰족한 열 손가락은 파뿌리 같았다. 그 손가락에는 금반지가 끼워져 있었다. 이를

보고 백작은,

"얘야, 이 한 쌍의 손은 물건을 주무르는데 천생 좋게 만들어져 있구나."

하자 애월은,

"뻔뻔스럽기는, 하도 지저분해 차마 욕도 못하겠네!"

라고 하자, 백작은 갑자기 애월을 끌어당겨 팔을 한 번 깨물고는 밖으로 나갔다. 물린 애월은 소리를 지르며,

"저 거지 발싸개는 공연히 들어와 사람을 물어뜯고 난리야."

그러면서,

"도화야, 웅씨가 나갔는지 살펴보고 문을 다 걸어 잠그거라."

하고는 애월은 이계저가 요즈음에도 왕삼관과 관계를 계속하고 있다는 사실을 서문경에게 말해주면서,

"그런데 손과취와 축곰보, 소장한[小張閑]은 왜 그들과 같이 다니지요? 건달 우관[于寬], 손석용 그리고 불량배인 백화자와 사삼[沙三]과 날마다 붙어다니며 그 집을 오가고 있어요. 지금 왕삼관은 제향이를 차버리고 계저 외에도 또 왕씨네의 옥지[玉芝]와 놀아나고 있어요. 두 쪽에다 돈을 쓰다 보니 돈이 없자 가죽 저고리를 서른 냥에 저당 잡히고, 자기 부인의 금팔찌까지 이계저한테 가져다주며 한 달 치 화대라고 했대요."

하니 서문경은 이를 듣고,

"이 싸가지 없는 음탕한 계집이! 내가 왕삼관과 놀지 말라고 몇 번을 당부했건만 내 말을 듣지 않고, 다시는 만나지 않겠다고 맹세까지 해놓고 나를 속이다니….."

했다. 애월이,

"나리, 화내지 마세요. 제가 나리께 방법을 가르쳐드릴 테니 왕삼관의 버르장머리를 고쳐 화풀이를 하세요."

하자, 서문경은 애월을 품에 끌어당겨 안고 비단 소매로 목덜미를 감아 얼굴을 부비고 입을 맞추었다. 그러면서 애월의 몸을 더듬어보니 향기가 나는 향주머니가 있는데 소매에 넣고 몸을 따스하게 데우고 있었다. 애월이 말했다.

"제가 나리께 말씀을 드릴 테니 절대로 다른 사람한테는 말하지 마세요. 응씨한테도요, 그랬다가는 공연히 새어나갈 테니까요."

"애야, 말해보렴. 어찌 내가 다른 사람에게 말을 하겠느냐! 무슨 방법인데 그러느냐?"

"왕삼관의 어머니 임부인은 채 마흔이 안 되었고 생김은 그만한데 눈썹도 그리고 여우처럼 화장을 해요. 임부인의 아들이 하루 종일 기원에서 죽치고 있을 때 자기는 집 안으로 사내를 끌어들이거나 절에 제사를 지내러 간다는 핑계를 대고 절에서 그 짓을 한대요. 혹은 중매인 문씨를 찾아가서 부탁하면 문씨가 대신 사내를 알아봐준다는데 그 솜씨도 아주 좋다는군요. 제가 보기에 나중에 나리께서 임부인을 만나기는 어렵지 않을 거예요. 그런데 한 가지 공교로운 일은 왕삼관의 부인은 올해 열아홉으로 동경 육황 태위의 조카예요. 생김도 아주 예쁘고 쌍륙과 바둑에도 능통하다는데 삼관이 집에 있지 않고 밖으로만 나도니 과부와 마찬가지여서 화가 나 죽을 지경인가봐요. 그래서 두세 차례 목을 매어 자살하려고 했으나 발각되어 목숨을 구했답니다. 나리께서 어려우시겠지만 일단 왕삼관의 어미를 손에 넣는다면 자연히 그 며느리도 나리 것이 되지 않겠어요?"

서문경은 애월의 말을 듣자 그동안 막혔던 가슴이 확 뚫리는 것

같아서 애월의 얼굴을 감싸 안으면서,

"귀여운 것아, 어쩌면 그리도 그 집 일을 자세히 알고 있느냐?"
하고 물으니, 애월은 자기가 늘상 그 집으로 노래를 불러주러 간다는
말은 하지 않고 단지 잘 아는 사람이 있는데 여차여차해서 왕삼관의
어미와 모처에서 한 번 만난 적이 있는데 그것도 문씨가 중간에서 다
리를 놔준 것이라고 말해주었다. 이 말을 듣고 서문경은,

"그 사람이 누구냐? 큰길가에 사는 장대호의 조카인 장이관이냐?"
하고 물으니 애월이 말했다.

"그 장무덕[張懋德]은 어디 사람 축에나 드나요! 얼굴은 예닐곱 군
데나 얽은 데다가 눈은 쭉 째진 것이 생각만 해도 끔찍해요. 그런 사
람은 싸구려 여자 애들이나 상대하지요. 최근에는 동교아도 장무덕
과 놀아난다고 하더군요."

"알아내지 못하겠는걸, 도대체 누구지?"

애월은,

"정히 그렇게 궁금하시다면 제가 말씀해드릴게요. 저의 첫손님이
었던 남쪽에서 온 장사치예요. 일 년에 두어 차례 이곳에 와서 장사
를 하지요. 그런데 정작 저한테 와서는 하루나 이틀 밤을 자고 가면
서 다른 곳에서는 다른 사람과 도둑고양이나 개처럼 그 짓을 하고 다
니지요."
하니, 서문경은 애월이 말하는 모양이 구미에 맞고 또 귀엽고 앙증맞
은 생각이 들어,

"얘야, 네가 그토록 나를 생각한다니, 매달 은자 서른 냥을 네 할멈
에게 보내 생활비로 쓰게 할 테니 다른 사람은 받지 말거라. 내 한가
로울 때 와서 볼 테니…."

"나리, 정히 제가 마음에 드신다면 무슨 서른 냥이네, 스무 냥이네 하지 마시고 이삼 일에 한 번씩 오셔서 어멈에게 몇 냥씩만 주면 돼요. 그렇게 하신다면 저는 다른 손님은 다 거절하고 오로지 나리만 모실 수 있지요."

"무슨 말을! 내 매달 은자 서른 냥씩 보내주마."

이렇게 말을 마치고 둘은 침대 위로 올라가니, 침대 위의 요가 두껍게 깔려 있자 애월이 말했다.

"영감님, 옷은 벗지 않으세요?"

"옷을 입고 놀아보자. 사람들이 앞채에서 우리를 기다리고 있잖아."

서문경은 이렇게 말하며 목침을 끌어당겼다. 애월은 밑의 옷을 벗고 목침을 베고 위를 보고 누웠다. 안에는 붉은 속옷을 입고 있는데 다리 아래로 한쪽만 벗겼다. 서문경은 애월의 작고 아담한 발을 어깨 위로 올리고 남색 바지를 풀고 자기 물건에다 은탁자를 매달았다. 그러노라니 여인의 화심[花心](음핵)은 가벼이 떨리고 가는 허리도 움찔거렸다.

꽃의 부드러움에 만지지 않을 수 없고
봄바람이 솔솔 불어 멈추지 않네.
화심[花心]은 아직 만족을 못하고
물건은 아직도 펄떡이누나.
나지막이 사랑하는 님을 부르니
봄 밤의 즐거움이 다하지 않았구나.
花嫩不禁揉 春鳳卒未休

花心猶未足 脈脈情無那
低低喚粉郎 春宵樂未央

이렇게 두 사람이 한참 재미를 보니, 서문경은 내내 숨을 헉헉 내쉬고 애월은 끊임없이 야릇하게 신음하니 구름 같은 머리가 다 풀어져 베개에 흘러내렸다. 그러면서도 입으로는 계속해,

"내 사랑아! 좀 천천히 하세요."

하면서 좋아 어쩔 줄 몰라 했다. 이렇게 한참 놀다가 흥분이 정점에 달해 사정하니 마치 쏟아붓는 것 같았다. 구름도 걷히고 비도 개니 각자 옷을 차려입고 등잔불 밑에서 얼굴과 머리를 매만졌다. 서문경은 침대에 걸터앉아 대야에다 손을 씻고 옷을 차려입은 뒤에 애월의 손을 잡고 다시 술자리로 돌아왔다. 오은아는 여전히 자기 자리에 앉아 있는데 애향과 마주보고 가까이 있고 온수재는 골패를 던지고 수수께끼를 풀고 있는데 술잔이 서로 오가며 분위기가 한창 오르고 있었다. 사람들은 서문경이 다시 자리로 돌아오는 걸 보고 모두 자리에서 일어나 좌석을 권했다. 백작이,

"형님, 우리를 남겨두고 안채에서 혼자 재미를 보시다가 이제야 나오시는군요. 자, 이 술잔을 받으시고 머리나 좀 식히세요."

하니 서문경은,

"우리끼리 할 얘기가 있었어. 언제 그런 말을 나눌 시간이 있었나?"

하자 백작이,

"아, 두 사람한테 긴히 할 얘기가 있었군요!"

이렇게 말을 하며 큰 잔에 따스한 술을 한 잔 가득 따라서 서문경에게 올리니 다른 사람들도 함께 술을 마시고, 기녀 넷도 악기를 가

지고 와 연주를 하며 노래를 불렀다. 이때 대안이 서문경의 귀에다 대고,

"가마가 왔어요."

하고 살며시 알려주었다. 서문경이 입을 삐쭉 내밀어 알았다는 표시를 하자 대안은 급히 가마꾼들에게 등불을 들고 밖에서 대령하게 했다. 서문경은 자리에 앉지 않고 일어나 여러 사람과 같이 서서 술을 마셨다. 그러면서 기녀들에게,

"너희들 「처음 만나 수줍었네[一見嬌羞]」를 알면 불러보거라."

하자 한소수가,

"제가 부를 줄 알아요."

하면서 비파를 끌어당겨 목소리를 고르고 아름다운 목소리로 노래를 했다.

처음에는 수줍었으나, 사랑을 나누고
그대의 아름다운 모습과 의젓한 자태
따스함을 보았다오.
편지에 적어 먼저 말을 건네니
전하는 정에 추파가 서려 몰래 바라보네.
가슴에만 기억하고
마음은 아직 정하지 못했는데
어느 때 이루어볼지!
一見嬌羞 雨意雲情兩意投
我見他千嬌百媚 萬種妖嬈 一捻溫柔
通書先把話兒勾 傳情暗裡秋波溜

記在心頭 心頭 未審何時成就

한 소절이 끝나자 오은아는 서문경에게 잔을 올렸다. 정애향은 백작에게, 애월은 온수재에게 잔을 권했다. 이지와 황사가 잔에 술을 따랐다. 다시 노래 부르기를,

하인을 시켜 황금배장단[黃金拜將壇]*을 만들었으나
분명하게 서생에게 전할 길이 없구나.
무산의 운우지정을 생각하고
오늘 밤은 중문의 빗장도 아니 걸고
아가씨는 밤새 님 오시길 기다리나
날은 밝아오누나, 날은 밝아오누나
사랑을 훔쳐간 사람 오늘 오기 힘들겠네.
過爾丫鬟 欲鑄黃金拜將壇
莫通明曉 寄與書生 雲雨巫山
重門今夜未曾拴 深閨特把情郎盼
夜靜更闌 更闌 偸花妙手今番難按

술을 다 마시자, 서문경은 다시 한 잔 더 따르라고 분부했다. 정애향이 서문경에게 잔을 올리고 오은아가 온수재에게, 애월이 백작에게 잔을 올렸다. 정춘이 곁에서 과일 안주를 집어 올렸다. 다시 노래하기를,

---

* 전국시대 연[燕] 소왕[昭王]이 높게 연단을 쌓고 그 위에 천금을 놓고 천하의 명사를 불렀다고 함

꿈에 좋은 집으로 들어가서
아리따운 여인을 만났네.
둘이서 함께 손을 잡고
비단 휘장 안으로 들어가
영원한 부부의 정을 맺었네.
신령스러운 기운이 가슴에 일고
붉은 휘장 안에서 파도가 치네.
여인의 땀내와 향기가 가득
오늘 밤 이 순간이야말로
인간 세상의 천상[天上]이라오.
夢入高堂 相會風流窈窕娘
我與他同攜素手 共入羅幃 永結鸞鳳
靈犀一點透膏肓 鮫綃帳底翻紅浪
粉汗凝香 凝香 今屑一刻人間天上

  노래가 끝나자 다시 술을 따르라 일렀다. 애월이 몸을 돌려 서문
경에게 술을 올리고, 오은아가 백작에게, 애향이 온수재에게 잔을 올
리고, 이지와 황사가 다시 술을 따랐다. 제 사절을 부르니,

  봄은 연꽃무늬의 비단 휘장 안에 따스하게
  머리칼은 흘러내렸고 비녀는 비뚤어졌네.
  향기 나는 부드러운 허리에
  제비나 꾀꼬리 같은 아름다운 짝들이라서
  사랑과 정이 넘쳐흐르네.

허리는 힘이 없고 눈은 몽롱하지만
정이 깊어 스스로 눈썹을 찌푸리네.
두 마음이 서로 통하네, 서로 통하네!
백 년 동안 오래도록 사랑해
영원한 부부가 되어볼거나.

春暖芙蓉 鬢亂釵橫寶髻鬆
我爲他香嬌玉軟 燕侶鶯儔 意美情濃
腰肢無力眼朦朧 深情自把眉兒縱
兩意相同 相同 百年恩愛和偕鸞鳳

노래가 끝나자 모두 잔을 비우고 서문경은 자리에서 일어났다.

서문경은 대안에게 돈 꾸러미에서 크고 작은 은덩이 열 개를 꺼내라고 해서 기생 네 명에게 석 전씩 주었다. 또 요리사에게도 닷 전을 수고비로 주었으며, 오혜, 정봉, 정춘에게도 석 전씩 주고, 차를 끓여온 하인에게는 두 전씩을 주었다. 이밖에 하녀 도화에게도 석 전을 주니 감사하다고 절을 하고 받았다. 황사는 좀 더 놀다 가시라고 만류하면서,

"응씨 아저씨, 아직 날도 훤하니 좀 더 계시다 가시라고 말씀 좀 하세요. 나리께서 계셔야 제가 좀 더 대접을 하지요. 어찌 벌써 일어나 돌아가려고 하세요? 애월 아가씨도 좀 계시라고 말을 하세요!"

하니 애월이,

"제가 좀 더 앉아 계시라고 말씀드려도 가실 거예요."

하자 서문경이,

"내일 또 할 일이 있어."

라며 이지와 황사를 향해,

"공연히 폐를 끼쳤군."

했다. 황사가,

"무슨 말씀을요. 변변치 못한 음식이라 제대로 자시기나 하셨는지요? 오래 앉아 계시지도 않고 바로 가시려는 걸 보니 저희들의 대접이 소홀한 듯싶습니다."

말을 마치자, 노래하는 기생 셋도 절을 하면서,

"나리께서 집에 돌아가시면 큰마님과 여러 마님께 안부 좀 전해주세요. 저희들이 시간을 내어 마님들께 인사를 올리러 댁으로 갈게요."

하니 이 말을 듣고 서문경은,

"시간이 있으면 와서 하루 놀다 가려무나."

말을 마치고 등불을 켜들고 계단을 내려서니 정씨 집 포주 할멈이 배웅하려고 따라 나오면서,

"나리, 좀 더 앉았다 가시지 어찌 급히 돌아가시는지요? 저희 집음식이 입에 맞지가 않으세요? 아직 음식을 다 올리지도 않았는데…."

했다. 서문경은,

"됐네. 나도 좀 더 앉아 있고 싶지만 가서 처리해야 할 일이 많다네. 또 내일 아침 일찍 관아에 나가 할 일이 태산같이 많아. 응씨는 일이 없을 터이니 좀 더 놀다가도록 하게나."

그러나 응씨도 따라 일어나려고 하자 황사가 극구 만류하면서,

"응씨 아저씨, 아저씨까지 가버리시면 무슨 재미가 있겠어요?"

하니 백작은,

"나를 잡지 말고 온선생을 잡아보게나. 그렇다면 나도 남을 테니."

했다. 이 말을 듣고 온수재가 급히 몸을 돌려 문 쪽으로 달아나려고 하는데 황사의 하인들이 온수재의 허리를 껴안으며 달아나지 못하게 했다.

서문경은 대문에 이르자 금동에게,

"온수재가 타고 갈 말은 있느냐?"

하고 물으니 금동이,

"나귀를 이곳에 준비해놓았고, 화동이 대령하고 있어요."

하니 이 말을 듣고 서문경은 온수재를 향해,

"말도 있으니 됐습니다. 응씨와 좀 더 앉아 놀다 천천히 오시지요. 나는 먼저 돌아갈게요."

하자, 사람들은 모두 서문경을 문 밖까지 배웅해주었다. 이때 정애월이 서문경의 손을 살며시 끌어당겨 꼬집으며 얼굴을 돌려 낮은 목소리로,

"제가 드렸던 말은 나리께서만 알고 계시고 절대 다른 사람한테는 비밀로 해두세요."

하니 서문경이,

"알았다."

하자 애월은 다시,

"정춘아, 나리를 댁까지 잘 모셔다드리고 마님들께 문안 인사를 전해올리거라."

했다. 곁에 있던 오은아도 마님들께 안부 인사를 전해달라고 부탁했다. 백작이,

"나는 할말이 없군. 요 음탕한 계집년들이 모두 시장에서 물건을 점유하듯 자기들한테 유리하게 말들을 하고 있으니, 나는 인사를 올

릴 사람이 없군."

하자 애월이 말했다.

"거지 양반은 좀 물러나세요!"

오은아도 문 앞에서 여러 사람과 정씨 자매들과 작별 인사를 하고 오혜가 등불을 들고 함께 집으로 돌아갔다. 이때 정애월이,

"은아 언니, 타 지역에서 오는 장사꾼을 만나거든 오늘 일을 말하지 말아요."

하고 외치니 오은아도,

"잘 알았어."

라고 대답했다.

사람들은 다시 자리로 돌아와 화롯불에 불을 더 지피고 술과 안주를 내오고 춤과 노래를 하며 즐겁게 놀다가 삼경 무렵이 되어서야 비로소 흩어졌다. 황사는 이날 술좌석을 준비하느라고 애월에게 은자 열 냥을 주었다. 서문경도 은자 서너 냥을 애월에게 주고 갔음은 말할 필요도 없다.

이날 서문경은 가마를 타고 돌아왔는데, 가마꾼 둘이 메고 등불을 켜고 기원을 나와 집으로 돌아와서는 바로 정춘을 돌려보냈다.

다음 날 아침 하제형이 심부름꾼을 보내 서문경도 아침 일찍 관아로 등청해 함께 도적 등의 일을 심문하자고 했다. 관아에 나가 점심 식사를 할 때까지 일을 보았다. 점심때가 지나 심이모부가 심정[沈定]이라는 하인을 보내 편지를 보내왔는데 포목점에 이름이 유포[劉包]라는 일꾼 하나를 좀 써달라는 부탁이었다. 서문경은 알겠노라고 하고 서재로 들어가 회답 편지를 써서 심정에게 주어 돌려보냈다. 이때 대안이 곁에 서 있는 것을 보고,

"온사부께서는 어제 언제 돌아오셨느냐?"

하고 물었다. 대안은,

"소인이 점포에서 자고 있다가 화동이 맞은편 문으로 들어가는 걸 보았는데, 그때가 거의 삼경이 다 되었을 거예요. 제가 아침에 온사부께 여쭈어보니 그분은 별로 취하지 않으셨는데 응씨 아저씨가 취해서는 토하고 한바탕 난리를 쳤답니다. 애월 아씨가 밤도 너무 깊어 걱정이 되어 정춘을 시켜 댁으로 모셔다드렸답니다."

하니 서문경은 껄껄 웃으며 대안을 가까이 오도록 일러 말했다.

"일전에 진서방을 중매한 문씨가 어디에 살고 있느냐? 내 할말이 있어 맞은편 집 방에서 볼 터이니 찾아서 데려오거라."

"저는 문씨 집을 잘 모르는데요. 서방님께 여쭤보고 찾아볼게요."

"아침을 먹은 뒤에 물어보아서 빨리 찾아오거라."

이에 대안은 안채로 들어가 식사를 한 뒤에 바로 점포로 나가 진경제에게 물어보니 진경제가 말했다.

"왜 문씨를 찾지?"

"누가 알겠어요? 갑자기 저더러 찾아오라시는군요."

"동쪽의 큰거리로 나가 남쪽으로 곧장 가서 동인교[東仁橋]의 패방을 지나 동쪽으로 돌아 왕가의 골목길로 들어가면 중간쯤에 포졸들의 임시 근무처가 나와. 그 맞은편에 돌다리가 있는데 그 돌다리를 지나서 작은 골목길 안으로 들어서면 세 번째 집이 있는데 그 집은 두부 가게이고 그 옆에 붉은 쌍문을 한 집이 있는데 바로 그 집이야. 가서 문씨 할멈을 부르면 나올 게야."

"너무 복잡해 기억하기 힘드니 다시 한 번 말씀해주세요. 잊어버리겠어요"

이에 경제는 다시 한 번 말해주었다. 대안이,

"가깝군요. 말을 타고 갔다 와야겠어요."

그러고는 흰 말을 끌고 나와 안장을 얹고 재갈을 물리고 위에 올라타 채찍질을 한 번 하니 쏜살같이 앞으로 달려나갔다. 동쪽 거리를 나가 남쪽의 동인교 패방을 지나 왕가의 거리에 들어서니 과연 포졸들의 임시 근무처가 있고 맞은편에 낡은 돌다리가 있었다. 그 옆에 반쯤은 무너진 대비암[大悲庵]이 있고 서쪽으로 골목이 있는데 그 안 북쪽으로 두부 가게를 알리는 간판이 걸려 있고, 그 한편에서 한 여인이 말똥을 말리고 있었다. 대안이 말 위에서,

"할멈, 여기에 문씨라는 중매꾼이 살고 있나요?"

하고 묻자 할멈은,

"바로 옆집이에요."

해서 문 앞에 가보니 과연 붉은 쌍문이었다. 말에서 내려 채찍으로 문을 두들기며,

"아주머니, 집에 계십니까?"

하니 문씨의 아들인 문당이 나와 문을 열면서,

"어디서 오셨습니까?"

하고 묻자 대안이,

"나는 현청 앞에 사는 제형소의 서문 나리께서 보낸 사람으로 문씨 아주머니를 급히 모셔 가려고 합니다."

했다. 문당은 제형소의 서문대감 집에서 왔다는 말을 듣고 당황해 급히 집 안으로 모셨다. 대안이 말을 매놓고 안으로 들어가니 앞쪽 정면에 제를 올리는 공양 탁자가 있고 그 앞에서 몇 사람이 절에서 태울 지전을 준비하고 있었다. 얼마 뒤에 차를 내오며,

"어머니는 집에 안 계세요. 오시면 말씀드려 내일 아침 일찍 찾아 뵙도록 하지요."

하니 대안이,

"나귀가 집 안에 있는데 어디를 가셨단 말인가요?"

하면서 몸을 돌려 안쪽으로 들어갔다. 들어가 보니 문씨와 문씨의 며느리가 다른 부인네들과 차를 마시고 있다가 미처 숨지 못하고 들키고 말았다. 대안이,

"이분이 문씨 할멈이 아닌가요? 방금 저한테 없다고 했는데, 나리께 뭐라고 말씀드리지요? 만약 일이 생기더라도 저를 원망치 마세요."

하니 문씨는 호호 웃으며 대안에게 인사를 하며 말했다.

"돌아가서 잘 말씀드려주세요. 오늘은 계모임이 있어요. 그런데 왜 나리께서 나를 찾는지 모르겠네? 여하튼 내일 아침 댁으로 찾아갈게요."

"나리께서 찾아오라 하시니, 제가 무슨 일인지 알겠어요? 이런 구석에 있는 줄 모르고 얼마나 찾아 헤맸는지…."

"그 댁 나리께서 요 몇 년 동안에 하녀를 산다거나, 중매를 한다거나, 젊은 여자애들을 살 적에 풍노파나 설노파, 왕노파를 불렀지 나를 부른 적은 거의 없잖아요? 그런데 차가운 솥에 콩을 볶으려는 듯 왜 갑자기 나를 부르실까? 내 보기에 여섯째 마님이 죽고 나자 나한테 여섯째를 대신할 사람을 구해달라고 부탁하려는 것 같은데…."

"저는 몰라요. 할멈이 직접 만나보시면 나리께서 말씀해주시겠죠."

"그렇다면 잠시만 앉아 있어요. 내 계꾼들을 돌려보내고 같이 갈 테니."

제68화 도화원 가는 길을 어부에게 묻노니   177

"계가 끝날 때까지 기다리라구요? 말은 밖에 있는데 지키는 사람도 없고, 나리께서는 집에서 눈이 빠지게 기다리시면서 할멈을 빨리 모시고 오라고 몇 번이나 당부하셨어요. 또 나리께선 오늘 관아의 나 대감과 함께 술을 드시러 가야 해요."

"그럼 잠시 과자라도 먹고 가요."

"안 먹을래요."

"큰아씨께서는 애를 낳으셨나요?"

"아직요."

문씨는 과자를 내다주고는 대안이 먹는 동안에 옷을 갈아입으며 말했다.

"말을 타고 먼저 가요. 내 바로 뒤쫓아 걸어갈 테니."

"집에 나귀가 있잖아요. 왜 타고 가지 않으세요?"

"당나귀가 어디 있어요? 그것은 옆집 두부 가게의 나귀예요. 우리 집 뜰에다 매놓고 먹이를 먹이는 거예요. 그래서 우리 집 나귀로 알았군요?"

"제 기억에 할머니가 나귀를 타고 다니신 것 같은데, 그 나귀는 어디로 보내셨어요?"

"다 옛날 일이지. 집안 하녀가 목을 매 자살한 게 문제가 돼서 그것을 해결하느라 옛날 집도 다 팔았는데 나귀야 말할 나위도 없지."

"집은 별것 아니지만 나귀는 남겨놓아 할멈의 벗이나 되게 했으면 좋았을 텐데… 다른 건 몰라도 그놈 물건은 대단히 크고 좋던데."

문씨가 하하 웃으며 말했다.

"뻔뻔하긴! 무슨 말을 하나 하고 열심히 들었더니 결국은 그 말이었군. 몇 년 못 본 사이에 입만 뻔지르르해졌구먼. 중매를 들어달라고 하겠는데.”

“제 말은 빠르고 할멈 걸음은 느리니 걸어서 오다가는 겨우 저녁
에나 도착할 수 있을 거예요. 그랬다간 나리께서 뭐라고 하실 테니
제 말에 같이 타고 가시지요!”

“이놈아, 내 너의 애인도 아니잖아. 거리에서 사람들이 보면 얼마
나 쏘곤거리겠니?”

“그러면 두부 집 나귀를 좀 빌려 타고 가시지요. 돈은 집에 가서 드
릴게요.”

“그게 좋겠군.”

그러고는 할멈은 문당을 시켜 나귀를 빌려와 준비케 하고 얼굴을
천으로 가리고 말에 올랐다. 대안은 문씨와 말머리를 나란히 하고 곧
장 서문경의 집으로 돌아왔다.

양가집 아가씨를 탐하니 모든 것은 뚜쟁이의 수완에 달려 있구나.

시가 있어 이를 알리나니,

도화원에 가는 길이 있다는 것을 누가 믿으랴만
복숭아꽃은 이슬을 머금고 춘풍에 미소 짓네.
도화원은 산 계곡에 있으나
어부에게 가는 길을 물어보네.
誰信桃源有路通 桃花含露笑春風
桃源只在山溪裡 今許漁郎去問津

푸른 버들과 꽃들은 뉘를 위한 것인가

문씨가 임부인에게 다리를 놓고,
왕삼관은 꼬임에 빠져 애원하다

솜씨 있게 고기 잡아 소식을 찾으니

신선 되는 길이 있어 발길을 옮기네.

계단 쓸다 우연히 낙엽을 줍고

달빛 아래 사마상여처럼 금[琴]을 타네.

뽕나무 아래에서 추호[秋胡]*는 마음이 있었지만

품에 안았어도 유하혜[柳下惠]**는 마음이 없었어라.

황혼이 휘장 속에 찾아드니

홀로 잔을 들어 술을 마시누나.

信手烹魚覓素音 神仙有路足登臨

掃階偶得任卿葉 彈月輕移司馬琴

桑下肯期秋有意 懷中可犯柳無心

黃昏悵入銷金帳 且把羔兒獨自斟

---

* 춘추[春秋]시대 노[魯]나라 사람. 결혼을 하고 집을 떠나 진[陳]나라에 가서 벼슬을 하다 오 년 만에 집으로 돌아오는 길에 뽕밭에서 미모의 여인을 만나 유혹하려다 실패하고 집에 돌아와 보니 자신의 부인이 좀 전에 자기가 유혹하려고 했던 여인이었음. 이에 부인은 분을 참지 못하고 강물에 몸을 던짐
** 춘추시대 노나라 대부[大夫]인 유하혜가 우연히 거처가 없는 여인과 하룻밤을 지냈으나 별다른 일이 없었음

문씨가 집에 도착하자 대안이,

"나리께서는 맞은편 집에 계시니 제가 들어가 말씀드릴게요."

하고 안으로 들어가 보니 서문경은 서재에서 온수재와 함께 앉아 있다가 대안이 들어오는 걸 보고 밖의 작은 객실로 나가 자리에 앉았다. 대안이 문씨를 찾아갔던 일을 자세히 말하고,

"제가 불러와서 지금 바깥채에서 기다리고 있어요."

하자 서문경은,

"즉시 들어오라 해라."

하고 분부했다. 이에 문씨가 살며시 발을 걷고 안으로 들어와 서문경에게 절을 하니 서문경이 말했다.

"문씨 아주머니, 오랜만이오."

"예, 그렇습니다."

"그래, 지금은 어디로 이사 가서 살고 있나?"

"좀 좋지 않은 일로 재판 소송에 휘말려 옛집도 다 팔아버리고 지금은 남쪽 끝에 있는 왕가 거리에 살고 있어요."

서문경은,

"일어나서 말해보게나."

하자 문씨는 한옆으로 일어섰다. 문씨가 일어나는 걸 보고 서문경은 좌우의 하인에게 다 물러나라고 분부했다. 평안과 화동은 쪽문 뒤쪽에서 망을 보았다. 오직 대안만 발 뒤편에 서서 안에서 하는 말을 들었다. 서문경이,

"할멈은 요사이 어느 집에 출입하는가?"

하고 묻자 문씨가 답했다.

"큰거리의 황친가, 수비부의 주대감 댁, 교황친가, 장이대감 댁, 하

대감 댁 등 두루두루 다니고 있지요."

"왕초선 집을 알고 있나?"

"소인의 오랜 단골로 큰마님과 새댁이 저한테 머리 장식 등을 사면서 돌봐주시고 있어요."

하니 서문경이,

"자네가 잘 안다면 내 한 가지 청이 있는데 거절하지 말게나."

라면서 소매 안에서 닷 냥짜리 은자를 하나 꺼내 문씨에게 주면서 가만히 말했다.

"여차여차하니 어찌되었건 방법을 찾아내어 그 부인을 한번 만나게 해주게나. 그렇게 해준다면 내 후히 사례하지."

문씨는 서문경의 말을 듣고 호호 웃으며 말했다.

"누가 나리께 그런 말을 했어요? 나리께서 어떻게 그 일을 아셨을까?"

"옛말에도 '사람은 이름이 있고 나무는 그림자가 있다'고 했지 않은가. 그런데 내가 모르는 일이 어디 있겠나!"

"알고 계신다니 말씀드릴게요. 임씨 부인은 금년에 돼지띠로 서른다섯이에요. 정말로 고상한 부인네로 예쁘고 총명해 서른 정도로 보여요. 임부인이 비록 이런 일을 한다 할지라도 절대로 비밀로 하셔야 해요. 어디를 가든 하인을 데리고 다니고 길을 트게 하는 하인이 있어 앞에서 '길을 비켜라' 하고 소리를 내지르지요. 젊은 아드님은 주로 밖으로 나돌아다니는데, 어째 기녀들과 어울리는지 모르겠어요. 뭔가에 씌인 모양이에요. 그 집은 워낙 크고 넓어서 아드님이 집에 없을 적에 몰래 밖으로 나갔다 들어오면 아무도 모르지요. 소인네 집은 작고 협소해서 이런 일을 하기에는 별로 좋지가 않지만 나리께서 말씀을 하시니 해봐야지요. 그렇지만 나리께서 주시는 이 은자는 받을 수가 없어요. 아무튼 나리의 말씀은 제가 임부인께 전해드릴게요."

"자네가 이 돈을 받지 않으면 거절하는 것으로 알고 화를 내겠네. 일만 잘되면 내 따로 자네가 옷을 해 입을 비단을 주겠네. 자네가 받지 않으면 내 억지로라도 주겠네."

"나리께선 무슨 걱정을 그리도 하세요! 나리께서 저를 잊지 않고 불러주신 것만도 복이 덩굴째 굴러들어온 건데요!"

문씨는 절을 하면서 은자를 받아 넣었다. 그러면서,

"제가 마님께 말씀드린 다음에 와서 소식을 전해드릴게요."

하자 서문경이 말했다.

"잘해봐, 내 여기서 기다리고 있을 터이니. 소식을 갖고 이리로 찾아오면 돼. 내 하인을 시켜 알아보지 않을 테니."

"잘 알겠어요. 내일이나 모레 중으로 바로 알려드릴게요."

이렇게 말을 하고 문씨가 문밖을 나서려고 하는데 대안이,

"문씨 아주머니, 알아서 하세요. 제가 모시고 왔으니 혼자 다 잡숫지 마시고 은자 한 냥만 주고 가세요."

하니 문씨는,

"원숭이 같은 것아! 아직 결과가 어찌 될지도 모르잖아."

하며 땡전 한 푼도 주지 않고 나귀에 올라타고 아들한테 고삐를 잡게 하고는 곧장 떠났다.

서문경은 온수재와 잠시 앉아 있었다. 얼마 지나 하제형이 찾아왔기에 차를 대접하고 의관을 갖추고 하제형과 함께 이름이 나만상[羅萬象]인 나부[羅府]로 함께 술을 마시러 갔다가 날이 저물어 등불을 켤 무렵에야 집으로 돌아왔다.

한편 문씨는 서문경이 준 은자 닷 냥을 가지고 집에 돌아오니 기쁘기 그지없었다. 계 모임을 다 치른 후에 사람들은 집으로 돌아갔다. 오후 늦게 문씨는 왕초선 집으로 가서 임부인을 만나 인사를 올렸다. 임부인이,

"왜 요 며칠 오지 않았지요?"

하니 문씨는 여러 가지 모임과 또 절에 가서 제를 올리는 준비를 하느라 무척 바빴다고 얘기해주었다. 이에 임부인이 말했다.

"아들을 보내면 되지, 당신은 안 가도 되잖아요."

"제가 어찌 가겠어요. 문당을 시켜 향이나 보내면 되지요."

"그때 가서 나도 여비나 좀 드릴게요."

"마님의 보시에 감사를 드립니다."

말을 마치자, 임부인은 문씨를 불 가까이로 다가오게 해 불을 쬐게 하고 하인을 시켜 차를 내오게 했다. 문씨는 차를 마시며 말했다.

"아드님은 집에 안 계신 모양이지요?"

"이틀째 집에 들어오지 않고 어디서 놈팡이들과 어울려 기생집에 다니면서, 집 안에 꽃처럼 아리따운 여편네를 버려놓고 돌보지 않으니 낸들 어찌하겠어요!"

이에 문씨는 다시,

"며느님은 어째 보이지 않죠?"

하고 물었다.

"방 안에서 나오질 않아요."

하니 문씨는 곁에 사람이 없는 것을 보고 말했다.

"걱정하지 마시고 마음을 놓으세요. 제게 그런 못된 사람들과 손을 끊게 하고 또 아드님의 마음도 돌려 다시는 기원에 출입하지 못하

게 할 방법이 있어요. 마님께서는 제가 드리는 말을 듣고 화를 내지 마세요. 그렇지 않으면 말씀을 못 드려요."

"서슴지 말고 말해봐요. 내 언제 아주머니 말을 듣지 않았어요? 할 말이 있으면 다 해봐요."

이에 문씨는 비로소 입을 열었다.

"관아에 서문대인이라는 분이 계신데, 지금은 제형원에서 형을 담당하는 천호직에 계시지요. 관리들에게 돈도 잘 꾸어주시고 상점도 비단가게, 생약가게, 명주가게, 실가게 등 대여섯 개가 있으며 또 강호로 사람을 보내 장사를 하는데 양주에서는 소금을 팔고, 동평부에 향초를 납품하고 있지요. 그러다 보니 장사하는 일꾼만 해도 수십 명이나 되지요. 게다가 서울의 채태사가 서문대인의 수양아버지이고 주태위는 서문대인의 옛 주인이시고 적집사와는 사돈간입니다. 순안과 순무와 모두 교류를 맺고 있으며, 지부나 지현은 말할 나위가 없지요. 집안에는 전답이 많고 창고에는 곡식이 가득하답니다. 누런 것은 황금이요, 흰 것은 은이요, 둥근 것은 진주고 빛이 나는 것은 보석이라. 곁에는 청하 좌위로 있는 오천호의 딸인 큰마님 외에 후실이 대여섯 명이 있지요. 그 밖에 노래를 하거나 춤을 추거나 시중을 드는 여인네도 수십 명은 되지요. 이렇게 호화로우니 아침마다 한식이요, 저녁이면 정월 대보름날처럼 시끌벅적하지요. 나리는 금년에 서른네댓으로 신체가 우람하고 늠름하지요. 게다가 좋은 정력제를 많이 먹어서 물건의 힘도 아주 좋고 쌍륙이나 바둑 등 못하는 잡기가 없답니다. 또 공도 잘 차고 제기도 아주 잘 찬다고 합니다. 게다가 제자백가의 책을 많이 읽어서 글자 풀이를 해도 한눈에 다 푼다고해요. 정말로 무엇 하나 흠잡을 데가 없는 분이지요. 그런 서문 나리께서 이 댁이 대대로 내려온 명문가라는 것을 전해 들으셨고 아드님도 무학에 다니는 걸 아시고는 서로 알고 지내기를 원하시나 만난 적이 없었기에 오시기가 뭐하답니다. 마님의 생일이 다가오고 많은 사람들과 교류하신다는 걸 아시고 한번 마님을 뵙고 인사를 했으면 좋겠다고 하시더군요. 그래서 제가 '초면에 어찌 무턱대고 와서 인사를 할 수 있겠어요? 제가 마침 마님을 알고 있으니 한번 말씀을 드려본 뒤에, 마님의 지시를 받고 나리를 청하도록 하지요'라고 했지요. 마님께서는 그런 세력이 있는 분과 알고 서로 내왕을 하며 서문대인께 아드님을 따라다니는 못된 건달들을 쫓아달라고 부탁해 이 가문을 욕되게 하는 자들을 혼내주어야 합니다."

여러분, 내 말 좀 들어보소. 마음이 잘 변하기로는 부인네를 따를 수가 없다오.

이날 임부인은 문씨의 그럴듯한 말을 듣고 저도 모르게 야릇한 마음이 들고 마음이 꿈틀거리며 정욕이 싹텄다. 그래서 슬쩍 문씨에게,

"아직 잘 알지도 못하는데 어찌 만나볼 수가 있겠어?"

하자 문씨는,

"괜찮아요. 제가 나리께 마님께서 나리를 뵙고 제형원에 고소장을 내어 아드님을 유혹하는 못된 자들을 혼내주려고 한다고 전할게요. 그러면서 이곳으로 나리를 한번 모시어 상의하려 한다고 할게요. 제 생각이 어때요?"

하니 이 말을 듣고 임부인은 몹시 기뻐하며 모레 저녁에 만나자고 약속을 했다. 문씨는 임부인의 승낙을 얻은 뒤에 집으로 돌아갔다가 다음 날 오후쯤 서문경의 집으로 달려갔다. 이날 서문경은 관아에서 돌아와 집안에 특별한 일도 없기에 맞은편에 있는 서재에 들어가 앉아

있었다. 이때 대안이 들어와,

"문씨 아주머니가 왔어요."

하고 아뢰었다. 서문경은 바로 작은 객실로 나가 앉아 좌우에게 명해 발을 드리우라고 했다. 잠시 뒤에 문씨가 안으로 들어와 절을 올렸다. 대안이 사정을 눈치 채고 재빨리 밖으로 나가 두 사람만 얘기를 나눌 수 있게 했다. 이에 문씨는 어떻게 임부인에게 얘기했는지 들려주었다. 먼저 나리의 인품이 얼마나 좋은지, 어떻게 관부의 사람들과도 친한지, 얼마나 의리가 있어 재산을 아끼지 않고 남을 도우며 또 풍류를 즐길 줄 알며 못하는 게 없다고 자랑을 늘어놓았는지 자세히 말해주었다. 그래서 모레 그 댁 아들이 집에 없을 때 술좌석을 마련해 기다린다고 전해주었다. 그러면서 이것은 핑계가 좋아 부탁이 있다고 한 것이지 사실은 몰래 밀회를 하는 거라고 했다. 서문경은 말을 듣고 대단히 흡족해 대안을 불러 비단 두 필을 가져오게 해 수고했다며 주었다. 문씨는,

"내일 너무 일찍 가지 마세요. 해가 지면 등불을 켜고 거리에 오가는 사람들이 적어지면 뒷문이 있는 편식[扁食] 골목으로 오세요. 그 후문 옆에는 집안일을 봐주는 은씨 아주머니가 살고 있는데 제가 거기서 기다리고 있을게요. 하인을 시켜 문을 두들기시면 제가 바로 나가 나리를 모시고 들어와 다른 사람들이 모르게 하겠어요."

하니 서문경이 말했다.

"알았네. 자네가 먼저 가 있게나. 내 시간 맞춰 갈 테니 어디 멀리 가지 말게."

말을 마치고 문씨는 인사를 하고 물러나 다시 임부인에게 이런 사정을 알려주려고 갔다. 이날 서문경은 이병아 방에 들어가 쉬었으나

유모와 잠자리를 하지 않고 혼자 잤다. 이 모든 게 다음 날을 위해 힘을 아껴두자는 심사였다.

다음 날 오후쯤 서문경은 흰 충정관을 쓰고 백작과 함께 말을 타고 사희대 집으로 가서 생일주를 마셨다. 기생도 불러 분위기는 아주 그만이었으나 서문경은 술을 몇 잔만 마시고 등불을 켤 무렵 일이 있다는 평계를 대고 자리에서 일어나 나왔다. 말을 타고 대안과 금동을 따르게 했다.

때는 열아흐레경으로 달빛이 몽롱하나 서문경은 얼굴에 천으로 된 가리개를 드리우고 큰거리를 지나 바로 편식 거리에 있는 왕초선부의 뒷문에 도착했다. 때는 이미 등불을 켤 시간이 지났기에 거리에 오고가는 사람들의 인적도 드물었다. 서문경은 왕초선부 뒷문에서 멀리 떨어진 곳에 말을 세워두고 대안을 시켜 먼저 단씨네 문을 두드렸다. 원래 이 단씨 아주머니는 왕초선집 뒤채에 살고 있었는데 역시 문씨가 소개해준 것으로 아침저녁으로 뒷문을 지키며 열고 닫는 일을 해주었다. 사람들이 일단 골목에 들어서면 단씨 집에서 먼저 안채의 소식을 엿들어야만 했다. 문씨는 방에 있다가 밖에서 문을 두드리는 소리를 듣자 바로 문을 열어주었다. 서문경이 온 걸 보고 말에서 내려 들어오기를 기다려 안으로 모셨다. 금동한테는 말을 끌고 가 건너편 서쪽 처마 끝에서 기다리게 하고, 대안은 단씨네 집에서 기다리고 있으라 했다.

문씨는 서문경을 안으로 모신 뒤에 바로 중문의 빗장을 걸어 잠갔다. 좁은 길을 따라 안으로 들어가 집 몇 채를 돌고 나니 바로 임부인이 머무는 다섯 칸짜리 집에 다다랐는데 그 옆의 쪽문은 잠겨 있었다. 문씨가 가벼이 문고리를 두드리니 이것은 둘만이 서로 통하는 신호였다. 잠시 뒤에 어린 하인 애가 나와 쌍문을 여니, 문씨가 서문경을 바로 안쪽 방으로 안내해 발을 걷고 모셨다. 안으로 들어가 보니 등불이 휘황찬란하게 타오르고 있고 정면에는 임부인의 조부인 태원절도[太原節度] 빈양군왕[邠陽郡王]이었던 왕경숭[王景崇]의 초상화가 걸려 있었다. 붉은색 망의를 걸치고 옥대를 두르고 호랑이 가죽을 입힌 등받이 의자에 앉아서 병서를 보는 모습이었는데 마치 관우의 모습을 보는 듯했으나 관우에 비해 수염이 약간 짧아 보였다. 그 옆에는 창과 칼과 활, 활촉이 나란히 진열되어 있었다. 또 문 위에는 붉은색 편액이 걸려 있는데 '절의당[節義堂]'이란 석 자가 크게 쓰여 있었다. 양쪽 벽에는 그림과 가야금 등이 걸려 있어 청초하면서도 우아한 맛이 감돌았다. 좌우에는 예서로 금박을 한 대구가 하나 걸려 있는데,

대대로 전해오는 절개는 소나무나 대나무 같고
나라 위해 세운 공훈은 두산[斗山]과 같구나.
傳家節操同松竹 報國勳功並斗山

서문경이 이러한 것을 한참 보고 있는데 발 위에 단 방울이 가벼이 흔들리면서 문씨가 안쪽에서 차를 내와 서문경에게 건네주었다. 서문경이,

"부인을 뵙고 인사를 드려야겠네."

하니 문씨가 말했다.

"우선 차를 드세요. 좀 전에 말씀을 올려 부인께서 알고 계세요."

이때 임부인은 몰래 발 사이로 서문경을 훔쳐보고 있었다. 늠름한

모습과 당당한 풍채, 과연 한눈에 반할 만한 훤칠한 남아 대장부였다. 머리에는 흰 충정관을 쓰고 담비털 귀덮개를 하고, 자색 양털 옷에 검은색 신을 신고 있었다. 참으로 '부자이면서 간악한 무리와도 같고, 선함을 누르고 착함을 속이는 주색[酒色]의 무리'와도 같아 보였다. 그래도 어쨌거나 한 번 보고 마음이 혹해 가만히 문씨를 불러 물어보았다.

"왜 상복을 입고 있지?"

"여섯째 부인이 죽어 상복을 입고 있는 거예요. 구월에 죽었으니 얼마 안 됐어요. 한 사람이 없어졌지만 집안에 아직도 많아요. 마님께선 잘 모르시겠지만 새장에서 갓 나온 메추리처럼 그 힘이 얼마나 좋은지 몰라요."

임부인은 이 말을 듣자 더욱더 가슴이 설레었다. 문씨는 어서 나가 만나보라고 재촉했다. 임부인은,

"부끄러워 어찌 나갈 수 있겠어? 그분더러 안으로 들어오시라고 해."

하니 이 말을 듣고 문씨가 밖으로 나가 서문경에게,

"부인께서 나리를 안에서 뵙겠답니다."

라며 급히 발을 걷어 올려 서문경을 안으로 들게 했다.

안으로 들어가 보니 붉은 휘장이 드리워져 있고, 바닥에는 붉은 양탄자가 깔려 있으며, 사향 향기가 은은히 퍼지는 것이 봄날같이 따스했다. 정말로 '수놓은 침대에는 구름이 감돌고, 비단 병풍에는 달빛이 비친다'는 정경이었다. 부인은 머리에 금실과 비취를 얹은 관[冠]을 쓰고 소매가 넓은 흰 비단 저고리를 입고 그 위에 짙은 꽃무늬 외투를 걸치고, 붉고 폭이 넓은 치마에 코가 뾰족한 흰 비단 신을 신

고 있었다.

　누각 안의 색을 밝히는 아름다운 여인, 깊은 규방 안에서 그 짓거
리를 하는 보살이런가.

　시가 있어 이를 밝히나니,

　얼굴엔 기름기가 흐르고, 머리칼은 짙고 눈썹은 휘었구나

　가볍게 발걸음을 옮기니 실로 비범하구나.

　취한 뒤 정이 들어 휘장 안에 들어서니

　부인의 솜씨가 심상치 않음을 알겠구나.

　面膩雲濃眉又彎 蓮步輕移實匪凡

　醉後情深歸帳內 始知太太不尋常

　서문경은 임부인을 보고 바로 허리를 숙여 인사하면서,

　"부인, 자리에 앉으시지요. 인사를 드리겠습니다."

하니 이에 부인은,

　"인사는 그만두세요."

했으나 서문경은 듣지 않고 고개를 숙여 두 번 절을 하니 임부인 역
시 인사를 했다. 인사를 마친 뒤에 서문경은 정면의 등받이 의자에
앉고, 임부인은 아래에 있는 온돌에 몸을 비스듬히 기대어 앉았다.
문씨는 일찌감치 앞문을 잠가놓아 어느 노복도 안채에 없었다. 또한
아들에게 통하는 문도 잠가놓았다. 부용[芙蓉]이라 불리는 나이 어
린 여종 애가 붉은 쟁반에 차를 내왔다. 임부인이 서문경을 상대해
차를 마시고 나자 하인 애는 찻잔을 거두어 내갔다. 문씨가 곁에서
먼저,

"마님께서는 나리께서 관아에서 형 집행을 담당하신다는 소문을 들으시고, 저를 시켜 나리를 모셔 한 가지 번거로운 일을 부탁드리려고 하세요. 나리께서는 어떠하신지 모르겠어요?"

하고 입을 떼자 서문경이 임부인에게 묻는다.

"무슨 분부가 있으신지 모르겠군요."

"솔직히 말씀드려, 저희 집은 대대로 초선[招宣]이라는 벼슬을 하고 있지만 남편이 오래전에 세상을 뜨고 나니 모아놓은 재산이 별로 없습니다. 자식은 아직 어리고, 공부를 하고 있으나 아직 과거를 보지 못하고 있습니다. 지금 비록 무학에 있다지만, 나이도 어리고 공부도 변변히 하지 않고 있습니다. 게다가 몇몇 불량배들이 아침저녁으로 아들을 유혹해 유흥가를 돌아다니며 생활하니 집안일은 다 뒷전이랍니다. 제가 몇 차례나 관청에 가서 고소장을 제출하려고 했지만 제가 아직 세상 물정에 어두운 아녀자의 몸이고 또 섣불리 얼굴을 내밀었다가는 죽은 남편의 명예에 누가 될까 싶어 감히 이러지도 저러지도 못하고 있습니다. 그래서 이렇게 나리를 집으로 모셔 고충을 말씀드리는 것이니, 제발 제가 고소장을 올린 것과 같이 생각해주십시오. 그리고 정상을 참작해 이 건달들을 멀리 내쫓아 제 자식 놈이 개과천선해 오로지 학업에만 열중해 부디 조상의 빛난 업적을 이어갈 수 있게 도와주시기 바랍니다. 제 자식 놈을 새로운 사람으로 만들어주신다면 그 은혜는 잊지 않고 꼭 갚겠습니다."

이에 서문경이 말했다.

"부인께서는 어찌 '감사'하다는 말씀을 하십니까? 이 댁은 대대로 벼슬을 한 가문으로 선조 때부터 장군과 재상을 배출한 명문가가 아닙니까! 아드님이 두 번이나 무학에 입학했으니 마땅히 노력하고 공명을 날려 조상들의 위업을 이어받아야지요. 그런데 뜻하지 않게 불량배들의 꼬임에 빠져 술을 탐하고 여자에 빠져 헤어나오지 못한다니 이는 나이 어린 사람이 할 일이 못됩니다. 부인께서 기왕에 이렇게 말씀하시니 제가 관아에 나가는 대로 즉시 이 무리를 처분하겠습니다. 불량배들에게는 응당의 처벌을 하고 아드님은 훈계를 해 다시는 이러한 전철을 밟지 않게 그런 자들과의 내왕을 모조리 끊게 하겠습니다."

이 말을 듣고 임부인은 급히 자리에서 일어나 서문경에게 고맙다고 인사를 하면서,

"훗날 나리께 감사의 인사를 올리겠습니다."

하니 서문경이,

"부인과는 한집안 사람인데 어찌 그런 말씀을 하십니까?"

이렇게 말을 할 적에 둘의 말속에는 이미 속마음도 오가고, 바라보는 두 눈에도 그윽한 정이 담겨 있었다. 잠시 뒤에 문씨가 탁자를 내려놓고 술과 안주를 내왔다. 서문경이 이를 보고 일부러,

"소생은 처음 오느라 아무런 선물도 가져오지 못했는데 어찌 이런 후한 대접을 받겠습니까?"

하자 임부인도 답했다.

"나리께서 오시는 줄 몰랐기에 준비가 시원치 않습니다. 날씨가 차가우니 술이나 한잔 드시지요. 다 성의 표시일 뿐입니다."

하인 애가 술을 데워 올리니 금 주전자에는 술이 가득하고 술잔에는 술이 넘실댄다. 임부인이 자리에서 몸을 일으켜 술을 들어 권하니 서문경도 자리에 앉아서,

"저도 부인께 한 잔 따라 올리지요."

하니 이 말을 듣고 문씨가,

"나리, 잠시 마님께 술을 건네지 마세요. 동짓달 보름이 마님의 생신이에요. 그때 선물을 보내 축하해주시면 되잖아요."

하고 말참견을 했다. 서문경은,

"아, 방금 말을 해주었는데! 오늘이 초아흐레이니 엿새 남았군. 그날 제가 반드시 선물을 가지고 와서 축하를 해드리지요."

했다. 임부인은 미소를 지으며 말했다.

"어찌 공연한 폐를 끼치겠어요."

잠시 뒤에 큰 접시와 대접으로 김이 무럭무럭 나는 맛있는 요리가 도합 열여섯 가지가 나왔는데, 닭고기 볶음과 생선 튀김, 포장을 씌워 구운 거위와 오리고기, 잘게 썰어 볶은 야채 등 새롭고도 기이한 요리들이었다. 옆에는 높은 촛대에 초가 타고 있고, 아래쪽에서는 화롯불이 타고 있었다. 이러한 가운데 술잔을 주고받으며 수수께끼를 풀며 음담패설을 하니 정말 술이야말로 색을 유발시키는 근원이라 하겠구나. 술을 마시다 보니 시각은 어느덧 깊어져서 창가에 달그림자가 비칠 즈음에는 두 사람의 마음이 어느덧 하나로 통해 있었다. 문씨는 어느 틈엔가 밖으로 사라져 수차 술을 가져오라 불러도 오지 않았다. 서문경은 좌우에 사람들이 없는 걸 보고 점차 의자를 가까이 대고 앉아 능청스럽게 손을 당겨 꼬집어보거나 어깨를 대고 비벼보기도 했다. 그러다 임부인의 얼굴을 어루만지니 부인은 웃기만 할 뿐 아무 말도 하지 않았다. 그러다 붉은 입을 열자 서문경은 바로 혀를 부인의 입 안에 넣고 빠니 야릇한 신음 소리를 내며 더욱 감미로웠다. 그러다 임부인은 스스로 일어나 방문을 걸고 옷을 벗고 패물을 끌러놓고 휘장을 젖히니 비단 원앙금침이 준비되어 있고 향로에서

는 향이 타오르고 있었다. 둘은 서로 맨몸을 비볐으며, 서문경은 부인의 우윳빛 가슴을 어루만졌다.

원래 서문경은 부인의 침상 위 기술이 좋다는 말을 듣고 집에서 나올 때 미리 음기구를 넣은 주머니를 챙기고 또 호승이 준 약도 미리 먹고 왔다. 부인은 서문경의 큰 물건을 더듬어 만져보고 또 서문경은 부인의 그곳을 만져보며 서로 좋아 어찌할 줄을 모르니 정욕은 불과 같이 타올랐다. 부인은 침대 머리맡에 부드러운 비단 수건을 준비해놓고 있으며, 서문경은 이불 속에서 자기 물건이 좀 더 흉맹스럽게 커지기를 기다렸다. 그러다가 원숭이가 어깨를 펴듯 자기도 모르게 나비가 너풀거리듯 벌이 미친 듯이 펄떡였다. 하얀 다리는 구름을 부끄러워하고 비를 두려워하는 듯했다. 정말로, 이리저리 바람의 진[陳]이 생기니 침상에 옥비녀 떨어진들 누가 상관하랴.

시가 있어 이를 증명하니,

여인의 방은 깊숙하고 고요하네
향기가 어슴푸레한 연기보다 낫구나.
꿈에서 깨니 야밤의 달은 담담하기만 하고
상아 침대 위에서 뒤척여도 춘색[春色]은 적네.
우연히 젊은 님을 만났지
두들기는 사람은 잘사는 상인
정을 가지고 함께 즐기려 하나 힘이 없구나.
송옥으로 하여금 선녀들이 놀던 고당[高堂]에 오르게 하리.
중문을 열고 보니 자물쇠가 없고
이슬은 한 떨기 붉은 작약을 적신다.

蘭房幾曲深惜悄 香勝寶鴨晴煙裊
夢回夜月淡溶溶 展轉牙牀春色少
無心今遇少年郎 但知敲打須富商
蟬情欲共嬌無力 須教宋玉赴高唐
打開重門無鎖鑰 露浸一枝紅芍

　서문경은 이날 평생 갈고닦은 솜씨를 펼쳐 보이며 온 힘을 다해 한바탕 놀았다. 거의 한 시간 정도를 끌다가 비로소 사정했다. 부인의 머리는 흩어지고 비녀도 흘러내리고 꽃같이 아름답던 얼굴은 초췌해지고 버들 같은 허리는 힘이 빠져 축 늘어졌으나 꾀꼬리 같은 목소리로 제비의 지저귐처럼 야릇한 신음을 냈다. 일을 마치고 둘은 머리를 맞대고 서로 다리를 걸치고 잠시 동안 꼭 껴안고 있다가 비로소 자리에서 일어나 옷을 입었다. 부인은 침대에서 내려와 은 촛대의 촛불을 돋우고 방문을 열고 거울을 보며 옷맵시와 얼굴을 매만졌다. 그런 뒤에 하인을 불러 세숫대야에 물을 떠오게 했다. 그러면서 다시 술과 음식을 들었다. 석 잔을 더 마신 뒤에 서문경은 작별을 고하고 자리에서 일어났다. 부인이 좀 더 있다 가라고 붙잡았으나 더는 잡지 못하고 조심해 돌아가시라고 당부했다. 서문경은 허리를 숙여 인사를 하고 공연히 폐를 끼쳤다고 하며 감사의 뜻을 전했다. 부인은 쪽문까지 배웅하고 안으로 돌아갔다. 문씨가 먼저 가서 뒷문을 열고 대안을 불러 금동에게 말을 끌어오게 하여 타고 집으로 돌아왔다.
　돌아오다 보니 밤의 고요함 속에 죄인을 점검하는 호령이 멀리서 들려오고 밤은 더욱 깊어만 갔다. 날씨는 추워졌고 주위의 삼라만상이 잠들고 있었다. 서문경은 집으로 돌아왔으니 이날 밤의 일은 더는 말하지 않겠다.

　다음 날 서문경은 관아에 등청해 공무를 처리한 뒤에 지방의 포졸들을 불러 여차여차하다며,
　"왕초선부의 젊은 공자를 누가 꾀여내는지 알아보거라. 그리고 어떠한 자들과 어느 기원에 출입하는지도 살펴보고 조사해서 명단을 보고하거라."
　그리고 하제형에게는,
　"왕초선 댁 젊은 공자가 제대로 공부를 하지 않아서 어제 그 모친이 재차 사람을 보내 부탁하기를, 자기 아들은 괜찮은데 불량배들이 꾀여내 어쩌지 못한다고 하더군요. 만약 제대로 징벌을 가해 버릇을 고쳐놓지 않으면 명문자제를 유혹해 망칠 듯싶습니다."
하니 자세한 내막을 모르는 하제형은,
　"장관이 하시는 일에 틀림이 있겠습니까? 마땅히 버릇들을 고쳐 줘야지요."
했다. 절급과 포졸들은 서문경의 지시를 받고 즉시 그날로 왕삼관과 어울려 다니는 자들의 근황과 명단을 만들어 오후 늦게 서문경 집에 와서 보고서를 올렸다. 서문경이 받아보니 손과취, 축일념, 소장한, 섭월, 하삼, 우관, 백회자가 쓰여 있고 그들과 어울린 기생으로는 이계저와 진옥지[秦玉芝]의 이름이 올라 있었다. 서문경은 붓을 들어 이계저, 진옥지와 축일념과 손과취의 이름을 지워버렸다. 그리고는 소장한 등 다섯을 잡아서 내일 관아로 끌고 오라고 분부했다. 이에 포졸들은 잘 알겠노라고 대답하고 물러났다. 저녁 무렵에 왕삼관을 비롯한 무리들이 이계저 집에서 술을 마시며 놀고 있다는 소식을 들

었다. 이에 포졸들은 후문에 숨어 있다가 밤이 깊어 흩어져 나올 적에 소장한, 섭월, 우관, 백회자, 하삼을 덮쳐 체포했다. 손과취와 축일넘은 이계저의 뒷방으로 기어 들어가 숨었고, 왕삼관은 이계저의 침대 밑에 몸을 숨기고 감히 나오지 못했다. 이계저 집 할멈과 여인네들은 모두 혼비백산했으나 어찌된 영문인 줄 몰라 사람을 통해 사정을 알아보려고 백방으로 노력했다. 왕삼관은 밤새 숨어서는 나오지 못하고 있었다. 모두들 동경에서 또 사람이 와서 잡아가려는 게 아닌지 두려워 오경쯤 왕삼관에게 이명의 옷을 입혀 몰래 집으로 돌려보냈다. 포졸들은 소장한 등 다섯을 체포해 사무실로 데리고 가서는 밤새 묶어놓았다.

다음 날 아침 일찍 서문경은 아문에 들어가 하제형과 함께 등청하니, 양편에는 많은 형벌 도구가 널려 있었다. 사람들을 끌고 와서 한 명씩 주리를 한 번 틀고 곤장 스무 대씩 내리치니, 살점이 떨어지고 피가 흥건했다. 이들이 죽겠다고 내지르는 소리에 하늘이 진동하고 통곡하는 소리에 땅이 울렸다. 서문경은,

"너희 건달 놈들은 전문적으로 명문가의 자제를 유혹해 기생집에서 놀고먹으며 본분을 지키지 못하게 수작을 꾸몄다. 본래는 마땅히 엄한 중벌로 다스려야 하지만 내 이번만은 가볍게 처벌하겠다. 차후에 또다시 내 손에 걸리면 그때는 반드시 기원 앞에서 목에 칼을 씌워 사람들에게 본보기로 보여주리라."

하고서는,

"끌고 나가거라!"

하고 영을 내렸다. 이에 다섯 명은 걸음아 나 살려라 하고 줄행랑을 쳤다. 서문경과 하제형은 일을 처리하고 사무실에서 차를 마셨다. 이

때 하제형이,

"어제 서울에 있는 친척 최중서[崔中書]한테 편지가 왔는데, 최근에 아문의 행정 업무 평가서가 올라왔는데 아직 이렇다 할 말이 없다는군요. 오늘 장관을 만났으니 서울과 가까운 회경부[懷慶府]에 있는 동료 임창봉[林蒼峰]에게 편지를 보내 소식을 알아보는 게 어떨까 하는데요?"

하니 서문경이,

"장관의 생각이 옳습니다."

그러면서 즉시 심부름꾼을 불러서,

"은자 닷 전을 여비로 줄 테니 즉시 우리 둘의 명첩을 가지고 남하[南河] 회경부의 제형 임천호 대감께 가서 서울에서 근무 업적 평가에 대한 지시가 내려왔는지, 행정 문서 수발처를 찾아가 조회가 왔는지를 잘 알아보고 보고하거라!"

라고 분부하자, 사자는 바로 은자와 명첩을 받아 방으로 돌아가 공문서 전달인의 차림으로 갈아입고 행장을 꾸린 뒤에 말을 타고 먼길을 떠났다. 사자가 떠나자 두 사람도 일어나 집으로 돌아갔다.

한편 소장한 등은 제형원에서 매를 맞고 거리로 나왔으나 자기들이 왜 붙들려 얻어맞았는지 영문을 알 수 없었다. 각자 머리를 써 이유를 알아내려고 했으나, 도대체 이날 무슨 재수 없는 살이 끼어 맞았는지 도무지 모를 일이었다. 그래 서로를 원망하다가 소장한이,

"혹시 동경의 황태위가 사람을 보내 소식을 들은 게 아닐까?"

하자 백회자는,

"아닐 거야. 만약에 황태위가 소식을 듣고 사람을 내려보낸 거라면 어찌 이렇게 가벼이 내보내주겠어?"

했다. 옛말에도 '노래 부르는 자가 가장 깜찍하고, 금은방 주인이 가장 교활하고, 건달이 가장 눈치가 빠르다'고 하지 않았던가!

섭월이,

"내 추측건대 이번 일은 서문영감이 왕삼관 때문에 화가 난 게야. 서문영감의 새끼 마누라를 불러놓고 놀았으니 화가 나서 우리한테 분풀이를 한 게지. 용과 호랑이가 싸우니 약한 짐승만 중간에서 죽는 꼴이군."

하니 소장한이,

"다들 그만둬. 우리만 억울하게 얻어맞았잖아. 손과취나 축곰보도 우리와 같이 다녔는데 우리들만 억울하게 죄를 뒤집어썼잖아."

하자 우관이,

"어째 그런 멍청한 소리를 해? 그들 두 사람은 서문영감의 친한 친구잖아. 그러니 만약에 잡아다 땅바닥에 꿇어앉히고 자기가 위에 앉아 있다면 자기 꼴이 어떻게 되겠어?"

했다. 소장한이,

"어째 기생 애들은 안 잡아갔지?"

하자 섭월이,

"그 둘은 다 그 사람의 애인이잖아. 이계저는 서문영감의 새끼 마누라인데 잡아오겠어? 다른 사람 탓하지 말고 다 우리가 재수가 없어 서문영감이 쳐놓은 그물에 걸려든 게야! 방금 하제형은 어째서 한마디도 하지 않고, 서문영감 혼자 말을 하겠어? 이것으로 보아 대충 일이 어떻게 벌어진 건지 알 만하잖아. 이제 이계저 집으로 가서 왕삼관을 찾아보세. 그 녀석 때문에 애꿎게 우리만 작살나게 얻어맞았잖아! 억울하게 우리만 얻어맞을 수는 없잖아? 떼를 써서라도 그

자식한테 은자 몇 푼이라도 뜯어내야지, 그렇지 않으면 기생 애들이 우습게 볼 거야."

이렇게 말하고 골목길을 돌고 돌아 곧장 이계저 집으로 찾아갔다. 가보니 문을 철통같이 꽉 잠가놓아 번쾌[樊噲] 같은 천하 장수라 할지라도 열 수 없을 것 같았다. 한참을 부르니 하인이 문을 빠끔히 열고,

"누구세요?"

하고 묻자 소장한이,

"우린데 왕삼관한테 할말이 있어."

하자 하인 애는,

"그분은 그날 밤에 집으로 돌아가시고 여기 안 계세요. 집 안에 사람이 없으니 문을 열어드릴 수가 없어요."

했다. 이에 사람들은 발걸음을 돌려 왕삼관 집으로 가서 곧장 대청으로 들어가 자리를 잡고 앉았다. 왕삼관은 사람들이 자기를 찾아온 걸 보고 겁이 나서 자기 방에 숨어 밖으로 나오지 않았다. 한참 후에 하인 영정을 시켜,

"나리께선 집에 안 계세요."

하자 사람들이 한목소리로 말했다.

"요게 버르장머리 없이! 집에 없다면 도대체 어디로 간 게야? 어서 불러내지 못해?"

우관이,

"너한테 말하겠는데 공연히 허튼수작 부리지 마! 우리는 방금 제형원에 끌려가서 호되게 경을 치고 나오는 길이야. 그래서 우리가 왕삼관을 끌고 관아로 가려는 게야."

그러면서 맞아서 살점이 뜯어지고 피멍이 든 다리를 영정에게 보여주면서 안에 들어가 왕삼관한테 사실대로 말해주고 이 모든 게 왕삼관 때문에 억울하게 얻어맞은 것이라면서 하나같이 의자에 누워 아프다며 비명을 내질렀다. 이에 왕삼관은 더욱 겁이 나 밖으로 나오지 못하고 단지,

　"어머니, 어쩌면 좋죠? 무슨 방법을 써서 저 좀 구해주세요!"

하고 애원하니 이에 임부인은 말했다.

　"아녀자의 몸으로 어찌 사람을 찾아 나서 도움을 청할 수 있겠느냐?"

　왕삼관이 한참을 애원하고 있는데 밖에 있던 사람들이 더 기다리지 못하고 임부인이라도 만나 얘기해야겠다고 아우성들이었다. 그러나 임부인은 밖으로 나가지 않고 단지 병풍을 사이에 두고,

　"조금만 더 기다려주세요. 애가 마을에 가서 지금 집에 없어요. 하인을 시켜 불러올게요."

하자 소장한이,

　"마님, 빨리 사람을 시켜 불러오세요. 그렇지 않으면 상처가 곪게 됩니다. 상처가 곪는다고 일이 다 해결되는 것은 아니잖아요. 서방님 때문에 저희들이 매를 맞았거든요. 방금 나리께서 우리를 풀어주시면서 서방님을 잡아오라고 분부하셨어요. 서방님이 나오지 않는다면 모두가 깨끗하게 될 수 없고 일이 또 꼬이게 됩니다."

하니 임부인은 얘기를 듣고 하인 애한테 차를 내오라고 했다. 왕삼관은 불량배들이 하는 말을 듣고 더욱 혼비백산이 되어 어서 빨리 사람을 찾아 자기를 좀 구해달라고 어머니를 들볶았다. 왕삼관이 너무 다급해하자 그때서야 임부인은 비로소 말을 했다.

"문씨가 제형원의 서문대감을 잘 알고 있을 터인데… 일전에 서문 대감의 딸도 중매를 서주어서 그 집과 아주 친하다지."

"제형원 나리를 알면 됐어요. 어서 사람을 시켜 문씨 아주머니를 모셔오세요."

"일전에 네가 그 사람한테 화를 내고 꾸중을 해서 삐쳤는지 통 집에 안 온단다. 그런데 어떻게 부르겠어, 불러도 올까?"

"어머니, 일이 다급해졌으니 한번 불러오세요. 그러면 제가 문씨 한테 사과할게요."

이에 임부인은 영정을 시켜 몰래 뒷문으로 빠져나가 문씨를 불러 오게 했다. 문씨가 오자 왕삼관은 거듭 애원했다.

"문씨 할머니, 할멈은 제형원의 서문대감을 잘 알고 계시니 저를 한 번만 살려주세요."

이에 문씨는 고의로 거드름을 피우면서,

"옛날에는 그 댁 큰따님의 중매를 서주기는 했지만 최근 몇 년은 통 가지 않았어요. 나리 댁은 크고 넓은지라 감히 가서 부탁드리기가 그러네요."

했다. 이 말을 듣고 왕삼관은 급히 무릎을 꿇으며 애원했다.

"할머니, 저를 구해주시면 이 은혜를 절대 잊지 않고 갚을게요! 저 사람들이 대청에서 저렇게 눌러앉아 나를 관청으로 끌고 가겠다고 하니, 제가 어찌 갈 수가 있겠어요?"

이 말을 듣고 문씨는 임부인을 곁눈질해 보았다.

임부인이 그제서야,

"됐어요, 아주머니가 서문대인께 말을 좀 잘 해주세요."

하니 문씨가 말했다.

"저 혼자 가기는 뭐해요. 서방님도 옷을 차려입으시고 저와 함께 직접 서문대인 댁에 가셔서 대인께 인사를 하고 전후 사정을 말씀드려서 도움을 청하면 저도 옆에서 거들어드릴게요. 그러면 이 일은 하루 만에 다 해결할 수 있을 거예요."

"지금 사람들이 앞채 대청에서 죽치고 앉아 야단들인데 혹시라도 눈에 띄면 어떻게 하지요?"

"그건 어렵지 않아요. 제가 나가서 그들을 달래며 술과 음식을 대접할게요. 그런 뒤에 제가 몰래 빠져나와 서방님을 모시고 뒷문 쪽으로 나가서 일을 보고 돌아와도 저네들은 전혀 눈치 채지 못할 거예요."

문씨는 이렇게 말하고 앞 대청으로 나가 여러 사람들에게 인사를 하면서,

"마님께서 저를 보내셨어요. 여러분이 서방님을 찾으신다는데 서방님은 지금 마을에 내려가셔서 집에 계시지 않는답니다. 그래서 마님이 하인 애한테 불러오라고 시키셨대요. 그러니 잠시만 앉아 기다려주세요. 매를 맞고 욕을 먹느라 얼마나 고생하셨어요. 서방님은 인정과 의리를 모르시는 분이 아니니, 서방님께 여러분이 당한 걸 다 말씀드리면 조금도 섭섭함이 없게 해주실 거예요. 그러니 여러분은 당연히 올 수가 있는 게지요. 여러분이 이렇게 오신 것도 다 윗사람들이 보내신 것이라 어쩔 수 없다는 것을 내 잘 알지요. 서방님이 오시면 잘 해결될 거예요."

하니 이 말을 듣고 사람들은 일제히 고개를 끄덕였다.

"역시 문씨 할멈이 얘기가 통하는군요. 진작에 할머니가 나와서 이렇게 얘기했더라면 공연히 시끄럽게 굴지도 않았죠. 그런데 이 집에서는 나 몰라라 하며 무턱대고 '집에 없다'고만 하는 거예요. 사실

이번 일은 우리가 아니라 서방님 때문에 생긴 일인데 공연히 우리들이 엮여 실컷 얻어맞고 겨우 풀려나왔어요. 관청에서 서방님을 붙잡아 오라기에 데리러 왔는데 집에서는 없다고 거짓말만 하고 있으니… 술 마시고 고기 먹는 것을 다른 사람이 대신해줄 수 없듯이 관가에 끌려가는 것도 대신해줄 수 있는 게 아니잖아요? 할머니께서 도리를 아시니 우리도 방법을 가르쳐드릴게요. 돈을 약간 써서 아는 연줄을 찾아 이번 일을 적당히 해결해보자는 게지요. 할머니가 나와보지 않았다면 아마 이 일도 없었던 걸로 했을 거예요. 일개 포졸쯤이야 적당히 먹이면 되잖아요?"

"아저씨들 말이 맞아요. 잠시만 앉아들 계시구려. 내 안으로 들어가 마님께 말씀드려 술과 안주를 좀 내오게 할 테니. 여기서 한참을 계셨으니 시장도 하시겠어요."

"역시 문씨 할머니가 남의 고통을 잘 알아주시는군요. 솔직히 말해 관아에서 얻어맞고 나와 국물 나부랭이조차 마시지 못했어요!"

문씨는 안으로 들어가 왕삼관 모자에게 은자를 얻어내 술과 양고기, 돼지고기 등의 안주를 사서 대접에 담아 밖으로 내왔다. 이들은 앞채의 대청에서 떠들어대면서 술과 고기들을 먹었다. 이때 왕삼관은 안에서 옷을 갈아입고 모자를 쓰고 명첩을 들고 문씨를 따라 얼굴을 가리고 살그머니 뒷문으로 빠져나와 곧장 서문경 집으로 향했다. 문 앞에 도착하니 평안이 문씨 할멈을 알아보고,

"나리께서는 대청 안에 계시니 안으로 들어가세요. 무슨 할말이 있으세요?"

하니 문씨는 평안에게 명첩을 건네주면서,

"나리께서 좀 수고스럽겠지만 전갈을 해주세요."

했다. 왕삼관은 급히 은자 두 전을 꺼내 건네주자 평안은 그제서야 안으로 들어가 서문경에게 통지를 해주었다. 서문경이 명첩을 받아보니 위에 '권만생왕채돈수백배[眷晚生王寀頓首百拜]'라 쓰여 있었다. 서문경은 먼저 문씨를 불러 어찌된 일인지 물어보았다. 그런 후에 대청의 격자문을 활짝 열게 하고는 하인을 시켜 왕삼관을 대청으로 불렀다. 하인들이 주렴을 들치니 서문경이 머리에 충정관을 쓰고 평상시 옷으로 갈아입고 밖으로 나와 영접했다. 이때 왕삼관은 예복을 입고 안으로 들어섰다. 이를 보고 서문경은 일부러,

"문씨 할멈, 어째 미리 말하지 않았소? 나는 지금 내의 차림을 하고 있는데…."

하고는 좌우에게 명해,

"가서 내 예복을 가져오너라."

하고 영을 내리니 당황한 왕삼관은,

"큰아버님께서는 편히 계세요. 조카가 와서 인사를 올리는 것인데 어찌 번거롭게 그러세요!"

그러고는 대청에 들어와 기어코 서문경을 윗자리에 앉게 한 뒤에 인사를 올렸다. 서문경이 웃으며,

"여기는 내 집일세."

하면서 받지 않으려고 했다. 그러면서 서문경이 먼저 인사를 하니 왕삼관이,

"오래전부터 존함을 들었으나 미처 인사를 올리지 못했습니다."

하니 서문경이,

"서로 마찬가지일세."

했으나 그래도 왕삼관은 서문경에게 절을 받으라고 하면서,

"전 조카뻘인데, 아저씨께 죄를 지었으니 용서의 의미로 제 절을 받으셔야 합니다."

라며 한사코 일어나 절을 두 번 올리고 맞은편 의자에 앉았다. 잠시 뒤에 차가 들어오길래 차를 마시면서 주위를 둘러보니, 서문경이 앉아 있는 대청에는 비단 병풍이 둘러져 있었다. 사방의 벽에는 산수화 네 폭이 걸려 있고, 탁자 위에는 비단보가 깔려 있고 담비 가죽을 덮은 의자에 바닥에는 양탄자가 깔려 있었다. 정면 중앙에는 누런 동판을 잘 닦아 걸어놓았는데 번쩍번쩍 광채를 내고 있고 위에는 편액이 걸려 있는데 '승은[承恩]'이라고 쓰여 있으니 송[宋]대의 유명한 서예가 미원장[米元章]이 쓴 것이었다. 찬찬히 둘러보고 나니 깨끗하면서도 평안함을 느낄 수 있었다. 그래서 서문경에게,

"실은 제가 한 가지 어려운 일이 있어 찾아왔습니다."

라며, 소매에서 사건 경위서를 꺼내 올리며 자리에서 일어나 바닥에 무릎을 꿇었다. 이에 서문경이 한 손으로 잡아 일으키며 말했다.

"할말이 있으면 다 하게나!"

"제가 어리석어 죄를 지었습니다. 돌아가신 저희 아버님이 무관을 지내셨는데 그분의 얼굴을 보시어 저의 무지[無知]한 죄를 널리 용서하시고 제발 저를 관아로 끌고 오라는 영을 거두어주시기 바랍니다. 그렇게만 해주신다면 이는 실로 제 목숨을 살려주시는 것입니다! 이 은혜는 결코 잊지 않겠습니다!"

서문경이 사건 경위서를 읽어보니 그 위에 소장한 등 다섯 명의 이름이 적혀 있었다. 이를 다 보고 나서 서문경이 말했다.

"이놈의 자식들은 내 오늘 관아에서 관대하게 처벌을 해주었는데 아직도 정신을 못 차리고 자네한테 가서 협박을 한단 말인가?"

"비단 그러할 뿐만 아니라, 나리께서 그들을 처벌하시고 풀어주시면서 저를 벌한다고 관아로 끌고 오라고 했답니다. 그래서 집에 찾아와 온갖 행패를 부리며 돈까지 내놓으라고 공갈협박을 하고 있습니다. 그래 마땅히 찾아가 하소연할 데도 없어 이렇게 백부님을 찾아뵙고 사죄를 올리는 것입니다."

그러면서 선물로 가져온 목록을 올렸다. 서문경은 그것을 보고,

"이런 일이 있나!"

라며,

"이런 때려죽일 놈들이! 내가 관대하게 처분해주었건만 또다시 찾아가 행패를 부리다니!"

하면서 예물 목록을 다시 왕삼관에게 돌려주면서,

"조카는 먼저 돌아가 있게나. 더 붙잡지 않겠네. 내 즉시 사람을 보내 이놈의 자식들을 붙잡아 와 버릇을 고쳐주겠네. 그리고 자네는 다음에 다시 보세."

하니 이 말을 듣고 왕삼관은,

"괜찮아요! 백부님께서 저를 그토록 돌봐주시니 조카가 마땅히 다시 찾아뵙고 인사를 올려야지요."

하고 수없이 고맙다고 인사를 하고는 문을 나섰다. 서문경은 중문까지 배웅하고는,

"내 이 차림으론 더 배웅하기가 뭐하군."

하니, 이에 왕삼관은 문을 나와 다시 면사로 얼굴을 가리고 하인이 그 뒤를 따랐다. 문씨는 따로 서문경의 지시를 받았으니 서문경이,

"그놈들을 그냥 내버려두게. 내 바로 사람들을 보내 잡아들일 테니."

라고 분부했다. 문씨는 왕삼관과 몰래 집으로 돌아갔다.

서문경은 즉시 절급 한 명과 포졸 넷을 왕초선 집으로 보내니, 불량배들은 아무것도 모른 채 집 안 대청에서 떠들어대며 술을 마시다가 들이닥친 포졸들에게 영문도 모른 채 포승에 묶여 끌려갔다. 놀란 이들은 모두 얼굴이 누렇게 변해서,

　"왕삼관, 잘하고 있군. 우리를 속여 자기 집에 잡아놓고는 뒤통수를 치다니!"

하자 포졸들이 이들에게,

　"무슨 허튼소리를 하는 게야! 할말이 있으면 나리 앞에 가서 말해. 그래야 목숨이나마 겨우 건질 수 있을걸!"

하고 욕을 하니 소장한이,

　"나리 말씀이 맞습니다."

했다. 잠시 뒤에 불량배들은 모두 서문경의 집 앞까지 끌려왔다. 문 앞에는 다른 포졸과 평안이 문을 지키고 있는데 모두 한결같이 손을 벌려 돈을 달라고 했다. 그래야만 안으로 들어가 서문경에게 전갈을 해주겠다는 것이다. 사람들은 어쩌지 못하고 웃옷을 벗고 머리에 꽂았던 비녀까지 건네주고서야 비로소 안으로 들어갈 수 있었다. 한참이 지나 서문경이 밖으로 나와 대청에 자리를 잡고 앉으니 절급이 안으로 불량배들을 끌고 들어가 대청 아래 모두 무릎을 꿇렸다.

　서문경이,

　"이놈의 자식들아, 네놈들을 관대하게 처분해 풀어주었거늘 어쩌자고 관아에서 곧장 그 집으로 가서 시끄럽게 소란을 피우고 난리를 쳤느냐? 돈을 얼마를 달라고 했는지 솔직하게 말해보거라. 말하지 않는다면 좌우에게 명해 주리를 틀어 네놈들에게 따끔한 맛을 보여주마!"

하고 몇 마디 욕을 하자 좌우의 포졸들이 바로 주리 틀 기구 대여섯 개를 가지고 올라와 대령했다. 소장한 등은 고개를 숙여 손이 발이 되도록 빌면서 애원했다.

"소인들은 결코 공갈협박으로 돈을 뜯지 않았습니다. 단지 소인들이 관아에서 매를 맞고 나왔으니 몇 마디 얘기나 나누자고 했더니 그 집에서 술과 고기를 내와 저희들을 접대한 것이지 결코 소인들이 내놓으라고 한 것이 아닙니다."

"네놈들이 그 집에 가지 말았어야지. 양갓집 자제를 꾀어내 공갈을 쳐 돈을 빼앗다니 괘씸하기 그지없구나! 사실대로 말하지 않으면 모두 관아로 끌고 가서 감옥에 처넣고 내일 다시 엄하게 심문을 해 목에 칼을 씌워 거리를 돌게 해 사람들이 구경하게 하겠다."

이 말을 듣고 일동은 일제히 손이 발이 되도록 애걸복걸하며,

"나리, 제발 소인들을 살려주세요! 다시는 그 집에 얼씬도 하지 않을게요. 칼을 씌우는 것은 고사하고 이번에 감옥에 들어가면 이 같은 엄동설한에 소인네들은 모두 얼어죽고 말 것입니다! 그러니 제발 용서해주세요!"

하니 서문경은,

"네놈들을 다시 한 번 용서해줄 테니 모두 개과천선해 생업에 힘쓰도록 하거라. 그리고 다시는 기생집에 빌붙어 지내지 말고, 양갓집 자제들을 유혹해 재물을 등쳐먹지 말도록 하거라. 이후에 다시 한 번 관아에 끌려오면 그때는 모두 맞아 죽을 줄 알아라."

하고는,

"끌고 나가거라."

했다. 겨우 목숨을 건진 이들은 밖으로 나와 '걸음아 나 살려라' 하고

줄행랑을 쳤다. 바로, 새장을 부수니 화려한 봉황이 날고 자물쇠를
여니 교룡이 나가는 격이었다.

　서문경은 사람들을 물러가게 한 뒤에 안채로 돌아왔다. 월랑이,
"왕삼관이 누구예요?"
하고 묻자 서문경이 말했다.
"왕초선부의 아들이야. 일전에 이계저가 놀아나다 한 번 경을 친
일이 있는데 바로 그 사람이야. 그 음탕한 계집애가 제 버릇을 고치
지 못하고 또 왕삼관을 꼬여내 매달 은자 서른 냥씩 받으며 왕삼관과
놀아난다더군. 그런데도 그 계집은 계속해서 나를 속였지. 그런 사실
을 끄나풀이 알려주어서 포졸들을 시켜 그런 못된 짓을 하는 자들을
관아로 끌고 오게 해서 몇 대씩 때려주었지. 그랬더니만 이놈의 자식
들이 왕삼관네 집에 가서 난리를 치고 공갈협박을 하며 돈을 뜯어내
고 또 관아에서 왕삼관을 잡아오라고 했다고 거짓말을 한 모양이야.
왕삼관은 여태 관아에 끌려온 적이 없어서 매우 겁을 먹고 있다가 나
한테 쉰 냥 정도의 선물 목록을 가져와서는 제발 한 번만 살려달라
고 애원하더군. 그래서 내 어쩔 수 없이 그 일당들을 다시 잡아와서
다시는 그런 짓을 못하게 경고했지. 다시는 그 집에 찾아가지도 말고
그 댁 아들을 유혹하지도 말라고 했어. 그 집도 운이 다 되었는지 그
런 별 볼일 없는 자식이 생겨나다니… 선친 대에 가문이 얼마나 화려
하고 또 초선까지 지냈는데, 무학에 들어가서도 공명도 포기하고, 집
안에 동경 육황 태위의 조카딸로서 못하는 것이 없다는 꽃같이 아름
다운 부인도 버려두고 밤낮으로 이런 망나니들과 어울려 다니면서
허구한 날 기생집에서 죽치고 놀고먹으며 집안의 돈이 떨어지자 제

부인의 장신구까지 내다 쓴 모양이야. 올해 채 스물도 안 됐는데 아직 사람이 되려면 멀었어!"

"당신은 오줌을 싼 적이 없으세요? 당신이나 잘하세요. 똥 묻은 개가 겨 묻은 개보고 뭐라 한다고 원래 등잔대가 자기는 못 비춰 보는 법이지요. 당신은 잘났고 철이 났다고 말씀하시지만 제가 보기에 당신도 그와 오십보백보로 똑같은데 무엇이 더 깨끗하다고 그러세요? 그러면서 무슨 남의 버릇을 고친다고 야단이세요?"

이 몇 마디 말에 서문경은 아무런 말도 못했다. 마침 밥이 들어와 먹고 있는데 하인 내보가 들어와,

"응씨 아저씨가 오셨어요."

하고 알리니 서문경은,

"내 바로 나갈 터이니 서재에서 잠시 앉아 계시라고 하거라."

했다. 왕경이 급히 나와 대청 서재 문을 열어주니 백작이 안으로 들어가 난로 곁에 있는 등받이 의자에 앉았다.

얼마 지나 서문경이 밖으로 나와 서로 인사를 나누고 온돌 위에 앉아 얘기를 나누었다. 백작이 물었다.

"형님, 일전에 사회대 집에서는 왜 일찍 일어나셨어요?"

"그다음 날 일찍 관아에 나가봐야 했어. 매일 일도 쌓이고 근무 평가도 닥쳐와서 서울로 사람을 보내 소식을 좀 알아봐야 했거든. 그러니 내 어디 한가한 자네들과 비교할 수 있겠는가?"

"형님, 최근 관아에 일이 있었죠?"

"왜 없겠나."

"왕삼관이 말을 하던데, 관아에서 손을 써 소장한 등 다섯 명을 초여드레 저녁에 이계저의 집에서 모두 잡아갔는데, 손과취와 축곰보

만 빼고 모두 관아로 끌려가서 매를 맞고 풀려났다고 하더군요. 그런데 그 일당들이 다시 왕삼관네 집에 가서 따지려고 했다는데, 어째 저를 속이고 한마디 말씀도 없으셨지요?"

"멍청하기는, 누가 그런 말을 하던가? 자네가 잘못 들었던 게야. 우리 집이 아니라 주수비 댁이겠지."

"주수비 댁에 어디 그런 한가로운 일이 있겠어요!"

"뭔가 잘못 들은 게지."

"그렇지 않아요. 오늘 아침 이명이 그날 밤 온 집안 식구들이 놀라서 혼이 다 빠졌다고 하던데요. 이계저도 그날 놀라서 이삼 일 누워서는 아직도 온돌에 앉지도 못하고 또다시 동경에서 사람을 보내 잡아갈까봐 몹시 두려워한대요. 그러다 오늘 아침에서야 비로소 제형원의 사람들이 잡아간 것을 알았대요."

"나는 최근에 관아에 나가지 않아서 잘 모르겠는데. 게다가 이계저는 다시는 왕삼관과 놀아나지 않겠다고 맹세까지 했잖아. 왕삼관을 따라 잡혀가면 그만이지 드러누우면 뭘 어쩌자고 그러는 게야!"

백작은 서문경이 뭔가를 숨기는 듯 알 듯 말 듯한 미소를 띠는 걸 보고,

"형님, 저까지 속이려고 그러세요? 저한테 말을 하지 않아도 저는 형님이 봐주어서 축곰보와 손과취를 놔준 것을 알고 있어요. 사람 잡는 것을 전문으로 하는 포졸들이 어찌 달아나도록 내버려두겠어요? 이게 다 '양들을 때려 나귀들을 놀라게 한다'는 것으로 이계저의 집에 겁을 주어 형님의 맛을 보여주려는 것이잖아요. 만약에 모두 붙잡아가면 서로 계면쩍어지고 재미도 없잖아요. 또 그런 일도 한 번 하지 두 번 하는 게 아니잖아요. 손과취나 축곰보도 이제 형님을 만나

면 꽤 부끄러워할 겁니다. 이게 바로 '겉으로는 잔도를 수리하는 척하며 몰래 진창을 건너간다[明修棧道 暗度陳倉]'는 수법이잖아요. 제가 보기에 형님의 이 수법은 실로 절묘했어요. 뛰어난 사람은 일을 처리할 때 모습을 드러내지 않고, 모습을 드러내면 뛰어난 사람이 아니라고 하더니… 만약 고소장을 쓰고 얼굴을 드러내면 똑똑한 사람이 아니에요. 이것을 보건대 역시 형님은 지모나 지략이 아주 뛰어나신 분입니다."

라며 이 몇 마디로 서문경을 치켜세우자 서문경도 더 참지 못해 웃으며 말했다.

"내가 무슨 큰 지략이 있겠나?"

"제가 보기에 누군가 내막을 아는 사람이 형님께 귀띔을 해주었을 거예요. 그렇지 않으면 어찌 이런 세세한 일까지 알 수 있겠어요? 귀신도 알아채지 못할 대단한 일이잖아요!"

"멍청한 자식아, 사람들이 모르게 하려면 자기가 안 하면 되잖아."

"관아에서 오늘 왕삼관을 잡아갈 필요가 없잖아요?"

"왕삼관을 잡아다 무엇하게? 처음에 이 사건 보고서를 접했을 적에 내가 왕삼관, 축곰보, 손과취와 이계저, 진옥지의 이름을 다 지워버렸어. 그러고는 나머지 건달들을 잡아다 몇 대씩 때려주도록 한 거야."

"그런데 왜 다시 잡아들인 거지요?"

"내 자네한테만 말을 해주지. 그놈들이 왕삼관한테 공갈협박을 해서 몇 푼을 뜯어내려고 했어. 게다가 생각지도 않았는데 이놈들이 그 집에 찾아가서 왕삼관을 잡아가야 한다며 난리를 피웠지. 그래서 왕삼관이 좀 전에 직접 나를 찾아와 절을 하며 잘못했다고 하더군. 그래 내가 다시 사람을 보내 이놈들을 잡아다 주리를 틀려고 하는데 잘

못했다고 애걸하며 다시는 그 집에 찾아가 괴롭히지 않겠다고 하기에 용서해주었지. 왕삼관이 나한테 달려와 말끝마다 큰아버지라 부르며 은자 쉰 냥 정도의 선물 목록을 가지고 왔기에 내 받지 않고 돌려주었더니 다시 찾아와 인사를 하고 자기 집으로 한번 초대하겠다고 말하고는 돌아갔어.”

백작은 크게 놀라며,

“정말로 왕삼관이 형님께 잘못을 빌었단 말인가요?”

하자,

“내가 자네한테 거짓말을 하겠나?”

그러면서 왕경을 불러,

“방금 왕삼관이 가져온 명첩을 응씨 아저씨께 보여드리거라!”

하자, 왕경은 방 안에서 명첩을 가져와 보여주었는데 그 위에 ‘권만생왕채돈수백배[眷晚生王寀頓首百拜]’라 쓰여 있었다. 백작은 이를 보고 입에 침이 마르도록 끊임없이 칭찬하며,

“형님의 계책은 정말 귀신도 알아내지 못할 거예요!”

하니 이 말을 듣고 서문경은 백작에게 말했다.

“자네가 그들을 만나더라도 나는 잘 모르고 있다고 하게나.”

“잘 알겠어요. 이런 기밀은 함부로 누설하면 안 되는데 제가 어찌 얘기하겠어요?”

잠시 앉아 차를 마시고 나서 백작은,

“형님, 저는 가봐야겠어요. 혹시 축곰보나 손과취가 와서 저를 찾으면 이곳에 오지 않았다고 해주세요.”

하니 서문경은,

“그들이 와도 내 만나주지 않을 걸세. 집에 없다고 하지 뭐.”

이렇게 말을 하고는 바로 문지기를 불러,

"만약 축곰보나 손과취가 와서 나를 찾거든 집에 없다고 하거라."

하고 분부했다.

서문경은 이 일이 있고 나서 이계저의 집에도 가지 않고, 집에 술 좌석을 벌여도 이명을 불러 노래를 시키지 않으니 자연 관계가 멀어 지게 되었다.

과연, 어젯밤 꽃이 핀 냇가에 비는 내리는데, 푸른 버들과 꽃들은 누구를 위한 것인가.

시가 있어 이를 증명하나니,

누가 천태산으로 선인*을 찾으러 간다 말했나

삼산[三山]**은 보이지 않고 바다만 짙푸르네.

후문[侯門]***에 한번 들어가니 깊기가 바다 같아

이로부터 소랑[蕭郎]****과는 남이 되었네.

誰道天台訪玉眞 三山不見海沉沉

侯門一入深如海 從此蕭郎是路人

---

* 진[晉]나라 때 유신[劉晨]과 원조[阮肇]가 약을 캐러 갔다가 선녀를 만난다는 고사
** 방장산[方丈山], 봉래산[蓬萊山], 영주산[瀛洲山]
*** 군주나 사대부의 집
**** 본래 양[梁] 무제[武帝] 소연[蕭衍]으로 후에 여자가 사랑하는 남자의 총칭이 됨. 또한 옛 연인들이 권 세나 지위의 차이로 사이가 멀어짐을 뜻함

권력 잡은 간신의 나라는 화가 깊은 법

서문경은 공사가 끝나 진급을 하고,
벼슬아치들은 주태위를 배알하다

어젯밤에 서풍이 심하게 불더니
날이 밝자 엄한 추위가 잠자리도 차게 하고
망망한 바다엔 한 조각의 땅도 없고
하늘까지 모두가 하얗기만 하네.
화려한 집안도 적막해
패릉[覇陵]*의 호걸들도 잠시 쉬누나.
따스한 봄은 발이 있어 은혜는 바다와 같으니
따스함을 빌려 객의 곁으로 가볼거나.

昨夜西風鼓角喧 曉來隆凍怯寒氈
茫茫一片渾無地 浩浩四方俱是天
繢壁淒涼宜未守 覇陵豪傑且停鞭
陽春有脚恩如海 願借餘溫到客邊

　서문경이 이로부터 이계저와 왕래를 끊은 이야기는 여기에서 접
어두겠다.

---

* 섬서 장안현의 동쪽에 있는 한[漢] 문제[文帝]의 능

한편 심부름꾼이 회경부의 임천호에게 가서 소식을 알아보았다. 임천호는 관리들의 승진 인사가 수록된 관보를 봉해 심부름꾼에게 전해주고 또 수고비로 은자 닷 전을 쥐어 보냈다. 이에 사자는 밤낮으로 달려와 서문경과 하제형에게 전해주었다. 대청에 앉아 하제형이 뜯어서 서문경과 함께 먼저 중앙에서 내려와 지방 관원들의 근무 업적을 평가한 보고서를 읽어보았다.

병부[兵部]의 보고서

성지를 받들어 조사를 엄하게 해 잘함을 권하고 못함을 징계하여 성스러운 치적을 빛내고자 하는 바입니다.

먼저 금오위제독관교 태위태보겸 태자태보[金吾衛提督官校太尉太保兼 太子太保]인 주면[朱勔]은 금위의 관원들을 조사했고, 당상관들은 스스로 진술한 것을 제외하고 그 외 지방의 군대 및 조옥[詔獄], 집포[緝捕], 착찰[捉察], 계찰[稽察], 관찰[觀察], 전목황기[典牧皇畿], 내외제형소지휘천백호[內外提刑所指揮千白戶], 진무[鎭撫] 등의 관원들은 모두 책적[冊籍], 조직세습[祖職世襲](무직[武職] 중에서 조상 대대로 세습된 벼슬), 혹은 전승[轉陞](순환보직), 공승[功陞](전공[戰功]에 따른 승진), 음승[蔭陞](조상의 음덕으로 이어 받는 것), 납급[納級](돈을 내고 얻은 직급)은 각자의 차례와 자격에 따라 공평하게 추천할 것은 추천하고 탄핵할 것은 탄핵했습니다. 맞는지 여부는 위에서 봐주시기 바랍니다. 살펴보신 뒤에 해당 부서와 긴밀히 상의하시어 출척[黜陟](강직시키는 것), 승조[陞調](승진), 승혁[陞革](물러나게 함)을 하시기 바랍니다.

성지[聖旨]

병부에 이를 알려 그대로 시행케 하고, 옮겨 적어 여러 부처로 보내
도록 하라.

주태위는 지난 공적을 평가함에 전례에 따라 온 힘을 다해 지극한
충성심으로 공평하게 맡은 바를 행했다. 거론된 내외의 관원들은
근무 평가와 각종 의견을 수렴해 잘하고 못함을 평가했는데 이 모
든 게 다 실제 보고한 것이기에 조금도 사사로운 편견이 없다. 이로
써 짐이 보건대, 이들은 짐을 가까이하며 나라를 다스림에 충성을
다했기 때문이리라. 등급을 나누고 서훈을 주고 또 선악을 구별함
에 모든 것이 조리가 있다. 때문에 족히 인심을 독려하고 공론을 만
족시킬 수 있으며 여러 신하들이 공연히 다시 재론할 필요가 없다.
허나 상벌은 모두 조정에서 나가는 것이니 명령이 시달되는 날, 규
칙에 의해 일률적으로 시행할지어다.

조사를 분명하게 해 민심이 굴복하게 하고 함부로 파직을 하지 말
아 관원들이 의연케 하라.

다시 안의 것을 열어보니,

산동 제형소 하연령은 자격과 명망이 높으며 자질도 뛰어나 다스
림에 노련합니다. 전에는 고을의 치안을 맡아 지방이 평안하고 안
정되었으며, 지금은 형벌을 담당하고 있으니 그 명성이 탁월합니
다. 이로 보건대 가히 승진을 해 노부[鹵部](제왕의 의장[儀仗])에 들어
갈 만합니다. 또 제형부천호인 서문경은 재간이 있고 유능하며 집

에 자산이 있어 결코 탐욕스럽지 않습니다. 국사에 온 힘을 쏟으니 실로 그 공적이 두드러집니다. 화석강[花石綱](꽃나무와 기석[奇石]을 운반하는 많은 배의 행렬)을 운반하는 데 추호의 잡음도 없었으며, 법령을 집행할 때 공정하게 하니 백성이 모두 우러러봅니다. 그러니 승진시켜 형벌을 담당케 해야 합니다. 회경 제형소 정천호 임승훈은 어린 나이에 공부를 열심히 해 무과에 급제하고 조상들의 업을 잇고 있습니다. 포부가 비범하고 법을 밝게 적용하여 형옥을 다스리고 있습니다. 법을 공정하게 적용하고 엄히 다스리니 가히 장려해볼 만합니다. 부천호 사은[謝恩]은 나이가 많아 이전에는 일을 원만히 했으나 지금 형옥의 일을 함에 있어서는 제대로 하지 못하고 있으니 마땅히 벼슬에서 파직시켜야 할 것입니다.

서문경은 자기가 정천호 장형[掌刑]으로 영전이 된 것을 보고 매우 기뻐했다. 하제형은 노부의 지휘관으로 가게 된 것을 보고 한참 동안 말을 하지 않고 얼굴색까지 변했다. 그러면서 다시 공부가 공사를 완료했다며 올린 보고서를 읽어보았다.

공부[工部]의 보고서
신운[神運](화석강)이 서울에 도착하니 온 천하의 사람들이 즐거워합니다. 원컨대 천은을 더욱더 베푸시어 백성들의 어려움을 풀어주시고 성은이 널리까지 퍼지도록 하시옵소서.

성지를 받을지어다.
신운을 궁내에서 맞이해 간옥[艮獄](송 휘종 정화 7년에 동경 경룡산[景

龍山] 옆에 쌓은 토산[土山]에 안치하니 이로 하늘을 돌아볼 수 있는 것이라 짐의 마음이 더욱 기쁘도다. 그대들이 수고하여 짐의 도교[道教]를 믿는 마음을 헤아렸으나 그 신운이 지나간 고을마다 백성들의 어려움과 고통이 실로 컸으리라. 순무나 안무 등의 관원에게 폐해를 올바르게 조사하게 한 뒤에 밭에서 내는 세금은 반을 면제할 것이다. 또 훼손된 둑과 갑문은 공부[工部]에서 관원을 파견해 순안어사들과 돌아보고 즉시 수리토록 하라. 끝나는 날 내관 맹창령[孟昌齡]을 파견해 제사를 올리게 할 것이다. 채경, 이방언, 왕위[王煒], 정거중[鄭居中], 고구[高俅]는 짐을 보필하고 내정을 다스림에 있어서도 그 공이 뛰어나다. 이에 채경은 태사[太師]로 올려주고, 방언은 주국[柱國]의 태자태사[太子太師]로, 왕위는 태부[太傅]로, 정거중, 고구는 태보[太保]로 보하며 각기 은자 쉰 냥과 옷감 네 벌을 준다. 채경에게는 음[蔭](아버지의 공덕으로 자식에게 주는 벼슬)으로 자식 중 하나를 전중감[殿中監](송대 전중성[殿中省]의 장관[長官])으로 삼는다. 국사[國師] 임령소[林靈素]는 짐의 뜻을 잘 헤아려 백성들의 교화에 힘쓰고 멀리는 신운을 이루었다. 북쪽의 오랑캐를 토벌하는 데 그 모략이 실로 하늘에 통할 정도로 뛰어나니 충효백[忠孝伯]에 봉하고 쌀 천 섬과 좌용의[坐龍衣](황제의 친척이나 형제들이 입는 옷. 용 그림이 정면이 아닌 옆면에 그려져 있음) 한 벌을 내리노라. 또 수레를 타고 궁 안으로 들어올 수 있으며 호를 옥진교주[玉眞敎主]에 보태어 연등현묘광덕진인[淵澄玄妙廣德眞人], 금문우객[金門羽客], 진달령현묘선생[進達靈玄妙先生]이라 한다. 주면, 황경신[黃經臣]은 신운을 독려했으니 그 충성스러움과 근면함이 실로 승진할 만하다. 주면은 태부겸 태태자 태부로, 경신은 전전도태위[殿前都太尉], 제독어전인

선[提督御前人船]으로 보하고 또 음[蔭]으로 자식 중 하나를 금오위[金吾衛] 정천호로 삼는다. 그리고 내시 이언[李彦], 맹창령[孟昌齡], 가상[賈祥], 하기[何沂], 남종희[藍從熙] 등은 직연복오위궁[直延福五位宮]으로 삼아 각기 망의, 옥대를 한 벌씩 하사하고, 동생이나 조카 중에서 하나를 부천호로 삼아 일을 보도록 한다. 예부상서 장방창[張邦昌], 좌시랑[左侍郎] 겸 학사[學士] 채유[蔡攸], 우시랑 백시중[白時中], 병부상서 여심[余深], 공부상서 임터[林攄]는 모두 태자태보로 보하고 은 마흔 냥과 비단 두 필씩을 하사한다. 순무양절첨도어사[巡撫兩浙僉都御使] 장각[張閣]은 공부의 우시랑으로 승진시킨다. 순무산동도어사[巡撫山東都御使] 후몽[侯蒙]은 태상정경[太常正卿]으로 승진시킨다. 순무양절산동감찰어사[巡撫兩浙山東監察御使] 윤대량[尹大諒], 주교년, 도수사랑중[都水司郎中] 안침[安忱], 오훈[伍訓]은 각기 봉급을 한 등급 올려주고 은 스무 냥을 하사한다. 신운을 담당한 위승훈[魏承勳], 서상[徐相], 양정패[楊廷珮], 사봉의[司鳳儀], 조우란[趙友蘭], 부천택[扶天澤], 서문경, 전구고[田九皐] 등은 각기 한 등급씩 승진시킨다. 내시 송추[宋推]와 장군[將軍] 왕우[王佑]에겐 각기 은 열 냥을 내린다. 또 소[所]의 관원인 설현충[薛顯忠] 등에게는 각기 은 닷 냥을 내린다. 교위[校尉] 창옥[昌玉] 등에게는 명주 두 필씩을 내린다. 각 관아에 알리도록 하라.

하제형과 서문경은 다 보고 나서 각자 자기 집으로 돌아갔다. 점심때가 넘어 왕삼관이 문씨 편에 초대장을 담은 안에 금박을 두른 상자를 보냈는데 초열하룻날 서문경을 집으로 초대해 변변치 않지만 감사의 뜻을 전하고 싶다는 것이었다. 서문경은 이를 받고 여간 기쁜

게 아니었다. 조만간 왕삼관의 부인도 자기 손에 넣을 수 있기 때문이다.

그런데 갑자기 초열흘날 밤에 동경에 있는 금오위의 경력사[經歷司]에서 공문이 내려왔다.

> 각 성의 여러 관원에게 알린다. 신속히 상경해 동짓날 조회에 참여해 황제를 알현하고 사은서[謝恩書]를 올려라. 시기를 어겨 죄를 짓는 일이 없도록 하라.

서문경은 공문을 보고 다음 날 관아에서 하제형을 만나 바로 회답을 써서 보냈다. 그러고는 각자 집으로 돌아가 길을 떠날 채비를 하고 선물을 꾸려 바로 출발하기로 했다. 서문경은 한편으로 대안을 시켜 문씨를 불러 동경으로 가서 '사은[謝恩]'을 해야 하기 때문에 열하룻날의 초대에 응할 수가 없노라고 왕삼관에게 잘 말해달라고 일렀다. 이를 듣고 왕삼관은,

"백부님께서 그런 급한 일이 있으시다면 할 수 없지요. 동경에 갔다 오시면 다시 날을 잡아 모시겠습니다."

했다. 서문경은 분사를 불러 함께 동경으로 가자고 일렀다. 그러면서 은자 닷 냥을 생활비로 쓰라고 주었다. 춘홍은 남아서 집을 지키게 하고 대안과 왕경도 함께 데리고 가서 시중을 들게 했다. 또 주수비에게 부탁해 포졸 넷과 말 네 필을 얻어 말에는 짐을 싣고 포졸들에게는 가마를 메게 했다. 하제형은 하수를 데리고 떠나니 두 집에서 거의 이십여 명이 수행했다.

열이틀날 청하현을 떠났으나 겨울철이라 낮이 짧고 밤이 긴지라

밤에도 걸음을 재촉했다. 회서[懷西]의 회경부에 도착해 임천호를 만나려 했으나 임천호는 이미 동경으로 떠나고 없었다. 가는 길에 날이 차가우면 가마를 타고 날이 따스하면 말을 탔다. 아침에는 먼지를 뒤집어쓰며 길을 가고 밤에는 파발마들이 쉬는 누추한 역점에서 머물렀다. 조급하니 푸른 가마는 더욱 흔들리고, 마음이 다급하니 자색의 말채찍이 빨리 닳는구나.

마침내 동경에 도착해 만수문[萬壽門]으로 들어섰다. 서문경은 하제형과 헤어져 상국사[相國寺]에서 머물려고 했다. 그러나 하제형은 한사코 자기 친척인 최중서 집에 가서 함께 묵자고 우겼다. 이에 서문경도 어쩌지 못하고 하제형을 따라가 먼저 명첩을 올려 인사를 청하니 마침 최중서가 집에 있다가 밖으로 나와 영접했다. 안으로 안내해 서로 인사를 나누고, 오는 길에 고생한 얘기를 나누었다. 먼지를 털고 자리에 앉자 차를 내오고 손을 마주잡고 서문경의 존호[尊號]를 물어보았다. 서문경은,

"미천한 호는 사천이라고 합니다."

그러면서 서문경도,

"선생의 존호는 어떻게 되시는지요?"

하고 묻자 최중서도,

"소생은 본성이 우둔하고 소박해 지금은 은퇴했으며 이름은 '수우[守愚]'이고 호는 '손재[遜齋]'입니다."

그러면서,

"친척인 하용계가 오래전부터 선생의 덕망을 칭찬해왔습니다. 항상 도움을 받고 서로 합심해 일을 한다고 하니 이보다 좋은 일이 있겠습니까!"

하니 서문경은,

"별말씀을 다 하십니다. 제가 항상 가르침과 도움을 받고 있습니다. 이번에 당상관이 되셨으니 더욱더 많은 가르침이 있기를 바랍니다. 앞으로도 많이 돌봐주시기 바랍니다."

했다. 하제형이,

"장관께서는 어찌 그리 겸손하게 말씀을 하십니까? 재간이 있다 해도 때를 잘 만나야 된다고 하지 않습니까?"

하자 최중서도,

"사천의 말이 맞긴 하지만 그렇게 호칭을 한다 해도 이른 것은 아니지요."

하고 말을 마치니 서로가 웃었다. 잠시 뒤에 짐을 정리하자 날은 이미 저물었다. 최중서는 하인들에게 술좌석을 준비하라 이르니 술과 과일 안주 등 모든 것이 산해진미였다. 이날 두 사람은 최중서의 집에서 하룻밤을 묵었다.

다음 날 각기 예물과 명첩을 준비해 하인을 따르게 하고는 일찌감치 채태사의 집으로 가 인사를 올리려 했다. 이날 채태사는 조정에서 아직 돌아오지 않았는데 집 앞에 인사를 올리려는 사람이 벌 떼나 개미 떼처럼 밀려들어 좀체 안으로 들어갈 수 없었다. 서문경과 하제형은 문지기에게 은자 두 전을 집어주니 바로 명첩을 가지고 안으로 들어가 알려주었다. 적집사가 이를 보고 직접 밖으로 나와 두 사람을 바깥에 있는 사택으로 안내해주었다. 먼저 하제형과 인사를 나눈 뒤에 서문경과 인사를 나누고 그간의 사정과 길에서 고생한 얘기 등을 하고는 서로의 자리에 앉았다. 하제형이 먼저 선물 목록을 올렸는데 구름에 학이 노니는 무늬가 있는 금 비단 두 필에 채색 비단 두 필을,

적집사에게는 은자 열 냥을 건네주었다. 서문경도 선물 목록을 올렸는데 붉은 망의 한 벌과 검은색 바탕에 꽃과 물소 뿔 무늬가 있는 옷 한 벌과 경단 두 필을, 그리고 적집사에게는 검은 구름이 있는 융단 한 필과 은자 서른 냥을 주었다. 적집사는 좌우에게,

"태사님께 올리는 물건은 안으로 가지고 들어가 장부에 기록해놓거라."

하고 분부했다. 그러면서 서문경이 주는 선물 중 구름이 수놓인 비단만 받고 은자 서른 냥과 하제형의 선물은 모두 돌려주면서,

"왜 이러십니까? 이러시면 친척지간의 정의에 어긋납니다."

그러면서 좌우에 명해 탁자를 내려놓고 음식을 준비하라 이르면서,

"오늘은 황제께서 간악[艮嶽](하남성에 있는 산)에 제를 올리시고 새로 상청보록궁[上淸寶籙宮]을 짓고 편액을 다는 날인데 태사님이 주관을 하시기에 오후 늦게야 돌아오실 것입니다. 돌아오셔서는 이 대감님과 함께 정황친가로 술을 드시러 가기로 되어 있습니다. 친척과 용계 두 분께서 기다리시면 공연히 시간만 낭비할 듯싶습니다. 태사님의 한가한 틈을 보아 제가 두 분을 대신해 말씀을 올리겠습니다."

하니 서문경은,

"공연한 폐를 끼치는군요. 그렇게만 해주신다면 더할 나위 없이 좋지요!"

하자 적집사가,

"지금 어디에 묵고 계신지요?"

하니, 이에 서문경은 하용계의 친척집에서 머물고 있다고 알려주었다. 잠시 뒤에 탁자가 깔끔하게 차려졌다. 모두 큰 접시와 큰 그릇에 국과 밥, 과일, 음식이 일제히 올라왔는데 궁중 식으로 볶고 지진 매

우 맛깔스러운 음식이었다. 각자 금 잔으로 석 잔씩 마시고는 작별을 고하고 자리에서 일어났다. 이에 적렴은 만류하며 좌우에 명해 술을 한 잔씩 더 따라 올리라 했다. 이에 서문경은,

"우리는 언제쯤 입궐을 하나요?"

하니 적렴이 말했다.

"친척어르신, 어르신은 하대인과 같이 할 수는 없습니다. 하대인은 지금 서울의 당상관이기에 그 절차가 다릅니다. 사천선생은 본위에서 새로 승진한 부천호이며, 하태감[何太監]의 조카인 하영수[何永壽]라는 사람이 있는데 그가 첩형[貼刑]이고 사천형이 장형[掌刑]으로 하공공과는 동료가 됩니다. 하공공은 먼저 감사의 서신을 전달했고 사천형과 함께 황제를 배알할 때를 기다리며 함께 발령장을 받으려 합니다. 자세한 절차 등은 하공공을 만나 물어보면 알 수 있을 거예요."

하제형은 듣기만 할 뿐 아무 말도 하지 않았다. 서문경이 다시 물어보았다.

"그럼 저는 성상께서 동짓날 교외에서 제사를 지내고 돌아오신 뒤에 알현을 하게 되는 겁니까?"

"제 생각에 그때까지 기다리시지는 않을 것입니다. 성상께서 교외에서 돌아오시면 그날 신하들이 축하문을 올리고 경축연을 갖게 되는데 그때까지 기다리시겠습니까? 오늘 먼저 홍로사[鴻臚寺](황제의 일정을 담당하는 기관)에 가서 접수를 하고 내일 사은서를 제출하고 당상관이 알현 날짜를 통보해주기를 기다려 바로 임명장을 받고 떠나시면 됩니다."

"친척께서 그렇게 가르쳐주시니 실로 감사할 뿐입니다."

이렇게 인사를 하고 자리에서 일어나려고 하는데 적렴이 서문경을 조용한 곳으로 끌어당겨 서문경을 원망하면서,

　　"친척어르신, 제가 지난번 편지에 그렇게 신신당부의 말씀을 드렸잖아요. 무릇 모든 일이란 비밀로 해야 하고 동료에게도 말하지 말라고 했습니다. 친척께서 어떻게 하대인에게 말을 했는지 하대인이 임대인에게 간청의 편지를 올리고 임대인은 주태위에게 부탁을 하고 주태위는 다시 태사님께 말씀드려 하대인은 노부[盧部]로 가는 것을 원치 않으며 지휘[指揮]라는 직함을 가지고 장형으로 삼 년 동안 더 근무하기를 희망한다고 간청했습니다. 하태감은 조정에 있으며 성상의 총애를 받는 안비[安妃] 유낭랑[劉娘娘](송[宋] 휘종[徽宗]의 총비[寵妃])을 통해 성지를 내려보내 태사 대감과 주태위에게 그의 조카인 하영수를 산동의 이형[理刑]으로 해달라고 했지요. 그러다 보니 태사님이 중간에서 난처한 입장이 되셨지요. 만약 제가 누차 임진인의 청을 거절하라고 말씀드리지 않았다면 사천형께서는 마땅히 가실 자리가 없을 뻔했습니다."

라고 하자, 서문경은 깜짝 놀라 허리를 굽혀 절을 하며,

　　"이 모든 것이 어르신의 덕입니다! 저는 결코 하대인에게 얘기하지 않았는데 이 일을 어찌 알았을까요?"

하니 적렴이 말했다.

　　"자고로 '비밀은 잘 지키지 않으면 화가 된다'고 했으니, 친척께서 나중에 일을 하실 적에 좀 더 조심을 하셔야 합니다."

　　서문경은 천 번 만 번 고맙다고 인사한 뒤에 하제형과 함께 작별 인사를 하고 최중서의 집으로 돌아왔다. 한편으로 분사를 홍로사로 보내 접수를 시켜놓았다. 그리고 다음 날 검은 옷에 모자와 허리띠를

두르고 하제형과 함께 오문[午門](북경 자금성의 정문: 이로써 오품[五品]의 외관[外官]은 오문으로 들어갈 수 없음을 알 수 있다)에서 사은서를 바치고 서쪽 문을 돌아서 나오는데 한 검은 옷을 입은 사람이 서문경의 앞으로 다가와,

"어느 분이 산동제형 서문영감입니까?"

하고 물었다. 분사가,

"어디서 오신 분입니까?"

하니 그 사람이 말했다.

"저는 궁중 공사 감독을 하시는 하공공[何公公]의 집에서 온 사람인데 공공께서 서문 나리를 청해 드릴 말씀이 있다고 합니다."

말을 다 하지 않았는데 태감[太監] 하나가 큰 붉은 망의를 입고 삼산모[三山帽](태감들이 쓰는 관모)를 쓰고 검은 신을 신고 가마를 따라오며,

"서문대인, 이 수레에 오르시지요."

하고 소리를 질렀다. 이에 서문경은 하제형과 헤어져 그 태감을 따라 옆에 있는 당직실로 들어가니, 밝은 창에 격자문이고 안은 따스하게 데워져 있고 탁자 위에는 많은 상자들이 놓여 있었다. 태감이 서문경을 보고 인사를 올리자 당황한 서문경은 옆으로 몸을 피하며 인사를 했다. 이에 태감은,

"대인은 저를 잘 모르시겠지만, 저는 궁중의 공사 일을 맡아보고 있는 하기[何沂]입니다. 지금 연녕[延寧] 제사궁 단비[端妃] 마랑랑[馬娘娘]의 근시[近侍]로 있습니다. 어제 궁중 내의 공사가 끝났는데 황상의 성은을 입어 조카 하영수가 금오위 좌소 부천호로 승진을 하고 대인께서 계시는 곳의 이형[理刑] 일을 맡아보게 되어 대인과 동

료로 있게 되었습니다."

하니 서문경은,

"원래 하공공이셨군요. 학생이 알아뵙지 못했으니 용서해주시기
바랍니다."

라며 크게 절을 하고 말했다.

"이곳은 궁내라 제대로 인사를 드리지 못하니 다음 날 댁으로 찾
아뵙고 인사를 올리겠습니다."

그리고 서로 인사를 나누고 자리에 앉자 하인이 차를 들여왔는데
금박을 입힌 붉은 쟁반에다 찻잔에 받쳐 내왔다. 차를 마시고 나서
탁자 위에 있는 찬합의 뚜껑을 열어보니 그 안에는 여러 가지의 국과
밥, 음식이 담겨 있었다. 술잔과 젓가락을 내오자 하태감이 말했다.

"작은 잔은 치우고, 제가 알기에 대인께서는 조례를 하러 들어오
셔서 한창 몸도 추우실 테니 한 잔 따스하게 드시지요. 별로 차린 게
없어 대인께 욕이 될지 모르겠으나 좀 드셔보시기 바랍니다."

이에 서문경은,

"공연히 폐를 끼치는군요."

하니 하태감이 큰 잔에 가득 따라 서문경에게 건넸다. 서문경은,

"하태감께서 이렇게 내리시니 학생이 받겠습니다. 그런데 또 다른
관원들도 뵙고 인사를 드려야 하는데 얼굴이 붉어서야 말이 되겠습
니까?"

하자 하태감은,

"몇 잔 마시며 찬기나 쫓을 건데 어떠려구요."

그러면서 말했다.

"제 조카는 나이도 어리고 형[刑]에 관해서 잘 알지도 못합니다.

대인께서 저의 얼굴을 보시어 동료지간에 일을 보실 적에 잘 보살펴주시기 바랍니다. 거듭 부탁드립니다."

"어찌 감히! 태감께서 너무 겸손하십니다. 조카께서 비록 나이는 어리나 명문가에서 자라셨으니 그 총명함이 어련하시겠습니까?"

"대인께서 과찬의 말씀이십니다. 속담에도 '늙을 때까지 배워도 다 배우지 못한다'고 하지 않습니까? 천하의 일이란 소털처럼 많은데 공자님께서도 그 일부분인 다리 하나 정도만 알고 계실 겁니다. 모르는 게 많을 터이니 모쪼록 잘 가르쳐주시기 바랍니다."

"잘 알겠습니다."

그러면서 물었다.

"댁이 어디신지요? 한번 찾아뵙고 인사를 드리겠습니다."

"천한교[天漢橋] 동쪽에 있는 문화방[文華房] 쌍사마대[雙獅馬臺]가 바로 제가 사는 곳입니다. 서문대인께서는 어디에 묵고 계십니까? 조카더러 찾아뵙고 인사를 드리도록 하지요."

"저는 잠시 최중서 집에 묵고 있습니다."

그러고는 서문경은 큰 잔으로 한 잔을 마시고 자리에서 일어났다. 하태감이 문까지 나와 배웅을 하며 손을 잡고 인사하기를,

"방금 말씀을 드렸다시피 모든 일에 잘 보살펴주시기 바랍니다. 조카가 대인과 함께 입궐해 인사도 하고 임명장도 받으려고 기다리고 있습니다."

하니 서문경이,

"공공께서 분부하지 않으셔도 잘 알아서 돌봐드리겠습니다."

그러고는 대문을 나와 병부[兵部]로 갔다. 가는 도중에 하제형을 만나 함께 병부의 관원들에게 인사를 했다. 그리고 다시 주태위를 찾

아가 배알을 하고 이력서를 바치고 처음에 받았던 임명장을 반납하고 또 경력사[經歷司]로 가서 그곳의 관원들에게 인사를 하고 나니 이미 신시[申時]가 되었다.

하제형은 의복을 정장으로 갈아입고 다른 수본[手本](상사를 뵐 때 쓰는 성명, 직위, 경력 등을 적은 서류)을 갖추고 주태위를 뵈니, 무릎을 꿇고 인사하는 것을 면해주며 날짜를 택해 남위[南衛]로 가서 부임토록 했다. 아문을 나와 하제형을 기다리고 있었으나 더는 하제형과 함께 나란히 하지 못하고 하제형을 먼저 말에 오르게 하고 그 뒤를 따르려 했다. 이에 하제형은 어디 그럴 수가 있냐며 같이 나란히 가자고 우겼다. 서문경은 그래도 그 뒤를 따라가며 '당존[堂尊](상관님)' 하고 불렀다. 하제형이 말했다.

"사천, 그대와 나는 방금 전까지 같은 동료였는데 어찌 그리 부르는 겝니까?"

"명분이 다 정해져 있으니 당연한 것이지요. 어찌 그리 겸손하십니까?"

그러면서 물었다.

"바로 부임하실 테니 다시 산동으로 돌아가실 필요가 없잖아요. 식구들은 언제쯤 이사하시려는지요?"

"지금 바로 옮기려 해도 집을 봐줄 사람이 없잖아요. 그래 잠시 친척에게 집을 보게 한 뒤에 해가 바뀌면 바로 사람을 보내 집을 옮길까 합니다. 그러니 장관께서 아침저녁으로 한두 번씩 들러서 봐주시기 바랍니다. 그러다가 집을 사려는 사람이 나타나서 장관께서 저 대신 팔아주신다면 마땅히 사례하고 보답을 하겠습니다."

"잘 알겠습니다. 그래, 집은 얼마쯤 받으면 될까요?"

"그 집은 원래 천이백 냥 주고 샀는데 뒤쪽에 또 한 채를 짓느라 이백 냥을 썼지요. 그러니 도합 천오백 냥 정도 받아주시면 됩니다."

"그렇게 말씀해주시니, 다른 사람이 묻더라도 대답하기가 좋고 일도 틀림없이 처리할 수 있어 좋군요."

"장관께서 좀 신경을 써주시기 바랍니다."

그러면서 둘은 최중서의 집으로 돌아오자 왕경이 들어와,

"새로 승진이 된 하[何]나리께서 말을 타고 오셨다가 소인이 병부에 가셔서 아직 돌아오지 않으셨다고 말씀드리자 나리께 말씀을 드리라고 하고 하[夏]나리와 최나리께 명첩을 남겨두시고 돌아가셨습니다. 그리고 오후에 사람을 시켜 비단 두 필을 보내오셨습니다."

하며 붉은 명첩을 서문경에게 보여주었다. 위에,

삼가 비단 두 필을 인사로 올립니다.
인시교생 하영수 돈수배[寅侍教生 何永壽 頓首拜]

라고 쓰여 있었다. 서문경은 이를 보고 급히 왕경을 시켜 남경 비단으로 만든 오색 사자 무늬가 있는 깃이 있는 옷을 두 벌 준비하게 하고 명첩을 적고 식사를 한 뒤에 곧바로 하대인 집으로 인사를 하러 갔다. 대청으로 들어가니 하천호[何千戶]가 급히 옷을 갖추고 밖으로 나와 영접을 하는데, 오색의 화려한 바탕에 검은 구름과 사자를 그려넣은 깃이 있는 비단 저고리에, 까만 관모에 까만 신발, 큰 보석을 박은 금장 허리띠를 하고 있었다. 나이는 스무 살 안팎이었다. 얼굴은 분을 바른 듯이 하얗고 이목은 빼어났으며 입술은 붉었다. 하천호가 급히 계단을 내려와 아주 공손하게 인사를 했다. 서문경이 계단에 오

르니 좌우의 하인이 급히 주렴을 들어올려주었다. 두 사람이 대청에 이르러 서로 인사를 한 뒤에 서문경은 대안더러 가지고 온 상자를 열게 하여 상견례의 예물을 건네고 인사를 했다. 그러면서,

"일부러 찾아주시고 후한 선물까지 보내주셨는데 미처 영접하지 못해 죄송합니다. 또 하공공께서 궁 안 당직실에서 음식을 내어주시며 대접해주셔 감격해 마지않는 바입니다!"

하니 하천호도 급히 머리를 조아려 답례를 하면서,

"나이 어린 제가 벼슬을 맡아 대감과 같이 일을 하게 되었으니 아침저녁으로 많은 가르침을 내려주신다면 삼생[三生]의 영광으로 알겠습니다! 아까 인사를 드리고자 찾아뵈었으나 계시지 않아 미처 인사를 못했는데 이렇게 누추한 소생의 집을 찾아주시니 정말로 영광입니다!"

하며 좌우에게 명해 선물을 받아 물러가게 했다. 그러면서 사슴 가죽이 덮인 큰 의자에 앉기를 권하여 주인과 손님이 나누어 자리를 잡았다. 하인이 차를 내오니 하천호가 몸소 차를 받아서 서문경에게 권하고, 서문경도 자리에서 일어나 찻잔을 받았다. 차를 마시며 서로의 호를 물으니 서문경이,

"제 호는 사천입니다."

하니 하천호가 말했다.

"제 호는 천천[天泉]입니다. 사천대인께서는 오늘 병부에 들르셨습니까?"

"궁궐 안에서 하공공의 대접을 받고 병부로 갔다가 또 위문[衛門]으로 가서 윗분들을 뵙고 전의 임명장을 반환하고 경력사에 들렀다가 집으로 돌아와 하대인의 명첩을 보고 직접 영접하지 못해 정말로

송구스러울 따름입니다!"

"장관이 오신 줄 모르고 제가 찾아뵙고 인사를 올리는 것이 늦었습니다. 자완께서 오늘 입궐하실 적에 하[夏]대인도 같이 들어가셨습니까?"

"하용계는 오늘 지휘[指揮]로 승진을 했기에 같이 들어가 사은서를 냈습니다. 그러다가 위문에 가서 윗분들을 뵐 적에는 각기 따로 다른 서류를 준비해 만났습니다."

"언제쯤 본부의 나리께 선물을 올리고 임명장을 받는 것이 좋을지 상의하고 싶습니다."

"제 친척의 말에 의하면 우리가 먼저 금오위의 윗분들에게 선물을 올린 다음에 조회에 참가하고 또다시 아문으로 돌아와 여러 사람들과 함께 임명장을 받게 될 거라고 하더군요."

"장관께서 기왕에 그렇게 말씀을 하시니 내일 아침 일찍 선물을 준비해 올리도록 하시지요."

이에 둘은 어떻게 선물을 할 것인지 의논했다. 하천호는 망의 두 벌과 옥띠 하나를, 서문경은 붉은 바탕에 기린이 새겨진 금 비단 한 필, 푸른 망의 한 벌과 금과 옥으로 장식한 고리 한 쌍을, 또 각기 금 화주 네 동이씩을 준비해 그다음 날 주태위 집 앞에서 만나기로 약속했다. 서문경은 차를 조금 더 마신 뒤에 작별을 고하고 집으로 돌아왔으나 하연령에게 이런 일은 얘기하지 않았다.

하룻밤을 지낸 뒤에 서문경은 아침 일찍 하천호의 집으로 갔다. 하천호가 또 음식을 준비해 내오니 모두 큰 접시와 그릇에 먹음직스러웠다. 서문경뿐만 아니라 하인들까지도 배부르게 얻어먹고는 함께 주태위 집으로 갔다. 분사와 하천호의 하인은 일찍부터 예물을 가지고 오랫동안 주태위 집에서 기다리고 있었다. 그런데 마침 주태위가 새로 태보[太保]로 승급을 한 데다가 휘종 황제가 주태위에게 남단[南壇]에 있는 제단에 가서 제사 준비의 진행 상황을 보고 오라고 하여 아직 돌아오지 않았다. 때문에 주태위 집 문전에는 선물을 가지고 와서 주태위를 뵙고 인사를 올리려는 사람이 시꺼멓게 진을 치고 있어 마치 철통같았다. 하천호는 말에서 내려 근처 아는 사람의 집에 들어가 기다리면서 사람을 보내 주태위가 돌아오면 알리라고 했다. 오후가 되자 한 사람이 말을 타고 오면서,

"태위께서 돌아와 막 남훈문[南薰門]을 들어서셨다."

라고 하며, 볼일이 없는 사람들은 비켜서라고 소리를 질렀다. 잠시 뒤에 다시,

"태위께서 천한교를 통과하셨다."

라고 알리면서 뒤를 이어 요리사와 일꾼들이 찬합 등을 메고 도착했다. 한참이 지나 멀리 주태위의 행렬을 알리는 깃발이 보였다. 여러 관원은 모두 '용[勇]'자를 쓴 투구에 자색 갑옷을 입었는데 그 안에 꽃무늬가 있는 소매에 좁은 저고리를 받쳐 입고, 붉은 명주 띠를 두르고 사슴가죽에 바다짐승 문양을 수놓은 전투복 바지에, 검은 신발, 공작새를 그린 활, 금빛 화살통을 메고 있었다. 어깨 위에는 금박으로 '영[슈]'이라고 쓴 남색 기를 메고 있었다. 정말로 맹호 같은 사람의 모습이요, 나는 용과 같은 용맹스러운 말의 모습이었다. 잠시 뒤에 남색기를 지닌 사람들 한 무리가 지나가고 검은 옷을 입은 키가 크고 늠름한 절급이 나타났는데, 검은 두건을 두르고 검은 칡 옷을 입고 굽이 낮은 누런 신발을 신고 호두패[虎頭牌](문무관원들의 신분증)를 차고 말 위에 앉아 있는데 정말로 위풍이 당당하고 씩씩했

다. 이러한 무리들이 지나가자 멀리 '길을 열라'는 외침 소리가 들려왔다. 길을 여는 사람은 바로 금오위의 군사들로 키가 칠 척이나 되고 허리가 세 아름이나 되는 대장부들이었다. 모두 군인들이 쓰는 둥근 모자를 쓰고, 다리에 보호대를 하고 검은 신발을 신고 있었다. 또 왼손으로는 곤봉을 들고 오른손으로는 옷섶을 잡고 있었다. 길게 길을 비켜라 하면서 다가오니 실로 그 모습에 귀신도 혼비백산해 달아날 정도여서 거리가 일순간에 조용해졌다.

그다음으로 채찍을 휘두르며 길을 비키게 하는 두 번째 무리가 있었으며 이들이 지나가자 그 뒤를 두 줄로 나란히 선 무리가 뒤따랐다. 스무 명으로 된 군졸들이었는데 기골이 장대하고 우람한 게 실로 모두들 사내대장부 중의 대장부 같은 모습으로 두 눈은 부리부리하게 빛나고 마치 먹이를 구하려는 호랑이 같아서 어디에서도 자비스러운 모습이라곤 조금도 찾아볼 수가 없었다. 이러한 검은 옷을 입은 무리 열 쌍 뒤에 여덟 명이 뚜껑이 없는 가마를 메고 있었는데 그 위에 바로 주태위가 앉아 있었다. 검은 모자를 쓰고, 붉은 색에 소의 문양을 수놓은 무관의 옷을 입고 형산에서 나는 백옥으로 네 줄을 한 영롱한 띠를 두르고, 검은 신발을 신고 있었다. 또 허리춤에 태보의 신분을 나타내는 상아패와 황금으로 만든 고기 모양의 열쇠를 차고, 머리에 초선[貂蟬](담비의 꼬리와 매미의 깃을 관모에 꽂아 신분을 나타내는 것)을 꽂고 호랑이 가죽 의자에 앉아 있었다. 가마를 메는 사람들은 가마를 땅에서 세 척의 높이로 치켜들었다. 그 앞에서 한쪽을 뿔로 장식한 허리띠를 두르고 따르는 사람들 역시 검은 옷을 입고 있었다. 가마 뒤에는 여섯 기의 말 위에 탄 사람들이 '영[令]'자 기를 들고 촘촘히 주위를 호위하며 호령을 했다. 그 뒤에는 또 수십 명이 따랐는데 모두 보석으로 장식한 준마를 타고 있었으며, 옥으로 만든 고삐에 금으로 만든 발딛개로 치장을 했다. 이들은 모두 태사의 집에서 일을 보는 아전들이나 문서를 다루는 자들로서 모두 고생을 하지 않고 편하게 자란 자들이라 호색하며 재물만 탐할 뿐 국가의 법이나 규율은 전혀 안중에도 두지 않는 자들이었다.

이들 무리가 모두 태사 집 문 앞에 도달하여 일렬로 늘어섰다. 길을 비키라는 외침에 그 누구도 기침 소리 하나 제대로 내지 않고 있었다. 태사를 만나러 온 관원들은 까만 무리가 되어 주태위의 집 문 앞 거리에 꿇어앉았다. 얼마가 지나 태위가 탄 가마가 도착하자 좌우의 하인들이,

"일어서십시오!"

하고 외치자, 모든 사람들이 일제히 인사의 말을 올리니 멀리 구름 밖으로까지 울려 퍼졌다. 이때 동쪽에서 북을 두들기는 소리가 들려왔는데, 원래 주태위가 광록대부태보로 승진하고 또 자식 중의 하나가 음[蔭]으로 천호가 되니 병부에 있는 여러 관원이 큰 선물을 준비해오고 또 술좌석을 베풀어 축하하려는 것이었다. 그래서 많은 기생들과 악공들이 와서 이 음악을 연주한 것이다. 태위가 가마에서 내리자 음악이 멈추었다. 이를 신호로 여러 관원이 선물을 가지고 알현할 준비를 했다. 그러고 있는데 갑자기 어떤 소리가 들리면서 검은 옷을 입은 자가 손에 붉은 명첩을 들고 나는 듯이 달려와 문지기에게 건네주면서,

"예부의 장대감과 학사 채대감께서 배알하고자 합니다."

하니, 이에 문지기가 급히 안으로 들어가 알렸다. 잠시 뒤에 가마가 문 앞에 도달해 상서 장창방과 시랑 채유가 도착했는데, 공작새를 수

놓은 붉은 예복에 하나는 물소 띠를, 하나는 금띠를 두르고 있었다. 그들은 안으로 들어가 인사를 하고 차를 마신 뒤에 밖으로 나왔다. 그 뒤로 이부상서 왕조도[旺祖道]와 좌시랑 한려[韓侶], 우시랑 윤경[尹京]이 와서 인사를 하니 주태위는 모두 차를 접대하고 보냈다. 다음에는 황친[皇親]인 희국공[喜國公]과 추밀사[樞密使]인 정거중[鄭居中], 부마이자 황친들의 일을 관장하는 왕진경[王晉卿]이 모두 자주색 옥띠를 두르고 와서 인사를 했다. 오직 정거중만이 가마를 타고 나머지 둘은 말을 타고 있었다. 그들이 나가자 비로소 병부의 육태위가 앞뒤 수행원들의 행렬을 갖추고 인사할 채비를 했다. 맨 앞에는 양상[兩廂]을 다스리는 착찰사[捉察使] 손영[孫榮], 두 번째는 기무[機務] 업무를 관할하는 양응룡[梁應龍], 세 번째는 내외 관찰과 전목황기[典牧皇畿]를 관할하는 동태위의 조카 동천윤, 네 번째는 동경의 열세 대문을 수비하는 순찰사 황경신[黃經臣], 다섯 번째는 서울의 방비를 지휘 감독하는 집찰황성사[緝察皇城使] 두감[竇監], 여섯 번째로 경성 내외를 지휘 감독하는 순포사[巡捕使] 진종선[陳宗善]이었는데 모두 붉은 옷에 머리에 초선을 꽂고 있었다. 오직 손영만이 태자태보로서 옥띠를 두른 채 나머지는 금띠를 두르고 있었다. 말에서 내려 안으로 들어가 각자는 금은 비단 등 예물을 바쳤다. 잠시 뒤에 안에서 음악 소리가 울려 퍼지기 시작하고 여러 태위들이 금화[金花]를 꽂고 띠를 두른 채 주태위에게 잔을 올렸다. 이때 섬돌 아래에서는 피리 소리가 들리면서 여러 가지 악기가 함께 소리를 내었다. 참으로 '먹을 것이 수두룩하고 미녀가 술좌석에 넘실댄다'는 풍경이었다.

도대체 태위의 부귀함이란 어떠할까? 그것을 볼 것 같으면,

버슬은 일품[一品]에 지위는 삼공[三公]*이라오.
혁혁한 관아에서는 대낮에도 방울을 흔들어 조용케 하나
크나큰 대저택은 밤새 주악 소리 요란하네.
사시사철 여러 가지 꽃이 피어 있고
주렴에 비친 무지개는 밤에도 여전하네.
그윽한 향기는 수달의 골수에 백합 향을 섞어놓은 것
층층마다 용문 대전체로 쓰여 있네.
침대에 반쯤 기대어 팔보산호를 노래 부르네.
패옥 소리 뎅뎅 하고 들리니
촛잔대를 들고 무엇이 잘못 떨어졌나 살피네.
호부옥절[虎符玉節]을 내리매
문 앞 무사들에게 찬바람이 이네.
상아 판과 은 쟁을 두들기니
괴뢰[傀儡] 연극도 흥이 나네.
아침저녁으로 알현하는 사람은 왕후장상뿐이라오.
오가며 만나는 사람도 다 권문귀족들뿐
기녀들이 부를 수 있는 곡은 수천 곡에 이르고
구름 문양 병풍이 열리니 아름다운 여인들이 보이누나.
연꽃 핀 연못에선 고기가 사람을 두려워 않고
높이 달린 초롱에선 앵무새가 주렴 앞에서 말을 하네.
그곳에선 누구나 아양을 떨며 비위를 맞추니
웃음 속에 전쟁이 일고 기침에 산악이 놀란다.
거짓 성지를 내리니 여덟 대신 손잡고 대령하고

* 고대의 관품으로, 태사[太師], 태부[太傅], 태보[太保]

달콤한 말에 황제도 머리를 끄떡인다.

꽃나무와 기석[奇石]을 구하려 하니

강남과 회북[淮北]이 재앙과 도탄에 빠지고

회양목 재목을 헌상하면

국고와 백성들의 재산이 다 고갈된다네.

조정에서는 그로 인해 가슴 서늘치 않은 자 없고

백성들은 그 때문에 숨을 죽인다오.

官居一品 位列三台

赫赫公堂 晝長鈴索靜 潭潭相府 漏定戟杖齊

林花散彩賽長春 簾影垂虹光不夜

芬芬馥馥 獺髓新調百和香

隱隱層層 龍紋大篆千金鼎

被擁半床翡翠 枕歌八寶珊瑚

時聞浪珮玉叮咚 待看傳燈金錯落

虎符玉節 門庭甲仗生寒 象板銀箏 碨碾排場熱鬧

終朝謁見 無非公子王孫 逐歲追游 盡是侯門戚里

雪兒歌發 驚聞麗曲三千 雲母屛開 忽見金釵十二

鋪荷芰 游魚沼內不驚人 高掛籠 嬌鳥簾前能對語

那裡解調和燮理 一味趨諂逢迎

端的笑談起干戈 吹噓驚海岳

假旨令八位大臣拱手 巧辭使九重天子點頭

督擇花石 江南淮北盡災殃 進獻黃楊 國庫民財皆醫竭

當朝無不心寒 列士爲之屛息

정말로 황제 다음가는 권세에
세상에 그 부귀는 누구와도 비할 수 없다네.
輦下權豪第一 人間富貴無雙

　잔들을 올리고 모두 자리에 앉았다. 배우 다섯 명이 위를 향해 인
사를 하고 피리, 쟁, 비파, 거문고를 타고 공후인과 붉은 상아 박자판
소리도 함께 울려 퍼졌다. 「정관단정호[正官端正好]」를 부르기 시작
했는데 정말로 그 여음이 기둥을 타고 오르며 청아하고 맑게 울려 퍼
졌다. 노래 부르기를,

　황제의 은혜를 입어 부귀를 누리네.
　출신이 미천하나 높은 벼슬에 올라
　권력과 위엄이 경성을 진동하네.
　임금의 총애를 얻기 위해
　임금에게만 잘 보이려 하고
　인의[仁義]는 생각조차 않는다네.
　享富貴 受皇恩
　起寒賤 居高位 秉權衡威振京畿
　惟君恃寵 把君王媚 全不想存仁義

〈곤수구[滾綉球]〉
　관원을 파견해 저수지를 만들고
　자손을 위해 논밭을 사는구나.
　꾸미는 계략은 모든 것이 자신만을 위한 것

간사함과 탐욕을 좇으니
어디 나라 생각인들 제대로 하겠는가.
비위를 맞추면 영예가 있고
거스르면 바로 재앙이 닥친다네.
능력이 있는 자를 질투하고 소인배를 가까이하며
개인적인 원수 갚기만을 생각하고
공도[公道]는 전혀 생각지 않는다오.
구중궁궐 속의 황제를 속이고
천하 백성들이 혼란과 어지러움에 빠졌으니
하늘의 그물이 크고 넓다고 말하지 마소.
起官夫造水池 與兒孫買田基
圖求謀多只爲一身之計
縱奸貪那裡管越瘦吳肥
趨附的身卽榮 觸忤的命必危
妒賢才 喜親小輩
只想着復私仇公道全虧
你將九重天子深瞞昧 致四海生民總亂離
更不道天網恢恢

〈상수재[倘秀才]〉
간교한 말 한마디로 황제의 총애를 얻었네.
그렇지만 어디 충성과 백성의 화합을 생각하겠는가.
영웅호걸을 바꿔 세상을 바꾸려 해도
신발 신고 발을 긁고

오래된 병에 의원을 부르지 않듯이
천리[天理]를 다 없애버리는구나.
巧言詞取君王一時笑喜
那裡肯效忠良使萬國雍熙
你只待顚倒豪傑把世迷 隔靴空揉癢
久症卻行醫 滅絶了天理

〈곤수구[滾繡球]〉
그대는 진[秦]대 조고[趙高]*로, 사슴을 가리켜 말이라 하지.
그대는 도안고[屠岸賈]** 개를 길들여 원수를 죽이려 하네.
한대의 왕망[王莽]을 본받아 못된 신하의 도리를 배웠고
임금을 속인 동탁은 배꼽에 불이 지펴졌다네.
움직이면 관현악대가 따르고
문을 나서면 호위병이 에워싸네.
조정에 들면 문무백관이 두려워한다네.
다른 사람 권력을 믿고 위엄을 부리나
뜻있는 자가 이러한 간악한 무리들을 몰아내길 바라며
검 들어 허리를 벨 위인이 없을 성싶은가
어찌 함부로 미친 듯이 날뛰는가.
你有秦趙高指鹿心 屠岸賈縱犬機
待學漢王莽不臣之意 欺君的董卓燃臍

---

* 진시황의 아들 때 재상으로 사람됨이 음험하고 악독했으나 황제의 총애를 받기에 사슴을 가리켜 말이라 해도 반박하는 사람이 없었다고 함
** 춘추시대 진[晉]나라 장군 도안고가 승상 조순[趙盾]을 없애버리려고 허수아비를 만들어 개에게 물어 뜯게 해 끝내는 죽게 만들었다고 함

但行動弦管隨 出門時兵仗圍

入朝中百官悚畏 仗一人假虎張威

望塵有客趨奸黨 借劍無人斬佞賊 一任的忞狂爲

〈마지막 가락[尾聲]〉

금 그릇 밑에 이름은 없어도

역사에는 시비가 남아 있는 법.

나라를 잘 다스리고 강하게 할 줄 알았지

강산을 도적에게 팔고 왜구와 결탁할 줄 누가 알았으랴.

옥띠와 황금 고기, 열쇠, 망의가 부끄럽구나.

공도 없이 녹만 먹으니 먹고 자는 것이 부끄럽구나.

권력을 손에 쥐고 있어 사람들이 두려워하나

화가 닥쳤을 때엔 후회해도 늦으리.

남산의 대나무로 붓을 삼아도 죄를 다 적을 수 없고

동해의 물을 길어다 씻는다 해도 악취를 다 씻지 못하리.

만고에 이어가며

사람들이 너에게 침을 뱉으며 욕을 하리!

金甀底下無名姓 青史編中有是非

你那知變理陰陽調元氣

你上知盜賣江山結外夷

枉辱了玉帶金魚挂蟒衣

受祿無功愧寢食

權方在手人皆懼 禍到臨頭悔後遲

南山竹罄磬難書罪 東海波乾臭未遺

萬古流傳 敎人唾罵你

술도 세 순배 정도 돌고 노래도 한 곡이 끝나자 육태위는 자리에서 일어나고 주태위가 친히 문 앞까지 나가 배웅했다. 대청의 음악 소리가 잠시 멎고 집사가 안으로 들어와,

"각 부의 관원이 알현코자 합니다."

하고 아뢰었다. 주태위는 좌우에 명해 탁자를 내오게 한 뒤에 대청에 호랑이 가죽을 깐 등받이 의자에 앉았다.

먼저 공신과 외척 등의 권문가들이 하인을 시켜 선물 목록을 가지고 들어와 인사를 올렸다. 그 뒤로 금오위 고위 관원들과 남북아[南北衙], 양상[兩廂], 오소[五所], 칠사[七司], 착찰[捉察]과 기찰[機察], 관찰, 순찰, 전목직가[典牧直駕], 제뢰지휘[提牢指揮], 천호백호 등의 관원들이 인솔하는 수령을 따라 명첩을 들고 와서 인사를 올리고 물러났다. 그리고 회남, 회북, 절동, 절서, 산동, 산서, 관동, 관서, 하동, 하북, 복건, 광남, 사천의 열세 개 성의 제형관들이 차례로 들어와 배알했다. 서문경과 하천호는 다섯 번째로 선물을 들고 들어갔다. 집사가 이미 하태감의 인사장을 탁자 위에 올려다놓았고 두 사람은 계단 아래에서 위에서 호명하기를 기다리고 있었다. 이름을 부르기에 머리를 들어 바라보니 정면 다섯 칸이 모두 대청으로 되어 있으며 용머리가 굽이치고 처마에서는 물이 떨어지고 주렴이 위로 말려 있으며 녹색 난간으로 둘러싸여 있었다. 정면에는 붉은 편액이 걸려 있었는데, 휘종 황제가 친필로 써서 하사한 '집금오당[執金吾堂]'이라 쓴 큰 글자가 금으로 쓰여 있는데, 이곳은 매우 중요한 곳으로 일반인들이 함부로 침범했다가는 참형을 당하는 곳이었다. 양쪽에는 사랑방이

여섯 칸이 있는데 계단도 넓고 집과 정원도 매우 넓었다. 주태위는 크고 붉은 옷을 입고 위에 앉아 있었다. 잠시 뒤에 가까이 오라고 부르자 둘은 계단 밑에서 대답을 하고 물이 떨어지는 처마 아래까지 다가가 몸을 굽혀 네 번 절을 한 뒤 무릎을 꿇고 위에서 무슨 말을 하기를 기다렸다. 주태위가,

"두 천호는 어째 태감 영감이 선물을 보냈는가?"

라며 좌우에 명해 선물을 거두라고 이르면서,

"내 이곳에서 잘 알아서 해줄 터이니, 지방에 가서 충실히 맡은 바 소임에 힘쓰거라. 나중에 황제를 알현하고 아문에 들러 임명장을 받아 임지로 출발하게나."

했다. 두 사람이 일제히 대답을 하자, 좌우에서 그들을 일어나게 하니 둘은 좌측의 곁문을 통해서 대문으로 나왔다. 둘이 대문을 나서는데 분사 등이 선물 짐을 지고 나왔다. 다시 걸음을 옮기려고 하는데 한 사람이 말을 타고 달려와 손에 붉은 명첩을 들고 아뢰기를,

"왕대감과 고대감이 오십니다."

했다. 서문경과 하천호도 집으로 들어가 문틈으로 내다보았다. 잠시 뒤에 군졸들이 길을 열면서 사람과 말이 에워싸며 길과 거리를 꽉 메웠다. 이때 동경 팔십만 금군을 지휘하는 농서공[隴西公] 왕엽[王燁]과 신책어림군[神策御林軍] 총병관[總兵官] 태위 고구가 붉은 망의에 옥띠를 두르고 가마를 타고 도착했다. 각 성에서 그들을 알현하려는 관원들이 물밀듯이 몰려나와 제대로 볼 수가 없었다. 서문경과 하천호는 오랫동안 분사가 짐을 가지고 나오기를 기다렸다가 분사가 나오자, 후미진 곳에 이르러 하인을 불러 말을 끌어오게 해 비로소 말을 타고 머무는 곳으로 돌아왔다.

오호라, 간악한 무리들이 권력을 농간치 않았다면, 어찌 중원이 피로 물들었겠는가!

여러분, 내 말 좀 들어보소. 아녀자들이 집을 찾고 소인배들이 나라를 어지럽히는 것은 자연의 도[道]이지요. 식자[識者]들은 머지않은 장래에 도적들이 천하를 뒤엎을 것이라 여겼다오. 과연 선화[宣和] 7년(1125년) 휘종과 그의 동생인 흠종이 금나라의 포로가 되어 북으로 끌려가고, 고종[高宗](휘종의 아홉째 아들 조구[趙構])이 남쪽으로 옮겨와 수도를 동경[東京]에서 변경[汴京]으로 바꾸니 천하가 모두 오랑캐의 수중에 떨어지게 되었다오. 이 얼마나 통탄스러운 일인가! 사관[史官]이 그것을 말로 다하지 못하고 시가 있어 이를 증명하나니,

권력 잡은 간신이 나라를 그르쳐 화가 깊구나
국가를 열고 가업을 이었거든 소인을 경계하라.
육적[六賊]*을 심히 주살한들 무슨 소용이 있나
이성[二聖]**이 멀리서 죽어감을 어찌한단 말인가.
權奸誤國禍機深 開國承家戒小人
六賊深誅何足道 奈何二聖遠蒙塵

---

* 채경, 동관 등의 간신배들
** 휘종 황제와 흠종 황제

왕명으로 떠나는 몸 어찌 두려워하랴

이병아가 서문경의 꿈에 나타나고,
서문경은 입궐해 천자를 배알하다

하루 종일 무릎 위에 거문고를 올려놓고 타며
짬짬이 고금의 서적을 읽어본다네.
항상 감탄하네 현명한 임금은 근검에 힘썼음에
심히 비통하네 임금을 황음무도한 신하가 섬김에.
태평성대 이루려면 현명한 신하를 가까이하고
난세가 되려 하니 아첨배를 가까이한다네.
흥망성쇠에 관한 것을 수없이 얘기해도
높은 산 흐르는 물에 마음을 알아주는 이 따로 있네.
整時罷鼓膝間琴 閑把簡篇閱古今
常嘆賢君務勤儉 深悲愚主事荒淫
治平端自親賢恪 稔亂無龍近佞臣
說破興亡多少事 高山流水有知音

　　서문경은 하천호와 함께 돌아오면서 큰길가로 들어서는데 하천호
가 먼저 하인을 보내 하태감에게 정황을 알려주었다. 그러면서 하천
호는 자기 집에서 식사라도 함께하자고 초청했다. 서문경이 수차례

사양하며 집으로 돌아가겠다고 하자, 하천호는 하인더러 말고삐를 잡게 하고,

"아직 장관께 상의드릴 일이 한 가지 더 있습니다."

하니, 서문경은 어쩔 수 없이 하천호와 함께 말을 나란히 하고 하천호의 집 문 앞에서 내렸다. 분사와 짐꾼은 곧장 최중서의 집으로 돌아갔다.

하천호는 집에다 미리 연락해 푸짐하게 음식상을 장만해놓고 있었다. 대청으로 들어가니 공작을 수놓은 병풍이 펼쳐져 있고, 바닥에는 부용꽃을 수놓은 양탄자가 깔려 있고 화로에는 숯불이 뜨겁게 타오르고 향로에서는 향이 타고 있었다. 한가운데에 독상이 준비되어 있고 그 아래쪽에 접대석이 놓여 있고, 그 옆 동쪽으로 또 한 좌석이 마련되어 있었다. 모든 상에는 대접에 진귀한 과일이 소복하게 담겨 있고 꽃병에는 꽃이 꽂혀 있었다. 또 탁자와 의자는 깨끗하게 닦여 있고 휘장과 병풍도 잘 정돈되어 있었다. 서문경이 말했다.

"오늘 누구를 초대하셨습니까?"

"숙부님께서 오늘 퇴청하셔서 장관과 점심을 하시려고 합니다."

"이렇게 신경을 써서 저를 대접하는 것은 같은 동료 간의 정분이 아닙니다!"

이 말을 듣고 하천호는 껄껄 웃으며,

"숙부님의 뜻으로 이렇게 변변치 않은 음식을 차려놓고 초대했으니 많은 가르침이 있기를 바랍니다."

하면서 차를 권하니, 이에 서문경이 말했다.

"먼저 숙부님께 인사를 올리지요."

"곧 나오실 것입니다."

잠시 뒤에 녹색 망의에 모자를 쓰고 검은 신을 신고 보석으로 치장한 하태감이 안채에서 나왔다. 서문경이 급히 일어나 절을 네 번 올리려고 하자, 하태감은 극구 거절했다.

"그럴 수는 없지요."

"저와 천천[天泉]은 같은 나이 또래의 후배로, 어르신께서는 연세도 많으시고, 조정에서 태감이라는 높은 벼슬도 하고 계시니 마땅히 인사를 받으셔야 합니다."

이렇게 한참을 말한 끝에 하태감은 겨우 반절을 받았다. 그러고는 서문경을 상석에 앉히고 자기는 주인석에, 하천호는 그 옆에 앉았다. 서문경이,

"태감님, 이것은 절대 안 될 일입니다. 동료지간인데 어찌 곁에 앉을 수가 있습니까? 두 분은 숙질지간이라 괜찮으시겠지만 소생은 그럴 수가 없습니다."

하니 이 말을 듣고 하태감은 껄껄 웃으며 말했다.

"대인께서는 참으로 예의에 밝으시군요. 그럼 이렇게 합시다. 내가 연장자로서 옆자리에 앉고 새로 벼슬을 하는 조카를 대인과 함께 주인석에 앉아 대접을 하게 합시다."

"그렇게 하신다면 괜찮겠습니다."

이에 서로 인사를 하고 자리에 앉았다. 하태감이,

"얘들아, 탄을 더 때거라, 오늘 밤이 꽤 춥구나!"

하고 분부하자, 하인들이 숯을 저장하는 창고에서 질 좋은 목탄을 가져다 방 안에 있는 동 화로에 넣으니 문 앞에 드리운 기름 바른 온풍지에 비쳐오는 따스한 햇빛과 화롯불이 서로 어우러져 더욱 밝게 빛을 발했다. 하태감이,

"옷을 벗고 편히 하시지요."

하니 서문경이,

"소생이 안에 아무것도 입지 않아서 하인을 시켜 가져올까 합니다."

하자 하태감이,

"보낼 필요 없습니다."

하며 좌우에 명해 옷을 받아 걸고,

"안에 들어가 비어[飛魚](망의보다는 한 단계 아래인 옷)를 수놓은 내 녹색 털옷을 대인께 드리거라."

하니, 이에 서문경은 웃으며 말했다.

"그 옷은 태감께서 정무를 보실 때 입는 것인데 제가 어찌 감히 입을 수가 있겠습니까?"

"그냥 입으시면 되지 무엇을 걱정하십니까? 어제 황제께서 망의한 벌을 내려주셔서 내 비어는 입지 않으니, 대인께서 편히 입으시기 바랍니다."

잠시 뒤에 하인들이 옷을 내왔다. 서문경은 띠를 풀고 대안에게 관복을 받아 들게 하고는 털옷을 위에 걸치고는 고맙다며 절을 했다. 또 하천호에게도 옷을 벗고 위로 올라와 편히 앉게 한 뒤에 함께 차를 마셨다. 하태감이,

"아이들을 들라 이르거라."

하고 분부했다. 원래 하태감 집에서는 하인 열두 명에게 노래와 악기 연주를 가르치고 있어 지도 선생 두 명이 데리고 들어와 절을 했다. 하태감은 징과 북은 대청 밖에 놓으라 하고 연주를 시작하게 했다. 연주 소리가 구름을 흔드니 물속의 물고기도 하늘의 새도 놀랐다. 그러고는 좌우에 명해 술을 올렸다. 하태감이 직접 잔을 들고 따르려

하니 서문경이 당황해 말했다.

"편하신 대로 하십시오. 장관께서 옆에 계시니… 이렇게 자리를 마련해주신 것만으로도 충분합니다."

"내 대인께 큰 잔으로 한 잔 올리지요. 방금 관직을 맡은 우리 애는 처음 갈대숲에 들어가는 것과 같아 아무것도 모르고 있습니다. 모쪼록 대인께서 많이 보살펴주시기 바랍니다. 그것이 다 정이 아니겠습니까?"

"무슨 말씀을 그리 하십니까? 옛말에도 '한번 동료가 되면 삼대 간에 걸쳐 친밀한 관계를 유지한다'고 하지 않습니까? 소인도 공공님의 도움을 받았으니 어찌 도와드리지 않겠습니까!"

"맞는 말이오! 함께 황상을 모시고 있으니 서로 도와야지요."

서문경은 하태감이 술을 따르기 전에 잔만 받고 다시 자리로 돌아와 즉시 잔을 따라 하천호와 하태감의 자리에 놓은 뒤에 서로 인사를 하고 자리에 앉았다. 피리 소리와 북소리가 멈추자 가수 셋이 지도선생과 함께 좌석 앞으로 나와 상아로 만든 박자판과 세 줄짜리 비파를 타면서 「정궁단정호[正宮端正好]」 한 곡을 불렀다.

수정궁의 비단 휘장
수정궁에 빛이 비쳐 비단 휘장 차갑고
밤은 깊어가는데 용상[龍床]에서 잠을 못 이루네.
금문[金門]*을 떠나 천가[天街]**로 나가니
마침 바람 불어 눈이 하늘에서 내리네.

---

* 한대[漢代] 궁문[宮門] 이름
** 경성의 도로나 황궁으로 향하는 길

水晶宮 鮫綃帳
光射水晶宮 冷透鮫綃帳
夜深沉睡不穩龍床
離金門私出天街上 正風雪空中降

〈곤수구[滾綉毬]〉
분분히 나는 것이 나비인 양
너풀대는 것이 버들가지인 양
얼음 꽃이 춤을 추며 바람을 따라 도니
총총걸음으로 다가서 보네.
흰 옷 소맷자락으로 얼굴을 가려도
검은 모자가 바람에 흔들리네.
머리를 돌려 궁궐 안의 누각을 바라보니
푸른 유리와 원앙 기와도 보이지 않네.
갑자기 구중궁궐이 은가루를 뿌려놓은 듯
삽시간에 온 만리건곤이 옥으로 화장을 한 듯
마치 강토가 분을 바른 듯하구나.
似紛紛蝶翅飛 如漫漫柳絮狂
舞冰花旋風兒飄蕩 踏玉玷脚步兒匆忙
將白襴兩袖遮 把烏紗小帽蕩
猛回頭鳳樓凝
望全不見碧琉璃瓦瞀鴛鴦
一霎時九重宮闕如銀砌
半合兒萬里乾坤似玉妝

恰便是粉匈滿封疆

〈당수재[倘秀才]〉
문이 겹겹이 잠긴 것을 보고
짐승이 새겨진 동[銅] 문잡이를 흔드네.
문을 두들기는 만세산[萬歲山]*에 사는 조대랑[趙大郎]**
집안에 벗이 없어
등잔불 아래서 문장을 읽다가
특별히 와서 강연을 들으려 한다오.
我只見鐵桶般重門閉上
我將這銅獸面雙環扣響
敲門的我是萬歲山前趙大郎
堂中無客伴 燈下看文章 特來聽講

〈태골타[呆骨朶]〉
찬바람 무릅쓰고 찬 눈을 맞으며
그대를 보려는 것은
은밀히 그대와 상의할 일이 있기 때문이오.
급하니 일 처리를 잘하는 아전께서는 예의는 생략하고
현명한 재상을 불러주시오.
여기는 이름이 널리 알려진 삼공부[三公府]
어디 머리 깎고 할 일 없는 중 같으리오.

---

* 오늘날 북경 북해공원 안의 경도[瓊島]
** 희곡 중 송태조 조광윤의 자칭[自稱]

여기 좌석에 앉아 강연을 듣고 있으니
공연히 와서 떠들지 말고 차라도 드시고 계시기를.
衝寒風冒凍雪來相望
有些個機密事緊要商量
忙怎麼了事公人 免禮咱招賢宰相
這的調鼎鼐三公府 那裡也剃頭髮唐三藏
我向這坐席間聽講書
你休來我耳邊廂叫點湯

〈당수재[倘秀才]〉
짐은 한고조를 본떠 미앙궁에 머물지 않고
짐은 당현종을 본떠 진양에서 잠을 자지도 않는다오.
언제나 푸른 비단을 덮어도 한기를 느끼는 봉황
부열[傅說]* 같은 마음이 있으나
고당[高堂]에 나아갈 꿈이 없구나.
이것이 바로 임금이 할 일이라오.
朕不學漢高皇身居未央
朕不學唐天子停眠在晉陽
常則是翠被寒生金鳳凰
有心傅說 無夢到高唐
這的是爲君的勾當

---

* 은[殷] 고종[高宗] 무정[武丁]이 즉위 후 보좌할 신하를 꿈속에서 만나 사람을 파견해 은나라를 중흥시킨
다는 고사

〈곤수구[滾綉毬]〉

비록 사해 사람들이 황제 한 사람을 위한다 하나

필히 삼강을 바르게 하고 오륜을 삼가야 한다.

짐이 오랫동안 창과 검을 배웠으나

한스럽게도 아직까지 공자의 학문을 배우지 못했네.

『상서[尙書]』는 몇 편이고

『모시[毛詩]』는 몇 장인가.

『예기[禮記]』를 듣고 비로소 겸양을 알고

『춘추[春秋]』를 논하며 흥망을 보았다오.

　짐은 우[禹], 탕[湯], 문[文], 무[武]를 배우고 요임금과 순임금을 본뜨려 한다오.

　경은 방현령[房玄齡]과 두여회[杜如晦],* 소하[蕭何]와 조참[曹參]** 과 같이 한[漢]과 당[唐]을 세운 인물에 비할 만하니

　그대는 오직 정치에만 전념해주시오.

雖然與四海爲一人 必索要正三綱謹五常

朕幼年間廣學槍棒 恨則恨未曾到孔子門牆

尙書是幾篇毛詩共幾章

講禮記始知謙讓 論春秋可鑒興

朕待學禹湯文武宗堯舜 卿可及房杜蕭曹立漢唐

則要你變理陰陽

〈당수재[倘秀才]〉

---

* 　방현령(576~648), 두여회(585~630): 당 현종 때의 현명한 재상
** 　소하와 조참: 한대의 개국공신

경은 『논어[論語]』를 쓰면
조정을 다스리는 방법이 있다고 말을 하오.
과연 그것으로 천하강산을 다스릴 수 있단 말이오.
성인의 가르침은 하늘같아 다 헤아릴 수가 없지만
천막 안에 와서 강연을 논한다오.
논하다 보니 연회에서 미인이 나타난 것보다 훨씬 좋고
듣고 나니 정신과 마음이 다 상쾌하누나.

卿道是用論語 治朝廷有方
卻原來這半部運山河在掌
聖道如天不可量 談經臨絳帳
索强如開宴出紅粧 聽說罷神淸氣爽

〈곤수구[滾綉毬]〉
은촛대에는 촛불이 밝고
금향로 안에는 향이 그윽하고
그대를 번거롭게 하지 않고 손수 잔을 기울이려 하는데
어찌 부인께서 친히 미주 잔을 들어 권하나.
그대가 말했지
'고생을 함께한 부인은 버리지 않는 것이다'라고.
짐은 생각하지
'어려울 때 사귄 친구는 잊는 것이 아니다'라고.
속담에도
'남편의 재능도 부인이 집을 잘 다스림만 못하다
아내가 어질면 남편이 재앙을 면할 수 있다' 하지 않던가.

짐에게 그대는 태갑[太甲]*이 이윤[伊尹]**을 만난 것과 같고
경이 부인을 얻은 것은
양홍[梁鴻]이 맹광[孟光]을 얻은 것과 같으니
원컨대 복도 많고 명도 길기를.

銀臺上華燭明 金爐內寶篆香

不當煩敎老兄自斟佳釀

又何須嫂嫂親捧着霞觴

卿道是糟糠妻不下堂

朕須想貧賤交不可忘

常言道表壯不如里壯 妻若賢夫免災殃

朕將卿如太甲逢伊尹 卿得嫂嫂呵

恰便是梁鴻配孟光

則願你福壽綿長

〈당수재[倘秀才]〉
쉬면서도 옛 임금을 논하고
자면서도 나라의 흥망을 생각한다.
밤새 자지 않고 나라 걱정을 하네.
기쁠 때에는 즐거움이 싫은 게 아니라 밤이 짧더니
어려움을 만나니 적막도 한스럽고 밤은 더욱 길다네.
근심스러운 일이 몇 번이나 더 있을까?

但歇息呵論前王後王 恰合眼慮興邦喪邦

---

* 상[商]나라의 탕왕
** 상 때의 신하로 하[夏]의 걸[桀]을 토벌할 때 보필함

因此上曉夜無眠想萬方

雖不是歡娛嫌夜短 遭難道寂寞恨更長

憂愁事幾莊

〈곤수구[滾綉毬]〉

걱정이네 몸에 걸칠 옷이 없어

걱정이네 집에 먹을 음식이 없어

걱정이네 가난한 자들이 밤에 거리에서 자는 것이

걱정이네 선비들이 차가운 방에서 자는 것이

걱정이네 추위에 부부가 싸우는 것이

걱정이네 수레를 끌고 멀리 장사를 떠나는 것이

걱정이네 배를 모는 사공들 앞에 풍랑이 이는 것이

걱정이네 굶주린 아이 어머니를 찾는 것이

걱정이네 베옷 입은 선비들 생계가 막막한 것이

걱정이네 갑옷을 입고 싸움터에 나가야 하는 것이

생각을 하다 보니

모든 것이 한탄스럽고 비통한 일뿐이라오!

憂則憂 當站的身無挂體

憂則憂 家無隔宿糧

憂則憂 甘貧的晝眠深巷

憂則憂 讀書的夜寐寒窗

憂則憂 嚎寒妻怨夫啼

憂則憂 駕車的恁時分萬里行商

憂則憂 行船的一江風浪

憂則憂 饑子呼娘

憂則憂 是布衣賢士無活計

憂則憂 鐵甲忙披守戰場

題將來感嘆悲傷

〈당수재[倘秀才]〉

걱정스러운 것은 백성들이 고통스러운 것

침상에 누워 곰곰이 생각하니 마음이 편치 않네.

모든 것이 다 큰일이라

과인은 자면서도 생각을 한다네.

태원부[太原府]의 유소[劉素]*가 북쪽을 지키니

나는 잠시 궁궐을 떠나

친히 녹색 깃발을 들고

먼저 하동[河東]의 상당[上黨]에 가볼거나.

憂的是百姓苦 向御榻心勞意攘

害的是不小可 教寡人眠思夢想

太原府劉崇拒北方

我只待暫離丹鳳闕 親擁碧油幢

先取那河東的上黨

〈곤수구[滾綉毬]〉

경은 말했지

---

* 오대 십국 후한 유지원의 동생

전왕[錢王]과 이왕[李王], 유창[劉鋹]과 맹창[孟昶]*은

인정을 베풀지 않아 만민의 희망을 빼앗고

패도[覇道]를 행해 백성들이 도탄에 빠졌다 했지.

누구를 파견해 서쪽을 지키고

누구에게 명해 양광[兩廣]을 평정한단 말이오.

오월을 취하려면 필히 명장이 있어야 하고

강남으로 내려가려면 충신을 써야 한다오.

반드시 강산을 빼앗으려 한다면

백옥으로 하늘의 기둥으로 삼아야 하고

우주를 철저하게 규명하려고 한다면

황금으로 바다의 다리를 만들어야 하나니**

제발 자세히 생각하시기를.

卿道是餞王共李王 劉鋹與孟昶

他每多無仁政着萬民失望 行覇道百姓遭殃

差何人鎭守西 命何人定兩廣

取吳越必須名將 下江南宜用忠良

要定奪展江山白玉擎天柱

索用您拯宇宙黃金駕海梁 仔細端詳

〈탈포삼[脫布衫]〉

금릉을 취하고 장강을 날아 넘어가

---

* 전왕(929~988): 오대[五代] 오월의 국왕, 이왕(937~978): 오대 남당의 이욱[李煜], 일명 '이후주[李後主]'라 칭함, 유창(943~980): 오대 남한의 군주, 맹창(919~965): 오대 후촉의 국왕
** 걸출한 인물에게 국가의 중임을 맡겨야 함을 비유

전당에 이르러 타향을 평정한다.
서천에 이르러 길이 험하다고 물러나지 말고
남만의 오지에서 습기와 전염병을 두려워 말라.
取金陵飛渡長江 到錢塘平定他鄉
西川路休辭棧惡 南蠻地莫愁煙瘴

〈취태평[醉太平]〉
진을 펼쳐 호랑이와 이리를 물리치고
바람과 서리를 무릅쓰고
육도삼략의 병법을 써 변방을 평정하네.
장수로 군사를 지휘하는 인장[印章]을 손에 넣고
겸들도 철갑으로 무장해 웅장하고
말들은 옥 재갈 물리니 막을 자 없어
채찍으로 금등자* 위를 소리 나게 두들기며
일찌감치 변량[汴梁]으로 돌아가길 바라네.
陣衝開虎狼 身冒着風霜
用六稻三略定邊疆西 把元戎印掌
則要你人披鐵甲添雄壯 馬搖玉勒難遮當
鞭敲金鐙響叮噹 早班師汴梁

〈살[煞]〉
하늘에 순응하는 마음을 가져
천리[天理]에 통달하고

---

* 말에 올려놓는 장신구

사악함을 제거하고 올바름으로 돌아가니
정말로 관대함이 있구나.
그래야만 패왕의 업을 이루고
왕에 항거하는 장수가 되어
위엄을 떨쳐 못됨을 다 없애버린다.
백성의 재산을 빼앗지 말고
백성의 목숨을 함부로 해치지 말고
백성의 아녀자들을 더럽히지 말고
백성의 가옥을 불태우지 말라.
군마를 잘 돌보고 어진 행정을 펴고
법제를 건립하고 성실하게 조세를 징수하고
상벌을 정확하게 시행하고
성곽과 저수지들을 잘 지키며
도적들을 잡아 귀순케 하고
거리의 백성이 편히 살 수 있게 하기를
착한 일을 표창하고 창고를 열어 백성을 구제하리라.
有那等順天心達天理 去邪歸正皆疏放
有那等霸王業抗王師 耀武揚威盡滅亡
休擄掠民財 休傷殘民命 休淫汚民妻 休燒毀民房
恤軍馬施仁立法 實錢糧定賞罰 保城池討逆招安
沿路上安民掛榜 從賑濟任開倉

〈마지막 가락[尾聲]〉
짐이 언제나 의관을 바르게 하고

용모를 깨끗하게 하려는 것은
능연각[凌煙閣]*을 본떠 그대의 모습을 그리려 함이네.
그네 막료들의 치적을 쇠와 돌에 새겨 넣어
청사에 길이 그 이름이 남게 하리.
병사를 잘 써서 장수가 되고
심기[心機]도 있고 담량[膽量]도 있다오.
천문을 우러러 별들을 살펴보고
굽어서 산천의 형상도 살펴본다네.
결전에 임해서야 비로소 땅의 모습을 측량하고
창에는 깃술을 달아놓는다네.
밤의 싸움에는 반드시 불 북을 두드리고
보병들의 싸움에서는 진을 쳐 장막을 보호하고
수전에서는 바람에 따라서 돛대를 달고 노를 저어라.
정공과 매복을 하는 군사가 가장 강하고
어질고 용맹한 군사는 당할 수 없는 법!
장군은 이쪽을 평정했다는 소식을 전해 듣고
원수는 저쪽을 취하는 것을 앉아서 보네.
변방에서 날듯이 승전고가 날아드니
일제히 축하하며 편안히 고향으로 돌아온다.
그대들이 성지를 받고서 제후장상이 되거든
먼저 그대들의 수하 군졸들에게
후하게 상을 내려주소서!
朕專待正衣冠尊相貌 就凌煙圖畫你那功臣像

---

* 당태종이 24명 공신의 모습을 장안에 있는 능연각에 그려놓은 데서 연유함

卿莫負立金石銘鐘鼎 向靑史標題姓字香

能用兵善爲將 有心機有膽量

仰瞻天文算星象 俯察山川變形狀

決戰先將九地量 晝戰須將旗幟張

夜戰須將火鼓揚 步戰屯雲護軍帳

水戰隨風使帆槳

奇正相生兵最强 仁智兼行勇怎當

耳聽將軍定這廂 坐擬元戎取那廂

飛奏邊庭進表章 齊賀升平回帝鄕

比及你列土分茅拜卿相

先將你各部下的軍卒重重的賞

한 곡이 끝나자 술도 몇 순배가 돌았고, 음식도 두 차례나 바뀌어
나왔다. 이때 날이 이미 저물어 등불을 켰다. 서문경은 대안을 불러
주방 사람들과 악기를 연주한 악공과 가수들에게 수고비를 주게 하
고는 몸을 일으키며,

"소생이 오늘 하루 너무 과분한 대접을 받았습니다. 그만 돌아갈
까 합니다."

했으나 하태감은 서문경을 쉽게 놔주지 않으며 말했다.

"오늘 내가 관아에서 일찍 나온 것도 대인의 가르침을 받고자 함
인데, 차린 것이 변변치 않아서 드실 게 별로 없는 듯하군요. 배가 고
프지나 않으신지요?"

"공공께서 이렇게 맛있는 음식을 차려주셨는데 어찌 배가 고플 거
라고 말씀하십니까? 소생은 일찍 돌아가 쉬고 내일 또 조카님과 함께

병과에 가서 인사를 하고 임명장을 받고 다시 등록을 할까 합니다.”

“정히 그러하시다면 지금 묵고 있는 곳으로 돌아가지 마시고 누추하지만 이곳에서 하룻밤 주무시지요! 그러고는 제 조카와 함께 일을 보시면 좋잖아요. 지금 어디에 묵고 계신지요?”

“지금 동료인 하용계의 친척이 되는 최중서의 집에 묵고 있고 짐도 모두 거기에 있습니다.”

“그거야 별로 어렵지 않지요. 대인께서 하인더러 짐을 가져오게하여 이삼 일 이곳에 머무는 게 어떠신지요? 집 뒤쪽 후원에 작은 방이 몇 칸 있는데 아주 깨끗하고 조용합니다. 아침저녁으로 조카와 함께 일을 처리하면 편한 데다 다른 사람 집에 있는 것보다 낫잖아요. 이제 우리는 한집안 사람이지 않습니까?”

“여기에 머무는 게 좋기는 좋지요. 하지만 하용계가 괜히 섭섭하게 여기지 않을까요?”

“괜찮아요. 요즈음에는 아침에 벼슬을 그만두면 저녁에는 인사도하지 않아요. 관아라는 곳도 사실은 꼭두각시놀음을 하는 곳이지요. 비록 처음에는 동료였다고 하나 지금은 하용계가 떠나고 새로운 관원이 업무를 이어받아 일을 보게 될 테니 하용계와는 무관한 일입니다. 그런데 어찌 그런 말씀을 하십니까? 만약 하용계가 그렇게 생각한다면 오히려 도리를 모르는 것이지요. 오늘은 무슨 일이 있어도 대인과 함께 밤을 지새우기 위해 돌려보내지 않을 겝니다.”

그러면서 좌우에게,

“아랫방에다 빨리 주안상을 차리고 서문대인을 모셔서 술과 밥을 드시게 하거라. 그리고 애들을 시켜 서문대인의 하인을 따라가서 대인의 짐을 이곳으로 옮겨오너라.”

하고 분부하면서 다시,

"화원 서편의 방을 깨끗하게 치우고 잠자리를 준비하고 따스하게 불도 지펴놓도록 하거라."

위에서 이렇게 호령하자, 계단 아래에서 일제히 대답하고 물러갔다. 서문경이 말했다.

"공공님의 배려는 감사하오나, 하용계 어른께 죄를 짓는 것 같습니다."

"무슨 쓸데없는 걱정을 그리 하십니까? 하용계는 이미 제형소를 떠나는 몸으로 '그 자리에 있지 않으면 그 일에도 관여치 말라'고 하지 않습니까? 황제의 어가를 잘 모시는 일은 몰라도 이제 우리 제형소 일에는 간섭을 못할 것입니다. 그러니 어디 대인을 괘씸하게 여기겠습니까?"

그러고는 하태감은 대안과 말을 끌고 온 사람들에게 술과 음식을 잘 차려주어 먹게 한 뒤에 군졸 몇을 차출해 멜대와 바구니를 가지고 바로 최중서의 집으로 가서 서문경의 짐을 가져오게 했다. 그런 후에 하태감은 다시 말했다.

"한 가지 더 대인께 부탁드릴 일이 있습니다. 제 조카 애가 임지에 가게 되면 대인께서 적당한 집을 알아봐주시기 바랍니다. 그래야 집안사람들을 데리고 갈 수 있지 않겠습니까? 집을 구하기 전에는 먼저 부인을 데려가고 적당한 집을 구한 뒤에 애들과 식구들을 옮기도록 해야지요. 그렇게 많지는 않지만 집안의 첩들까지 합친다면 거의 이삼십 명이 됩니다."

"천천[天泉]이 떠나고 나면, 태감님의 이 집은 누가 돌봅니까?"

"나에게는 양자가 둘이 있는데, 둘째 애 하영복[何永福]이 마을에

272

서 살고 있으니 둘째더러 살게 하면 됩니다."

"그러면 태감님께서 구하는 집은 얼마짜리 정도면 되겠습니까?"

"그래도 천 냥짜리 정도는 구해야 되겠지요."

"제 동료였던 하용계가 서울로 발령을 받아 집을 처분하려고 하는데, 태감님께서 그 집을 사서 천천히 살게 하시면 어떻겠습니까? 일거양득으로 아주 좋을 것 같은데요? 전체가 일곱 칸짜리인데 안에 다섯 채의 집이 있습니다. 중문을 들어서면 바로 대청이 있고 양편에 사랑채에 행랑채도 딸려 있고, 뒤쪽으로 침실과 정자가 있습니다. 또 주위에 방도 몇 개 있고 길도 널찍해 묵기에 아주 좋을 것 같군요."

"얼마를 받으려고 하나요?"

"원래 천삼백 냥에 사서 뒤편에 새로 집을 한 채 짓고 정자도 하나를 세웠다고 하더군요. 만약 공공께서 사려고 하신다면 적당히 흥정하시면 될 것입니다."

"제가 대인께 부탁을 했으니 대인께서 잘 알아서 해주세요. 오늘 마침 시간이 있으니 사람을 보내 말을 해보시고 집문서를 가져다 한번 봤으면 좋겠군요. 다행히 제 조카가 그 집을 구해서 이사 간다면, 그곳에 가더라도 머물 곳이 있잖아요."

얼마 지나 대안이 여러 사람과 짐을 가지고 와서 아뢰었다. 서문경이,

"분사와 왕경도 같이 왔느냐?"

하고 묻자 대안이,

"왕경이 짐을 챙겨서 먼저 이곳으로 왔는데, 아직 가마가 있어 분사더러 그곳에서 지키고 있으라고 했습니다."

하니 서문경은 귓속말로 여차여차하라고 일러주며,

"내 명첩을 가지고 와서 하대감께 보여드리고 하공공이 집문서를 보시려 한다고 잠시만 빌려달라고 해서 분사와 함께 돌아오너라."

라고 분부하자, 대안이 대답을 하고 곧 출발했다. 얼마 지나 분사가 검은 옷에 작은 모자를 쓰고 대안과 함께 서문경에게 문서를 건네주면서,

"하대감께 말씀을 드리니, 하공공께서 필요하신데 어떻게 감히 값을 말할 수 있겠느냐고 하시더군요. 문서는 모두 갖고 왔습니다. 집을 증축하느라 돈을 많이 들이기는 했으나 나리께서 잘 알아서 해달라고 하셨습니다."

하고 아뢰었다. 서문경은 집문서 일체를 하공공에게 건네주었다. 하태감이 자세히 살펴보니 위에 '천이백 냥'이라고 쓰여 있었다. 그러면서,

"보아하니 산 지 오래되어 집 안에 손볼 곳도 꽤 될 것 같군요. 대인의 얼굴도 있고 해서 제 조카를 그 집에 살게 하려는 것이니 원래 산 값을 주면 될 것 같군요."

하자, 이 말을 듣고 분사가 무릎을 꿇으면서,

"하태감님의 말씀이 지당하십니다. 자고로 '돈을 써야지만 좋은 논밭을 살 수 있고, 주인이 수없이 바뀐 오래된 집도 바뀔 때마다 깨끗이 손질하면 새롭게 된다'고 하잖아요."

하니, 이 말을 하태감이 듣고서는 매우 기뻐하며 물어보았다.

"누구인가? 꽤 말을 할 줄 아는구먼! 속담에도 '큰일을 하는 사람은 사소한 돈을 아끼지 않는다'고 했지. 사실 맞는 말이지요. 저 사람 이름은 무엇인지요?"

이에 서문경이 답했다.

"제 집에서 가게 일을 보는 분사라 합니다."

"잘됐군. 중개인이 없었는데 자네가 중개인이 되어서, 나 대신 계약을 맺게나. 오늘이 마침 일진도 좋고 하니 바로 돈을 건네주겠네."

"오늘은 너무 늦었으니 내일 하시지요."

"오경쯤에 나는 일찍 나가야 합니다. 내일 대조[大朝](동지[冬至] 및 원단[元旦]에 보는 조회)가 있어요. 오늘 집값을 치러놓으면 일을 다 보게 되잖아요."

"황제께서는 언제 납시나요?"

"오시[午時]에 나오셔서 제단에 납시고 삼경쯤에 제사를 지내시고 인정일각[寅正一刻](아침 네 시 십오 분경)에 궁궐로 돌아가시어 식사를 마치신 뒤에 대전으로 드시어 아침 조례 인사를 받는데, 이때 천하의 문무백관들이 동지[冬至] 사은표를 올립니다. 다음 날에는 문무백관이 모두 연회에 참가합니다. 그러나 당신 같은 외직 관원들은 대조 때 천자를 배알하고 나오면 그만입니다."

말을 마치고 하태감은 하천호에게 안으로 들어가서 스물네 개의 대원보를 내오게 해 상자에 넣고 하인 둘에게 메게 하고는 분사, 대안과 함께 최중서의 집으로 가져가 건네주도록 했다. 하대감은 돈을 보고 매우 기뻐하며 즉시 친히 매매계약서를 써서 분사에게 건네주니, 분사는 이를 바로 하공공에게 전해주었다. 하공공도 매우 기뻐하며 수고했다며 분사에게는 은자 열 냥을, 대안과 왕경에게는 은자 석 냥씩을 주었다. 이에 서문경이 말했다.

"하인들한테는 주지 않으셔도 됩니다."

"먹고 싶은 것이라도 사먹게 하세요."

세 사람은 절을 하며 감사를 표했다. 하태감은 술과 음식을 준비하라고 분부하면서 서문경에게 말했다.

"다 대인께서 수고해주신 덕분입니다."

"무슨 말씀을 그리 하십니까? 다 태감님의 명망 덕분이지요."

"기왕이면 대인께서 집을 좀 일찍 비워달라고 해주세요. 그러면 여기 있는 사람들도 일찍 이사를 갈 수 있잖아요."

"제가 좀 일찍 이사를 가라고 그분한테 말씀드리죠. 하장관께서는 이번에는 잠시 관아의 숙소에 머무시지요. 그러다가 그분들이 모두 서울로 이사하면 짐을 정리해 이곳에 있는 가족들이 바로 이사하면 될 것입니다."

"먼저 살던 사람이 짐을 정리하다 보면 설이 지날 테니, 먼저 몇 사람만 데리고 가게 해야 될 것 같군요. 관아에서 묵는 건 아무래도 좀 불편하잖아요."

이렇게 얘기를 나누다 보니 어느덧 이경이 넘었다. 이에 서문경이,

"공공께서도 좀 쉬셔야지요. 소생도 더는 마시지 못하겠습니다."

하자, 하태감은 작별을 하고 뒤쪽에 있는 온돌방으로 쉬러 들어갔다. 하천호는 가수들에게 악기를 연주하고 노래를 부르게 하고는 서문경과 투호 놀이를 하며 술을 더 마시다 비로소 자리에서 일어났다. 뒤뜰 후원으로 들어가니 정북쪽으로 서재가 있는데 사방이 모두 회칠한 담장에 호숫가에는 버드나무와 화분에는 화목이 심어져 있었다. 방 안에는 촛불이 환히 밝혀 있고, 휘장 안에는 침대가 놓여 있었다. 침대 위에는 이부자리와 요가 있고 병풍이 둘러 있고, 거문고와 책, 탁자와 의자가 청아하게 놓여 있었다. 또 비취색 주렴이 낮게 드리워져 있으며 모두 깔끔하게 정돈되어 있었다. 화롯불 위에는 병을 올려놓아 차를 끓이고 향로에서는 사향 향이 냄새를 뿜어내고 있었

다. 하천호는 다시 서문경과 함께 얘기를 나누었다. 사내하인이 차를 내와 마신 뒤에 인사를 하고 그제서야 자리에서 일어나 안채로 돌아갔다. 서문경은 잠시 불을 쬐다가 비로소 옷과 모자, 허리띠를 풀고 잠자리에 들었다. 왕경과 대안이 서문경의 신과 버선을 벗겨주고 촛불을 끈 뒤에 자기들은 온돌 위에 잠자리를 깔고 잤다.

서문경은 취해 잠자리에 누웠다가 깔고 덮은 것이 비단 이불 요이며 비단 휘장이 드리워져 있고 화롯불이 따스하게 방을 데우며, 자신은 금박을 입힌 침상 위에 누워 있음을 알게 되었다. 이불 안에서 창가에 가득 비친 달빛을 보니 아무리 뒤척여도 잠을 이룰 수가 없었다. 물시계의 똑똑 떨어지는 소리가 들려오고 꽃들도 적막하고 차가운 바람이 부니 문 창호지가 소리를 내며 울고 있었다. 집을 떠난 지도 오래된지라 왕경을 불러 함께 자려고 생각했다. 그런데 갑자기 창밖에서 웬 여인이 나지막한 소리로 부르는 듯했다. 이에 옷을 집어입고 침상에서 내려와 신발을 신고 가만가만 창가로 다가가 보니 이병아가 구름 같은 머리에 화장을 엷게 하고, 전에 입던 하얀 적삼으로 눈처럼 하얀 살결을 감추고 코가 누런 뾰족한 신을 신고 있었다. 그런 차림으로 가볍게 발걸음을 옮겨 달빛 아래 서 있었다. 서문경은 그런 이병아를 보고 집 안으로 데리고 들어와 서로 껴안고 울면서 말했다.

"내 사랑아! 어떻게 이곳에 왔어?"

"저도 이제 살 집이 생겼다는 소식을 당신께 말씀드리려고 일부러 찾아왔어요. 이렇게 뵈었으니 조만간 이사하면 돼요."

이 말을 듣고 서문경은 급히 물었다.

"그 집은 어디에 있지?"

"그다지 멀지 않아요. 큰거리로 나가 동쪽으로 조금 가다 보면 조부항[造釜港]이 나오는데 바로 그곳이에요."

말을 마치고 서문경과 이병아는 꼭 껴안고 침상에 올라 운우의 정을 나누는데 종전에는 맛보지 못한 즐거움의 극치였다. 일을 마친 뒤에 이병아는 옷맵시를 가다듬고 머리를 매만지고는 차마 떠나지를 못하고 머뭇거렸다. 그러면서 이병아는 서문경에게,

"여보, 제발 늦게까지 술을 드시지 말고 일찍 집으로 돌아가세요. 그 사람이 언젠가 당신을 해칠지도 모르니 절대 이 말을 잊지 말고 꼭 기억하시고 조심하세요!"

이렇게 말을 마치고 손을 빼내 작별하려 하자, 서문경은 이병아를 집까지 바래다주겠다며 큰길로 나서니 달빛은 마치 대낮같이 훤했다. 달빛을 받으며 큰길을 따라가다 동쪽으로 돌아가니 작은 골목이 나왔고 거기에 흰 두 쪽문으로 된 집이 나타났다. 이병아가 가리키며,

"바로 이 집이에요."

하고는 소매를 빼내 안으로 들어갔다. 서문경이 급히 앞으로 나가 이병아를 잡으려고 했으나 갑자기 눈이 떠졌다. 모든 것이 남가일몽 한바탕의 덧없는 꿈이었다. 그러나 달빛은 여전히 창가에 비치고 나뭇가지의 그림자가 드리워져 있었다. 서문경이 손을 뻗어 이불 밑을 더듬어보니 방금 사정한 정액으로 자리가 축축해져 있었고 이부자리에는 아직도 그 향기가 남아 있는 듯하고 입 안에는 감미로운 맛이 감돌았다. 안타까움과 아쉬움이란 말로 다 표현할 수 없고 슬픔을 이길 수가 없었다. 세상의 좋은 물건은 오래도록 간직할 수 없고, 아름다운 구름은 쉽게 흩어지고 유리도 깨어진다오.

시가 있어 이를 증명하나니,

우주는 망망한데 서리가 소매 가득
밝은 창가에 달이 비추니 꿈에서 깨네.
처량하게 잠에서 깨니 얘기할 곳 없네.
차가움에 울지 않는 닭이 한스럽구나!
玉宇微茫霜滿襟 疏窗淡月夢魂驚
淒涼睡到無聊處 恨殺寒雞不肯鳴

서문경은 몸을 뒤척이며 닭이 울고 날이 밝기를 기다리다가 정작 날이 샐 무렵에 자기도 모르게 다시 잠에 빠져들었다.

다음 날 아침 하천호의 하인들이 세숫물과 수건을 대령했다. 왕경과 대안이 서문경을 깨워서 세수하기를 기다려 머리 손질을 해주었다. 그런 뒤에 하천호가 밖으로 나와 생강차를 마시고 탁자를 깔고 죽을 대접했다. 서문경이,

"태감님께서는 어째 안 보이시죠?"

하고 묻자 하천호가 답했다.

"태감님께서는 오경쯤에 궁궐로 들어가셨습니다."

잠시 뒤에 다시 죽이 나오고 화롯불 주위에 깔끔한 반찬 네 개를 놓고 삶은 고기를 네 대접 내왔다. 죽을 먹고 나자 다시 고기로 속을 넣은 만두에 계란을 푼 만둣국과 금박을 입힌 찻잔에 담긴 차가 나왔다. 식사를 하고는 말을 준비하라고 분부했다.

식사를 마치고 하천호와 서문경은 예복과 모자를 차려입은 뒤에 하인을 따르게 하고 먼저 병부에 들어가 인사를 하고 나와 각자 헤어져 집으로 돌아왔다. 서문경은 상국사[相國寺]로 가서 지운[智雲] 장로를 만나보았다. 장로는 서문경을 붙잡고 음식을 대접했으나 서문

경은 조금만 먹고 나머지는 손아래 사람들에게 주었다.

상국사를 나온 서문경은 대안에게 금단자를 잘 싸게 하고 동쪽 거리를 돌아서 최중서의 집으로 가서 하용계에게 인사를 가려고 했다. 조부항의 거리를 지나다가 간밤의 꿈이 생각나서 발걸음을 옮겨보니 중간에 과연 꿈속에서 본 것과 똑같은 흰쪽 문이 두 짝 달린 집이 있었다. 그래서 가만히 대안을 시켜 옆집의 두부 파는 노파에게 물어보라고 일렀다. 이에 대안이 물었다.

"이 집에는 누가 살고 있나요?"

"원지휘[袁指揮]의 집이에요."

대안이 돌아와 서문경에게 이 말을 전하자, 서문경은 괴이함을 떨쳐버릴 수가 없었다. 여러 가지 생각을 하며 최중서의 집에 가보니, 하용계도 막 말을 타고 인사를 하러 나가려던 참이었다. 서문경을 보고 하인에게 말을 한쪽으로 끌고 가라고 명하고 서문경을 대청으로 안내한 뒤에 인사를 나누었다. 서문경은 대안을 불러 선물을 내오게 하니 푸른색 금박을 수놓은 비단 한 필과 색 비단 한 필이었다. 하용계가 말했다.

"소생은 아직 축하 인사를 드리지도 못했는데, 장관께서 먼저 이렇게 축하를 해주시다니요! 어제도 제 집 문제 때문에 고생을 하셨는데 뭐라고 감사의 말을 해야 좋을지 모르겠군요."

"하태감께서 저더러 집을 하나만 구해달라고 말씀하셨는데, 마침 장관께서 부탁한 것도 있고 해서 이 집을 말씀드렸지요. 하태감께서 좋다고 하시며 이 집을 사시겠다고 하니 제가 중간에서 거래를 주선하지 않을 수가 없지요. 그래서 집문서를 보여드리니 즉석에서 원래 값에 사겠노라고 하시더군요. 조정에 계신 분이라 일처리가 솔직하고 신속해 바로 이루어졌습니다. 이 모든 게 다 대인의 복이십니다."

말을 마치고 껄껄대고 웃었다. 하용계가 말했다.

"하천천에게 아직 인사를 못했습니다. 이번에 갈 적에 장관과 동행을 하시지요?"

"하천천은 이번에 저와 함께 가고 식구들은 조금 후에 올 것입니다. 안 그래도 어제 하태감께서 고맙다고 인사하시면서 번거롭겠지만 영감께서 조금만 일찍 이사를 해주시면 식구들이 바로 이사할 수 있다고 하시더군요. 그래서 이사하기 전에 하천호는 잠시 관아에서 얼마간 묵을 예정입니다."

"소생도 오래 끌 생각은 없습니다. 서울에서 집을 구하는 대로 바로 식솔들을 이사시킬 생각이지만, 아무래도 월말쯤은 돼야겠죠."

말을 마치고 서문경은 자리에서 일어나면서 최중서에게 찾아왔으나 뵙지 못하고 갔다며 명첩을 남겨두었다. 하용계가,

"좀 더 계시라고 말하고 싶지만, 저도 손님으로 있는 몸인지라 널리 양해하시기 바랍니다!"

하니, 서문경은 작별을 하고 말을 타고 하천호의 집으로 돌아왔다. 하천호는 점심을 차려놓고 서문경이 돌아오기를 기다리고 있었다. 서문경은 하용계를 만난 얘기를 들려주면서,

"늦어도 이 달 말까지 집을 구해 식구들을 이사시키겠답니다."

하니 이 말을 듣고 하천호는 크게 기뻐하며 말했다.

"장관께서 너무 고생을 하시는군요."

식사를 마치고 둘이 대청에 앉아서 한참 바둑을 두고 있는데 하인이 들어와,

"채태사부의 적집사께서 사람을 보내 소식을 전해왔습니다. 최중

서 댁으로 찾아뵈러 갔는데 이곳에 계시다고 알려주어 이리로 왔답니다."

하며 명첩을 올리기에 받아보니,

'금빛 비단 한 필, 남경 비단 한 필, 산 돼지 한 마리, 양 한 마리, 궁중용 술 두 동이, 과자 두 상자. 적렴이 머리 숙여 드립니다.'

라고 쓰여 있었다. 서문경은 이를 보고 심부름꾼을 불러서,

"적대인께서 너무 마음을 써주시는군요."

하며 선물을 받고는 답장을 써서 심부름 온 하인에게 은자 두 냥을 상으로 주고 짐을 메고 온 사람들에게는 닷 전씩 주었다. 그러면서,

"손님으로 와 있는 중이라 제대로 답례를 해드리지 못한다고 전하게나."

하니, 심부름 온 하인은 급히 받으며 말했다.

"소인이 어찌 감히 받을 수가 있겠습니까?"

"술이라도 몇 잔 사먹게나."

이에 비로소 고맙다고 인사를 하고 받아 넣었다. 그때 왕경이 곁에 있다가 가만히 다가와서는 말했다.

"소인의 누이가 저더러 태사부에 가서 애저 누이에게 전해주라는 물건이 있습니다."

"무슨 물건인데?"

"집에서 만든 신발 두 켤레예요."

서문경은,

"그것만 가지고 어찌 가겠어?"

하며 대안에게,

"내 가죽 가방 안에 국화꽃 전병이 있으니 두 통을 담아서 함께 갖

다 주거라."

하고 분부했다. 그러고는 왕경에게 고맙다는 회답의 편지를 주며 검은 옷을 입고 심부름 온 사람을 따라 태사부로 가서 애저를 만나보라고 일렀다. 서문경은 편지를 써서 양 한 마리, 술 한 통을 최중서에게 고맙다고 보냈다. 그리고 돼지 한 마리와 술 한 통, 과자 두 상자는 안채로 가지고 들어가 하태감께 드리라고 분부하면서,

"제가 이곳에 머물며 하공공께 많은 폐를 끼쳤습니다!"

하자, 당황한 하천호가 나와서 고맙다고 인사하면서 말했다.

"장관과 저는 이제 한집안 사람인데 어찌 이렇게 섭섭한 말씀을 하십니까?"

한편 왕경은 태사부에 와서 한애저를 불러내 외청에서 인사를 했다. 모습이 마치 옥나무를 다듬어놓은 것 같아 시집오기 전의 추레한 모습과는 전혀 달랐고 키도 약간 더 큰 것 같았다. 술과 음식을 대접하고는 왕경이 얇은 옷만 걸치고 있는 것을 보고서 푸른 담비털 외투 한 벌과 은자 닷 냥을 주었다. 왕경은 이를 받아 와서 서문경에게 보여주니 서문경은 대단히 기뻐했다.

한참 하천호와 바둑을 두고 있는데 갑자기 '길을 열어라' 하고 외치는 소리가 들리며 문지기가 들어와,

"하대감께서 오시면서 명첩을 두 장 가지고 오셨습니다."

하고 아뢰어, 둘은 급히 의관을 차려입고 밖으로 나가 영접해 대청으로 모신 뒤에 서로 인사를 나눴다. 하천호는 다시 어제 집을 산 일에 감사했다. 하제형은 술과 두 사람분의 비단을 가지고 두 사람에게 축하의 인사를 했다. 이에 서문경과 하천호는 재삼 고맙다고 인사하며

좌우 하인들에게 받아놓으라고 일렀다. 그런 후에 하제형은 분사와 대안, 왕경에게도 은자 열 냥을 주었다. 그러고는 주인과 손님이 서로의 자리에 앉았다. 차를 마시며 담소를 나누다가 하제형이,

"태감님께 인사를 드려야지요."

하자 하천호가,

"태감님께서는 오늘 입궐하셨습니다."

하니, 이에 하용계는 붉은 명첩을 내놓으며,

"진작 찾아뵙고 인사를 드렸어야 하는데 인사가 늦었다고 말씀드려주십시오."

하고는 자리에서 일어났다. 하천호도 바로 금 비단 한 필을 축하 선물로 하인을 시켜 보냈다.

저녁 무렵에 하천호는 다시 화원에 있는 따스한 누각 안에다 술자리를 마련해 서문경과 술을 마시고 가수들의 연주와 노래를 즐기다가 이경쯤에야 겨우 잠자리에 들었다. 서문경은 전날 밤의 꿈이 생각나서 왕경더러 이부자리를 가지고 와서 서재 바닥에 깔고 자라고 했다. 밤이 깊자 왕경을 침대로 올라오게 해 옷을 벗기고 알몸을 이불속에서 끌어안고 입을 빨고 야단을 내니 그윽한 향기와 감미로운 침이 솟아났다. 바로, 앵앵[鶯鶯]을 만나지 못하니 대신 홍랑[紅娘]으로 만족한 격이었다.

이렇게 하룻밤을 지내고 다음 날 오경쯤에 잠자리에서 일어나 하천호 일행과 함께 대궐로 출발했다. 먼저 대루원[待漏院](조회에 참여하는 백관들이 궁문이 열릴 때까지 대기하는 곳)에서 기다리고 있다가 동화문[東華門](송대 개봉 황궁의 동문[東門])이 열리자 안으로 들어갔다. 그 모습이란,

별 무리들 드물고 물시계의 물 얼마 남지 않았는데
궁중에서는 패물 부딪치는 소리 들려오고
꽃 아래에는 칼과 창이 있어 별빛도 감추고
버드나무에 깃발이 펄럭이니 이슬이 마르지 않네.
빛나는 서광 속에 황제를 뵈려 하니
상서로운 기운이 백관들을 감싸누나.
오늘 천자의 얼굴에 기쁨이 어려 있음을 보니
멀리서 봉래산 자색의 상서로운 기운이 감돌고 있구나.
星斗依稀禁漏殘 禁中環珮響珊珊
花迎劍載星初落 柳拂旌旗露未乾
瑞靄光中瞻萬歲 祥煙影里擁千官
欲知今日天顔喜 遙睹蓬萊紫氣蟠

　　잠시 뒤에 구중궁문이 활짝 열리니 절도 있게 옥패들이 부딪히는
소리가 들려오고, 창합[閶闔](궁궐의 정문)이 열리자 멀리 곤상[袞裳]
(황제의 옷)이 조금 보였다. 참으로 태평성대의 날이자 황제를 알현
하는 지극히 경사스러운 날이었다. 이때 황제는 제사를 지내고 남쪽
교외에서 막 돌아온 참이었다. 문무백관이 모두 모여 황제의 조회를
기다리고 있었다. 잠시 뒤에 종소리가 들리면서 천자가 궁에서 나와
숭전대전[崇政大殿](황제가 정무를 처리하는 곳)에서 문무백관의 축하
인사를 받았다. 잠시 뒤에 향기로운 구슬 공이 돌고 주렴이 걷히고
부채들이 펴졌다. 당일 조회의 엄숙하고도 장엄한 모습이 어떠했겠
는가? 그것을 볼 것 같으면,

바람이 온화하고 따스한 기운이 서려 있네

밝은 해 하늘에 있고 상서로운 구름이 모여 있다네.

보일 듯 말 듯 높은 누각들이 구름 속에 가득

어슴푸레한 많은 궁전이 아침 햇살에 비친다.

대경전[大慶殿], 숭경전[崇慶殿], 문덕전[文德殿], 집현전[集賢殿]이

금빛과 푸르름으로 찬란하게 빛난다.

건명궁[乾明宮], 신녕궁[神寧宮], 소양궁[昭陽宮], 합벽궁[合壁宮],
청녕궁[淸寧宮]은

찬란히 단청하여 화려하고 선명하구나.

햇살은 찬란해 옥 섬돌과 조각한 난간을 비추고

안개는 은은하게 금박 입힌 기둥을 감싸네.

자주색 대문과 황색 누각에서는 단목 향이 풍기고

붉게 칠한 마루와 옥 섬돌 위에서는

촛불이 대낮처럼 밝게 타는구나.

둥둥둥 북소리 세 번 울리고

창창창 종소리 백여덟 번 울려 퍼진다.

칼을 집은 자들이 서로 부딪치고

용과 호랑이를 그린 기가 오가며 나부낀다.

금위군이 꽃 모자 쓰고 들고 있는 것은

둥근 부채와 네모진 부채

아래위로 흔들며 크게 펼치니 용이 꿈틀대는 듯

금으로 장식한 수레와 옥 수레를 메어

좌우로 서로 진을 짠다.

또 저편을 보니 입금과[立金瓜]와 와금과[臥金瓜]가*
이쪽에 둘, 저쪽에 두 개가 보인다.
또 쌍룡선[雙龍扇]과 평용선[平龍扇]이**
겹겹이 둘러쳐 있다.
금 안장에 옥 재갈을 한 말들이 잘 길들여져
쌍을 지어 줄지어 서 있다.
보갑상[寶匣象]과 가원상[嘉轅象]은***
용맹스럽고 흉포하게 보인다.
근위 장군들은 하나같이 기골이 장대하여 천신 같고
갑옷 입고 투구를 쓰고 있네.
금위 장군들은 정연하여 마치 지살성같이
칼을 차고 수춘[繡春]****도 차고 있구나.
전문 앞에는 규의어사[糾儀御使]*****들이 도열하여
사람마다 모두 치관[豸冠]******을 쓰고
가슴에 홀[笏]을 들고 있다.
계단 주위엔 관원들이 단정하게 서 있는데
사람들은 모두 찬란한 옷을 입고 성지를 들고 있다.
이윽고 대전의 문이 일제히 열리면서
그림 그린 기둥에서 가벼이 소리 내며 발이 걷힌다.
종각에서는 때를 알리느라 사람이 세 번 소리치고

---

* 입금과와 와금과: 고대 제왕의 행사에 쓰는 기물
** 쌍룡선과 평용선: 제왕의 가리개
*** 보갑상과 가원상: 제왕 행사에 쓰이는 큰 코끼리
**** 금위군들의 신분 패
***** 대조[大朝] 시에 문 앞에서 백관들을 부르는 어사
****** 일명 해태관으로 법[法]을 집행하는 관원이 쓰는 모자

계단 아래에서는 쌩쌩하며 채찍 소리가 세 번 들린다.
위풍당당하게 벼슬아치들이 줄지어 있는데
모두 다섯 등급으로 나뉘어 있네.
용상의 비단 의자에 앉아 있는 황제를 우러러본다.
멀리서 바라보니 머리에는 십이류평정관[十二旒平頂冠]을 쓰고
몸에는 황색의 곤룡포[袞龍袍]를 입고
허리에는 남색의 옥띠를 두르고
발에는 검은 가죽 장화를 신고
손으로 금상감을 입힌 백옥규를 들고
등 뒤에는 용과 봉황 구름이 수놓인 병풍이 쳐져 있다.
皇風淸穆 溫溫靄靄氣氳氳
麗日當空 郁郁蒸蒸靉靆
微微隱隱 龍樓鳳閣散滿天香靄
霏霏拂拂 珠宮寶殿映萬縷朝霞
大慶殿 崇慶殿 文德殿 集賢殿 燦燦爛爛金碧交輝
乾明宮 神寧宮 昭陽宮 合璧宮 淸寧宮 光光彩彩丹靑炳耀
蒼蒼涼涼 日影着玉砌雕欄
裊裊嬰嬰 霧鎖着金椽畫棟
柴扉黃閣 寶鼎內縹縹緲緲沉檀香爇
丹階赤墀 玉砌臺明明朗朗畫燭高焚
龍龍鼕鼕 報天鼓擂疊三通
鑒鑒馨馨 長樂鍾撞一百八下
枝枝楂楂 叉刀手互相磕撞
挨挨曳曳 龍虎旗來往盤旋

錦衣花帽 擎着的是圓蓋傘 萬蓋傘 上上下下 開展卽龍蟠

駕着的是金輅輦 玉輅輦 左左右右相陣

又見那立金瓜 臥金瓜 三三兩兩

雙龍扇 平龍扇 疊疊重重

群群隊隊金鞍馬 玉轡馬 性貌馴習

雙雙對對寶匣象 駕轅象 猛力猙獰

鎭殿將軍 一個個長長大大賽天神 甲披金葉

侍朝勳衛 一人人齊齊整整如地煞 刀繫繡春

嚴嚴肅肅 殿門內擺列着糾儀御史 人人豸冠森聳 秉簡當胸

端端正正 姜擦邊立站定衆官員 個個錦衣炳煥 傳宣聽旨

金殿參參差差齊開寶扇 畫棟前輕輕款款高捲珠簾

文樓上 嘐嘐嗺嗺報時雞人三唱

玉階前 剌剌刮刮肅靜鞭響三聲

齊齊整整 列簪纓 有五等之爵

巍巍蕩蕩 坐龍床 倚繡褥 瞳萬乘之尊

遠遠望見頭戴十二旒平頂冠

穿赭黃袞龍袍 腰繫藍田玉帶 脚靸烏油烏履

手執金廂白玉圭 背靠九雷龍鳳扆

맑은 날 궁중의 문이 열리고
바람이 향로의 향을 피워 올리네.
천 갈래 상서로운 구름이 대궐에 비칠 때
한 점 붉은 구름을 황제께 바치네.
晴日明開靑鎖闥 天風吹下御爐香

千條瑞靄浮金闕 一朵紅雲捧玉皇

실로,

황제의 모습은 요임금의 눈썹, 순임금의 눈, 우왕의 등, 탕왕의 어깨라네. 이 황제는 재주가 비상해 시를 짓고, 눈은 양같이 유순하다오. 사군자를 훌륭히 그려내고, 능히 설직[薛稷](초당대의 명필가)만큼 글을 쓸 수 있다네. 유[儒], 불[佛], 도[道]의 삼교에 능하고 구류[九流]의 경전에 능통하다오. 아침저녁으로 즐기는 것은 흡사 검각의 맹창[孟昶](오대 후촉의 망국지군)과 상대[商代]의 걸왕에 버금갈 듯하고, 색을 탐하고 술을 즐기는 것은 마치 금릉의 이후주[李後主](남조 진[陳]의 망국지군 진숙보[陳叔寶])와 흡사하구나. 열여덟에 즉위해 이십오 년 동안에 다섯 차례 연호를 바꾸었네. 첫 번째는 건중[建中], 정국[靖國], 후에 다시 숭건[崇建]으로 고치고 다시 대관[大觀]과 정화[正和]로 고쳤다오.

이윽고 황제가 용상에 앉자 울려 퍼지던 음악 소리가 멈추면서 문무백관이 가슴에 홀[笏]을 드리우고 일제히 용상을 향해 오배삼고두[五拜三叩頭]의 예를 올리고 사은문과 상주문을 올렸다. 이에 전두관[殿頭官](조정대전[朝廷大典] 때 황제의 곁에서 조서를 전하거나 신하들의 상주문을 접수하는 관원)이 자주색의 좁은 옷에 허리에는 금띠를 두르고 천천히 옥계단을 걸어 내려와 성지를 전했다. 이르기를,

짐이 즉위해 이십여 년이 흘렀는데 이번에 간악[艮嶽](하남성에 있는 산)에 제를 올려 상서로움을 고하였노라!

오늘 새로운 날이 시작되는 새해 첫날을 맞이해 경들과 함께 그 기쁨을 나누고자 하노라!

말이 채 끝나기 전에 대열 중에서 한 대신이 앞으로 나오니 장화 소리가 요란하고 소맷자락에서는 바람이 일었다. 관직이 얼마나 높은지는 알 수 없었으나 단지 그 옥띠로 직위를 가늠해볼 뿐이었다. 멈추어 선 대신을 바라보니 좌승상숭정전대학사겸 이부상서 태사노국공인 채경이었다. 모자를 쓰고 상아 홀을 가슴에 안고 금 계단 아래 엎드려 머리를 조아리며,

"만세, 만세, 만만세! 신 등은 황공한 마음으로 머리 숙여 헤아려보니 황상께서 보위에 오르신 지 어언 스무 해가 됐습니다. 즉위하신 이래로 국가가 평안하며 천하에 풍년이 계속되었습니다. 하늘이 굽어 살피시어 상서로운 징조가 자주 나타나니, 해는 더욱 둥글어지고 별은 더 밝게 빛나고 바다도 더욱 넓어지니, 성상께서는 하늘에서 내리시는 길조의 징조를 받으시어 오래도록 정통의 복을 누리시고, 하늘이 안정을 보장해주고, 땅이 안녕됨을 보장해주고, 사람은 평안함을 보호해주나니 황상의 황위가 오래도록 무궁할 것입니다. 세 변방에서는 영원토록 싸움이 멈추고, 주위 국가들이 천자께 알현을 합니다. 은악[銀岳]은 하늘에 늘어서고 옥경[玉京](천자가 머무는 선산[仙山])은 빼어나게 우뚝 솟아나 수려하나이다. 도교의 부록[符籙]은 천제가 머무는 궁궐에 널리 퍼져 있고, 강소루[絳霄樓]는 건궁[乾宮] 중에 빼어나게 솟아 있습니다. 이에 신 등은 다행히도 태평성대를 만나고 또 영명한 임금과 충성된 신하로 만났습니다. 부귀와 장수를 누리시기를 경축드리며 또 언제나 황상의 은혜를 입기 바라옵나이다. 삼

가 하늘을 바라보고 성상을 우러러보니 흥분과 황공한 마음이 들어 삼가 성상께 송[頌]을 올리는 바입니다."

하니, 한참이 지나 성지가 내려왔다. 이르기를,

> 경 등이 올린 송은 바로 그대들의 충성스러움을 보여준다. 짐의 마음 기쁘기 그지없도다.

그러면서 조서를 내리기를,

> 내년을 선화[宣和] 원년으로 바꾸고, 정월 초하룻날에 정명보[定命寶](송대의 옥새[玉璽])를 받아 대사면을 실행할 것이니 차질이 없도록 하라.

채태사는 성지를 받고 물러났다. 전두관이 다시 구두로 성지를 전달하기를,

"일이 있는 자들은 앞으로 나와 상주를 하고, 일이 없는 자들은 발을 걸고 물러나거라."

하니, 말이 채 끝나기도 전에 대열에서 붉은 도포에 상아 홀, 옥띠를 두른 한 사람이 나오는데 홀을 눕혀놓고 공손히 허리를 굽히고 섬돌 아래 무릎을 꿇고서,

"광록대부 금오위 태위태보 겸 태자태보인 신 주면이 아뢰옵니다. 신이 천하의 제형관원들, 바로 뒤쪽에 무릎을 꿇고 있는 화남, 화북, 절동, 절서, 산동, 산서, 하남, 하북, 관동, 관서, 복건, 광남, 사천 지방의 형옥과 천호, 장릉[章隆] 등 스물여섯 명을 인도해 왔습니다. 법에

따라서 검사를 마치고 승진과 강직 등을 모두 끝내고, 본래의 임명장은 회수했으며 새로 임명장을 발부해야 합니다. 상주를 했으나 아직 하교를 받지 못했으니 윤허해주시기 바랍니다."

하니, 바로 성지가 내려오기를,

관례대로 행하도록 하라.

주태위가 성지를 받고 물러나고, 황제가 용포를 한 번 흔들자 모든 신하들이 물러나고 황제도 궁 안으로 돌아갔다. 백관들은 모두 단례문[端禮門]을 통해 두 줄로 나누어 밖으로 나왔다. 코끼리 열두 마리는 누가 끌지도 않았는데 먼저 앞서 나가고 진위장군들도 그 뒤를 따라 나와 흩어지고, 칼을 든 무사들과 붉은 옷을 입은 황제 친위 부대들이 모두 밖으로 나오는데 창과 칼이 햇빛에 번쩍였다. 궁궐 문을 나오니 수레와 말이 종횡으로, 의장대가 도열하고 있었다. 사람들의 요란한 외침은 노도처럼 출렁이고 말들의 울부짖음은 산이 무너지고 땅이 갈라지는 듯했다. 제형관들은 밖으로 나와 말에 올라 모두 금오위 관아의 문 앞에서 기다렸는데 마치 철통이 에워싼 듯했다. 얼마 지나 인감을 담당하는 관리가 인패[印牌]를 가지고 나와 전하기를,

"대감께서는 오늘 관아로 들어오지 않으십니다. 가마는 이미 서화문[西華門]에 갖다놓았습니다. 오늘은 채태사와 이태사 댁으로 동지 인사를 올리러 가셨습니다."

하니, 이 말을 듣고 여러 관원은 모두 흩어졌다.

서문경과 하천호는 하천호의 집으로 돌아와 또 하루를 보냈다. 다음날 아문에 나가 임명장을 받고 여러 사람과 상부에 가서 신고한 뒤에

집으로 돌아와 짐을 꾸려서 하천호와 함께 떠나려고 했다. 하태감이 저녁에 술좌석을 열어 전송하면서 다시 한 번 하천호에게 당부했다.

"무릇 일을 처리함에 있어 반드시 서문대인의 가르침을 따르고 결코 혼자 처리하다 예의에 벗어나는 일이 없도록 하거라."

동짓달 열하룻날 마침내 서울을 출발하니, 두 집에서 하인 스무 명 정도가 두 관리를 따라 산동으로 길을 떠났다. 때는 바야흐로 엄동설한인지라 물방울이 떨어져 어는 아주 추운 시기였다. 가는 도중에 보이는 것은 황량한 들판과 가지만 남은 앙상한 나무뿐이고, 듬성듬성한 나무숲에 쓸쓸한 석양이 비치고, 저녁 눈에 구름도 얼어붙고 나루터는 비어 있어 모든 것이 차갑게만 느껴지는 풍경이었다. 그래도 산을 넘고 마을을 지나며 갈 길을 재촉했다. 황하를 건너 수관팔각진[水關八角鎭](하남 개봉현 서남 삼십 리 부근)에 이르렀을 때 갑자기 하늘에서 일진의 광풍이 몰아쳤다.

호랑이의 울음인가 아니면 용틀임인가?
차가운 바람이 몰아치니 냉기가 몸에 스며든다.
버드나무가 제대로 서 있지 못하고
산귀신 물귀신도 몰래 숨누나.
처음에는 자취도 그림자도 없는데
점차 안개를 두르고 구름을 거둔다.
놀란 버드나무와 강둑의 백조와 까마귀는 짝지어 날고
붉은 마름꽃 해안에 원앙 함께 다닌다.
그 바람 비단 창 틈으로 스며들면
은 촛대 불을 끄고 아름다운 누각을 훑고 지나며

얇은 비단 옷자락을 어지러이 펄럭인다.

바람 부니 꽃도 흩날리고

버드나무도 처참하게 흔들리고

돌이 날고 모래가 사방에 뿌려진다.

큰 나무도 소리 내며 잘라지고

놀란 기러기는 깊은 구덩이 속에 떨어진다.

순식간에 부서진 돌이 땅을 치고, 흙부스러기가 하늘을 가린다.

모래와 돌이 땅을 치니

하늘 가득 소나기가 쏟아져 내리는 듯하고

먼지와 흙이 하늘을 뒤덮으니

수많은 맹수들이 달려드는 듯하구나.

바람이 마을에 이르니 촌락의 낚시꾼

낚싯대를 거두고 급히 집으로 돌아간다.

산속에 있던 나무꾼은

놀라서 허겁지겁 달려 내려온다.

놀란 산속의 범과 표범은

목을 움츠리고 슬며시 깊은 골짜기에 몸을 숨긴다.

바다의 교룡은 놀라서 발톱을 감추고

꼬리를 마니 사나운 모습 보기 어렵구나.

한참을 부니

지붕 위의 기왓장은 제비처럼 날아가고

산의 돌이 날아가듯 구르네.

기왓장이 제비처럼 나니

얻어맞은 나그네 길을 잃어 헤매고

노한 듯이 돌이 굴러다니니
장삿배는 닻을 내리고 돛을 거둔다.
큰 나무들이 뿌리째 뽑히니
작은 나무들은 가지조차 없구나.
이 바람은 얼마나 엄청난지
정말로 지옥문을 때려부수고
저승의 먼지까지 불러일으킨다.
달 속의 선녀가 황급히 궁문을 걸어 잠그고
열자는 공중에서 살려달라 애원하네.
그 바람이 하도 험하다 보니
곤륜산의 옥황상제도 곤륜의 꼭대기에 있기 힘들게 불어대니
넓고 넓은 대지가 흔들거리네.
非干虎嘯 豈是龍吟
卒律律寒颷撲面 急颼颼颼颼冷氣侵人
旣不能卸柳 暗藏着水妖山怪
初時節無蹤無影 次後來捲霧收雲
驚得那綠楊堤鷗鳥雙飛 紅蓼岸鴛鴦幷起
則見人紗窓 撲銀燈 穿畫閣 透羅裳 亂舞飄
吹花擺柳昏慘慘 走石揚砂白茫茫
刮得那大樹連聲吼刷刷 驚得那孤雁洛深壕
須臾砂石打地 塵土遮天 砂石打地 猶如滿天驟雨卽時來
塵土遮天 好相似百萬貔貅捲土至
趲趲得村落漁翁罷釣 捲鉤綸疾走回家
山中礁子魂驚 披斧斤忙奔歸舍

誑得那山中虎豹縮着頭 隱着足 潛藏深壑
刮得那海底拳着爪 蟠着尾 難顯猙獰
刮多時只見那房上瓦飛似燕
吹良久山中石走如飛
瓦飛似燕 打得客旅迷蹤失道
石走如飛 誑得那商船緊纜收帆
大樹連根拔起 小樹有條無稍
這風大不大 眞個是吹折地獄門前樹
刮起酆都頂上塵 嫦娥急把蟾宮閉
列子空中叫救人 險些兒玉皇住不的崑崙頂
只刮的大地乾坤上下搖

　서문경과 하천호는 담요를 친 가마에 앉아 있으나 바람이 세차게
불어대어 한 발짝 옮기기도 어려웠다. 하늘도 점점 어두워지고 깊은
숲에서 도적떼라도 나올지 몰라 더욱 무서운 생각이 들었다. 그래서
하천호가 서문경에게,
　"앞마을에서 적당한 곳을 찾아 하루 쉬고 내일 바람이 멎으면 그
때 떠나죠."
　이렇게 말하고 한참 찾아보니 멀리 길가에 오래된 절이 하나 보였
는데 그 옆에는 앙상한 버드나무가 있고 담장은 거의 다 무너져갔다.

　부서진 비석은 잡초 속에 나뒹굴고
　굽은 복도와 전각은 반쯤 기울어져 있네.
　밤이 깊어 객이 머무나 등불도 없고

달이 지니 더욱더 쓸쓸하구나.

石砌碑橫夢草遮 回廊古殿半欹斜

夜深宿客無燈火 月落安禪更可嗟

서문경과 하천호는 그 절에 들어가 머물기로 하고 다가가 보니,
'황룡사[黃龍寺]'라는 편액이 걸려 있었다. 선방 안에서는 중 몇 명이
앉아서 좌선을 하고 있는데 등불도 켜지 않고 방도 거의 다 무너지고
훼손되어서 대나무 가지로 부서진 곳을 가리고 있었다. 장로가 나와
연유를 묻고 불을 때어 차를 끓여주고 말에게도 여물을 주었다. 서문
경은 행랑에서 마른 닭고기와 절인 고기, 바둑알 모양의 과자 등을
꺼내 하천호와 함께 대강 저녁을 먹었다. 장로 등은 콩죽을 한 솥 끓
여 먹었다.

이렇게 하룻밤을 보내고 나니, 다음 날은 언제 그랬냐 싶게 바람
이 멎고 날씨도 쾌청했다. 두 사람은 장로에게 은자 두 냥을 주며 고
맙다고 말하며 작별을 고하고 산동으로 길을 떠났다.

왕명을 받고 떠나는 몸 어찌 두려워하랴
산을 넘고 돌아서 서울의 조회에 간다네.
깊은 밤 절에 투숙하는데 불조차 없으니
행인들 마음이 심란하구나.

王事驅馳豈憚勞 關山迢遞赴京朝

夜投古寺無煙火 解使行人心內焦

사람의 정이란 오래 두고 볼 일

왕삼관은 서문경을 수양아버지로 삼고,
응백작은 이명을 대신해 억울함을 풀어주다

추위와 더위가 바뀌고 봄이 다시 가을 되니
타향과 고향에서 서로를 그리누나.
빈한한 나그네 풍상에 고생이 많고
충후 강직한 신하는 눈물을 흘리네.
험한 세상 속에 내맡겨진 이내 몸
여인과 술로써 수심을 풀어볼거나.
작고도 작은 명리 언제나 다할거나.
절의 도동[道童]조차 백발노인보고 웃음 짓네.
寒暑相推春復秋 他鄕故國兩悠悠
淸淸行李風霜苦 蹇蹇王臣涕淚流
風波浪里任浮沉 逢花遇酒且寬愁
蝸名蠅利何時盡 幾向靑童笑白頭

서문경과 하천호가 길에서 고생한 얘기는 여기서 접어두겠다.

한편 오월랑은 서문경이 상경한 이래로 집안을 엄하게 단속했다.
또한 서문경이 집에 없는 동안에는 그 누구도 초대하지 않았다. 오라

버니와 올케인 오대구 부인이 찾아와도 오래 붙잡지 않고 바로 돌려보냈다. 또 평안에게도 분부하기를,

"일이 없으면 대문을 잘 걸어 잠그고, 안채의 중문도 밤에는 잠그거라."

하니, 여러 부인도 감히 함부로 밖으로 나돌아다닐 수 없어 모두들 자기 방에서 바느질이나 하면서 소일을 했다. 경제가 안채로 들어가 옷을 찾을 일이 있을 때면 오월랑은 반드시 춘홍이나 내안을 딸려 보내고, 늘 집 안을 오가며 감시하고 매사를 조심하고 엄하게 했다.

이러니 금련과 경제는 도무지 만날 수가 없었다. 금련은 이 모두가 유모 여의아가 금련의 방에서 진경제와 자신이 함께 술을 마시던 것을 보고서 이를 오월랑에게 일러바쳤기 때문이라고 여겨 여의아를 매우 못마땅하게 생각했다.

그러던 어느 날 오월랑은 서문경의 많은 속옷과 적삼 등을 꺼내 여의아더러 손질하라고 일렀다. 한도국의 아내와 같이 빨래하게 하니 그들은 이병아의 처소에서 빨래를 손질했다. 마침 반금련 방에 있는 춘매도 치마를 빨다가 추국더러 빨래 방망이를 좀 빌려오게 했다. 여의아는 영춘과 한참 빨래를 하다가 방망이를 빌려주지 않으면서,

"지난번에도 방망이를 빌려다 썼잖아. 왜 또 와서 빌려달래? 오늘은 한씨 아주머니도 함께 나리의 바지와 적삼을 빨고 있잖아."

하니, 이에 추국은 성미를 이기지 못하고 쪼르르 달려와 화를 내면서 춘매한테 고자질했다.

"공연히 나한테 빌려주지 않잖아요. 영춘이는 가져가라고 하는데 유모가 한사코 안 된다고 우기는 거예요."

"저럴 수가! 어찌 그렇게 째째해! 대낮에도 밤에 쓰는 등잔불을 빌

려주지 않는다는 식으로 너무 심하잖아. 마님께서는 나더러 이 다리 보호대를 빨라고 하셨으니 이를 어쩐다. 우선 이 누런 치마를 손질한 다음에 가서 빌려와야겠군. 그런데도 빌려주지 않는다면 마님 옷은 무엇을 가지고 빤다지?"

그러면서 추국더러,

"네가 안채에 가서 좀 빌려오렴!"

하고 시켰다. 이때 마침 반금련은 방 안 온돌 위에 앉아서 다리 띠를 두르고 있다가 둘이 하는 말을 듣고 물어보았다.

"왜들 그러느냐?"

이에 춘매는 빨래 방망이를 빌리러 갔으나 여의아가 빌려주지 않는다고 말했다. 금련은 그렇지 않아도 전날부터 원한을 품고서 뭔가 꼬투리를 잡으려고 벼르다가 찾지 못하고 있었는데, 이를 듣고 옳거니 잘됐구나 싶어 바로,

"그 음탕한 계집이 왜 안 빌려준다는 게냐? 그년도 종년이니 네가 가서 빌려오거라. 만약 빌려주지 않으면 욕을 실컷 퍼붓고 오너라!"

하고 욕을 했다. 춘매는 나이도 어리고 성격도 괄괄한지라 쏜살같이 이병아 방으로 뛰어가,

"추국은 이 집 사람이 아닌 모양이지요! 빨래 방망이를 좀 빌려달라고 했더니 빌려주질 않다니! 흥, 오늘 이 집에 새로운 주인이 온 모양이죠!"

하니 여의아는,

"아이구, 저런. 여기에 방망이가 있으니 갖다 쓰면 될 게 아닌가. 누가 빌려주지 않는다고 화를 내고 야단이야? 큰마님께서 한씨 아주머니가 이곳에 계실 적에 나리의 속적삼과 명주 바지 등을 꺼내주시

며 빨래하라고 분부하셨어요. 추국이 빌려달라기에 몇 번만 더 방망이질을 하면 되니 다 한 다음에 가져가라고 했지요. 그런데 숱한 말을 보태어 제가 빌려주지 않았다고 한 모양이에요. 영춘이도 이곳에서 다 들었어요."

이렇게 말을 하고 있는데 생각지도 않게 반금련이 와서 욕을 퍼부으며 말했다.

"이 여편네야, 허튼소리 하지 말아! 주인이 죽고 나니 이 방이 네 것인 줄 아는 모양이지? 그 양반의 마음을 사려고? 영감님 옷은 네가 안 빨아도 돼. 우리 마누라들이 모두 죽은 다음에야 영감님 옷을 빨아주면 돼. 네가 그런 방법으로 죽자 사자 우리를 내리누르려고 하는데, 내가 겁을 내어 눈 하나 깜빡할 줄 알아?"

"다섯째 마님, 무슨 말씀을 그렇게 하세요! 큰마님이 분부하지 않으셨다면 저희가 함부로 나리 옷을 손볼 수 있겠어요?"

"꼬리 치며 남자를 호리는 이 음탕한 계집이, 주둥아리를 함부로 놀리고 있어! 한밤중에 나리께 차를 올리고 이불을 덮어준 사람이 누구야? 그래서 옷을 얻어 입은 년은 누구지? 네가 뒤에서 몰래 그 짓을 하잖아? 내가 모를 줄 아는 모양인데 네년이 그 짓을 해서 배가 불러도 나는 전혀 겁나지 않아!"

"아기가 생기면 바로 없애버릴 거예요. 우리 같은 것들한테 그런 복이나 있을는지!"

이 말을 듣고 금련은 열이 받쳐 하얀 얼굴이 갑자기 시뻘겋게 달아오르더니 앞으로 나가 한 손으로 유모의 머리채를 쥐어틀고 한 손으로는 유모의 배를 내리쳤다. 곁에 있던 한도국의 부인이 이를 겨우 뜯어 말렸다. 그래도 금련은 분을 참지 못하고 씩씩거리며,

"염치도 없는 음탕한 계집아, 남자를 호리는 음탕한 년아! 우리도 제대로 나리 곁에 가지 못하는데 네년이 감히 나리께 꼬리를 치다니! 도대체 네년이 이 집의 뭐라도 된다는 말이냐? 설사 네년이 죽은 내왕의 마누라가 다시 살아온 것이라 할지라도 나는 전혀 무섭지 않아!"
하니 여의아는 울면서 머리칼을 쓰다듬으며 말했다.

"저는 나중에 와서 내왕의 부인이 누구인지도 몰라요. 단지 나리 댁 유모일 뿐이에요."

"유모라면 유모 일이나 할 것이지, 왜 집안에서 나리의 위세를 믿고 날뛰고 야단이야! 내가 별로 신경을 안 썼더니 함부로 꼬리치며 다니고 있어!"

이렇게 한참 욕을 하고 있는데 맹옥루가 안채에서 천천히 걸어 나오면서,

"다섯째, 안채에서 바둑을 두자고 했더니, 왜 오지 않고 여기서 무엇을 하는 게야?"
하면서 금련의 손을 잡아끌고는 자기 방으로 데려가 물었다.

"말해봐요, 왜 그렇게 열이 나 있어요?"

이에 금련은 씩씩거리던 숨을 다소 가라앉힌 다음에 춘매가 차를 내오자 한 모금 마시고는,

"좀 보세요, 그 음탕한 계집 때문에 내 손까지 다 차가워졌어요. 그래서 찻잔도 제대로 들 수가 없잖아요."

그러면서 말했다.

"제가 방에서 한참 신에 수를 놓고 있는데, 형님이 소란[小鸞]을 시켜 안채로 들어와 바둑이나 두자고 부르셨잖아요. 그래서 제가 잠시 드러누워 있다가 가겠다고 했죠. 그러고는 침대에 기댔으나 통 잠

이 오지를 않는데, 요 계집애가 급히 오가며 치마를 손질하고 빨래를 하고 있더군요. 그래서 제 다리 보호대를 가져다가 방망이질을 해 빨라고 시켰어요. 한참이 지나 시끄러운 소리가 나서 밖으로 나가 보니 춘매가 추국을 시켜 유모한테 빨래 방망이를 좀 빌려오게 했는데 빌려주지 않더래요. 빌려주지 않을 뿐만 아니라 손에 있던 것도 빼앗아가면서 '전날에도 빌려가서 돌려주지 않았는데 또 빌려달라고 해? 지금 나리 옷을 빨고 있잖아'라고 말했대요. 말을 듣고 제가 화가 나지 않겠어요? 그래서 제가 다시 춘매에게 '가서 이 음탕한 계집한테 욕 좀 해주거라. 제년이 언제부터 담이 그렇게 커져서 함부로 사람을 우습게 보느냐! 네년이 이 집에서 도대체 뭐냐? 누가 네년을 가마에 태워 정식 마님으로 모셔왔느냐? 네년이 내왕의 마누라와 비교해 다를 게 뭐 있느냐?'라고 말하게 시켰어요. 그러고는 내가 바로 뒤따라 갔어요. 그랬더니 그때까지 시부렁거리며 변명을 하고 있잖아요. 한바탕 제가 훈계를 했는데, 한지배인의 부인이 있는 힘을 다해 뜯어말리지 않았다면 염치도 모르고 남자를 후려내는 그 음탕한 계집의 주둥이를 도려냈을 거예요! 그래서 파와 부추를 사서 넣어 그년이 우리 손 안에서 무슨 수작을 부리나 보려고 했어요!

큰형님도 그래요. 죽은 내왕의 그 음탕한 마누라한테도 관대하셨잖아요! 그래서 저만 공연히 그년과 원수가 됐지요. 나중에 혜련이 목을 매어 죽고 나자 모든 것을 내게 덮어씌우며 내가 그 마누라를 내쫓아서 그렇게 됐다고 하잖아요. 지금 이 유모의 일도 그래요. 적당히 보아 넘겨주니 오히려 기고만장해서 설치잖아요! 유모면 유모 일이나 해야죠. 괜히 나리 앞에서 꼬리를 치잖아요! 우리가 어디 그런 걸 곱게 봐줄 수 있나요! 그 염치도 모르는 양반은 사람이 죽어서 어디로 갔는지도 모르는지 아직까지 그 방에서 꿈쩍을 하지 않아요. 외출했다가 돌아오면 죽은 사람의 그림에 대고 인사를 하며 뭔가를 중얼거리는데 무슨 말을 하는지 통 모르겠다니깐요! 그 방에서 잠을 자다가 차를 마시려고 하면 그 음탕한 계집이 잽싸게 달려가 차를 올린대요. 영감이 덮은 이불이 흘러내리면 바로 걷어올려준대요. 그러다가 마음이 동해 재미를 본 모양이에요. 이게 바로 그 음탕한 계집의 노련한 수법이지요! 영감은 하인한테 차를 가져오라고 했는데 이때 유모가 차를 가지고 가서 남자를 호린 거예요! 그렇게 한 번 정을 통하고 난 다음에 무슨 옷을 달라고 했나봐요. 창피도 모르는 이 양반은 얼른 가게에서 비단을 가져다 옷을 지어 입게 해줬어요.

형님은 보지 못하셨을 거예요. 병아 동생이 죽은 지 사십구 일이 되던 날에 영감이 그 사람의 방에서 지전을 불사르려고 들어갔는데 유모와 하인 계집애들이 온돌 위에 앉아서 놀이를 하고 있더래요. 나리께서 전갈도 없이 들어오는 통에 미처 치우지 못했는데 나리께서는 도리어 '얘들아, 그냥 놀거라. 공양한 음식이나 술도 안채로 가지고 가지 말고 너희들이나 먹도록 하거라' 하시더래요. 이렇게 관대하시니 나리께 무엇을 가지고 감사를 하겠어요? 그랬더니 이 음탕한 계집이 나리를 청하면서 '나리께서 오시건 안 오시건 저희는 기다리지 않겠어요!'라고 하잖아요. 그런데 제가 뜻밖에 그 앞을 지나가다가 우연히 이를 듣고서 들어갔더니 눈을 크게 뜨고서는 아무 말도 못하더군요. 그런 년이 뭐가 좋다고 그러는지, 눈만 뜨면 남자를 호리려고 쌍심지를 켜는 계집인데! 그 음탕한 계집이 자기 서방은 죽었다고 했다는데 일전에 그년의 서방이 애를 안고 와서 문 앞을 기웃거렸다고 하잖아요. 이렇게 사람을 속이다니… 사람들 앞에서 제법 모양을 낸다고 꼴값을 떨고 있지만 본바탕이 어디 변할 수 있겠어요! 영감은 이병아가 다시 살아서 나온 줄 착각하고 있어요. 그런데도 큰형님은 하루 종일 안채에서 벙어리인 양 귀머거리인 양 전부 모른 체하고 사람들이 말을 해줘도 아니라고만 하잖아요."

옥루는 금련의 말을 듣고 웃기만 했다. 금련이 다시 말했다.

"남경의 심만삼[沈萬三], 북경의 고류수[枯柳樹]라고, 사람은 이름이 있고 나무는 그림자가 있는 법인데 어찌 모르겠어요? 눈이 녹으면 눈 안에 있던 것이 자연히 드러나는 법이에요!"

"원래 그 마누라는 남편이 없다고 했잖아. 그런데 갑자기 어디서 사내가 나타났다는 게야?"

"'하늘은 바람이 불지 않으면 맑지 않고, 사람은 거짓말을 하지 않으면 일을 할 수 없다'고 하잖아요. 그년이 거짓말을 하지 않았다면 이 집에서 받아줬겠어요? 생각해보니 처음에 올 때는 제대로 먹지 못해서 얼굴이 누렇게 뜨고 비쩍 말라서는 애걸복걸하며 사정을 했잖아요. 그런데 그런 년이 이 년여 동안 배불리 먹고 나더니 이제 사내를 후리려고 야단을 떨고 있잖아요! 지금 잡아놓지 않으면 언제 그년이 우리들 머리꼭대기에 앉아서 호령을 할지 몰라요. 또 그러다 아이라도 더럭 낳게 되면 누가 감당하겠어요?"

옥루는 웃으며 말했다.

"자네가 너무 머리를 굴리는 것 같아!"

말을 마치고 잠시 앉아 있다가 둘은 안채로 바둑을 두러 갔다.

삼광[三光]*은 빛이 있어 누구에게나 비추지.

---

* 해, 달, 별

모든 일은 뿌리 없이 스스로 생긴다네.
三光有影遺誰繫 萬事無恨只自生

시가 있어 이를 밝히나니,

봄이 오니 만물이 화려해지고
붉고 푸른 것이 모두 싹이 트누나.
들의 매화는 보기에도 좋은데
어째 신이수[辛夷樹]*에 꽃이 피는가.
一鞠陽相動物華 深紅淺綠總萌芽
野梅亦足供淸玩 何必辛夷樹上花

　　그러던 어느 날 오후, 서문경은 청하현의 경내에 들어서자 분사와 왕경더러 먼저 집으로 짐을 가지고 가라고 분부했다. 그러고 나서 하천호와 함께 관아로 가서 하천호가 머물 곳을 깨끗하게 청소하고 짐을 대강 정리해놓은 뒤에 말을 타고 집으로 돌아왔다. 안채로 들어가니 오월랑이 마중하러 나와 옷의 먼지를 털어주었다. 서문경은 얼굴을 깨끗하게 닦고 하인들한테 정원에 탁자를 펴고 향로에 향을 가득 피우라 한 뒤에 천지신명께 기원을 했다. 이를 보고 오월랑이,
　　"왜 기원을 올리시는 거예요?"
하고 물었다. 이에 서문경은,
　　"말도 마, 내 겨우 살아 돌아왔어!"
하며 돌아오면서 겪은 일을 자세히 들려주었다.

---

* 일종의 향목[香木] 이름. 강남에서는 정월에, 북쪽에서는 이월부터 개화하기 시작함. 향기가 진함

"지난 동짓달 스무사흗날에 황하를 건너서 기수현[沂水縣] 팔각진[八角鎭]에 이르렀다가 큰바람을 만났어. 바람이 어찌나 흉맹스럽던지 모래와 자갈이 날려 눈을 가리니 도무지 앞으로 나갈 수도 없었지. 게다가 날은 어두워지고 백 리 안에 사람의 그림자라고는 보이지를 않으니 모두 겁이 더럭 났지. 게다가 말에 실은 짐도 꽤 많은데 만약 도적이라도 갑자기 튀어나오면 어찌하겠어? 한참을 찾아보니 겨우 절이 하나 있는데 다가가니 거의 다 허물어져 있고 중이 몇 있기는 하나 가난해서 등잔불도 켜지 못하고 있더군. 사람들이 몸에 지니고 온 마른 식량으로 겨우 요기를 하고 불을 빌려 콩죽을 끓여 한 그릇씩 먹었지. 그러고는 마른풀을 걷어다가 말들을 먹이고 나와 하천호는 겨우 선방의 한 모퉁이를 빌려 겨우 하룻밤을 보냈지. 다음 날 바람이 멈춘 것을 보고서야 다시 출발했어. 이번은 지난번에 비하면 열 배는 고생스러웠어! 저번에는 비록 덥기는 했지만 그런대로 괜찮았거든. 그런데 이번에는 날씨도 몹시 추운 데다 두렵기까지 하니 오죽 겁이 나야지. 다행히 육지에서 바람을 만났으니 망정이지 황하 한복판에서 만났더라면 어찌 됐겠어! 그래 내 돌아오는 길 정월 초하룻날에 돼지와 양들을 잡아 천지신명께 제사를 지내기로 결심했지."

"그런데 좀 전에 곧장 집으로 돌아오지 않으시고 관아에는 뭐하러 가셨어요?"

"하용계는 지휘로 승진을 하여 돌아오지 않아. 새로 하태감의 조카인 하천호라는 사람이 오게 됐는데 이름이 영수[永壽]로 첩형[貼刑]직을 맡게 되었어. 채 스물이 안 된 신참이라서 아는 게 아무것도 없어 하태감이 잘 돌봐달라고 수차례나 부탁하더군. 그러니 내가 관아에 데리고 가서 머물 곳을 정해주지 않으면 하천호가 알아서 뭘 하겠어? 또 내가 주선하여 하천호가 하용계의 집을 천이백 냥에 샀지. 그래서 관아에서 얼마간 머물다가 하용계가 서울로 이사를 가면 바로 가족들을 이사 오게 할 예정이야. 어제 하용계를 만나보니 하용계는 서울에서 벼슬하는 것을 별로 달가워하지 않더군. 그런데 누가 그런 사실을 미리 알려주었는지 우리가 서울에 올라가보니 하용계가 미리 손을 좀 써놨더군. 얼마를 썼는지 모르겠으나 조정에 있는 임진인[林眞人](당시 조정에서 총애를 받던 임영소[林靈素])을 찾아가, 주태위에게 지휘직을 잠시 사양하고 제형으로 삼 년간 더 근무하겠다고 사정한 모양이야. 그래 주태위가 다시 채태사께 말씀드리니 거절하기가 매우 어렵게 되었대. 만약 적집사가 중간에서 적극적으로 그렇게 할 수는 없다고 우기지 않았다면 내 자리는 허공으로 날아갔을 거야. 그래서 적집사가 나보고 다음부터 이런 일은 절대로 비밀로 해야 한다고 신신당부를 하잖아. 도대체 어떤 자가 하용계한테 말을 해줬는지 모르겠어."

"제가 몇 번이나 말씀을 드렸잖아요. 당신은 일을 하실 적에 발에 불이 떨어진 듯 덤벙대고 주위 사람들에게 이것저것 다 말하잖아요. 당신이 제일 잘났다는 모양으로 말이에요! 마음속에 있는 것을 절대로 드러내지 말아야 하는데 그렇지 못하잖아요! 당신이 하시는 일은 남들이 다 알고 있는데, 남들이 하는 일은 아무것도 모르시니…."

서문경은 못 들은 척하며 말했다.

"하용계가 나한테 자기 가족들과 집을 잘 보살펴달라고 신신당부를 하더군. 그러니 당신이 시간을 내어 선물이라도 들고 한번 다녀오구려."

"그 댁 마님의 생일이 마침 다음 달 초이튿날이니, 그때 가서 한꺼번에 축하의 말을 드릴게요. 그건 그렇고 당신 성격도 좀 고쳐야겠어요. 속담에도 '남과 말할 적엔 서 푼만 주고 절대로 다 주지 말라'고 하잖아요. 마누라도 믿을 수가 없는데 남들이야 오죽하겠어요!"

이렇게 한참 말하고 있을 때 대안이 들어와 아뢰었다.

"분사 아저씨가 하대인 집에 가보려고 하는데 어떻겠냐고 나리께 여쭤보랍니다."

"밥이나 먹고 가라고 하거라."

"밥은 안 먹겠대요."

이때 이교아, 맹옥루, 반금련과 손설아, 큰딸이 모두 나와서 인사를 하고 자리에 앉았다. 서문경은 지난번에 동경에 갔다 왔을 적에는 이병아가 이 자리에 있었으나 오늘은 없는 것을 보고 마음이 울적해 이병아 방으로 건너가 영전에서 인사를 하고 눈물을 뚝뚝 흘렸다. 여의아와 영춘, 수춘도 나와서 절을 올렸다.

오월랑은 바로 소옥을 시켜 서문경을 안채로 모셔 식사를 하게 했다. 서문경은 은자 넉 냥을 꺼내 따라온 수행원들에게 주며 명첩을 가지고 주수비에게 가서 고맙다고 전하라 일렀다. 또 내흥더러 돼지 반 마리, 양 반 마리, 밀가루 마흔 근, 쌀 한 가마, 술 한 동이, 구운 거위 두 마리, 구운 닭 열 마리, 땔감과 많은 기름, 소금, 간장, 식초 등을 새로 온 하천호의 숙소에 갖다 주라고 분부했다. 그리고 또 조리사를 하나 보내 하천호의 시중을 들게 했다. 한참 대청에서 분부하며 대안을 보내려고 하는데 갑자기 금동이 들어와 아뢰었다.

"온사부와 응씨 아저씨가 나리를 뵙고자 합니다."

"들라 이르거라."

온수재는 녹색 비단 도포를 입고, 백작은 자주색 비단 저고리를

입고 들어와 서문경을 보고 연신 인사를 하며 길에서 얼마나 고생했느냐고 물었다. 서문경은,

"나 없는 동안에 집을 보느라 두 사람이 고생을 했지요."

하니 백작이,

"집을 보긴요! 아침에 일찍 일어났는데 대청 앞에서 까치가 울잖아요. 그랬더니 마누라가 먼저 '나리께서 오신 모양인데 가보지 않고 뭐하고 계세요?' 하길래, 제가 '형님께서는 열이튿날 떠나셔서 이제 겨우 한 달 반이 지났는데 어찌 이렇게 빨리 돌아오시겠어? 사흘에 한 번씩 그 댁에 들러 물어보았는데 아직까지 아무런 소식도 없던걸' 하자, 집사람이 다시 '오셨는지 안 오셨는지 여하튼 가보세요' 하며 옷을 내주기에 댁으로 왔는데 뜻밖에도 형님이 오셨다고 하더군요. 그래서 건너편의 온선생을 찾아갔더니 온선생도 마침 옷을 입고 계시더군요. 그래 제가 함께 건너오자고 해서 같이 왔어요."

그러면서 동경의 사정 등을 묻다가 대청 한편에 술과 쌀 등이 수북이 쌓여 있는 것을 보고 다시 물어보았다.

"누구한테 보내시는 거예요?"

"하천호한테 보내는 것이라네. 이번에 새로 부임한 하천호와 같이 왔는데 집 식구들이 아직 다 이사를 오지 않아 당분간 관아에서 머물기로 했지. 내일은 하천호를 정식으로 집에 초대해 술이나 한잔 대접할까 하는데 다른 사람은 없으니 두 사람도 같이 자리하지 않겠나?"

하니 백작이,

"오대구 어른과 형님은 관리이시고, 온사부는 네모진 모자를 쓴 학자인데 저만 이 작은 모자를 쓰고서 어떻게 같이 자리할 수 있겠어요? 제가 뭐하는 놈일까 궁금해할 텐데 공연히 웃음거리만 되잖아

요?"

했다. 서문경이 웃으며,

"내가 산 비단 충정관이 있으니 자네에게 빌려주지. 자네가 누구냐고 물으면 내 큰아들이라고 대답하게나. 어떤가?"

하자 사람들이 모두 '와' 하고 웃었다. 백작이,

"사실대로 말해 제 머리는 여덟 치 세 푼이라 형님 모자는 맞지도 않아요."

하니 온수재가,

"저는 여덟 치 두 푼인데 제 모자를 잠시 빌려드리면 어떨까요?"

하자 서문경이,

"응백작한테 빌려주지 마세요. 습관이 되면 훗날 이부에 시험을 보러 갈 적에도 빌려달라고 할 거예요."

하니 백작은,

"됐어요! 온선생까지 저를 물먹이시는군요!"

했다. 하인이 차를 내오자 차를 마시며 온수재가 묻기를,

"하공[夏公]께서는 서울로 발령을 받으셨으니 내려오지 않으시죠?"

하니 서문경이,

"그분은 이제 금오 지휘로 기린을 수놓은 관복을 입고 경호를 하는데 뭐하러 내려오시겠습니까?"

그러고는 명첩을 써 대안에게 주며 물건들을 가지고 떠나게 했다. 서문경은 온수재와 백작을 이끌고 불을 따스하게 땐 사랑채로 건너가 자리에 앉았다. 그런 뒤에 금동을 시켜 기원에서 오혜, 정춘, 소봉, 좌순을 내일 일찌감치 집으로 와서 대령하도록 일렀다. 잠시 뒤에 술

상이 나오자 둘과 함께 한잔을 했다. 내안이 안주를 내오자 서문경은,

"수저 한 쌍을 더 가져오고 진서방을 이리 나오시라고 하거라."

하고 분부했다. 얼마 있다가 진경제가 나와 절을 올리고 그 옆에 자리를 잡고 앉았다. 네 사람이 화롯불 주위에 둥그렇게 앉아 술을 마시면서, 서문경은 동경에 갔던 일들을 들려주었다. 백작이,

"형님은 참 마음이 좋으십니다. 한 가지 복이 능히 백 가지 화를 무찌를 수 있다고 하잖아요. 비록 도둑이 있다 할지라도 모두 물리칠 수 있을 거예요."

하니 온수재도,

"착한 사람이 나라를 백 년 동안 다스리면 흉악스러운 것도 살인도 다 선화로써 없어진다고 하잖아요. 나리께서 그토록 나라를 위해 힘쓰고 계시니 하늘도 이런 착한 분은 결코 상하게 하지 않을 것입니다."

했다. 서문경은,

"그동안 집안에 별일은 없었나?"

하고 묻자 경제가,

"아버님께서 떠나신 후에 별일은 없었습니다. 단지 공부[工部]의 안대감께서 사람을 두어 차례 보내 나리께서 돌아오셨느냐고 물었습니다. 어제도 왔었는데 제가 아직 돌아오지 않으셨다고 말해주었습니다."

이렇게 말하고 있을 적에 내안이 큰 접시에 부추와 돼지고기를 섞어 볶은 음식을 내왔다. 서문경이 여러 사람들과 한 점을 집어 들고 있는데 평안이 들어와,

"관아의 아전과 절급이 찾아와 보고드릴 것이 있다고 합니다."

하자, 서문경은 즉시 대청으로 나가 그들을 들어오라 일렀다. 아전과 절급이 들어와 무릎을 꿇고 말했다.

"나리께서는 언제쯤 등청하실는지요? 또 취임식 경비로 얼마쯤 쓰실는지요?"

"여태까지의 관례대로 하면 될 게야."

하니 아전은 다시 말했다.

"작년에는 나리 한 분만 취임을 하셨지요. 그런데 올해는 나리께서 승진을 하셨고 하천호께서도 새로 취임을 하셔서 두 가지 일이 겹치니 예년과는 다릅니다."

"그렇다면 열 냥을 보태 서른 냥으로 하면 되겠군."

이에 두 사람은 '네' 하고 대답하고는 나갔다. 서문경은 다시 둘을 불러 물었다.

"하대감께 취임 날짜는 여쭤봤는가?"

"하영감께서는 스무여드레로 정하셨습니다."

"그렇다면 거기에 맞춰 준비하게나."

두 사람은 관아로 돌아가 돈을 수령해 취임식 준비를 시작했다.

잠시 뒤에 교대호가 축하 인사를 하러 왔다. 서문경이 앉아 있으라 권해도 오래 있지 않고 차만 한 잔 마시고 돌아갔다. 서문경은 백작과 온수재를 자리에 잡아두고 술을 마시다가 저녁 등불을 켤 무렵에야 비로소 헤어졌다. 이날 밤 서문경은 오월랑 방에 가서 잤다.

다음 날, 집에다 술좌석을 마련해 하천호의 환영연을 열었다. 한편 문씨는 서문경이 돌아왔다는 소식을 일찌감치 얻어듣고는 왕삼관에게 초청장을 써서 서문경을 어서 초대하라고 재촉했다. 왕삼관의 초대를 받은 서문경은 대안을 시켜 비록 늦었지만 임부인의 생일 선물이라며 돼지 족 하나와 생선 두 마리, 구운 오리 두 마리, 술 한 동이를 보내주었다. 이를 받은 임부인도 대안에게 은자 석 전을 수고비로 주었다.

하천호를 초대한 서문경은 대청에 술좌석을 마련하고 비단 병풍을 펼쳐놓으니 눈이 부셨고, 탁자와 의자도 산뜻하고 깨끗하며 바닥에는 양탄자가, 벽에는 명인들의 산수화가 걸려 있었다. 오대구, 응백작, 온수재는 일찌감치 서문경을 상대로 차를 마시며 하천호가 오기를 기다리고 있었다. 그러면서 하인더러 하천호를 모셔오라 하였다. 그러고 있는데 배우들이 와서는 서문경에게 인사를 올리니 응백작이 물었다.

"형님, 왜 이명을 부르지 않았어요?"

"우리 집에 못 올 거야. 그래서 내 부르지 않았어."

백작은,

"뭐 화나는 일이라도 있어요?"

하고는 더 말하지 않았다. 이렇게 말을 주고받을 적에 평안이 명첩을 가지고 들어오면서,

"수비부의 주대감께서 오셔서 방금 말에서 내리셨습니다."

하니, 이 말을 듣고 오대구, 온수재, 응백작은 급히 서쪽 사랑채로 몸을 숨겼다. 서문경은 의관을 갖추고 밖으로 나가 영접해서 대청으로 모시고 인사를 나누었다. 주수비는 서문경에게 승진한 것을 축하해주었고, 서문경은 동경에 갈 적에 주수비가 말을 내준 것에 감사하며 서로 자리를 잡고 앉았다. 주수비가 동경에서 황제를 알현한 일을 묻자 서문경은 자세히 하나하나 들려주었다. 주수비가 말했다.

"용계는 오지 않고 아마 사람들을 보내 가족들을 서울로 이사시키

318

겠지요?"

"데리고 가더라도 다음 달께나 될 것입니다. 그래서 하장관은 잠시 관아의 숙소에 머물고 있습니다. 하용계의 집을 하장관이 샀는데 제가 중간에서 거래를 주선했지요."

"잘됐군요."

그러면서 대청에 술좌석이 마련되어 있는 것을 보고 물었다.

"오늘 무슨 손님 접대가 있으신 모양이지요?"

"간단히 준비해 하장관의 부임을 축하해주려고요. 동료지간인데 이런 것도 없으면 뭐해서요."

주수비는 차를 마시고 자리에서 일어나며 말했다.

"언제 날을 잡아 다른 관원들과 함께 두 분을 한번 모셔 축하연을 베풀지요."

"어찌 그런 폐를 끼칠 수 있나요. 우선 감사를 드립니다."

주수비는 작별을 하고는 말을 타고 떠났다. 서문경은 다시 안으로 들어와 옷을 벗고 세 사람과 앉아 있다가 서재에서 식사를 했다. 하천호는 오후가 되어서야 왔다. 오대구 등과 서로 인사를 나누고 차를 마시고 나서 옷을 벗고 편히 자리에 앉았다. 하천호는 서문경의 집을 둘러보고 극구 칭찬했다. 술자리는 잘 차려져 있고, 배우 넷이 은으로 된 쟁과 상아로 만든 박자판, 옥으로 만든 비파를 들고 위로 올라와 술을 따랐다. 방 안은 화로에 탄을 때어 따스했고 술잔에는 술이 넘실댔다. 발을 내리니 방 안의 따스한 공기와 봄바람이 서로 어우러졌다.

실로, 얼마나 많은 술잔에 술이 넘쳤나, 옥 촛불이 봄 소리를 자르는구나.

술을 마시다 거의 일경이 되어서야 하천호는 자리에서 일어나 아문으로 돌아갔다. 오대구와 응백작과 온수재도 인사를 하고 각자 돌아갔다. 서문경은 배우들을 돌려보내고 그릇을 잘 거두라 분부하고 앞채 금련의 방으로 갔다. 이때 금련은 방에서 화장을 짙게 하고 옷을 새로 갈아입고 향을 피워놓고, 여인의 비경을 깨끗이 닦고는 서문경이 자기 방으로 찾아주기를 눈이 빠지게 기다리고 있었다. 서문경이 안으로 들어오자 얼굴 가득히 웃음을 띠며 앞으로 다가가 옷을 벗기고 허리띠를 풀어주며 급히 춘매한테 차를 내오게 권했다. 그런 뒤에 바로 침대 위로 올라가 쉬게 했다. 정말로 따스한 이불에 요, 비단 휘장에는 봄기운이 감돌고 난초 향이 주위를 감쌌다. 이불 안에서 서문경이 금련의 맨살을 비비고 우윳빛 가슴을 짓누르니, 금련의 입에서는 향기가 뿜어져 나오고 올챙이가 구슬을 머금는 듯했다. 금련은 운우의 정을 나누며 눈썹을 찌푸렸다. 서문경도 서서히 흥분해 마침내 물건을 휘두르기 시작했다. 둘은 잠을 자지 않으며 서로 떨어져 있던 그간의 말을 나눴다. 한차례 일을 치르고 났어도 음욕은 다 시들지 않으니 마침내 금련은 밑으로 가서 서문경의 물건을 피리 불기 시작했다. 금련은 원래부터 서문경의 마음을 사로잡으려고 온갖 수단과 방법을 다 쓰고 있었는데 거의 한 달 반가량이나 떨어져 집에서 홀로 적막하게 지내다 보니 정욕이 타오르는 불길 같아서 서문경의 뱃속까지 들어가지 못함이 한스러울 뿐이었다. 이에 금련은 서문경의 물건을 미친 듯이 빨며 하룻밤을 지새우고 놔주려 하지 않았다. 서문경이 침대에서 내려와 오줌을 누겠다고 해도 금련은 놓아주지 않고,

"나으리, 오줌이 마려우면 제 입에 싸세요. 그러면 제가 받아 삼킬

게요! 몸에 열도 나는데 공연히 내려와 찬바람을 쐬는 것보다 훨씬 낫잖아요!"

하니 서문경은 이 말을 듣자 금련이 더욱 앙증맞고 귀여워서,

"귀여운 것아! 누가 너처럼 날 생각하겠느냐?"

그러면서 정말로 금련의 입에다 싸자, 금련은 입으로 받아서 천천히 삼켰다.

"맛이 어때?"

"약간 짠맛이 있어요. 향차 좀 마시게 주시겠어요?"

"내 옷 소맷자락에 있으니 꺼내 먹도록 하거라."

금련은 침상머리에서 서문경의 옷자락을 끌어당겨 향차를 몇 개 꺼내 입에 물고 씹었다. 정말로, 신하로 섬기는 것이 그대의 갈증에 미치지 못하나, 특별히 금경로[金莖露] 한 잔을 내린 격이었으니.

여러분, 내 말 좀 들어보소. 무릇 첩이란 남자의 마음을 사로잡기 위해 못하는 일이 없는 법. 비록 몸을 굽혀 치욕을 참으나 그것을 수치로 여기지 않는다네. 만약 정실부인이라면 광명정대하니 어찌 이러한 일을 하겠는가?

여하튼 이날 밤 서문경과 반금련은 온갖 짓을 하며 즐거운 하룻밤을 보냈다.

이튿날 일찍 관아로 나가 하천호의 취임연에 참가하니, 양원의 악공들과 기녀들이 모두 와서 주악을 연주했다. 오후에야 집으로 돌아왔는데 군졸들이 음식을 메고 따라왔다. 집에 돌아와 보니 왕삼관이 사람을 보내 서문경이 돌아오기를 기다리고 있었다. 서문경은 대안을 시켜 비단 가게에 나가 옷감 한 필을 가져와 포장하게 했다. 보자기에 꾸려 넣고 막 나가려는데 하인이 들어와,

"공부의 안영감께서 찾아오셨습니다."

하고 아뢰었다. 당황한 서문경은 옷도 제대로 갖추지 못하고 밖으로 나가 영접했다. 안랑중[安郎中]은 승[丞](장관을 경[卿], 차관급을 승[丞]이라 함)의 봉록을 받고 있기에 금테 허리띠와 흰 꿩 무늬 도포를 입고 있으며 뒤에는 많은 관리들이 따르고 있었다. 만면에 웃음을 띠며 서로 손을 잡고 대청에 이르러 인사를 나누었다. 서로 승진 축하 인사를 하고 주인과 손님이 자리를 잡고 앉았다. 안랑중이 말했다.

"몇 차례 사람을 보내 물어봤으나 번번이 돌아오지 않으셨다고 하더군요."

"예. 서울에 올라가 황제를 알현하고 어제 돌아왔습니다."

차가 나오자 차를 마시며 안랑중이 다시 말했다.

"제가 이렇게 찾아온 것은 한 가지 일이 있어서인데, 부탁드리기는 뭐합니다만… 지금 구강[九江]의 부윤은 바로 채태사의 아홉 번째 아드님이신데 이번에 황제를 알현하러 서울로 올라가셨지요. 며칠 전에 편지가 왔는데 조만간 돌아오겠다고 하더군요. 저와 송송천[宋松泉], 전운야[錢雲野], 황태우[黃泰宇] 네 명이 댁을 좀 빌려서 채부윤을 초청하는 연회석을 마련할까 하는데 허락해주시겠습니까?"

"대감께서 말씀을 하시는데 어찌 거역을 하겠습니까? 그래 언제 하시겠습니까?"

"스무이렛날입니다. 내일 제가 준비하실 돈을 보내드릴 테니 번거로우시더라도 좀 수고를 해주십시오."

말을 마치자 차가 다시 들어왔다. 안랑중은 다 마시고는 작별을 고하고 자리에서 일어나 말을 타고 돌아갔다.

그가 떠나자 서문경은 바로 문을 나서 왕초선부의 집으로 갔다.

집 앞에 이르러 명첩을 안으로 전했다. 왕삼관은 서문경이 도착했다는 말을 듣고 급히 나와 대청으로 모셔 인사를 했다. 원래 다섯 칸이 넘는 넓은 대청이었는데 입구에는 짐승 상 다섯 개가 세워져 있고, 첩첩의 처마에서는 물이 떨어지고, 창문에는 꽃문양이 아로새겨져 있었다. 정면에는 황제가 하사한 '세충당[世忠堂]'이라는 편액이 누런 황금 글자로 쓰여 있었다. 양편의 문설주에는 '계운원훈제[啓運元勳第], 산하대려가[山河帶礪家]'라는 대구가 걸려 있었다. 대청 안에는 호랑이 가죽으로 등받이를 한 의자가 놓여 있고, 바닥에는 양모의 양탄자가 깔려져 있었다. 왕삼관은 서문경에게 인사를 올리고 나서 서문경을 상석에 앉게 하고 자기는 옆에 놓인 의자에 앉았다. 잠시 뒤에 붉은 칠을 한 쟁반에 차를 들고 나왔다. 차를 받아 놓으니 하인들은 물러났다. 서로 그간의 얘기를 나누며 술좌석으로 자리를 옮겨 술을 권했다. 왕삼관은 배우 둘을 불러 악기를 타며 노래를 부르게 했다. 그러나 서문경이,

"존당[尊堂]을 뵙고 인사를 드려야지요."

하자, 왕삼관은 급히 하인을 시켜 안채에 이를 전했다. 잠시 뒤에 하인이 나와,

"안채로 모시랍니다."

하니, 왕삼관은 서문경을 안으로 모셨다. 이에 서문경이,

"현질[賢姪]이 나와 함께 들어가면 좋겠군."

하자 왕삼관이 서문경을 모시고 바로 안으로 들어갔다.

이때 임부인은 일찌감치 비취 등으로 머리를 장식하고, 붉은 저고리를 입고 금과 옥으로 만든 허리띠를 두르고, 검은 바탕에 온갖 꽃무늬가 있는 비단 치마를 입고 화장을 하고 있었다. 머리는 길게 드

리웠고 입술은 붉게 칠하고 진주 귀고리 한 쌍을 하고 있었으며 움직일 때마다 옥패 소리가 찰랑찰랑 들려왔다. 서문경은 임부인을 보자 인사를 하려고 임부인에게 윗자리에 앉게 했다. 이에 임부인은,

"대인께서 손님이시니 윗자리에 앉으세요."

하니 둘은 이렇게 한참을 사양하다가 결국 둘이 똑같이 서서 인사를 나누었다. 임부인이,

"제 자식 놈이 세상 물정을 몰라 전날에 대인께 큰 실수를 했습니다. 그런데도 너그러운 마음으로 용서를 해주시고 그 못된 놈들을 혼내주시니 그 고마움이란 이루 다 말로 표현할 수 없습니다! 오늘 변변치 않으나마 술자리를 마련해 대인을 모셔 고마움의 표시로 제가 절을 올려 인사를 올리고자 합니다. 그런데 대인께서 이토록 많은 선물을 보내주시니 거절하자니 불경스럽고 받자니 송구스러울 따름입니다!"

하자 서문경이,

"무슨 말씀을 그리 하십니까? 제가 공사로 인해 동경에 가느라 제때 부인의 생일을 축하해드리지 못했습니다. 그래서 변변치 않은 선물이나마 보내드리는 것이니 받아두셨다가 아랫사람에게 주는 데 쓰도록 하십시오."

그러면서 곁에 문씨가 서 있는 것을 보고서는,

"할멈, 잔 좀 하나 갖다 주시구려. 내 부인께 축하주를 한 잔 따라 올려야겠소."

했다. 또 한편 대안을 불러 들어오게 했다. 서문경은 보자기 안에 금박 문양을 넣은 비단 옷 한 벌을 가져왔는데, 자주색 비단 저고리와 비취색이 나는 남색 치마로 옷을 쟁반에 담아 임부인에게 건네주었

다. 임부인이 보니 눈이 부실 정도로 금빛이 찬연히 빛나는지라 여간 기쁘지 않았다. 문씨가 금잔을 은 받침대에 받쳐 올렸다. 왕삼관은 배우 둘에게 악기를 연주하면서 노래를 하게 했다. 그러자 임부인이,

"안으로 불러서 무엇하게? 잠시 밖에서 기다리고 있으라고 하거라!"

하며 쫓아냈다. 서문경이 잔을 한 잔 따라 올리자 임부인도 한 잔을 따라 답례로 주며 감사의 뜻을 표했다. 그런 후에 왕삼관이 서문경에게 잔을 따라 올렸다. 서문경이 일어서서 받아 마시려고 하자 임부인이 말리며 말했다.

"대인께서는 앉으셔서 제 아들의 절을 받으세요."

"감히 그럴 수가 있나요!"

"대인께서 어찌 그런 말을 하십니까! 나리께서는 관직도 높으시니 우리 애의 아버지가 돼주실 순 없는지요? 애가 어려서부터 배운 것이 없는 데다 좋은 사람들과 사귀지 못했습니다. 대인께서 사랑을 베푸시어 이 애가 좋은 사람이 될 수 있게 많은 지도를 해주세요. 그리고 오늘 제 앞에서 우리 애한테 나리를 수양아버지로 모시도록 하겠어요. 그러니 이후에 잘못하는 일이 있다면 대인께서 알아서 가르쳐주세요. 저는 결코 관여하지 않겠어요."

"부인께선 무슨 말씀을 그리 하십니까? 자제분은 총명하지만 나이도 아직 어려 잠시 그릇된 길을 걸었나 봅니다. 자연히 마음을 크게 먹고 개과천선할 것이니 부인께서는 크게 염려하지 마십시오."

그러고는 서문경은 상석으로 올라갔고 왕삼관은 잔을 세 번 따라 올리고 절을 네 번 올렸다. 마친 뒤에 서문경은 다시 아래 자리로 내려와 임부인에게 절을 하니 임부인은 웃음을 머금고 같이 맞절을 하

면서 너무나 고맙다고 인사를 했다. 그 뒤로 왕삼관은 서문경을 볼 때마다 '아버님'이라고 불렀는데 이런 일은 있음직한 일이었다.

실로, 언제나 착함을 내리누르고 좋은 마음을 속여, 잠시 구름과 비로 마음을 가리나니, 시인들은 이것을 보고 마음이 편치 않아 시를 지어 탄식한다.

본래 남녀는 왕래를 않는 법
아양을 떠니 정말로 부끄럽구나.
왕삼관은 그 속마음을 모르고
어머니를 팔고 또 절까지 한다네.
從來男女不通酬 賣俏營奸眞可羞
三官不解其中意 饒貼親娘還磕頭

또 시를 짓기를,

대갓집의 부인네들 조심하소서
암탉이 우는 것이 제일 좋지 않다오.
비단 가정의 명망을 망칠 뿐만 아니라
절의당[節義堂]을 욕보이는 것도 된다오.
大家閨閣要嚴防 牝雞司晨最不良
不但悖得家聲喪 有愧當時節義堂

술을 권하고 임부인은 왕삼관에게,
"대인을 앞채로 모셔 옷을 갈아입고 편히 계시게 하거라."

하니, 이에 대안은 충정관을 바꿔 왔다. 잠시 뒤에 자리를 잡고 앉자 배우들이 악기를 들고 연주하며 노래를 부르기 시작하고 주방에서는 요리사들이 음식을 올리기 시작하니, 대안은 그들에게 줄 수고비를 들고 대령하고 있었다. 배우들이 앞으로 나와 「신수령[新水令]」을 부르기 시작했다.

푸른 발이 깊이깊이 드리워져 있고
달빛이 낮게 드리워져 있구나.
낙타 융단에 거북 휘장을 한
비단 병풍이 드리워져 있구나.
봄이 녹아내리니
매화도 그윽하게 향을 내뿜는데.
翠簾深小房攏 滴溜溜玉鉤抵控
駝茸氈斗帳 龜背錦屏風
春意溶溶 梅稍上暗香動

〈교패아[喬牌兒]〉
꽃무늬의 창가에 파란 깃의 도괘조[倒掛鳥]*가 앉아 있네.
배꽃이 접시에 담겨 있으니 나부[羅浮]**의 꿈이런가
밤은 깊어가고 물시계 소리만 들려오누나.
瑣窗疏影橫 倒掛綠毛鳳

---

* 앵무새와 비슷한 새로 부리는 빨갛고 털은 파란색임
** 수나라의 조사웅[趙師雄]이 매화가 만발한 나부(지금의 광동성 증성현)에서 유숙을 하다 꿈에 매화의 요정을 만났다는 고사

梨雲一片羅浮夢 夜深沉寒漏永

〈첨수령[甛水令]〉
가지마다 활짝 핀 눈 꽃송이 저녁이 되면 얼어붙고
서설은 봉황새 날듯 춤을 추는구나.
푸른 하늘 먼지 하나 없는데
희미한 달은 처마 끝에,
붉은 구름에, 대들보에 접해 있는데
하얀 눈이 온 세상을 망망하게 다 덮고 있구나.
瓊樹生花 玉龍脫甲 銀河剪凍 瑞雪舞回風
碧落無塵 淡月窺檐 彤雲接棟 白茫茫巨闕珠宮

〈절계령[折桂令]〉
화려한 옷을 입고 봄을 즐기네.
열대여섯 난 선녀와 열여섯 난 가동은
꽃 아래에서 숨바꼭질을 하며
술잔을 앞에 놓고 술내기도 하면서
돗자리 위에 주사위를 던지며 논다네.
아양 떨며 앞 다투어 요염함을 드러내고
흥에 겨워 비취 옷 붉은 옷을 차려입네.
물소 뿔 술잔이 오고가는 사이에
음악도 바뀌어 연주된다네.
청아한 소리 속에 누가 나풀거리며 걸음을 옮기나.
錦排場賞玩春工 二八仙鬟 十六歌童

花底藏鬮 尊前賭令 席上投瓊

嬌滴滴爭奶競寵 喜孜孜倚翠偎紅

走騞飛觴 換羽移宮 妙舞淸謳 慢撥輕籠

(換的移玄妙 淸誰慣撥輕籠)

〈수선자[水仙子]〉

사향내가 피어오르는 것이 비단 띠 나풀거리는 듯하고

촛불 금 쟁반 위에서 흔들리고

상아 침대에는 봄꽃이 따스하게 피어 있구나.

분 향기가 풍겨오고 진주 비취는 촘촘하고

구름 같은 머리는 출렁거리고

향로에서는 향이, 화로에는 목탄이

서로 따스하게 타고 있으니 춘풍도 무르익는구나.

麝煤香靄繡芙蓉 鳳蠟光搖金蝶 象床春暖花胡

胡的粉脂香珠翠叢 彩雲深羅綺重重

寶篆龍涎細 金爐獸炭紅 暖溶溶和氣春風

〈안아락득승령[雁兒落得勝令]〉

은쟁[銀箏]은 가을 기러기 날아가듯

옥피리 소리는 꾀꼬리를 희롱하듯

머리 위에는 비취 비녀 밝게 빛나고

술은 유리잔에서 넘치는구나.

소매를 잡고 술잔을 건넬 적에

비단 속의 손은 하얗기만 하구나.

서리를 맞은 귤의 맛도 좋은데
눈으로 끓인 차의 맛 기막히구나.
분위기가 더 무르익으니
술도 더 취하며 정도 깊어만 가는구나.
술좌석이 끝나고
밤이 깊도록 즐거움은 끝나지가 않았구나.
銀箏秋雁橫 玉管鶯弄
花明翡翠翹 酒滿玻璃瓮
衫袖捧金鍾 羅帕春蔥
橙嫩經霜剖 茶香帶雪烹
歡濃 醉後情猶重 筵終 更深樂未窮

〈고미주[沽美酒]〉
추파를 던지며 미소를 띠니 두 마음이 통하는구나.
등불 아래 자세히 내 님을 뜯어보노라니
마치 항아가 달에서 나온 듯
무산에서 선녀가 내려온 듯하구나.
轉秋波一笑中 透靈犀兩情通
道燈下端詳可意種
似姮娥出月宮 如神女下巫峰

〈태평령[太平令]〉
비스듬한 머리에 금비녀가 봉황새 날아가듯 꽂혀 있고
치맛자락이 나풀대는 것이 자주 비단에 용이 꿈틀대는 듯하구나.

분 바른 얼굴에는 땀이 돋으니 얼굴은 더욱 아름답구나.
혀끝으로 향기를 가만히 품어내네.
팔목의 팔찌 부근에는 수궁[守宮]*점이 있으나
원래 두 사람은 원앙 한 쌍이었다네.

欹鬢彈金釵飛鳳 舞裙憁翠縷蟠龍
粉汗溫鉛華嬌容 舌尖吐丁香微送
看臂釧 封守宮 是一對兒雛鸞嬌鳳

〈천발도[川撥棹]〉
기뻐서 서로 만나고, 만나면 그저 좋아라.
만나 즐기노라면 꽃 같은 얼굴은 피곤해지고
옥 같은 살결은 부드럽게 녹아드네.
이런 즐거움을 맛보다니!
틀어올린 머리칼은 가볍게 흘러내리고
힘에 겨운 허리도 축 늘어지지만
흰 눈썹은 짙기만 하구나.

喜相逢 喜相逢可意種 柳困花慵 玉暖酥融
那一回風流受用 巍巍寶髻鬆
困騰騰秋水橫 曲彎彎眉黛濃

〈칠제형[七弟兄]〉
술에 취해 얼굴이 불그스레 달아오르네.
꽃 속에서 노니는 나비인 듯, 옥을 휘감는 용인 듯

---

* 도마뱀의 피를 손목에 찍어놓는데 여자가 처녀성을 상실하면 그 빛이 사라진다고 함

사랑에 취해 있으니
신선 세계를 거니는 듯하구나.
醉烘 玉容 暈微紅 龍花葉玉歡情縱
都疑有身在醉魂中 蕊珠宮里游仙夢

〈매화주[梅花酒]〉
구름 따라 비가 오니
어지러이 빈 하늘만 보이누나.
궁궐의 북소리 처마 끝에서 방울 소리 울리고
서까래 휘감고 닭 울음도 들려온다.
물시계 소리 똑똑 들리니
은하수도 희미하고 반딧불도 사라지네.
차창 밖으로 아침 햇살이 비쳐오며
푸른 하늘에 날이 밝아온다.
恰便是雲雨蹤 沒亂殺見慣司空
禁鼓龍銅 檐馬玎璫隣雞畫終
玉漏滴咽銅龍 銀荷燼落火蟲
紗窗外曉光籠 碧天邊日初融 初融

〈수강남[收江南]〉
아, 두레박 소리가 들려오누나.
횟가루 칠한 동쪽 담장가에서
새벽녘에 까마귀가
우물가 오동나무 위에서 울고 있다.

교태로운 눈은 잠이 덜 깨어

아직도 꿈속을 헤매는 듯하다가

갑자기 놀라 바삐 서두르네.

呀 只聽的轆轤聲在粉牆東

早鴉啼金井下梧桐

春嬌滿眼未惺忪

將一段幽歡密寵 等閑驚覺匆匆

안주가 다섯 번 정도 바뀌어 들어오고 노래도 두어 차례 끝나고 촛불도 밝게 켜졌다. 이에 서문경은 비로소 일어나 옷을 갈아입고 작별을 고했다. 왕삼관은 좀 더 머물다 가시라고 극구 만류하면서 다시 안채의 서재로 자리를 옮겼다. 외따로 떨어진 서재였는데 세 칸 정도의 작은 집으로, 안에는 꽃이 있고 물건이 잘 정리되어 있었다. 정면에는 금가루로 쓴 '삼천시방[三泉詩舫]'이라는 편액이 걸려 있고, 사방 벽에는 옛 그림이 걸려 있는데 '헌원씨가 길을 묻는 것[軒轅問道]', '복생이 전적을 보는 것[伏生墳典]', '병길이 소에게 묻는 것[丙吉問牛]', '송경이 역사서를 읽는 것[宋京觀史]'이었다. 이를 보고 서문경이,

"삼천이 누구인가?"

하고 물으니 왕삼관은 한참을 머뭇거리다가 겨우,

"저의 호입니다."

라고 했다. 서문경은 이 말을 듣고 좋다 나쁘다 아무 말도 하지 않고 단지 술 주전자를 끌어다 투호를 하면서 술만 마시고, 배우 넷이 그 곁에서 노래를 불렀다. 임부인은 안채에서 하인 애들과 어멈을 시켜

야채류나 과일류를 들여보내 안주로 삼아 술을 들게 했다. 이경이 지나 서문경은 거나하게 취해서 비로소 자리에서 일어났다. 자리에서 일어나 배우들에게 은자 석 냥을 상으로 내렸다. 임부인은 친히 대문 앞까지 나가 서문경이 가마에 오르는 것을 바라보았다. 군졸 둘이 등불을 켜들고, 서문경은 따스하게 귀덮개를 하고 담비 외투를 걸치고 작별 인사를 하고 집으로 돌아갔다.

집에 돌아와서는 낮에 금련이 하던 말이 생각나 바로 금련의 방으로 건너갔다. 이때 반금련은 잠을 자지 않고 모자를 벗고 구름 같은 머리칼을 말아올리고 화장을 곱게 하고, 경대에 비스듬히 기대어서 두 발은 화롯불 주위에 올려놓고 과일 씨를 까먹으며 서문경이 오기를 기다리고 있었다. 화롯불 위에는 찻물이 끓고 있었고 탁자 위 향로에는 향이 타오르고 있었다. 서문경이 들어오자 황급히 사뿐사뿐 치맛자락을 끌며 나와 서문경의 옷을 받아놓았다. 침상에 걸터앉자 춘매가 깨끗한 찻그릇을 들여왔다. 금련은 찻그릇을 받아 다시 섬섬옥수로 깨끗이 찻잔 주변의 물기를 닦고 볶은 깨와 죽순, 밤, 은행, 장미 꽃잎 등 여러 가지 재료를 넣어 차를 한 잔 만들었다. 서문경이 받아 한번 맛을 보니 향기롭고도 달콤해 매우 즐거워했다. 그런 후에 춘매더러 신을 벗기고 허리띠를 풀게 하고는 바로 침대 위로 올라갔다. 금련은 등불 아래에서 머리 장식을 풀고 잠자리 신발로 갈아신었다. 그리고 이불 안으로 들어가니 둘은 파도가 치듯 머리를 나란히 하고 얼굴을 꼭 마주하고 잠자리에 들었다. 춘매는 탁자 위에 있는 촛불을 끄고 창문을 걸어 잠그고 자기 방으로 건너갔다. 춘매가 나가자 서문경은 한쪽 팔을 뻗어 금련이 베개 삼아 베게 하고는 알몸인 금련의 몸을 끌어안으니 마치도 부드러운 옥과 향기가 온몸을 휘감는 듯했다. 둘은 가슴을 맞대고 하얀 다리를 서로 겹치고 얼굴을 비비며 입술을 빨았다. 그러다 금련은 자리에서 잠시 일어나 과일 씨를 한 움큼 집어와 접시에 놓고 침대 머리맡에 앉아서 입으로 잘 까서는 하나하나 자기 혀로 서문경의 입으로 밀어 넣어주었다. 잠시 뒤에 달콤하면서도 따스한 느낌이 온몸을 감쌌다. 반금련은 손으로 서문경의 물건을 멈추지 않고 주물렀다. 그러면서 음기구를 넣어둔 보자기에서 은탁자를 꺼냈다. 서문경이 물어보았다.

"내 귀여운 것아! 내가 집에 없을 적에도 나를 생각했느냐?"

"당신이 떠난 반달 동안 한시도 잊은 적이 없어요. 밤은 긴데 혼자 있자니 더욱 이룰 수가 없더군요. 어찌된 일인지 따스한 침대와 이불도 모두 차게만 느껴지더군요. 다리를 펴니 찬 기운이 들어와 제대로 펼 수가 없고, 손까지 다 시려오더군요. 손꼽아 나리를 눈이 빠지게 기다려도 돌아오시지 않으니 베갯잇을 얼마나 눈물로 적셨는지 몰라요! 춘매 그 계집애가 제가 눈물과 한숨으로 지새우자, 밤에 저와 함께 바둑을 두어 저의 외로움을 달래주었지요. 그렇게 밤늦게까지 앉아 있다가 우리 둘은 한 온돌 위에서 같이 발을 뻗고 자곤 했지요. 나리, 저의 마음은 이랬어요. 그런데 당신께서는 어떠셨는지 모르겠군요?"

"귀여운 것아! 우리 집안에 비록 여자들이 많다고 하지만 내가 네 곁에 가장 많이 있다는 것을 그 누가 모르겠느냐?"

이에 금련은 입을 샐쭉이며 말했다.

"됐어요, 또 저를 속이시는군요! 당신이 여자를 밝히는 것을 제가 모를 줄 아시는 모양이지요. 나리께서 그 내왕의 여편네와 놀아날 적에 나 같은 것은 어디 본 척이나 하셨어요. 나중에 이병아가 아이를 낯자 눈엣가시처럼 여겼잖아요. 지금은 다 어디로들 갔지요? 단지 진실한 저만 남아 있잖아요. 그런데도 나리께서는 아직도 마음을 잡지 못하고 바람 속에 나부끼는 꽃처럼 이리저리 왔다 갔다 하잖아요. 지금은 또 그 여의아라는 년과 눈이 맞아 놀아나고 있잖아요! 어찌 됐건 그년은 유모일 뿐이에요. 게다가 그 여편네의 남정네가 시퍼렇게 살아서 지켜보고 있어요. 그런데 그런 년을 잘못 건드렸다가는 언젠가 그년의 남편이 집 앞에서 난리를 칠 거예요. 당신은 국가의 녹을 먹는 관료인데 이런 소문이 퍼져 나가면 듣기 좋겠어요? 그리고 그 음탕한 계집이 당신이 서울로 갔을 적에 춘매와 함께 빨래 방망이를 가지고 길길이 날뛰며 소란을 피우는데 나한테 한마디도 지려고 하지를 않더군요!"

"그만해, 귀여운 것아. 아무리 뭐라 해도 하인일 뿐이야! 제가 어디 머리가 일곱 개나 되고 간담이 여덟 개나 된다고 감히 당신한테 대들겠어? 자네가 너그럽게 봐주면 살아갈 수 있지만, 트집을 잡으면 살아가기 힘들잖아."

"아이구! 제가 잘 봐주지 않더라도 그년은 잘 살 거예요! 이병아가 죽고 없어지자 기고만장해 있잖아요. 이불 속으로 파고들어 몸으로 시중을 들었잖아요. 그런 뒤에 나리께서 여의아한테 '나한테 잘만 해주면 내 이 집을 너에게 주마'라고 했다고 떠들고 다니는데 그 말이 정말인가요?"

"공연히 생사람 잡는 소리 하지 마. 어디 그게 말 같은 소리야? 네가 여의아를 용서해준다면 내가 유모한테 내일 사죄하라고 하면 되잖아."

"저는 여의아가 잘못을 비는 것도 필요 없고, 나리께서 그곳에서 잠자는 것도 허락하지 않겠어요."

"내가 그곳에 가서 자는 것은 다른 뜻이 있어서 그런 게 아니야. 아직까지 죽은 병아에 대한 정을 잊지 못해 그러는 거야. 내가 그곳에 건너가 자지 않으면 여의아가 위패를 지키거든. 그런데 누가 여의아와 딴짓을 한다고 질투하며 시샘을 하는 거야?"

"당신의 그 얼버무리는 말을 믿지 않아요. 여섯째가 죽은 지 백 일이 넘었는데 왜 아직까지 위패를 지키는 게지요? 그곳에서만 위패를 지킬 수 있는 것도 아니잖아요. 위패를 지킨다는 명목 하에 밤에 그 하녀와 야릇한 소리를 내지르잖아요!"

자꾸 이렇게 따지고 들자 다급해진 서문경은 금련의 목을 껴안고 입을 맞추며,

"요것이, 그런 생억지가 어디 있어!"

그러면서 금련을 돌려 앉히고는 뒤에서 금련의 깊은 곳으로 물건을 밀어 넣으며 이불 속에서 금련의 허벅지를 힘껏 끌어안으며 계속 넣었다 뺐다 하니 그 소리가 요란히 울렸다. 금련도 소리를 내지르니 서문경이 말했다.

"내가 무섭지? 그래 또 말참견을 할 테냐?"

"참견 안 해요. 마음대로 하세요! 저는 나리께서 이 음탕한 계집을 버리지 못할 것을 잘 알고 있어요. 그렇지만 저한테 물어보고 그년한테 건너가 주무세요. 또 만약 그것이 나리께 무슨 물건을 달라고 하면 저한테 말씀해주세요. 그냥 몰래 주어서는 절대로 안 돼요. 혹 제 말씀대로 하지 않으시고 저한테 들키는 날에는 동네방네 다 떠들고 다닐 거예요! 그년이 나한테 대들면 때려서 내쫓아버리겠어요. 크게 잘못하는 일이 아니잖아요! 일전에 이병아가 들어올 적에도 나리께

서 저를 속여 제 꼴이 말이 아니었잖아요! 당신은 무슨 일이나 콩나물을 가지런히 묶을 수 없는 것처럼 엉큼하게 처리하시니 더 말할 가치도 없어요! 또다시 그랬다가는 제가 어떻게 하나 두고 보세요!"

서문경은 웃으며,

"요 음탕한 것이 아주 독을 품었구나."

그러면서 둘은 다시 구름을 일으키고 비를 부르듯 격렬하게 운우지정을 거의 삼경까지 즐기다 잠자리에 들었다.

창밖의 새들도 기회[機會]를 파는지 봄을 물어와 가지 위에서 울고 있구나.

시가 있어 이를 알리나니,

비와 연기를 이는 운우의 정은 세상에서 드무니
아리따운 몸은 지탱키도 어려워라.
밤새도록 마음속의 말을 다 하니
봄바람도 남아서 돌아가지 않네.
帶雨籠煙世所稀 妖嬈身勢似難支
終宵故把芳心訴 留住東風不放歸

둘은 머리와 다리를 서로 꼬고 날이 밝을 때까지 잠을 잤다. 금련은 그때까지도 음욕이 다 가시지 않아서 서문경의 품에 안겨서 손으로 서문경의 물건을 잡고 만지작거리니 잠시 뒤에 그 물건이 다시 뻣뻣하게 불쑥 일어섰다. 이를 보고 금련은,

"나리, 당신 몸 위에서 자고 싶어요."

하고는 서문경의 몸 위로 기어올라가 서문경의 목을 꼭 껴안고 문질

렀다. 그러면서 서문경의 두 손을 가져다 자기 허리를 꼭 잡게 하고 위에서 서문경의 물건을 쥐고 엎드려 힘껏 자기의 비경에 대고 비비다 밀어 넣으니 그 물건이 거의 끝까지 들어갔으나 조금 남은 부분은 은탁자에 걸려 다 들어가지 못했다. 반금련이 말했다.

"나리, 제가 낮에 흰 비단 띠를 하나 만들어드릴 테니 이전에 화상이 준 약을 그 안에 넣어두세요. 제가 긴 띠를 두 개 만들어드릴 테니 잠을 잘 적에 나리께서 그걸로 물건을 잘 감싸고, 끈 두 개로 허리에 돌려 꼭 묶으면 물건을 제대로 끝까지 다 밀어 넣을 수가 있어 이 은탁자보다 훨씬 좋을 거예요. 그것을 대고 하니 버티기에도 아프고 또 끝까지 들어가지도 못하니 재미도 없어요."

"귀여운 것아, 만들어놔라. 약은 탁자 위에 있는 상자에 있으니 네가 꺼내다 넣어놓으면 돼."

"밤에 꼭 오셔야 해요. 그것을 가지고 한번 실험해봐야 되잖아요?"

말을 마치고 둘은 다시 한차례 놀았다. 이때 대안이 명첩을 가지고 들어오며 춘매에게 말했다.

"나리께선 일어나셨어요? 안영감께서 술좌석 준비금과 금화주 두 항아리, 화분 네 개를 보내오셨어요."

"나리께서는 아직 일어나지 않으셨으니 잠시만 기다려보세요."

"저 사람은 갈 길이 또 먼데… 답장을 받아 다시 신하구에 있는 갑문까지 가야 한다는데."

서문경이 방 안에서 이 말을 듣고 창문을 열고 대안을 불러 웬일이냐고 물으며 명첩을 가지고 들어오게 해 뜯어보니 그 위에 쓰여 있기를,

분담금이 네 봉지로 도합 여덟 냥. 적은 양이나마 소당[少婚]의 초대 준비로 보내드립니다. 심부름꾼에게도 마음을 써주시면 더더욱 감사하겠습니다! 따로 화분 두 개를 보내드리오니 감상하시기 바랍니다. 유명한 절강성 술은 적지만 손님 접대에 써주시기 바랍니다. 변변치 않지만 받아주시면 대단히 감사하겠습니다!

서문경은 편지를 보고서 몸을 일으켜 머리도 빗지 않고 두건을 쓰고 융단 외투를 걸치고 대청으로 나와 안영감의 심부름꾼을 들라 이르니, 들어와 절을 한 뒤에 분담금과 가져온 물건을 올렸다. 서문경이 물건을 보니 홍매[紅梅], 백매[白梅], 말리화[茉莉花], 신이[辛夷] 화분 네 개와 남주 두 동이였다. 서문경은 매우 기뻐하며 급히 받아두라고 이르고는 답장을 써주고 심부름꾼에게 은자 닷 전을 주었다. 그러면서 물었다.

"영감들께서는 내일 언제쯤 오신다고 하던가? 극단은 불러야 하나?"

"아마 일찍 오실 거예요. 극단은 해염[海鹽]을 불렀으니 이곳에서 부를 필요는 없습니다."

그러고는 심부름꾼은 바로 출발했다.

서문경은 좌우에게 화분을 장춘오에 있는 서재에 옮겨놓도록 했다. 또 미장이들을 불러 구들장을 두 개 더 파 따스하게 만들고, 그을음이 생길까봐 춘홍으로 하여금 적당히 물을 끼얹도록 했다. 대안을 시켜 극단을 예비로 준비케 하고, 내안에게 은자를 주어 잔치에 쓸 물건을 사오게 했다.

그날은 바로 맹옥루의 생일이라서 기원에서 배우들을 불러 저녁에 노래를 부르게 했다.

　잠시 이전에 있었던 얘기를 해보자.

　응백작은 집에 있다가 명첩 다섯 장을 아들인 응보를 시켜 상자에 담게 한 뒤에 서문경 집 맞은편의 온수재를 찾아가서 서문경의 다섯 부인에게 스무여드렛날 자기 애의 백일잔치에 꼭 참석해주십사 하는 초청장을 좀 써달라고 부탁했다. 막 대문을 나와 거리를 돌아서려는데 뒤에서 웬 사람이 큰소리로,

　"응씨 아저씨, 잠깐만 기다리세요."

하고 불러 고개를 돌려 보니 이명이기에 가던 걸음을 멈추었다. 이명이 응백작의 앞으로 다가와서는 물어보았다.

　"아저씨, 어디 가세요?"

　"온사부한테 볼일이 있어 가는 길이다."

　"집에 가서 제가 몇 가지 드릴 말씀이 있는데요."

　이명의 뒤를 보니 한 사내가 상자를 들고 있었다. 백작은 어쩔 수 없이 다시 돌아와 집 안으로 들어갔다. 이명은 고개를 숙여 절을 한 뒤에 상자를 들여와 안에 들어놓았다. 열어보니 구운 오리 두 마리, 노주[老酒] 두 병이 있었는데 이명은,

　"소인은 이렇게 변변치 않은 물건이나마 아저씨께 드리려고 가져왔습니다. 사실은 제가 부탁드릴 일이 있어서 이렇게 찾아왔습니다."

라면서 땅바닥에 무릎을 꿇고 일어나지 않았다. 백작이 손을 잡아 일으키며 말했다.

　"멍청하기는, 부탁할 일이 있으면 그냥 와서 하면 되지 이런 물건들을 가져오다니…."

"저는 어려서부터 서문 나리 댁을 오가며 먹고 자랐잖아요. 그런데 최근에 나리께서 다른 사람들을 불러 쓰시고 저는 부르지 않으세요. 누이인 계저와 무슨 일이 있는지 모르지만 소인은 전혀 관계가 없는 일입니다. 그런데 그 일로 저까지 미워하시니 소인이 아주 죽을 지경입니다. 이렇게 억울해도 누구 하나 붙잡고 하소연할 데도 없어 아저씨께 부탁을 드리는 거예요. 아저씨께서 나리를 뵙거든 소인을 대신해 말씀 좀 잘해주세요. 누이가 저지른 불미스러운 일은 저와는 전혀 상관이 없다구요. 나리께서 화를 내시는 건 어쩔 수 없다 치더라도 같은 일을 해서 먹고사는 사람들까지 저를 업신여기고 있어요."

"그 일이 있고 나서 그 댁에 출입하지 못했느냐?"

"얼씬도 못했어요."

"어쩐지 며칠 전에 나리께서 동경에 갔다 오셔서 댁에서 술좌석을 준비해 새로 부임하는 하대호 환영회를 열어서 나와 오대구, 온선생이 초대받아 자리를 같이했는데 오혜, 정춘, 소봉, 좌순이 노래를 부르더군. 그래서 왜 자네가 보이지 않느냐고 나리께 물어보자 '안 왔어, 내가 부르지 않았으니까!' 하시더군. 멍청한 사람아, 자네가 직접 가서 말씀드리지 않고 누구한테 공연히 심통을 부리는 게야?"

"나리께서 저를 부르지 않는데, 소인이 어찌 갈 수 있겠어요? 전날에는 그 네 명을 불러 노래를 시키셨는데, 오늘 셋째 마님의 생일이라면서 일찌감치 우리 기원에서 두 명을 부르셨어요. 내일 나리께서 연회를 여는데 또 그 네 명만 부르시고 저는 부르지 않으셨어요. 그러니 소인의 마음이 어디 조급해지지 않겠어요? 그저 아저씨가 나리께 소인에 대해 말씀을 잘 해주시기만 바라겠어요. 그렇게만 해주신다면 제가 훗날 아저씨께 인사를 차릴게요."

"내가 언제 자네를 잘 말해주지 않던가? 나야 전부터 남들한테 잘 해주는 게 일이잖나. 더욱이 자네가 이렇게 부탁을 하는데 안 들어줄 수가 있나? 내 잘 말해줄 테니 이 물건은 도로 가져가게나. 자네가 무슨 돈이 있다고 이걸 받겠나! 그리고 바로 나를 따라오게나. 내 적당한 기회를 봐서 나리께 말씀을 드려줄 테니."

"아저씨께서 이 물건을 받지 않으시면 소인은 따라갈 수가 없어요. 아저씨께는 별것이 아니지만, 소인의 자그마한 성의입니다."

그러면서 수없이 고맙다고 인사를 하면서 물건을 거두어주기를 간청하자, 백작은 마지못한 듯이 받아두었다. 그러고는 짐을 가져온 사람에게 삼십 문을 수고비로 주었다. 이명은,

"상자는 이곳에 놓아두세요. 제가 나리 댁에 갔다 오면서 가지고 갈게요."

하고는 백작과 함께 대문을 나서 골목길을 돌고 돌아 서문경의 맞은편 집에 도착했다. 서당의 문 앞에 이르러 문고리를 잡아 흔들며,

"규헌 선생, 집에 계십니까?"

하니 이때 온수재는 창가에 앉아서 한참 초청장을 쓰고 있다가 급히,

"안으로 들어와 앉으세요."

하자, 화동이 문을 열어주었다. 백작이 안으로 들어가 창가의 밝은 쪽에 앉아보니 정면에는 긴 의자가 네 개 놓여 있고, 벽에는 '장자석촌음도[莊子惜寸陰圖]'가 걸려 있었다. 또 양편에는 음각을 한 대구가 쓰여 있었는데 '병매향필연[瓶梅香筆硏], 창설냉금서[窓雪冷琴書]'였다. 문에는 발이 드리워져 있었다. 온수재는 응백작이 들어오는 것을 보고 밖으로 나와 맞이하며 인사를 나누고는 자리를 권하면서 물었다.

"이렇게 일찍 어디를 다녀오시는 길입니까?"

"좀 번거로우시겠지만 초대장 몇 장을 부탁드리려고 왔습니다. 사실은 스무여드렛날이 아이 백일이라 영감 댁의 마님들을 좀 모실까 해서요."

"초대장은 어디 있습니까? 제가 써드리지요."

이에 백작은 응보한테 초청장 다섯 장을 꺼내라 했다. 온수재는 받아서 방 안으로 들어가 먹을 갈아서 두 장쯤 썼다. 이때 기동이 허겁지겁 안으로 들어와 말했다.

"온사부님, 초청장 두 장만 더 써주세요. 큰마님의 이름으로 이번에는 교씨댁 마님과 오대구 마님께 보내야 해요. 방금 금동이 성 밖의 한이모님과 맹씨 아주머니에게 보내는 초대장은 가지고 갔지요?"

"진서방이 가지고 간 지 오래됐어."

"이 두 장을 쓰신 다음에 몇 장을 더 써주셔야 해요. 황사의 부인, 부지배인 부인, 한씨 아주머니와 감지배인의 부인 것이에요. 제가 내안을 가지러 보낼게요."

기동이 간 지 얼마 안 되어, 내안이 초대장 넉 장을 찾으러 오자 백작이 물었다.

"나리께서는 집에 계시냐? 등청은 하셨니?"

"오늘 등청하지 않으셨어요. 대청에서 교대호 댁에서 보내온 선물을 보고 계세요. 건너가보지 그러세요?"

"이 초대장을 다 쓴 다음에 건너가지."

온수재가,

"나리께서는 어제 왕씨 집에서 마련한 술자리에 가셨다가 늦게 오셨어요."

하니 백작이 물었다.

"어느 왕씨 집을 말하는 게요?"

"초선부 왕씨 댁 말이에요."

백작은 바로 그 말뜻을 알아챘다. 잠시 뒤에 내안이 초대장을 가지고 가고 그런 뒤에 백작의 남은 초대장을 써주었다. 웅백작은 이명을 데리고 서문경의 집으로 건너갔다. 서문경은 머리 손질도 제대로 하지 않은 채 대청에서 물건을 보며 답장을 보내고 있었다. 그 옆에는 탁자들이 놓여 있는데 백작이 들어오는 걸 보고 인사를 하며 자리에 앉기를 권했다. 대청 안에는 화롯불이 타오르고 있었다. 백작은 일전의 호의에 고맙다고 인사를 했다. 그러면서,

"형님, 이 탁자는 왜 여기에 두셨어요?"

하고 묻자, 서문경은 안랑중이 와서 채태사의 아들인 채부윤을 접대하는데 집을 빌려 준비해달라고 한 일을 자세히 들려주었다. 이를 듣고 백작이 말했다.

"그럼 내일 극단이랑 배우들을 불러요?"

"그쪽에서 해염 극단을 불렀어. 그래서 나는 배우 넷만 준비하기로 했지."

백작은 모른 체하며 다시 물었다.

"네 명이라니요?"

"오혜, 소봉, 정춘, 좌순 네 명이야."

"그런데 왜 이명은 부르지 않죠?"

"그놈한테는 든든히 뒤를 봐주는 이가 있는데 나 같은 사람이야 어디 눈에 차겠어?"

"형님, 무슨 말씀을 그렇게 하세요? 형님이 불러야 올 수가 있지

요. 게다가 이명은 형님이 누이한테 화를 내고 있는 사실을 모르고 있잖아요. 사람들에겐 제각기 하는 일이 있어요. 이명은 누이 일과 상관이 없잖아요. 솔직히 누이의 일을 이명이 어찌 알았겠어요? 공연히 이명을 탓하지 마세요. 그 사람이 오늘 아침 일찍 저를 찾아와 울면서 '누이가 서문 나리 댁에 다닌 것은 말하지 않더라도 소인은 수년간 그 댁에 다니면서 모셨는데 요새는 다른 사람을 부르시고 저한테는 통 아는 척을 안 하세요' 그러면서 재삼 맹세하기를 자기는 정말로 누이의 일을 몰랐다고 하더군요. 형님께서 이명한테 화를 내시면 이명이 얼마나 난처하겠어요. 이명 같은 애들한테 공연히 화풀이를 해봐야 무슨 소용이 있겠어요. 형님이 그러시면 어찌 살 수 있겠어요?"

그러면서 이명을 불러,

"자네가 이리 와서 직접 말씀을 드리게나. 자꾸 피하기만 하면 어쩌자는 겐가? 자고로 '못생긴 며느리가 시어머니 보기를 무서워한다'고 하잖아."

하자, 이명은 문설주 옆에 고개를 숙이고 몰래 무엇인가를 엿듣는 사람처럼 살그머니 다가와 두 사람의 얘기를 들으면서 아무런 말도 하지 않았다. 백작이 이명을 불러 안으로 들어오게 하자 바로 땅바닥에 넙죽 무릎을 꿇으면서,

"나리께 거듭 말씀드리지만, 제가 누이의 일을 조금이라도 알고 있었다면 소인은 수레에 치이고 말에 밟혀 죽거나, 나리의 형벌을 받아서 처참하게 죽을 것입니다! 나리께서 이제까지 베풀어주신 하해와 같은 은혜는 소인이 죽어 몸이 부서지고 뼈가 가루가 된다 해도 갚을 길이 없습니다. 그런데 제가 나리의 노여움을 샀기에 같은 일을

하는 사람들도 저를 비웃고 업신여기고 있습니다. 그러니 소인이 어디로 가서 다시 주인을 찾을 수 있겠습니까!"

하며 가슴을 치며 통곡을 하고 땅에 무릎을 꿇고서 일어나지를 않았다. 백작이 곁에 있다가,

"됐어요, 형님이 한번 봐주세요. '윗사람은 아랫사람의 잘못을 탓하지 않는다'고 하잖아요. 이명이 직접 잘못을 저지른 것도 아니고, 설사 잘못을 저질렀다 하더라도 이처럼 와서 용서를 빌면 용서해주셔야 하잖아요. 자네 이리 오게, 자고로 '검은 옷을 입었으면 검은 기둥을 잡아라'는 말처럼 나리께서는 자네를 용서하시고 더는 미워하지 않으실 게야."

하니 이명은,

"아저씨의 말씀을 잘 알겠어요. 잘못을 고쳐 차후에는 절대로 이런 일이 없도록 할게요."

했다. 백작이,

"말귀를 알아들었으니 참으로 다행이다."

하자 서문경은 한참을 생각하다가,

"응씨 아저씨가 그토록 사정하니 내 이번에는 용서를 하지."

했다. 백작이,

"빨리 고맙다고 인사하지 않고 뭐 하고 있어!"

하니, 이에 이명은 황급히 절을 올리고 옆으로 비켜섰다. 백작은 그때서야 비로소 응보한테 초대장 다섯 장을 가져오라 하여 서문경에게 주면서,

"스무여드레가 애의 백일입니다. 여러 형수님을 한번 집으로 모실까 합니다."

하기에, 이에 서문경이 초대장을 받아 뜯어보니,

> 스무여드렛날은 애의 백일입니다. 누추한 집에 변변치는 않지만 음
> 식을 차려, 그동안 베풀어주신 은혜에 약소하나마 감사의 인사를
> 올리고자 합니다. 바쁘시더라도 왕림해주신다면 큰 영광으로 알겠
> 습니다!
> 응씨 집의 두씨[杜氏] 부인 올림

서문경은 이를 보고 내안을 불러,

"상자째 큰마님께 가지고 가서 보여드리거라."

그러고는 백작에게 말했다.

"아마도 모레는 가지 못할 것 같군. 자네니까 말을 해주지만, 내일
은 셋째의 생일이고 또 집에서 안랑중이 부탁한 연회를 열어야 한다
네. 그리고 스무여드렛날은 하대인 부인을 만나뵈러 가야 한다네. 그
러니 어찌 갈 수 있겠는가."

"형님도 매정하시군요! 형수님이 오지 않으시면 뜰 안에 가득한
과일은 어쩌란 말인가요? 아무래도 직접 들어가 말씀을 드려야겠군
요."

잠시 뒤에 내안이 빈 상자를 가지고 나오면서,

"마님께서 잘 알겠다고 말씀드리랍니다."

하니 백작은 빈 상자를 응보에게 건네주면서,

"형님, 방금 절 속이셨군요. 만약 형수님이 오시지 않는다면 제가
머리를 땅에 처박으려고 했는데, 형수님이 가신다니 정말로 다행입
니다."

라고 웃으며 말을 했다. 이에 서문경은 백작더러,

"자네는 가지 말고 잠시 서재에서 좀 기다리게. 내 머리를 손질하고 식사나 같이 함세."

말을 마치고 안으로 들어갔다. 백작은 이명에게 말했다.

"어때? 좀 전에 내가 그렇게 말하지 않았다면 나리는 정말로 자네한테 계속 노여워하셨을 게야. 돈이 있는 사람들한테는 비위를 잘 맞춰줘야 하거든. 옛말에도 '화난 주먹도 웃는 얼굴은 못 때린다'고 하잖아. 요즘 세상도 윗사람의 비위를 맞춰주는 게 제일이야. 제아무리 큰 밑천을 가지고 장사를 한다 할지라도 아첨을 잘해야 하는 법이야. 자네가 뻣뻣하게 군다면 누가 자네를 거들떠보겠나? 자네들만 임기응변을 잘해야 하는 것이 아니라 이 세상 모든 게 물 흐르듯이 적당히 흘러가야 돈도 생기는 법이지. 만약 자네가 부딪치면 다른 사람들이야 배가 터지게 먹을 수 있지만 자네만 배를 곯을 게 아닌가? 자네가 이 댁 어른을 하루이틀 모신 것도 아닌데 성격을 모르겠는가? 내일 모든 사람들이 한창 분위기에 들떠 있을 적에 계저와 함께 건너와 셋째 마님 생일을 축하해주란 말일세. 선물이라도 좀 들고 와서 말이야. 그러면 모든 것이 다 잘될 걸세."

"아저씨 말씀이 맞습니다. 소인이 집으로 가서 어머니께 말씀을 드릴게요."

말을 하고 있는데 내안이 나와 탁자를 펴놓으며,

"응씨 아저씨, 잠시만 앉아 계세요. 나리께서 곧 나오실 거예요."

하니 잠시 뒤에 서문경이 머리를 빗고 나와 백작 곁에 앉으며 물었다.

"최근에 축일념과 손과취를 만나보았나?"

"제가 이곳에 오지 말라고 했더니, 둘이 형님이 화를 내고 있는 걸

아는 것 같아요. 그래서 제가 '형님은 정이 많으신 분이라 아래위를 다 돌봐주시잖아. 그날도 쓸데없는 벌레들을 싹 훑어가듯이 모두 잡으면서 자네들한테는 어떻게 했던가?' 했더니 다시는 왕씨네 어린것하고는 어울려 다니지 않겠다고 맹세를 하더군요. 듣자 하니 어제 형님께서 왕씨 집으로 가서 술을 드셨다던데 두 사람은 이런 일도 까맣게 모르고 있어요."

"어제 그 집에서 여러 가지 일로 크게 한 상을 차려놓고 초대해서는 나를 수양아버지로 삼고 절까지 올렸어. 그래 이경까지 마시다가 돌아왔지. 그런데 둘이 내왕을 하는지 어찌 알겠어? 단지 내 일을 방해하지만 않으면 돼. 그 둘이 가는 거야 내가 참견할 수가 있나? 나야 왕삼관의 친아버지도 아닌데 왕삼관 일에 상관할 수 있겠나?"

"형님, 말씀을 잘 꺼내셨어요. 그렇게 말씀을 하시니 그 둘보고 조만간 선물이라도 들고 와서 형님께 죄송하다는 말씀을 올리라고 할게요."

"오려면 그냥 오라구 해. 선물은 무슨 선물이야!"

이렇게 말하고 있는데 내안이 밥과 반찬을 내왔다. 반찬은 모두 기름지고 맛깔스럽게 볶은 음식이었다. 서문경은 죽을 먹고 백작은 밥을 먹었다. 먹고 나자 서문경이,

"배우 둘은 왔느냐?"

하고 물으니 내안이,

"온 지 오래됐습니다."

하니 서문경은 배우들을 불러 이명과 함께 밥을 먹게 했다. 한 명은 한좌[韓佐]라 하고, 한 명은 소겸[邵鎌]으로 앞으로 나와 절을 하고 다시 내려가 식사를 했다. 한참 뒤에 백작이 자리에서 일어나며 말했다.

"집에 가볼게요. 집에서 나를 얼마나 기다리는지 모르겠어요. 가난한 집에서 일을 좀 하려니 정말 죽을 맛이에요. 부엌문에서 대문에 이르기까지 다 돈 들어가는 일이니….”

"잠시 저녁에 다시 건너와 셋째 형수한테 생일 축하 인사라도 좀 하게나. 그래야 체면이 서지 않겠나.”

"저도 그렇게 하려고 생각하고 있어요. 집사람도 선물을 보낼 거예요.”

응백작은 말을 마치고는 바로 떠나갔다. 이 둘의 관계란, 뜻 맞는 친구를 얻으니 정이 마르지 않고, 마음 맞는 친구가 오니 말이 투합하는 관계가 아니겠는가.

시가 있어 이를 증명하나니,

비위를 맞추면 일이 잘 풀리지만
솔직하게 대하면 사람들이 싫어한다.
세상일이란 담담한 것이 좋은 법
사람의 정이란 오래 두고 볼 일.
順情說好話 幹直惹人嫌
世事淡方好 人情耐久看

(8권에서 계속)